Llyfrau Llafar Gwlad

Llên Gwerin
T. Llew Jones

Gol. Myrddin ap Dafydd

Argraffiad cyntaf: 2010

ⓗ Cronfa Goffa T. Llew Jones/Gwasg Carreg Gwalch

Rhif rhyngwladol: 978-1-84527-264-7

Mae'r cyhoeddwr yn cydnabod cefnogaeth ariannol
Cyngor Llyfrau Cymru

Llun clawr: Carreg Bica ac arfordir Llangrannog
Cynllun clawr: Sion Ilar

Cyhoeddwyd gan Wasg Carreg Gwalch,
12 Iard yr Orsaf, Llanrwst, Conwy, LL26 0EH.
Ffôn: 01492 642031 Ffacs: 01492 641502
e-bost: llyfrau@carreg-gwalch.com
lle ar y we: www.carreg-gwalch.com

Argraffwyd a chyhoeddwyd yng Nghymru.

Cynnwys

Y gân sydd yma

(er cof am T. Llew Jones)

Mae 'na gân, fel man geni,
nad oes ymwared â hi;
ynof y mae'n troi'n fy mhen,
heno'n tywallt Nant Hawen
ei miwsig trwy fy misoedd –
alaw'r awr, ac fel yr oedd.

Cân fel hwtian gwdi-hw
neu geiliog gwawr yn galw.

Tinc hydref yr hen efail;
cerdd agor a dawnsio'r dail.

Canig glan môr y Pigyn
a hiraeth gwyllt y traeth gwyn.

Cantre'r Gwaelod ei nodau
o hen dŷ gwag wedi'i gau;
salm y cyll tywyll tawel
ac englyn Mai gwenyn mêl.
Ein doe i gyd yw hyd y gân,
lled y cof yn Alltcafan.

Mae 'na un sy'n gwmni i hon,
efeilliaid rhyw Afallon;
y genedl yn ei ganu
sy'n perthyn i'r deryn du –
mae'n hŷn na gwynt main Ionawr;
mae'n hen, ac mae yma'n awr.

Hen ŵr dros erchwyn y nos
a'i eiriau'n mynnu aros;
gwirioniaid ei Langrannog
'yn trin hen iaith Tir na-nOg'
a'n pair hud eto'n parhau
i delyn ei leuad olau.

Myrddin ap Dafydd

Cofio T. Llew Jones

*(englyn beddargraff yng Nghapel y Wig,
ger Pontgarreg)*

Yma rhwng galar a gwên, – yn erw'r
    Hiraeth nad yw'n gorffen,
    Wylo'n ddistaw mae'r awen
    Uwch olion llwch eilun llên.

Dic Jones

Cyflwyniad

Mae 'na gymeriad yn *Llyfr Mawr y Plant* – cymeriad yn stori Siôn Blewyn
Coch ydi o – ac mae'n cyflwyno ei hun fel 'ffrind pob llwynog'. Mae'n dod
gyda'i ffon, tap, tap, tap i mewn i ogof Twll Daear ac er bod Siôn, a'i wraig
Siân Slei Bach, yn chwyrnu arno a chodi eu gwrychyn, mae'n chwerthin yn
braf ac mae'i lygaid yn sgleinio gan ddireidi. Mae wedi dod i ddweud wrthyn
nhw bod helfa fawr drannoeth ac y byddai yna gŵn a gynnau yn chwilio am
y lladron ieir. Ond mae hefyd yn eu sicrhau gyda gwên nad oes raid iddyn
nhw boeni, dim ond codi pac a'i ddilyn o i guddfan ddiogelach.

Robin Siriol oedd hwnnw, wrth gwrs. Cymeriad arbennig – ac ansoddair
arbennig hefyd. Mae 'siriol' yn wahanol i 'hapus'. Mor hapus â'r gog, meddan
ni – hawdd iawn i'r gog ganu yn rhydd a dibryder a hithau'n wanwyn. Mae
bod yn siriol, er bod pethau'n anodd, yn rhywbeth gwahanol. Dwyn
newyddion drwg i deulu Siôn Blewyn Coch yr oedd Robin, ond roedd yn siriol
wrth wynebu'r ofnau a'r anawsterau.

Mi ddwedodd T. Llew Jones wrthyf ar sawl achlysur ei fod yn ofni llawer
o bethau. Pan oedd yn fachgen, meddai, roedd yn ofni'r nos – ac un o'r cerddi
cyntaf rwy'n cofio'i dysgu yn blentyn yw honno ganddo am yr holl synau sy'n
dod i aflonyddu ar dawelwch y nos. Ofn piau'r gair olaf yn ei gerdd enwog
'Cwm Alltcafan' hefyd.

Un o ofnau mawr T. Llew Jones ar hyd ei oes oedd beth fyddai dyfodol
Cymru, a'r Gymraeg a'r gymdeithas Gymraeg. Roedd hyn yn ganolog yn ei
sgyrsiau bob amser. Dywedodd wrth Dafydd Islwyn o Gwm Rhymni unwaith,
Dafydd sydd mor frwd ynglŷn â'r to newydd o blant sy'n dysgu'r Gymraeg yn
ysgolion y de-ddwyrain – 'Ie, wi'n falch drosoch chi, Dafydd – mae'r Gymraeg
yn dod miwn drwy'r drws cefen gyda chi, ond wi'n ofan ei bod hi'n mynd mas
drwy ddrws y ffrynt gyda ni!'

Mae ofn yn rhywbeth agos iawn i'r wyneb i unrhyw un sy'n gyfarwydd â
straeon gwerin. Ymwneud ag ofnau sylfaenol dyn y mae llawer o ddeunydd
y byd hwnnw – ond mae'n fyd eithriadol o ddifyr a diddorol yr un pryd.
Adrodd rhai o hen chwedlau Cymru yn ei ffordd ei hun oedd un o'r pethau
cyntaf a wnaeth T. Llew fel awdur. Yn ystod chwarter canrif olaf ei oes, trodd
fwyfwy at fyd chwedlau, llên gwerin a choelion llafar gwlad. Cawn lythyrau
ganddo, byddai ar y ffôn weithiau, yn llawn brwdfrydedd ac afiaith wedi

llwyddo i ddatrys darn bach o jig-so mawr ein gorffennol ni. Roedd yn ei hwyliau wrth drafod yr hen, hen hiraeth sydd wedi bod yn waelodol yn rhan o enaid dyn erioed. Dotiai sut roedd pobl wedi trechu eu hofnau a mynnu byw yng nghwmni gwelltyn o obaith ar hyd y canrifoedd. Yng nghanol ei ofnau ei hun, roedd bob amser yn ŵr siriol, a fyddwn byth yn teimlo'n drist nac anobeithiol na than y felan yn ei gwmni, nac wrth ddarllen ei waith.

Nid na fyddai fy llygaid yn llenwi weithiau wrth ymgolli yn helyntion rhai o'i gymeriadau, neu wrth ddarllen cerdd goffa ganddo dan amgylchiadau tristach na'r cyffredin. Roedd yn sgwennwr emosiynol, pwerus iawn, yn anelu'i eiriau yn syth i galon y darllenwr. Mi ddwedodd wrth ei ffrind mawr, y bardd Waldo, pan oedd ar ganol sgwennu un o anturiaethau Twm Siôn Cati: 'Wi'n ffaelu'n deg â deall be' sy'n bod arna' i, Waldo – wi'n llefen y glaw wrth sgwennu'r stori hon.' Ac ateb syml Waldo oedd: 'Fydde hi o ddim gwerth os na fyddet ti'n llefen wrth ei sgwennu hi.'

Oes, mae'n rhaid i awdur deimlo i'r byw – ond dydi hynny ddim yn golygu bod rhaid i awduron fod yn bobl bruddglwyfus, digalon a diflas. Gŵr siriol oedd T. Llew Jones, a'i sirioldeb yn ei yrru i roi oes o wasanaeth i siaradwyr y Gymraeg. Gyda sefydlu'r cylchgrawn *Llafar Gwlad*, agorodd maes arall o gyfrannu ar ei ran. Ymddiddorai'n ddwfn yng ngwreiddiau mytholegol ein bod a dilynai ei drwyn yn y meysydd hynny gan anfon erthyglau am ei ymchwiliadau a'i brofiadau yn gyson. Ei gyfrol ef ar ymosodiad y Ffrancwyr ar Abergwaun oedd y gyntaf yng nghyfres *Llyfrau Llafar Gwlad*. Rwyf newydd ganfod hen lythyr ganddo ynglŷn â'r gyfrol honno ac mae'n werth dyfynnu'r paragraff hwn:

> 'Dywedodd D. J. Williams wrthyf unwaith – â direidi lond y llygaid – iddo glywed am un llygad-dyst i orchestion Jemeima Nicholas yn arfer sôn amdani yn dod allan o'r beudy â Ffrancwr dan bob cesail. Bro'r cewri a'r cawresau yw yr hen sir Benfro!'

Bu'n hael â'i amser a'i gynnyrch ac efallai mai hwn oedd ei faes mwyaf cynhyrchiol yn ystod ugain mlynedd olaf ei oes. Yn ystod ei flynyddoedd olaf, gwnes addewid yr wyf yn awr yn ei chadw, sef casglu ei ysgrifau llên gwerin yn gyfrol ar ôl iddo fynd.

Myrddin ap Dafydd
Mai 2010

T. Llew yng nghwmni plant, Pasg 2006

Hen Gof

Ym mhob ardal wledig bron, slawer dydd, roedd 'na ryw un person a oedd yn geidwad hen gof yr ardal honno. Y person hwnnw fyddai'n gwybod hen hanes yr ardal, hen chwedlau, hen arferion a hen goelion y fro. Y person hwnnw hefyd fyddai'n gallu olrhain achau pobl ac yn gwybod hynt a helynt yr achau hynny 'nôl ymhell iawn weithiau. Mae 'na rai pobl fel'na i'w cael o hyd mewn ambell ardal yng Nghymru; pobl sy'n cadw'n fyw gyfoeth cof y gorffennol sef yr hen draddodiadau sydd wedi dod i lawr o dad i fab ac o fam i ferch dros y canrifoedd.

> Dwedai henwr llwyd o'r gornel
> Gan fy nhad y clywais chwedel,
> Gan ei daid y clywodd yntau,
> Ac ar ei ôl fe gofiais innau.

Un o'r rhai enwocaf a fu yng nghylchoedd Llandysul, Pont-siân a Phren-gwyn erioed oedd yr annwyl ddiweddar Kate Davies, Ardwyn, Pren-gwyn, perthynas agos i'r bardd Sarnicol.

Fe ge's i'r fraint o dreulio llawer o amser yng nghwmni Kate Davies o bryd i'w gilydd, ac fe glywais ganddi lawer o straeon pert iawn, rhai ohonyn nhw'n perthyn i'r gorffennol pell yn ôl – y 'Slawer dy' cyn y slawer dy' sy' nawr', fel y dywedodd rhywun.

Roedd rhai o straeon Kate yn ymwneud â'r hen goelion ynglŷn â'r Calan Mai a'r Calan Gaeaf, ac fe garwn i dynnu sylw at ddwy ohonyn nhw'n arbennig yma.

Yr oedd yna gred yn bod yng nghylch Pren-gwyn a Phont-siân y byddai pob merch ifanc a âi i dynnu dŵr o'r ffynnon am hanner nos ar noswyl Calan Mai yn siŵr o gwrdd â'i chariad, neu fel y byddai Kate yn ei ddweud, yr un oedd ar 'i chyfer hi'. Ac fe adroddai Kate Davies y stori yma am ei mam-gu, pan oedd honno'n ferch ifanc ac yn forwyn mewn fferm o'r enw Cribor Fawr. Roedd hi'n stori wir hefyd, medde Kate, gan fod ei mam-gu wedi ei hadrodd wrthi lawer gwaith. Dyma'r stori.

Un tro, ar noswyl Calan Mai, noson olau-leuad braf, fe benderfynodd ei mam-gu aros ar ei thraed hyd hanner nos a mynd i'r ffynnon i dynnu dŵr er mwyn rhoi prawf ar yr hen goel y byddai hi, wrth wneud hynny, yn cwrdd â'r un a fyddai'n ŵr iddi.

Roedd y ffynnon ryw led cae o glos Cribor Fawr, a lôn gul yn arwain ati. A dyma ei mam-gu, pan oedd yr hen gloc yn dangos rhyw funud neu ddwy cyn deuddeg, yn mynd â'i stên gyda hi, i lawr ar hyd y lôn i'r ffynnon. Roedd y lleuad yn llawn ac roedd hi'n ddigon golau. Ond roedd hi'n hwyr a phob man yn ddistaw fel y bedd. Beth bynnag, dyma hi'n dod at y ffynnon ar ei phen ei hunan fach, a dyma hi'n plygu, yn rhoi'r stên yn y ffynnon ac yn codi'r dŵr.

Fe arhosodd wedyn, medde Kate Davies, â'i chalon yn curo, gan ddisgwyl i rywun ddod, ac eto'n ofni. Yna, yn y distawrwydd, dyma hi'n clywed sŵn traed yn nesáu at y ffynnon. Yna dyma ffurf dyn yn dod i'r golwg yng ngolau'r lleuad. Os oedd calon y ferch ifanc yn curo cyn hynny, roedd hi'n curo mwy fyth nawr. Ond dal ei thir wnaeth hi.

Dyma'r dyn yn dod yn nes, ac yna fe welodd ei wyneb yng ngolau'r lleuad. A dyna siom a gafodd hi! Pwy oedd y dyn ond gwas y fferm nesa at Cribor Fawr, Gwarllwyneidos. Roedd hi'n nabod hwnnw'n rhy dda, a doedd ganddi fawr o olwg ohono fe, a dweud y gwir!

Roedd e, gwas Gwarllwyneidos, wedi bod lawr yn y pentre gyda bechgyn eraill yn gwneud rhyw ddrygioni yn ymwneud â'r Calan Mai, ac oherwydd ei bod hi wedi mynd yn hwyr, roedd e wedi 'tynnu plet' drwy'r caeau a heibio i'r ffynnon ar ei ffordd adre.

Ond er i'r ferch fynd yn ôl i'r tŷ'n siomedig, yn rhyfedd iawn o'r noswaith honno 'mlaen fe ddechreuodd hi a gwas Gwarllwyneidos weld mwy o'i gilydd, a chyn bo hir roedden nhw'n dechrau caru. Cyn pen blwyddyn roedden nhw wedi priodi. Felly duwies neu nymff y ffynnon a gafodd ei ffordd ei hun wedi'r cwbl! Ac i orffen y stori fe fyddai Kate yn arfer dweud, 'Ac fe fuon nhw fyw'n hapus iawn gyda'i gily' am dros hanner can mlyne', a dim ond ange a'u gwahanodd nhw.'

Mae'r stori yna'n wir. Ond a yw hi'n profi bod merched sy'n mynd i'r ffynnon i dynnu dŵr ar noswyl Fai yn siŵr o gwrdd â'r 'un sy' ar 'u cyfer' Mae hynny'n gwestiwn arall.

Mae'r stori nesa o eiddo Kate Davies yn ymwneud â'r pegwn arall ym mlwyddyn yr hen Geltiaid, sef Calan Gaeaf.

Heb fod ymhell o'r fan lle roedd Kate Davies yn byw yr oedd ffermdy o'r enw Castellhywel. Fe fu ar un adeg yn dipyn o blasty ac yno ar un cyfnod bu'r enwog Dafydd Dafis Castellhywel yn byw. Fe fu Kate Davies yn forwyn yno hefyd pan oedd hi'n ifanc, ond mae'r stori sy'n gysylltiedig â'r lle yn perthyn i gyfnod cyn geni Kate Davies ei hunan.

Hyd yn oed yn oes Kate, fe fyddai hi'n arferiad yn ardal Pren-gwyn a Phont-siân i ferched, ar noswyl Calan Gaeaf, fynd allan yn hwyr y nos gyda llond dwrn o ŷd. Wedyn, er mwyn cael cwrdd â'r 'un oedd ar 'u cyfer nhw' fe fydden nhw'n taflu had o gwmpas ac yn dweud y frawddeg yma: 'Rwy'n hou, rwy'n hou (hau). Pwy bynnag sy' ar fy nghyfer, deued i grynhoi.' Ar ôl mynd trwy'r ddefod yna, fe fyddai'r darpar gariad (yn ôl yr hen goel) yn dod ati.

Dyma'r stori. Un noswyl Calan Gaeaf, fe benderfynodd morwyn Castellhywel ei bod am fynd mas yn hwyr i'r clos gyda llond dwrn o ŷd i dreio'i lwc. Fe ddywedodd wrth ei meistres ei bod hi'n mynd i roi prawf ar yr hen goel, ac ni rwystrodd honno mohoni. Felly, ar ôl i'r feistres fynd i'r gwely dyma'r forwyn yn mynd mas, a dyma hi'n cerdded o gylch y clos gan daflu'r had o gwmpas ac adrodd y frawddeg gyfarwydd: 'Rwy'n hou, rwy'n hou. Pwy bynnag sy' ar fy nghyfer, deued i grynhoi.'

A bron ar unwaith dyma hi'n clywed sŵn traed yn dod i fyny'r lôn at glos y fferm. Hithau'n aros yn ofnus ond yn ddisgwylgar. Ond pan ddaeth y dyn yn ddigon agos, fe welodd nad ei chariad oedd yno . . . ond ei mishtir. Yr oedd wedi bod mas yn hwyr ar ryw fusnes ac yn digwydd cyrraedd 'nôl pan oedd y forwyn yn mynd trwy'r perfformans! Fe aeth hi yn ôl i'r tŷ yn ddigon diflas a dywedwst. Bore trannoeth, fe ofynnodd ei meistres iddi sut hwyl gafodd hi y noswaith cyn hynny. 'O,' meddai hi, 'fe ge's i siom! Fe dowles i'r hade a fe wedes i'r ffrâs a'r cwbwl yn iawn ond . . . chi'n gwbod pwy dda'th? Mishtir, cofiwch!'

Yn sydyn fe welodd wyneb ei meistres yn gwelwi, fel pe bai hi wedi cael sioc neu wedi gweld ysbryd.

'Be sy' mistres?' meddai hi. Yna dyma'r feistres yn cydio yn ei llaw ac yn edrych i fyw ei llygaid, ac meddai â'i llais yn crynu, 'Rwy am i ti addo un peth i mi. Rwy' am i ti addo na fyddi di'n gas wrth fy mhlant i.'

Diwedd y stori? Wel, cyn pen y flwyddyn roedd gwraig neu feistres Castellhywel wedi marw a'r mishtir a'r forwyn wedi priodi.

Dim ond dwy o storïau rhamantus Kate Davies yw'r rheina. Coffa da amdani.

Y Sgubell

Dyna ein henw ni yn y de ar y teclyn a elwir yn Saesneg yn *besom* neu *broom*, ond a elwir mewn rhannau eraill o Gymru yn 'ysgub'.

Yr oedd i'r sgubell gynt ei lle pwysig a chanolog mewn hen arferion a defodau yn ymwneud â ffrwythlondeb, rhyw a charwriaeth. I'r plant, yr ysgub sy'n cludo hen wrachod drwy'r awyr ar nosweithiau golau-leuad, ac mae Maureen Duffy yn *The Erotic World of Faery* yn ceisio egluro i ni sut y daeth y wrach ar gefn y sgubell yn symbol mor gyffredin yn nychymyg plant.

Yr oedd i'r sgubell ei rhan, fel y gwyddom, yn nefod y Fari Lwyd. Arferai bachgen wedi ei wisgo mewn dillad merch ddilyn y Pen Ceffyl, ac yn llaw y 'Jiwdi' yma (neu'r *she-male*) byddai sgubell fawr yn aml; ac fe arferai'r 'ddynes' ei defnyddio i sgubo lloriau a muriau'r tai – a'r bobl oedd yn trigo ynddynt. Yr unig rai oedd yn ddiogel rhag y sgubell oedd gwragedd â phlant bach yn eu côl.

Gan mai defodau i hybu ffrwythlondeb oedd defod y Fari Lwyd ac eraill yn ymwneud â'r Pen Ceffyl, nid yw'n syndod o gwbl fod symbol yr ysgub yn rhan ohonynt.

Myn rhai mai yr un arwyddocâd sydd i'r ysgub (a wneir gan amlaf o frigau'r fedwen) ag sydd i'r Fedwen Haf, neu'r *Maypole*, ond yr wyf fi am ganolbwyntio yma ar y defnydd dirgel a wneid o'r sgubell gynt gan gariadon a rhai'n chwilio am gymar.

Pe byddai gwraig weddw neu hen ferch yn gosod sgubell mewn lle amlwg tu allan i ddrws ei thŷ slawer dydd, fe wyddai'r bechgyn a'r dynion fod hynny'n arwydd pendant fod yna rywun y tu mewn yn dymuno cael cariad neu ŵr. Ac nid gwragedd gweddw a hen ferched yn unig a ddefnyddiai'r arwydd. Sylwch ar yr hen bennill telyn gweddol adnabyddus hwn:

> Propor gorff, ai ti sydd yma?
> Dod dy draed ar lawr yn ara';
> Gwylia daro wrth yr ysgub,
> Ysgafn iawn yw cwsg fy modryb.

Dyna ni! O gofio arwyddocâd sgubell wrth y drws, fe welir nad yw'r drydedd linell yn un mor ddiniwed ag y mae'n ymddangos. Merch sydd yma'n ei chynnig ei hun i rywun sy'n dod heibio gefn nos. Cyn noswylio – ac ar ôl i'w

hen fodryb fynd i'w gwely – mae hi wedi gosod y sgubell wrth y drws fel arwydd bod y ffordd yn glir, a bod croeso iddo ddod i mewn.

Yr oedd yr hen arfer yn bod yn Lloegr hefyd. Meddai E.C. Cawte yn *Ritual Animal Disguise*:

. . . in Huntingdonshire . . . a broom would be left outside the door as a signal that a man would be welcome, especially if the woman was a widow, or her husband was away. "Everybody knowed . . . it were a recognized signal." In Somerset, if a wife left home, her husband's friends might tie a broom to his chimney as a sign that another woman was needed.

'Gwylia daro wrth yr ysgub,' meddai'r ferch yn y pennill. Mae hyn yn profi, mae'n debyg, ei bod wedi gosod y sgubell ar draws y trothwy neu ar draws y drws ei hun er mwyn sicrhau bod y carwr yn ei weld ac yn deall ei neges. O weld yr ysgub fe wyddai fod y drws yn ddatglo a bod croeso iddo fynd i mewn.

Wedi meddwl, yr oedd defnyddio yr ysgub yn ffordd dda iawn o ddangos bod rhywun yn dymuno cael cymar. Ni allai'r wraig weddw, neu'r hen ferch unig, fynd allan i ben y ffordd a chyhoeddi ei dymuniadau wrth bob dyn a âi heibio, a go brin chwaith y gallai unrhyw ddyn fentro at ddrws tŷ lle nad oedd unrhyw arwydd fod iddo groeso.

Roedd arwydd yr ysgub yn rhwyddhau'r ffordd i bawb, a phe defnyddid hi yn ein hoes ni efallai y byddai llai o angen cymorth ar lawer o bobl unig.

Ceir digon o sôn hefyd am y 'priodasau coes ysgub' a gafwyd gynt ym mhob rhan o Gymru, ac y mae lle i gredu mai yr un arwyddocâd oedd i'r sgubell hon. Ceir cyfeiriadau at y briodas 'coes ysgub' yng nghyfrol Eldra ac A.O.H. Jarman, *Y Sipsiwn Cymreig*. Meddai un o hen deulu'r Woodiaid yn y gyfrol:

. . . My mother-in-law (Saiforella Wood) and my uncle by marriage (Ben Wood) were married over a broomstick . . . They jumpted over the broom: a marriage with the broom is perfectly valid.

Sonnir hefyd am erthygl gynhwysfawr gan W. Rhys Jones (*Folklore*, 1928), sy'n trafod y math yma o briodas yn Nyffryn Ceiriog. Dyma ran o dystiolaeth un o hen frodorion y dyffryn yn 1919:

> . . . yr oedd yn briodas iawn yng nghyfrif gwlad, a gallwn feddwl bod gan y merched gryn olwg ohoni. Y nhw fyddai'n sôn amdani pan oeddwn i'n ieuanc . . . Priodas fel hyn oedd y briodas fedw:- Gosodid ysgub fedw ar draws drws agored tŷ, gyda phen yr ysgub ar y rhiniog, a phen y goes ar ffrâm y drws. Yna neidiai y llanc drosti gyntaf i'r tŷ a'r ferch wedyn yr un modd. Ni chyfrifid y neidio yma yn briodas os y byddai i un o'r ddau dwtsh rhyw ran o'r ysgub wrth neidio, neu ei symud ar ddamwain o'i lle. Yr oedd rhaid neidio yng ngŵydd tystion hefyd.

Yr oedd ganddynt hen ddywediad yn Swydd Efrog gynt am ferch a oedd wedi geni plentyn gordderch – ei bod wedi neidio dros ysgub. O'r un man y daw yr hen goel y byddai merch, pe bai'n camu dros ysgub ar ddamwain, yn fam cyn ei bod yn wraig briod.

Oedd, yr oedd gan y sgubell ei lle pwysig yn helyntion caru, priodi a byw yn y dyddiau a fu. Erbyn hyn pur anaml y gwelir un mewn fferm na thyddyn yn unman, ac mae'n debyg na fydd yr un ferch (hen nac ifanc) a'i bryd ar gael cariad, yn gosod yr arwydd wrth y drws cyn mynd i'r gwely byth mwyach. Ond rhaid i ni beidio â bod yn rhy siŵr chwaith, oherwydd cyndyn iawn i farw yw hen arferion pob gwlad. Felly, fechgyn, wrth deithio o gwmpas ar nosweithiau golau-leuad, a'r gwanwyn yn y tir, gofalwch gadw llygad ar agor!

Dŵr

Yr oedd i ddŵr ei ran bwysig yn hen arferion y Calan slawer dydd. Byddai'n ras am y cyntaf i gyrraedd y ffynnon i dynnu dŵr yn y bore bach ar ddydd cyntaf y flwyddyn newydd bob amser. Mewn rhannau o wledydd Prydain ac yn yr Alban yn enwedig fe elwid y dŵr cyntaf yma yn 'Hufen y Ffynnon', a'r farn oedd fod iddo bwerau arbennig. Byddai pawb yn fodlon, yn awyddus yn wir, i gael dŵr cyntaf y ffynnon ar fore Calan Ionawr wedi ei dywallt drosto, neu drosti. Y gred oedd y byddai'r tywallt dŵr yma yn dod â lwc i chi ac yn eich cadw rhag drwg ar hyd y flwyddyn oedd newydd gychwyn.

Fe rydd Trefor M. Owen yn *Welsh Folk Customs* ddisgrifiad gweddol fanwl i ni o'r hen arferiad fel y'i ceid gynt yn ne Cymru ac yn arbennig yn Sir Benfro. Dyma a ddywed:

> Yn gynnar ar fore'r Flwyddyn Newydd, tua thri neu bedwar o'r gloch y bore, ymwelai torfeydd o fechgyn â thai yr ardal gan gludo llestr a'i lond o ddŵr oer o'r ffynnon . . . ynghyd â brigyn o bren bocs, celyn, myrtwydd neu rhyw bren bythwyrdd arall (weithiau gangen o rosmari hefyd). Ym mhob tŷ y caent fynediad iddo, byddent yn gwasgar dŵr y Flwyddyn Newydd dros bob stafell a thros bob un a breswyliai yno, er y byddai'r rheini yn aml yn parhau yn eu gwelyau . . .

Fe ddywed yr awdur uchod wrthym bod yr hen arferion hyn wedi darfod gyda throad y ganrif ond, fel y sylwodd ef ei hun, mae yna dystiolaeth ei bod yn hen arfer gan famau yn ardal Cydweli i dywallt dŵr y flwyddyn newydd, gyda sbrigyn o bren bocs, ar wynebau eu plant yn eu gwelyau ar fore Calan – mor ddiweddar â 1913. Ac, yn wir, mae gennym lun hyfryd (yng nghasgliad yr Amgueddfa Werin) o ddwy ferch fach o Ddinbych-y-pysgod yn mynd o gwmpas ar fore Calan 1928 i dywallt dŵr yn ôl yr hen, hen arfer, ac i grynhoi Calennig yr un pryd. Mae'n ddigon posib fod y ddwy fach yma yn fyw heddiw – yn wragedd dros eu saith deg erbyn hyn, hwyrach. Os ydynt yn parhau ar dir y byw, byddai'n dda o beth pe gellid dod o hyd iddynt i ni gael clywed eu hatgofion amdanynt yn blant yn mynd o gwmpas i dywallt y dŵr gwyrthiol dros bobl dda Dinbych-y-pysgod slawer dydd.

Yn y cylchgrawn *Ceredigion* (Cyfrol VIII Rhif 2 1977) mae'r hanesydd D.L. Baker Jones yn tynnu sylw at y nofel *Henry Vaughan*, gan C.E.D. Morgan Richardson, brodor o Sir Benfro – nofel a oedd yn rhoi pictiwr cywir

17

Merched bach Dinbych-y-pysgod ar fore Calan 1928
gyda dŵr gwyrthiol a changhennau rhosmari

o fywyd cymdeithasol y fro honno yn ystod hanner olaf y bedwaredd ganrif ar bymtheg. Mae'r disgrifiad a geir o noswyl Calan Ionawr mewn plas yng ngogledd Sir Benfro yn sicr yn un cywir, ac yn werth ei ddyfynnu yma:

> *. . . But before leaving it was necessary that all should be sprinkled with the new Year's water . . . and immediately after midnight the boy, Luke, was despatched from the company to fetch a can of New Year's water from the spring and to cut a sprig of New Year's box and with these to sprinkle the doors of the house and every person in it. And unlucky indeed, in the coming year, would he or she be, on whom no drops of water fell.*

Â'r awdur ymlaen i ddweud y byddai'r merched yn esgus eu bod yn anfodlon cael eu gwlychu, ac fe redent yma ac acw gan sgrechian. Ond, a dweud y gwir, ni fyddai'r un ohonynt yn fodlon wynebu'r flwyddyn newydd heb gael y dŵr wedi ei dywallt drosti.

Mae'n ymddangos mai sbrigyn o bren bocs a ddefnyddid fynychaf i daflu'r dŵr, ond mae'n weddol amlwg, rwy'n meddwl, mai sbrigyn o rosmari sydd gan y ddwy eneth yn y llun. Mae'n debyg y gwnâi unrhyw bren bythwyrdd y tro. Y ffaith ei fod yn fythwyrdd oedd yn bwysig. Roedd pob pren arall yn ymddangosiadol farw ar fore Calan Ionawr, ond roedd gwyrddlesni'r celyn, y bocs a'r rhosmari yn brawf eu bod yn fyw!

Paham yr ystyriai pobl ei bod yn bwysig i dywallt dŵr fel hyn ar fore Calan? Nid yw'r cwestiwn yn un hawdd i'w ateb. Ond fe wyddom fod dŵr wedi bod yn symbol pwysig a phwerus iawn ar hyd yr oesau. Dŵr sydd yn puro ac yn glanhau, yn adnewyddu ac yn iachau. Meddai'r hen offeiriad Indiaidd wrth weddïo gynt: 'Rhodded y dyfroedd iechyd i ni. Mae'r dyfroedd yn wir iachusol; y dyfroedd sy'n gyrru ymaith ein hanhwylderau ni.' O'r dyfroedd y llifai bywyd newydd ac ynddynt yr oedd y grym a'r egni creadigol mawr. Mae'n debyg mai'r syniad o ddŵr yn *adnewyddu* a geir yn yr hen ddefod sydd dan sylw yma. Yr oedd yr hen flwyddyn yn marw, ac fe allai'r haint a oedd yn ei dwyn ymaith (sef henaint), effeithio ar y bobl a wyliai ei thranc. Yr oedd y dyfodol a pharhad bywyd yn nwylo'r flwyddyn newydd a thrwy dywallt dŵr y flwyddyn newydd dros ddrysau'r tai a thros y rhai a drigai ynddynt, roedd aflendid marwol yr hen flwyddyn yn cael ei olchi ymaith ac fe fyddai pobl mewn oed a phlant yn cael eu puro a'u diheintio fel y gallent wynebu'r dyfodol gydag asbri a hyder newydd.

Y dŵr cyntaf a godid o'r ffynnon ar ôl i'r cloc daro deuddeg ar fore Calan Ionawr oedd y dŵr gwyrthiol felly, ac mae yna sôn y byddai'r person cyntaf a godai'r dŵr o'r ffynnon yn taflu dyrnaid o wellt neu borfa i'r ffynnon, er mwyn rhoi gwybod i'r rhai a ddeuai ar ei ôl fod yr 'Hufen' wedi ei godi eisoes.

Fe wyddom oddi wrth y llun o'r merched bach fod y ddefod o dywallt dŵr ar fore Calan Ionawr yn fyw yn Ninbych-y-pysgod hyd at ryw hanner can mlynedd yn ôl. Mae'n siŵr gen i na wyddai'r ddwy eneth eu bod nhw'n gynheiliaid olaf hen draddodiad a oedd yn ymestyn yn ôl i'r cynoesoedd.

Oedd, yr oedd dŵr o'r ffynnon ar fore Calan Ionawr yn ddŵr pwerus iawn.

Yr oedd i ddŵr bŵer arbennig ar fore Calan Mai hefyd. Yng Nghernyw a Dyfnaint gelwid y dydd hwn yn *Ducking* neu *Dippy Day*, pan âi llanciau ifainc o gwmpas yn tywallt dŵr dros unrhyw un nad oedd yn gwisgo sbrigyn o'r ddraenen wen, (y *may*). Arwyddocâd gwisgo'r *may* oedd dangos i'r byd eich bod yn rhan o ysbryd gŵyl fawr y Clamai ac, efallai, ichi fod yn y coed y noson gynt yn ymuno yn y rhialtwch a'r anniweirdeb oedd yn rhemp yno!

Ond y dŵr mwyaf pwerus ar fore'r Calan Mai, hwyrach, oedd gwlith toriad y wawr. Arferai'r merched ei gasglu'n daer iawn oherwydd yr hen gred fod y gwlith a gesglid ar y dydd arbennig hwnnw yn ddwfr gwyrthiol – yn rhoi prydferthwch a glendid i'r croen.

> *Young girls in country districts still go out before sunrise on May Day, along or in little bands, to collect dew from the grass and the bushes, and anoint their faces with it. They do this because they believe, as their ancestors did before them, that it will make their complexions beautiful, or remove freckles and other blemishes, and also because the performance of the rite is supposed to bring good luck in the following twelve months'*
> (*A Dictionary of British Folk Customs*, Christina Hole, t. 193)

Ond nid y merched ifainc yn unig a gasglai'r gwlith. Byddai pobl o bob cwr yn ei gasglu oherwydd yr hen gred fod y dŵr arbennig yma yn gallu gwella'r diclèin (dicâu), y droedwst (*gout*), breuanchwydd (*goitre*), llygaid drwg ac anhwylderau ar yr asgwrn cefn. Sonia Aubrey yn ei *Natural History of Wiltshire* am ddyn o Clapham a arferai gerdded yn droednoeth trwy'r gwlith er mwyn gwella'i gowt!

Y Marw Byw

Ar hyd y canrifoedd fe fu ein hagwedd tuag at y meirw yn rhyfedd a dweud y lleiaf! Er y byddem yn cydnabod bod person wrth farw yn croesi rhyw ffin ddiadlam sy'n ei wahanu am byth oddi wrth y byw, eto fe gred pobl hyd heddiw fod y meirw gyda ni o hyd, yn yr ysbryd efallai, yn dilyn ein hynt a'n helynt ac yn gwybod am ein llawenydd a'n tristwch. Yn fwy na dim efallai, credir eu bod yn ymwybodol o'r ffordd y byddwn ni'n parchu eu coffadwriaeth, a hyd heddiw y mae ynom ryw barchedig ofn sy'n ein gwahardd rhag dweud dim drwg am y meirw. 'Never speak ill of the dead," medd y Sais. Ac fe ddywed Syr T.H. Parry Williams yn ei gân 'Tŷ'r Ysgol' ei fod ef a'r plant eraill yn cadw'r hen dŷ fel ag yr oedd yn nyddiau ei rieni . . .

> Onid rhag ofn i'r ddau sydd yn y gro
> Synhwyro rywsut fod y drws ynghlo.

Rhag ofn y byddai'r meirw'n synhwyro ac yn cael siom ac yn digio – dyna oedd gan y bardd mewn golwg.

Er y dysgir ni bod yr enaid yn gadael y corff ac yn mynd i'r Nefoedd, ac mai dim ond ein llwch neu ein lludw marwol sy'n gorwedd yn y bedd – eto i gyd y mae'r syniad yn aros bod y marw, neu ei ysbryd, yn dal i drigo yn y bedd ac yn disgwyl rhywfaint o sylw gan y rhai byw, yn enwedig y perthnasau agosaf. Credai'r Rhufeiniaid gynt fod ysbrydion y meirw yn y fynwent yn gallu dioddef o newyn a syched fel pe baent yn fyw; ac ar ddiwrnodau arbennig o'r flwyddyn byddent yn mynd â bwyd a diod i'r meirw. Ar lawer o feddau yn Rhufain gynt fe geid llechen â thyllau ynddi, fel gogr, fel y gallai'r gwin, neu'r llaeth, neu'r dŵr a dywelltir arni lifo i lawr i'r pridd. Y gred ddiysgog oedd y byddai ysbrydion y meirw'n diffygio'n llwyr heb gael bwyd a diod fel yna yn awr ac yn y man; a phe digwyddai hynny byddai'r ddolen rhwng y byw a'r cyndeidiau yn cael ei thorri ac ni allai dim ond drwg ddod o hynny. Gwelodd Dic Jones bwysigrwydd ac arwyddocâd y ddolen hon yn ei awdl i'r 'Cynhaeaf' lle mae yntau'n gweld y byw yn elwa ar waddol y meirw.

Meddai am ei gyndeidiau:

> Gwaddol eu hirder sy'n glasu f'erwau
> A hil eu hŷyn sy'n llenwi 'nghorlannau,

Ffrwyth eu hir ganfod yw fy ngwybodau,
Twf eu dilyniant yw fy ydlannau,
A'u helaethwych haul hwythau, o'i stôr maeth,
Yn eu holyniaeth a'm cynnal innau.

Dyna ffordd y bardd o ddweud bod ei gyndeidiau meirw yn fyw yn ei fywyd a'i waith yntau.

Yr oedd arfer diddorol arall gan y Rhufeiniaid. Pan fyddai rhywun a oedd wedi ei eni ymhell o Rufain yn cael ei gladdu yn y ddinas, fe fyddai ei dylwyth yn ceisio gofalu bod tipyn o bridd ei fro enedigol yn cael ei daflu i'r bedd. Byddai hynny, yn ôl y gred, yn cadw'r cysylltiad rhyngddo â'i gyndeidiau.

Yn rhyfedd iawn fe wnaethpwyd rhywbeth tebyg i hyn pan gladdwyd Dewi Emrys ym mynwent Pisgah, Talgarreg yng Ngheredigion. Fe gludwyd llond blwch o bridd bro Pencaer yn Sir Benfro, a'i daflu ar ei arch. Nid Pencaer oedd bro enedigol y bardd (eithr Cei Newydd, gel Talgarreg) – ond dyna fro ei blentyndod dedwydd, a bro a garai yn fawr iawn. Rhaid bod y rhai a fu'n gyfrifol am y weithred o gludo pridd Pencaer i Dalgarreg yn rhyw gredu y byddai ysbryd Dewi yn y bedd ym Mhisgah yn esmwythach ac yn hapusach o gael pridd bro'i blentyndod gydag ef yn ei orweddle alltud.

Yr hyn sy'n ein synnu yw bod gweithred a oedd yn gyffredin yn Rhufain ddwy fil o flynyddoedd yn ôl, yn cael ei chyflawni yng Ngheredigion yn ein oes oleuedig ni!

Mae'r hanesyn nesaf, a glywais yn cael ei adrodd gan y storïwr a'r canwr penillion enwog Ifan Rees, Nantypopty, yn dangos mor annelwig yw ein syniadau am y ffin sy'n gwahanu'r byw oddi wrth y marw. Credai'r hen gymeriad yn y stori fod ysbryd y meirw'n gallu mwynhau cwmni'r byw, o leiaf nes byddai pridd y fynwent drosto.

Dyma'r hanesyn. Un diwnod mart yn Llandysul, roedd yna nifer o hen gymeriadau wedi dod ynghyd yn nhafarn y Cilgwyn Bach, ac yn sgwrsio'n ddifyr a difri wrth ddrachtio'r cwrw coch. Rywsut fe gododd pwnc 'Marwolaeth' ei ben, ac meddai'r hynaf o'r cwmni, a oedd wedi ei eni a'i fagu yn ardal Carmel, Pren-gwyn, ryw chwe milltir o Landysul:

'Pan fydda' i farw, bois, fydda' i am gael 'y nghladdu yn Carmel, ac rwy'i am i chi i gyd ddod i'n angla' i, a fydda' i am i chi bob un yfed peint yn f'enw i yn Gwarcefel (tafarn ar y ffordd), y diwrnod 'ny.'

'Wrth fynd neu wrth ddod 'nôl?' gofynnodd un o'r cwmni.

'O, wrth *fynd*,' atebodd yr hen frawd. 'Fydda' i ddim gyda chi'n dod 'nôl.'

Er yn gorff marw, fe gredai y byddai ei ysbryd anweledig yn gallu bod yn rhan o'r hwyl yn y dafarn, ond na fyddai hynny'n bosib ar ôl cau'r bedd arno!

Yr oedd hen arfer yn bod gynt o weinyddu ewyllys person marw cyn gadael y fynwent ar ddydd yr angladd. Y rheswm am hynny oedd i ysbryd yr ymadawedig fod yn 'bresennol' i weld bod ei ddymuniadau ef, neu hi, wedi eu cyflawni'n onest. Adroddai'r diweddar Kate Davies, awdures *Hafau Fy Mhlentyndod*, i ryw hen wraig y gwnaeth hi nifer o gymwynasau â hi adael sofren felen iddi yn ei hewyllys, ac fe gofiai'n iawn iddi gael y sofren yn y fynwent ar ddydd yr angladd.

Yn ôl T. Gwynn Jones *(Welsh Folklore and Folk Custom)* ac eraill, byddai'n arfer hefyd i ddarllen yr ewyllys uwchben yr arch yn yr eglwys neu'r capel. Hyn hefyd mae'n siŵr, er mwyn i ysbryd yr ymadawedig glywed a chael ar ddeall bod popeth yn unol â'i ddymuniadau pan luniwyd yr ewyllys.

Wrth drafod pwnc fel hwn ni ellir anwybyddu'r hen arferion a fu, hyd yn ddiweddar, ynghlwm wrth y Calan Gaeaf a Gŵyl yr Holl Eneidiau pan gredai pobl fod y beddau'n agor a'r meirw'n cael rhyddid i ddychwelyd i'w hen gartrefi. Bryd hynny byddai paratoadau arbennig ar eu cyfer.

> *All over Europe, candles were, and still are, lit for them, indoors or on the graves in the churchyard, and household fires were kept burning for those who came from the cold tomb.*
> *(A Dictionary of British Folk Customs*, Christina Hole)

Ie, tân i'w cynhesu fel petaen nhw'n fyw, a bwyd ar y byrddau ar eu cyfer, a chadeiriau o gwmpas y tân i'w galluogi i dreulio'r nos yn gyfforddus. Doedd y meirw ddim yn farw gynt. Roedden nhw, fel y tlodion, bob amser gyda ni. Roedd y gladdfa neu'r fynwent bob amser yn dynn wrth fur yr eglwys neu'r capel, fel y gallen 'nhw' fod yn rhan o'r weddi a'r mawl. Ac yn y fynwent y cynhelid y gwyliau gynt – y ffeiriau a'r mabolgampau –y cyfan er mwyn i'r meirw allu bod yn rhan o'r hwyl a'r sbri.

O ryngu bodd y meirw deuai bendithion i'r rhai byw ac, i'r gwrthwyneb wedyn, byddai drwg yn siŵr o ddod o'u digio, neu o bechu yn eu herbyn mewn rhyw fodd. Yr oedden nhw (ac y maen nhw o hyd i raddau) yn ddigon byw i wybod am bopeth oedd yn mynd ymlaen yn y byd o'u cwmpas, ac fe dalai i bawb barchu eu coffadwriaeth. Dyna pam y cadwyd Tŷ'r Ysgol ar agor fel y dywedwyd ar y dechrau . . . .

> Onid rhag ofn i'r ddau sydd yn y gro
> Synhwyro rywsut fod y drws ynghlo.

Rhyfedd o fyd!

Y Gaseg-Dduwies o'r Llyn

Go brin fod yna yr un Cymro na Chymraes nad yw wedi darllen neu wedi clywed y stori am Forwyn Llyn y Fan – y ferch brydferth honno a gododd o'r llyn ac a ddaeth, ar ôl llawer o gymell, yn wraig i lanc o ffermwr a drigai ym Mlaen Sawdde, Llanddeusant, yn Sir Gaerfyrddin.

Ond nid morwyn oedd hi a dweud y gwir, ond *caseg*! Ie! Un o'r cesig dŵr, neu'r *kelpies*. Tylwyth Teg y dŵr oedd y rhain a chyfrifid hwy gyda'r mwyaf peryglus o'r bodau hud a lledrith. Fe geir cyfeiriad at y 'Ceffyl Dŵr' yng Ngeiriadur y Brifysgol, lle y disgrifir ef fel *'a bogey that frightened women'*. Yn Iwgoslafia gelwir y math yma o nymff y dŵr yn *Vily* a dywedir amdani yn *The Erotic World of Faery*, Maureen Duffy, fel hyn:

> . . . *they can be most easily recognised when they take the form of beautiful girls in white dresses, or as Vila-horses.*

Dyna ddigon i brofi nad yw caseg-forwyn Llyn y Fan yn gyfyngedig i Gymru. Yn wir, y mae hi'n adnabyddus mewn llawer gwlad a llawer iaith. Ond er ei bod yn ddigon adnabyddus mewn llawer rhan o'r byd y mae'n dipyn o ryfeddod, hyd yn oed ym myd ffantastig chwedlau Tylwyth Teg. Fe wyddom, serch hynny, fod ein cyndeidiau'n credu'n ddiysgog yn ei bodolaeth, ac nid yw'n ymddangos bod pobl gynt yn ei chael yn anodd credu bod caseg yn gallu troi'n ferch, a merch yn gaseg. Credent yn yr un modd fod gwrachod yn medru troi'n ysgyfarnogod, fel y gwyddom i gyd.

Ond nid oes neb wedi honni o'r blaen mai caseg-forwyn oedd y ferch o Lyn y Fan Fach, meddech chi. Pa brawf sydd yna mai *kelpie* oedd hi? I gyfaddef y gwir, rhaid cydnabod mai ychydig o dystiolaeth sy'n aros bellach i brofi mai dyna oedd hi. Mae'r hen chwedl wedi ei hadrodd a'i hailadrodd gynifer o weithiau ar hyd y canrifoedd ac wedi newid cymaint gyda threigl amser. Bu'r hen gyfarwyddiaid wrthi o oes i oes yn rhoi eu lliw a'u pwyslais eu hunain ar y stori. Ac yn gynnar yn y cyfnod Cristnogol, mae'n siŵr bod elfen y gaseg yn y stori wedi mynd yn annerbyniol, a hyd yn oed yn wrthun, gan fod y gaseg yn symbol mor bwerus o'r gwyllt a'r paganaidd yn yr hen fyd. Y canlyniad fu i'r elfen yma fynd ar goll yn yr ailadrodd bron yn llwyr. *Bron yn llwyr*, ond nid yn hollol, fel y cawn ni weld.

Chwedl arall, enwocach hyd yn oed nag un Llyn y Fan lle mae elfen y

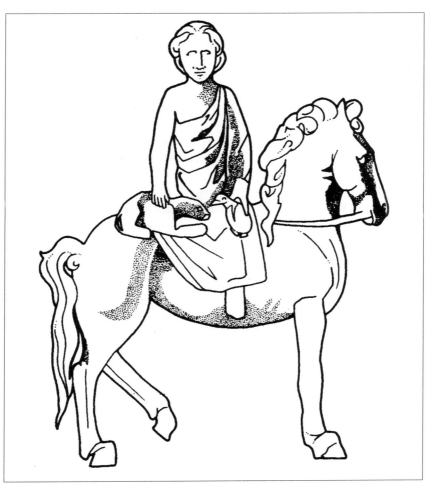

Epona, duwies y ceffylau

gaseg wedi mynd ar goll bron yn gyfangwbl, yw chwedl Pwyll Pendefig Dyfed, o Bedair Cainc y Mabinogi. Prin fod neb yn amau bellach nad caseg-dduwies oedd Rhiannon, gwraig Pwyll, fel Epona ei hun a oedd yn un o brif dduwiesau'r Celtiaid. Ac yn wir, fel Morwyn Llyn y Fan, er nad oes cyfeiriad uniongyrchol at Rhiannon fel caseg, eto i gyd y mae iddi briodoleddau caseg heb unrhyw amheuaeth. Gan eu bod mor hysbys prin fod angen i ni fynd ar eu hôl yma. Yn gyntaf, fe enillodd y ras â cheffylau cyflymaf Pwyll, yna mae genedigaeth mab Rhiannon ynghlwm wrth enedigaeth ebol ac, yn olaf, pan gyhuddir hi o ladd ei phlentyn, y gosb yw gorfod cario ymwelwyr i'r llys ar ei chefn – fel caseg!

Gan fod y Bedair Cainc wedi eu cyfansoddi efallai mor bell yn ôl â'r unfed ganrif ar ddeg, fe welir bod yr ymgais i ddileu elfen y gaseg o'r chwedlau wedi dechrau'n gynnar iawn. Ond ar waethaf pob ymdrech dros ganrifoedd o amser, ni lwyddwyd i ddileu'r hen gaseg yn llwyr o'r chwedlau sy'n ymwneud â merched arallfydol yn codi o'r dŵr ac yn priodi bodau dynol. Mae hi 'yma o hyd', yn llechu ym mhlygion y stori ac o dan y sglein neu'r haenen barchus sydd dros y fersiynau modern o'r chwedl erbyn hyn.

Er mai chwedl Llyn y Fan yw'r enwocaf, efallai, o'r rhai sy'n ymwneud â'r math o Dylwyth Teg a elwir yn *kelpies*, neu'r ceffyl a'r gaseg ddŵr, y mae yna nifer o rai eraill y byddai'n dda i ni fwrw golwg arnynt. Rwyf am sylwi yn gyntaf ar chwedl Gwestin Gwestiniog a gofnodwyd yn y ddeuddegfed ganrif gan ŵr o'r enw Gwallter Map. Dyma grynodeb ohoni:

> Dywedant fod Gwestin Gwestiniog yn byw yn ymyl Llyn Brycheiniog . . . a'i fod ar dair noson olau leuad wedi gweld yn ei gae ceirch wragedd yn dawnsio, a'i fod wedi eu dilyn hyd nes iddynt fynd o dan y dŵr . . . ond y pedwerydd tro dywedir iddo afael yn un ohonynt . . . Ildiodd hithau a chytuno i fod yn wraig iddo. A'i geiriau cyntaf i'w gŵr oedd y rhain: 'Fe'th wasanaethaf yn ffyddlon ac yn gwbl ufudd hyd y dydd . . . pan fydd di'n fy nharo â'th ffrwyn'.
>
> Ar ôl i'r ferch o'r llyn fyw gydag ef am flynyddoedd a rhoi iddo nifer o blant, fe ddigwyddodd yr hyn a broffwydodd y wraig; fe drawodd Gwestin hi â ffrwyn ei geffyl, ar ddamwain efallai. Yn union wedyn rhedodd y wraig yn ôl i'r llyn a'i phlant yn ei dilyn. Ond llwyddodd Gwestin i ddal un o'r rheini a'i gadw.

Y taro 'â ffrwyn ceffyl' sy'n bwysig yn y chwedl hon. Mae'r un peth yn digwydd o hyd ac o hyd, fel y cawn ni weld, ac mae'n arwain yn ddieithriad at ysgariad rhwng y gŵr a'r wraig. Rwyf am awgrymu mai'r rheswm am hyn oedd y ffaith mai *kelpie* neu gaseg-ddŵr oedd y ferch a bod ei tharo â'r ffrwyn, hyd yn oed ar ddamwain, yn ei hatgoffa o'r hyn oedd hi ac yn ei gyrru ar ei hunion yn ôl i'r llyn.

Y mae arwyddocâd y ffrwyn yn dod yn amlwg iawn mewn darn o hen chwedl a gofnodir gan T. Gwynn Jones yn *Welsh Folklore and Folk Custom*. Mae'r chwedl yma'n sôn am fachgen a gipiwyd yn ei fabandod gan y Tylwyth Teg, a'i gyfnewid am un o'u plant hwy, heb yn wybod i'r rhieni. Ond fe ddihangodd y bachgen oddi wrth y Tylwyth Teg ar ôl iddo dyfu'n ddyn, a dychwelyd adre. Cafodd fod plentyn y Tylwyth Teg heb dyfu fawr ddim, ac yn parhau i grio ddydd a nos. Rhoddodd y gŵr ifanc *ffrwyn* am ben y plentyn a chymerodd chwip i'w geryddu. Neidiodd y plentyn i fyny megis ceffyl a charlamu ymaith.

Y mae'r dernyn hwn o chwedl yn allweddol i'n dadl ynglŷn â phwysigrwydd y ffrwyn yn chwedlau morynion y llynnoedd. Yr oedd y gŵr ifanc yn y stori wedi treulio blynyddoedd lawer gyda Thylwyth Teg y dŵr, y *kelpies*, mae'n deg i ni gredu, ac fe wyddai ef yn iawn mai ffurf ceffyl oedd yn gynhenid iddynt. A phan ddaeth adre'n ôl fe wyddai sut i gael gwared o'r erthyl o blentyn a adawyd yn ei le, sef trwy wisgo ffrwyn am ei ben a defnyddio chwip! A'r eiliad y cafodd y ffrwyn am ei ben a'r chwip ar ei war nid oedd modd iddo aros yn blentyn mwyach.

Y mae'r darn o chwedl uchod yn un o'r ychydig enghreifftiau sydd gennym o un o'r Tylwyth Teg yn troi'n geffyl. Mae'r broses o ddileu'r elfen ryfedd yma wedi cerdded mor bell â hynny yng Nghymru, ond mae'n debyg bod y ceffyl a'r gaseg ddŵr wedi bod yn elfen gref iawn yn ein chwedloniaeth ni ar un cyfnod. Nid yw'n ymddangos bod ymgais mor daer wedi ei gwneud i ddileu'r elfen yma yn Iwerddon a'r Alban. Dyma hen chwedl o Iwerddon a gofnodwyd gan Syr John Rhys yn *Celtic Folklore (1)* oddi ar dafod leferydd hen wraig o'r enw Mrs Nolan:

There was a man named Mahon who had a farm on the edge of Loch Owell. He noticed that his corn was trampled, and he sat up all night to watch it. He saw horses (colts and fillies, rather), come up out of the lake and trample it. He chased them and they fled into the lake.

The next day he saw them again, and among them a beautiful girl with a cap of salmon skin on her head, and it shone in the moonlight; and he caught her, and embraced her, and carried her off to his house and married her. And she was a very good wife, as all these lake people are, and kept his house beautifully; and one day in the harvest she looked on the hurdle for lard to make colcannon for the men, and she saw her old cap of fish skin, and she put it on her head and ran straight down to the lake and was never seen any more, and Mahon he was terribly grieved and died soon after of a decline.

She had three children and I often saw them in the Mullingar market. They were farmers too, on Loch Owell.

Fe welir bod cychwyn y chwedl hon bron yn union yr un fath â chwedl Gwestin Gwestiniog er nad oes sôn am *colts* and *fillies* yn yr un Gymraeg, eithr am ferched yn unig, Go brin y bydd neb yn amau nad un o'r ceffylau dŵr ar ffurf merch a ymddangosodd i Mahon yr ail noson, lle roeddynt yn geffylau dŵr i gyd y noson gyntaf.

Wrth fynnu sôn am y *colts* and *fillies* (nad oedd ganddynt, a dweud y gwir, ddim lle amlwg yn y stori bellach), yr oedd Mrs Nolan yn dal i barchu'r hen draddodiad llafar am y cesig dŵr a fyddai'n ymrithio ar brydiau fel merched prydferth ac yn codi o'r llynnoedd.

Yn awr gadewch i ni sylwi ar chwedl o Ucheldiroedd yr Alban lle nad oes unrhyw ymdrech wedi ei gwneud i ddileu elfen y ceffyl dŵr ohoni.

Un diwrnod aeth rhyw forwyn fferm i ofalu am y gwartheg a oedd yn pori yn ymyl y *loch*. Yr oedd hi'n brynhawn braf, ac fe eisteddodd y ferch ifanc i lawr ar y glaswellt ar lan y llyn.

Cyn bo hir gwelodd ddyn ifanc yn cerdded tuag ati. Ni allai feddwl o ble roedd e wedi dod mor sydyn. Gofynnodd y dyn ifanc iddi a fyddai hi cystal â thrin ei wallt ('*fasg his hair*' yw'r geiriau a geir yn *Popular Tales of the West Highlands* gan Cambell, a'i ystyr yn ôl Rhys yw lleua, neu ddal y llau yng ngwallt y gŵr ifanc).

Cytunodd y ferch i wneud y gymwynas honno â'r llanc, ac fe orweddodd yntau yn ei hymyl â'i ben yn gorffwys ar ei harffed. Dechreuodd hithau drin ei wallt. Ond yn fuan iawn darganfu fod ei wallt yn llawn o ryw lus gwyrdd, ac fe wyddai'n iawn mai yn y llyn y

Y ferch yn ymddangos o'r llyn

tyfai'r llus rheiny. Dychrynodd yn fawr iawn, oherwydd yn awr fe wyddai mai un o Dylwyth Teg y llyn a orweddai yno â'i ben yn ei chôl. Gwyddai hefyd ei bod hi mewn perygl enbyd. Pe bai'n rhoi unrhyw arwydd ei bod wedi darganfod cyfrinach y *kelpie* byddai ar ben arni. Felly, ar waetha'i hofn, fe aeth ymlaen i drin ei wallt. Cyn bo hir sylwodd fod golwg gysglyd ar wyneb y dyn ifanc ac ymhen tipyn roedd ei lygaid wedi cau ac yntau'n cysgu'n drwm.

Yn araf, araf tynnodd linyn ei ffedog yn rhydd, cododd y pen yn dyner oddi ar ei chôl a'i osod i orwedd ar y borfa. Yna cododd ar ei thraed a dechrau rhedeg am ei bywyd. Yr oedd hi wedi dod i olwg y ffermdy pan fentrodd daflu un cip dros ei hysgwydd. Yr oedd ei ffrind yn carlamu ar ffurf ceffyl ar ei hôl, neu, fel y dywed Campbell, 'in the likeness of a horse'.

Y tro hwnnw cyrhaeddodd y ferch ifanc y tŷ yn ddiogel.

Y mae yna ddwy chwedl o Iwerddon am y cesig-ferched y mae'n rhaid i ni sylwi arnynt cyn troi'n ôl at Forwyn Llyn y Fan a'r chwedlau eraill sy'n ymwneud â'r math yma o Dylwyth Teg.

Yn y gyntaf mae'r ferch yn troi'n gaseg heb unrhyw amwysedd, ond yn yr ail, fel yn chwedl Rhiannon a Phwyll, ni ddywedir yn blwmp ac yn blaen mai caseg oedd hi, er bod y peth yn hollol glir hefyd!

Un diwrnod yr oedd Cian fab Maelmuaidh fab Brân yn hela gyda'i gŵn, ac fe ddigwyddodd rheiny gornelu ysgyfarnog mewn cwr o faes, fel na allai ddianc. Ond pan oedd y cŵn ar fin gafael ynddi dyma hi'n ei throi ei hunan yn ferch hardd iawn. Fe aeth Cian â hi adref, a chyn bo hir roedd e wedi syrthio mewn cariad â hi dros ei ben a'i glustiau. Gofynnodd iddi ei briodi, ond gwrthod a wnâi hi. Fe geisiodd Cian ei gorfodi wedyn, ond ar amrantiad dyma hi'n ei throi ei hun yn gaseg fagu fawr ac yn ei gicio yn ei goes. Yna diflannodd gan ei adael yn gripil.

Yma fe welir bod y ferch ar ffurf ysgyfarnog yn gyntaf, ac efallai bod yma ddwy chwedl wedi mynd yn un, fel y digwyddai'n aml.

Mae'r chwedl nesaf yn ymwneud â'r dduwies Wyddelig, Macha, ac fe welir bod iddi briodoleddau'r gaseg yn amlwg iawn!

Ysbytiwr oedd Crunniuc fab Agnamon o dylwyth yr Ulaid, ac yn berchen tiroedd lawer. Trigai serch hynny yn niffeithiwch y mynyddoedd, a'i feibion gydag ef. Yr oedd ei wraig wedi marw.

Un diwrnod, ac yntau gartref ar ei ben ei hun, gwelodd ddynes hardd yn dynesu at y tŷ. Daeth i mewn ato a mynd ati i lanhau, a rhoi trefn ar yr ystafelloedd yn union fel pe bai hi wedi bod yno erioed!

Pan ddaeth yr hwyr, gofalodd am fwyd ac anghenion eraill y teulu, heb i neb ofyn iddi. Y noson honno cysgodd gyda Chrunniuc.

Bu hi gydag ef am amser hir ac nid oedd unrhyw fendith na llwyddiant na ddygodd hi iddo, yn llawnder o fwyd a dillad a chyfoeth.

Un diwrnod yr oedd Ulaid yn cynnal ffair, ac aeth pawb o dŷ Crunniuc iddi – y gwŷr a'r gwragedd, y bechgyn a'r merched, ac wrth gwrs, Crunniuc ei hun â dillad da amdano a gwrid iach ar ei ruddiau.

'Cymer ofal na ddwedi di ddim byd ffôl heddiw,' meddai ei wraig wrtho.

'Dim perygl o hynny,' ebe yntau.

Cynhaliwyd y ffair ac ar ddiwedd y dydd daeth cerbyd rasio'r brenin i'r maes. Câi ei dynnu gan ei geffylau cyflymaf, ac wrth gwrs, hwy a enillodd y ras yn hawdd.

Ac meddai'r bobl oedd yn bresennol, 'Does dim yn y byd mor gyflym â'r ceffylau yna.' Ond dywedodd Crunniuc, 'Mae fy ngwraig yn gyflymach.'

Aethpwyd ag ef ar unwaith at y brenin ac fe aeth rhywun i ddweud wrth ei wraig.

'Mae'n anffodus iawn 'mod i'n gorfod mynd i'w ryddhau e nawr, a minnau'n feichiog ac ar fin esgor,' meddai hi.

'Anffodus neu beidio,' atebodd y negesydd, 'fe fydd e farw oni ddoi di.'

'O'r gorau,' meddai hithau. 'Mwy fydd y dioddef a ddaw arnoch chi ar ôl hyn, ac fe fydd ei barhad yn hir ymysg yr Ulaid.'

Yna mae hi'n cyrraedd y maes ac mae gwewyr esgor yn dechrau arni. Erfynia ar y brenin a'i wŷr i adael iddi eni yn gyntaf cyn ceisio profi bod yr hyn a ddywedodd ei gŵr yn wir. Ond mae'n erfyn yn ofer. Mae'r ras yn cychwyn, a phan gyrhaedda'r ceffylau ben pellaf y cae, mae hi yno o'u blaenau, ac yn y fan honno mae'n rhoi genedigaeth i efeilliaid – a marw wrth wneud. A dyna paham y gelwir y lle hwnnw hyd heddiw yn Emain Macha.

Mae hon yn chwedl Wyddelig hyfryd. Meddylier mewn difri am y gaseg-dduwies yma a oedd mor gyflym fel y llwyddodd hi i guro ceffylau gorau'r brenin a hithau â gwewyr esgor arni!

Er nad oes sôn yma am ferch yn codi o'r llyn, diau mai un o Dylwyth Teg y dŵr oedd hi pe bai yna fersiwn gyflawn o'r chwedl ar glawr. Cymerwyd y fersiwn uchod o *Early Irish Myths and Sagas* gan Jeffrey Gantz, ac yn y rhagymadrodd fe ddywed yr awdur wrthym: *'Like Rhiannon in "Pwyll Lord of Dyfed", Macha . . . is a horse-goddess.'*

Ond fel yn chwedl Pwyll a Rhiannon, fe gymerwyd gofal mawr i beidio â dweud wrthym yn uniongyrchol mai caseg-dduwies oedd hi!

Ond yn awr gadewch i ni droi ein sylw o'r diwedd at y chwedlau sy'n ymwneud â merched y llynnoedd Cymreig. O wneud tipyn bach o waith ditectif fe ddaw'n ddigon eglur mai cesig dŵr neu *kelpies* ydynt bob un, er – fel y dywedwyd yn barod – bod ymdrechion taer wedi eu gwneud i guddio'r ffaith.

Fe welir bod y digwyddiad sy'n arwain at ysgariad terfynol y gŵr a'r ferch o'r llyn yn ymwneud â cheffyl neu geffylau bob tro, ac yn aml bydd y ferch yn cael ei tharo â ffrwyn ceffyl, ac fe awgrymwyd eisoes fod hyn yn digwydd oherwydd y ffaith mai cesig dŵr oedd y merched hyn yn gynhenid, a bod yr ymwneud â cheffylau go-iawn – yn enwedig â'r ffrwyn –yn eu hatgoffa o'r hyn oeddynt ac yn eu gyrru yn ôl i'r dŵr.

Fe geir y gyntaf, fel nifer o'r lleill, yn *Celtic Folklore (1)*, Syr John Rhys. Heb fanylu ar y chwedl i gyd, gan ei bod yn dilyn patrwm cyfarwydd, fe ganolbwyntir ar ei diwedd yn unig (tud. 61).

> *Years rolled on, when the husband and wife went out together one day to catch a colt of theirs that had not been broken in, their object being to go to Conwy Fair. Now as she was swifter on foot than her husband, she got hold of the colt by the mane, and called out to him to throw her the halter, but instead of throwing her the one she asked for, he threw another with iron in it, which struck her. Off she went into the lake . . .*

Sylwer bod y ferch yma – fel Rhiannon ac fel Macha – yn sionc ar ei throed. Roedd hi mor sionc, yn wir, fel y medrai hi ddal ebol gwyllt wrth ei fwng yn hawdd!

Fe berthyn y chwedl hon i Lyn Corwrion ym mhlwyf Llandygái ger Bangor, ac fe geir fersiwn arall ohoni yng nghyfrol Rhys (tud. 54). Yn hon eto fe geir y gŵr a'r wraig yn mynd i'r cae i ddal ebol gwyllt, ac mae'r geiriad yn bur debyg i'r cyntaf.

> . . . the fairy wife, being so much nimbler than her husband, ran before him and had her hand in the pony's mane in no time.

Ond yma eto caiff y ferch ei tharo'n ddamweiniol â'r ffrwyn ac mae'n dychwelyd i'r llyn.

Carwn dynnu sylw yma hefyd at ddarn o hen chwedl yn ymwneud â llyn wrth odre Mynydd y Fedw, ar ochr orllewinol yr Wyddfa – eto o *Celtic Folklore*.

> Ar ddydd marchnad yng Nghaernarfon yr oedd y gŵr a'r wraig wyrthiol â'u bryd ar fynd i'r farchnad ar gefn merlod . . . Aethant i'r mynydd i geisio dal dau ferlyn. Daliodd y gŵr un merlyn a'i roi i'r wraig i'w ddal heb un ffrwyn na dim, tra bu ef wrthi'n ceisio dal un arall. Ar ôl dal un eto a rhoi ffrwyn yn ei ben, taflodd ffrwyn arall i'w wraig i'w rhoi ym mhen ei merlyn hithau. Ond wrth iddo ei thaflu, trawodd bit y ffrwyn hi yn ei llaw.

Nid oes angen ditectif craff iawn i weld bod cawlio mawr iawn wedi bod yma! Meddylier mewn difri am y gŵr, er bod ganddo ddwy ffrwyn, yn gadael i'w wraig ddal merlyn gwyllt heb ffrwyn, tra roedd ef â dwy ffrwyn yn bwysau arno yn ceisio dal y llall! Byddai wedi bod yn llawer mwy hwylus a rhesymol i roi ffrwyn ar y merlyn cyntaf yn union ar ôl ei ddal a gadael i'r wraig ddal hwnnw, gyda chymorth y ffrwyn, tra byddai ef yn dal y llall. Yr hyn sy'n fwyaf tebygol, wrth gwrs, yw mai'r wraig wyrthiol oedd yn dal y merlod heb ffrwyn na dim, oherwydd mai caseg ddŵr oedd hi yn ei ffurf gynhenid, ac i'r ddamwain ddigwydd wrth iddo ef daflu'r ffrwyn iddi *wedyn*. Ac onid yw hi'n bur anhygoel fod gwraig yn gallu dal merlyn gwyllt wrth ei fwng yn unig? Ond pan gofiwn fod y ferch o'r llyn *o'r un anian â'r merlod*, yna mae'r peth yn peidio â bod yn anhygoel!

Ond yn awr at chwedl Morwyn Llyn y Fan. Nid oes sôn am ddamwain wrth ddal ceffyl gwyllt yn honno, nac am daro â ffrwyn. Gan bwyll! Oes, y mae yna sôn am ddal ceffyl. Yn wyrthiol, ar ôl yr holl ailadrodd a'r newid a fu ar yr hen chwedl, fe gadwyd un cyfeiriad at ddal ceffyl.

Rwy'n cyfeirio at y darn sy'n sôn am y bwriad i fynd i seremoni bedyddio baban yn yr ardal. Nid oedd Morwyn Llyn y Fan yn awyddus i fynd gan fod y pellter yn ormod, meddai hi. Ond dywedodd ei gŵr wrthi am fynd i'r cae i ddal ceffyl. 'Fe wnaf,' meddai hi, 'os ei di i mofyn y menig a adewais i yn y tŷ.' Fe aeth ef i'r tŷ i mofyn y menig ond pan ddaeth yn ei ôl nid oedd y wraig wedi mynd i'r cae i ddal y ceffyl. 'Dos! Dos!' meddai ef, gan ei tharo'n chwareus ar ei hysgwydd.

Mae'n amhosibl esbonio sut y bu i'r darn anhygoel yna gael ei gadw. Mae'n gwbwl afresymol, wrth gwrs. Meddylier mewn difri am *ffermwr* yn gyrru ei wraig i'r cae i ddal ceffyl tra oedd ef yn gwneud peth mor ferchetaidd â *mofyn ei menig hi o'r tŷ!* Y gŵr, wrth gwrs, ddylai fod wedi mynd i ddal y ceffyl tra oedd y wraig yn mofyn y menig. A hyd yn oed ar ôl i'r gŵr ddychwelyd gyda'r menig, fe geisiai gan ei wraig fynd i'r cae i ddal y ceffyl – yn lle mynd ei hunan!

Ond fe wyddai ef, fel y gwyddai Crunniuc yn chwedl Macha, fod ei wraig yn heini iawn ar ei thraed ac nad oedd dal ceffyl, waeth pa mor wyllt, yn broblem o gwbl iddi gan mai caseg hud oedd hi ei hunan. Ac onid oedd Macha'n gynt na cheffylau cyflymaf y brenin, er ei bod hi'n feichiog ar y pryd ac ar fin geni efeilliaid?

Ie, rhyfedd iawn, a phrydferth hefyd yw chwedlau 'morynion' y llynnoedd. Ond a ydynt yn llai prydferth o wybod mai cesig dŵr oedd y morynion yn y chwedlau cynhenid? Choelia i fawr. Mae gwybod hynny'n eu gwneud yn fwy diddorol o dipyn, ddwedwn i!

Yr oedd yna rai nodweddion arbennig yn perthyn i'r merched hyn ac mae'n rhaid i ni sylwi arnynt cyn dod â'r bennod hon i'w therfyn.

Yr oeddynt yn dda gyda gwaith tŷ, 'As all these lake people are,' meddai Mrs Nolan, ac fe gydiodd Macha yng ngwaith y cartref heb i neb ddweud wrthi. Mae'r nodwedd hon yn dod i'r golwg o hyd ac o hyd yn y chwedlau.

Y maent hefyd yn ddieithriad yn dwyn llwyddiant bydol helaeth i'w gwŷr. Gwna Macha ei gŵr yn gyfoethog iawn, ac fe ddaw Morwyn Llyn y Fan â'i 'stoc' niferus gyda hi o'r llyn.

Yn drydydd, maent yn sionc eithriadol ar eu traed, ac nid yw hyn yn syndod o gofio mai cesig dŵr oedden nhw.

Yn bedwerydd, cysylltir hwy â meddyginiaeth o hyd ac o hyd ac, fel y gwyddom, fe drosglwyddodd Morwyn Llyn y Fan ei dawn a'i chyfrinachau i'w meibion a ddaeth yn enwog wedyn fel Meddygon Myddfai.

Ond efallai mai'r peth rhyfeddaf oll ynglŷn â'r merched hyn oedd y gred gyffredin gynt eu bod yn bobl 'real', a'u plant a'u disgynyddion yn bobl o gig a gwaed fel ninnau i gyd. Yn wir, hyd at y ddeunawfed ganrif yr oedd yna bobl yn byw yng Nghymru oedd yn cael eu hadnabod fel disgynyddion Morwyn Llyn y Fan! Dywedir wrthym i'w mab Rhiwallon, a'i feibion yntau, fod yn feddygon teulu i Rhys Gryg, arglwydd cestyll Dinefwr a Llanymddyfri yn y ddeuddegfed ganrif, ac i hwnnw roi tiroedd a breintiau eraill iddynt yn ardal Myddfai.

Ceir awgrym felly mai cyfnod dyfod y ferch o'r llyn oedd rywbryd yn y ddeuddegfed ganrif, ond rhaid i ni gredu bod y chwedl am y gaseg-forwyn yn llawer hŷn na hynny. Ond fe barhaodd y gred ei bod yn bosibl i ferch y Tylwyth Teg godi o'r llyn a dod yn wraig i fod dynol tan hyd at gan mlynedd yn ôl, fwy neu lai! Cofier am eiriau Mrs Nolan am y ferch a ddaeth o Loch Owell:

She had three children and I often saw them in the Mullingar market. They were farmers too, on Loch Owell.

Pan holodd W.Y. Evans Wentz *(The Fairy Faith in Celtic Countries)* Gymro o'r enw D. Davies-Williams o Sir Drefaldwyn, ym mlynyddoedd cynnar y ganrif hon am y Tylwyth Teg, dyma ei ateb:

It was the opinion that the Tylwyth Teg were a real race of invisible or spiritual beings living in an invisible world of their own. The belief in the Tylwyth Teg was quite general fifty or sixty years ago, and as sincere as any religious belief is now.

Mae'r geiriau olaf yna'n werth eu cofio!

Y Pen Ceffyl

Draw ymhell yn nyfnderoedd y Gofod y mae yna Ben Ceffyl (yr *Horse Nebula*). Gellir gweld llun o'r pen anferth hwnnw mewn llyfrau ar Seryddiaeth – rhyw silwét tywyll, lledrithiol ar gefndir o oleuni pell yn llawn dieithrwch a dirgelwch ac yn her i ddawn y Seryddwr, i reswm y Gwyddonydd ac i ddarfelydd y Bardd, i'w ddeall a'i ddehongli.

Mewn ffordd, mae'r un peth yn wir am y Pen Ceffyl sy'n rhan mor anesboniadwy o'n llên gwerin a'n mytholeg ni, y cenhedloedd Celtaidd. Mae'n symbol holl bwysig a holl bresennol. Lle bynnag y trown ni yn y ddau faes uchod, fe ddown yn fuan iawn at ryw gyfeiriad at y Pen Ceffyl (neu'r Pen *Caseg* fynychaf yn ein hanes ni'r Cymry).

O'r hen ddefodau neu'r arferion sy'n ymwneud â'r Pen Ceffyl, efallai mai'r mwyaf cyfarwydd i ni yw'r Fari Lwyd, sy'n dal i fynd o gwmpas adeg y Nadolig a'r Calan.

Y mae awgrym o'r Pen Caseg yn nefod hynafol y Gaseg Ben Fedi wedyn, sy'n ymwneud â'r tusw olaf o ŷd yn y cae ar ddiwedd cynhaeaf. Ac yng ngogledd Cymru gynt fe geid yr hen arfer o 'Roddi Penglog' ar Noswyl Fai. Yr hyn a ddigwyddai oedd fod bechgyn ifainc yn mynd â phenglog ceffyl neu gaseg (neu yn wir, asyn) a'i hongian ar ddrysau tai lle roedd hen ferched neu rai dibriod, di-serch yn byw, a hynny yn ystod oriau'r nos. Ac nid yn unig yma ym Mhrydain y ceir sôn am amrywiol ddefodau yn ymwneud â'r pen ond trwy Ewrop ac Asia hefyd. Yn India mae cyfeiriadau at bwysigrwydd y pen yn mynd yn ôl ymhell iawn, iawn. Yn y *Rig Veda* (casgliad o ryw fath o salmau cyntefig sy'n dyddio, efallai, yn ôl i ddwy fil o flynyddoedd cyn Crist), fe geir sôn am chwilio hir am Ben Ceffyl a oedd ar goll. Yn *Hindu Myths* (gol. Betty Radice) fe geir y cyfeiriad dyrys yma:

> *As Indra sought the horse's head that was hidden in the mountains, he found it in Saryanavat. Then they knew the secret name of the cow of Tvastr, in the house of the moon.*

Tvastr oedd y duw-grefftwr, gwneuthurwr arfau'r duwiau, ac Indra oedd y prif dduw, er bod ei awdurdod dan fygythiad yn aml! Dywedir mai o dethau buwch Tvastr y ceid y Soma hollbwysig, sef y medd gwyrthiol, ac o ddod o hyd i'w henw gellid ailddarganfod ffynhonnell y Soma. Wrth geisio egluro'r

Ffair geffylau Tal-y-bont, Ceredigion ar dderchrau'r ugeinfed ganrif

Ffair geffylau Pontrhydfendigaid

cerpyn yma o fyth, dywed un esboniwr o'r bedwaredd ganrif ar ddeg hyn:

Tvastr – the Architect, artisan of the gods – had a magic cow whose udder yielded Soma; he hid the cow from Indra . . . Indra and Tvastr are sun gods, but Soma is said to be stored on the moon.

Gan ei bod yn fwy na thebyg mai o India y daw'r cyfeiriadau mwyaf cyntefig at bwysigrwydd y Pen Ceffyl mewn myth a defod, nid anfuddiol fyddai sylwi ar ddarn o fyth gwahanol, ond eto'n ymwneud â'r ymchwil am y pen sydd ar goll. Yn y fersiwn yma fe gymer yr Asfiniaid – duw-efeiliaid, plant yr Haul a duwies ar ffurf caseg – ran bwysig yn y digwydd. Mae'r hanes yn ymwneud â'r pen a dorrir ymaith yn ystod y ddefod o aberthu'r ceffyl, a'r prif gymeriad yw'r gŵr doeth a'r proffwyd, Dadhyanc, a wyddai ryw gyfrinach ddirgel ynglŷn ag aberth y pen.

Meddai Indra wrth Dadhyanc, 'Os datgeli di'r gyfrinach i unrhyw un fe dorraf dy ben di.' Digwyddodd i'r Efeilliaid (Asfiniaid) glywed y geiriau hyn, ac fe aethant at Dadhyanc a dweud, 'Gad i ni ddod atat ti fel disgyblion.' Gofynnodd yntau, 'Beth garech chi 'i ddysgu gennyf fi?'

'Sut i gwblhau aberth y Ceffyl. Sut i ailosod y pen i wneud yr aberth yn berffaith.'

Dywedodd Dadhyanc na allai fentro gwneud y fath beth gan fod Indra wedi bygwth torri ei ben. Ond dywedodd yr Efeilliaid y byddent hwy yn ei amddiffyn ac na ddigwyddai drwg iddo.

'Sut y gellir gwneud hynny?' gofynnodd Dadhyanc.

'Pan fyddi di wedi ein derbyn ni fel disgyblion, fe fyddwn ni'n torri dy ben di ac yn mynd ag e i'w guddio mewn man arall; yna fe fyddwn ni'n dod â phen ceffyl a'i osod ar dy ysgwyddau di. Â'r pen yma fe fyddi di'n gallu ein dysgu ni, ac ar ôl i ti wneud hynny, fe fydd Indra'n dod ac yn torri'r pen hwnnw i ffwrdd. Yna fe fyddwn ni'n dod a rhoi dy ben dy hunan yn ôl fel yr oedd gynt.'

Ac felly y bu. Fe ddaeth Indra a thorri ei Ben Ceffyl ac yna daeth yr Efeilliaid a rhoi ei ben gwreiddiol yn ôl ar ei ysgwyddau.

Mae'r myth anghyflawn yma'n werth sylwi arno oherwydd mai dyma, efallai, y sôn cyntaf am wisgo pen ceffyl mewn defod o ryw fath. Ac os oes yna allwedd i ddirgelwch yr holl arferion fel y Fari Lwyd, y Ceffyl Hobi a'r *Wooden Horse* yn Lloegr – heb sôn am y rhai niferus trwy Ewrop ac Asia – efallai mai ymysg mythoedd cynnar Hindwiaid India y gellir dod o hyd iddi.

Y Fari Lwyd yn y traddodiad Cymreig

41

Nid wyf am ymddiheuro felly am sôn am un hanesyn arall yn ymwneud â'r proffwyd Dadhyanc.

Roedd y demoniaid wedi cael yr afael drechaf ar Dadhyanc, yn ei henaint efallai. Roedden nhw wedi gwneud hynny trwy edrych ym myw ei lygaid. A phan aeth y proffwyd i'r nefoedd, fe gynyddodd y demoniaid yn aruthrol nes llenwi'r byd. Ac ni allai Indra wneud dim â'r fath nifer. Aeth i chwilio am Dadhyanc, ond dywedodd y bobl wrtho ei fod wedi mynd i'r nefoedd.

'Onid oes dim ohono ar ôl?' gofynnodd Indra.

'Wel,' meddai'r bobl, 'y mae yna'r Pen Ceffyl a wisgai wrth roddi cyfrinach y Soma i'r Asfiniaid. Ond does neb a ŵyr ymhle mae'r pen hwnnw yn awr.'

'Ewch, chwiliwch amdano,' gorchmynnodd Indra. Ac aeth y bobl i chwilio'n daer am y pen a dod o hyd iddo yn llyn Saryanavat yn hanner gorllewinol gwastadedd Kuru. Gydag esgyrn y pen hwnnw y lladdodd Indra'r demoniaid.

Yr ydym yn awr ar dir gweddol gyfarwydd. Gwyddom fod pobl gyntefig yn arfer rhoi'r bai ar ddemoniaid am bob aflwydd a ddeuai i'w rhan megis newyn, sychder, afiechyd a diffrwythdra. Yn y tamaid yma o hen fyth, nid oedd y prif dduw – Indra ei hun – yn ddigon nerthol i allu gwaredu'r byd o'r demoniaid. Ond wedi dod o hyd i'r Pen Ceffyl fe lwyddodd!

Yr oedd aberthu'r ceffyl i'r duwiau yn aberth fawr, bwysig i'r bobl Indo-Ariaidd yr ydym yn sôn amdanynt. Dofi'r ceffyl a'i farchogaeth oedd wedi eu gwneud yn goncwerwyr y byd Indo-Ewropeaidd, ac iddynt hwy yr anifail hwn oedd prif symbol nerth, cyflymdra ac egni rhywiol grymus.

Ac ar gyfer yr aberth dim ond y ceffyl perffaith difrycheuyn a wnâi'r tro, oherwydd mai aberth i'r duwiau ydoedd. Ac o bob rhan o gorff y ceffyl aberthedig, y rhan bwysicaf oedd y pen.

Mae darllen y cyfieithiad o'r *Rig Verda* gan O'Flaherty yn rhoi'r awgrym i ni mai'r ceffyl a oedd wedi ennill rhyw ras fawr oedd yr un a aberthid. Mewn un man darllenwn y geiriau: *'The racehorse has come to the slaughter'*.

Os yw hyn yn wir, mae'n werth nodi ei bod yn arfer yn Rhufain, ganrifoedd yn ddiweddarach, i ladd y ceffyl de o'r pâr a fyddai'n ennill y ras gerbydau *(chariots)* fawr ar Faes Mawrth. Torrid pen a chynffon y ceffyl hwnnw hefyd.

Yn y chwedl uchod am y duw Indra yn gorfod cael y Pen Ceffyl cyn gallu trechu'r demoniaid fe geir, efallai, yr eglurhad am yr holl arferion oedd a wnelon nhw â'r pen a ddaeth i fod wedyn, ac a barhaodd hyd ein dyddiau ni. A beth yw'r eglurhad, meddech chi? Wel, os bu raid i Indra, a oedd yn

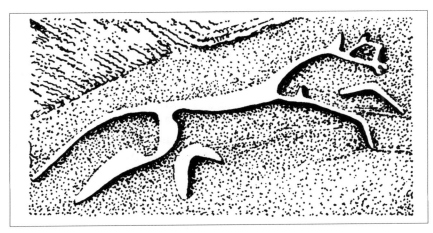

Ceffyl gwyn Uffington, Berkshire

hollalluog ac anfarwol, gael cymorth y Pen Ceffyl, faint mwy oedd angen teulu dyn amdano pan oedd demoniaid newyn, afiechyd, sychder a diffrwythdra yn eu bygwth? Dyna pam yr oedd croeso twymgalon i'r Fari Lwyd ar aelwydydd pobl. Roedd hi'n dod â gobaith ar drai'r flwyddyn ac addewid am amser gwell i ddod pan fyddai ailegino a ffrwythloni a beichiogi, am fod y pen wedi dod o gwmpas i erlid y demoniaid. Mae'n siŵr y byddai'r rhai sy'n arbenigwyr ym maes llên gwerin yn cytuno'n fras â'r ddamcaniaeth yna.

Carwn ddychwelyd yn awr at yr arfer o wisgo'r pen, fel y gwnaeth Dadhayanc. Mae gennym nifer o enghreifftiau mewn chwedloniaeth o hyn yn digwydd. Dywed Frazer *(The Golden Bough)* wrthym fod y dduwies Demeter, ar un cyfnod, yn cael ei phortreadu fel dynes â phen ceffyl (neu gaseg) a mwng hefyd. Câi ei haddoli yn y ffurf yma gan y Phigaliaid gynt mewn ogof yng ngorllewin Arcadia. Weithiau hefyd caiff Hecate, duwies yr Isfyd, ei phortreadu yn gwisgo pen caseg.

Ond yr enghraifft ryfeddaf sydd gennym o lun corff dynol yn gwisgo pen ceffyl (neu ben asyn yn yr achos hwn) yw'r un a godwyd oddi ar fur adeilad milwrol ar y Palatine yn Rhufain, ac sy'n perthyn i'r ail ganrif OC. Dywed Carl Jung yn *Complete Works* am y darn graffiti yma:

> *The mock Crucifixion on the Palatine shows the Crucified with an ass's head, which may perhaps be a reference to the old legend that the image of an ass was worshipped in the temple at Jerusalem.*

Mae'n debyg mai milwr nad oedd, efallai, ei hun yn Gristion a dynnodd y llun er mwyn tynnu coes neu wawdio Alexander a oedd yn Gristion.

Mae'n werth i ni atgoffa ein hunain fan yma mai ar gefn asyn y ffodd Mair a Joseff a'r Baban rhag llid Herod, ac mai ar gefn asyn y marchogodd yr Iesu i Jeriwsalem pan oedd ei ddiwedd yn agosáu. Ac yn Llyfr y Barnwyr fe geir sôn am Samson yn taro'r graig ag asgwrn gên asyn – a ffynnon yn tarddu o'r fan honno.

Cyn troi cefn ar y traddodiadau sy'n ymwneud â'r pen yn India gyntefig, fe garwn ddyfynnu o'r *Brihadaranyaka Upanishad*. Dyma a geir yno:

> *Dawn is the head of the sacrificial horse, the sun his eye, the wind his breath . . . The rising sun is his forepart, the setting sun his hindpart . . . the ocean is his kinsman, the sea his cradle.*

Mae gennym, fel y gwelwyd, nifer o enghreifftiau mewn mytholeg o wisgo pen ceffyl er mwyn dod o hyd i ryw wirionedd ac er mwyn dod o hyd i rywbeth gwerthfawr sydd ar goll. Fe'i defnyddir hefyd wrth weinyddu barn, yn y gred y byddai'r doethineb a berthynai i'r pen yn siŵr o ddatrys y broblem ynglŷn â phwy oedd yn euog a phwy oedd yn ddi-fai.

Wrth drafod hyn, mae'n werth inni dynnu sylw at hen ddefod y Ceffyl Pren a oedd yn gyffredin iawn yng Nghymru gynt. Gan fy mod i'n trafod y ddefod hon yn helaeth mewn pennod arall, bodlonaf yma ar ddweud mai rhyw fath o lys barn swnllyd a direol oedd y Ceffyl Pren a gynhelid fynychaf pan fyddai ymrafael rhwng gŵr a gwraig neu pan fyddai'r gŵr, druan, yn gyfan gwbl o dan fawd ei wraig. Weithiau hefyd, fe gynhelid y Ceffyl Pren pan fyddai'r gŵr neu'r wraig yn anffyddlon. Ond yng nghyfnod terfysgoedd Merched Beca, fe ddefnyddid y Ceffyl Pren mewn llawer o achosion eraill. Ond cyn hynny, roedd y llys barn rhyfedd hwnnw yn ymwneud â rhyw ddiffygion ym mywyd priodasol pobl yn bennaf. Mae T. Gwynn Jones yn *Welsh Folklore and Folk Custom* yn dweud fel hyn amdano:

> *It was a noisy procession that proceeded to the house of a henpecked husband, near which a Court was formed, the judge wearing the collar-bone of a horse on his head and a bed quilt over his shoulders, and the officers carrying long white wands.*

Fe welir mai pont ysgwydd ceffyl a geir ar ben y barnwr yn y llys barn uchod, am nad oedd pen ceffyl go iawn wrth law efallai, neu, gan mai llys barn ffug ydoedd, iddynt ddewis defnyddio'r asgwrn yn lle penglog. Y mae'r cyfeiriad at *bed quilt* hefyd yn eithriadol o ddiddorol yn ein hastudiaeth o'r Pen Ceffyl. Yr oedd yna yn ddieithriad bron, rhyw fath o orchudd dros y ceffylau defodol – rhai fel y Fari Lwyd a'r lleill – ac nid oes cytundeb ymysg yr arbenigwyr ynglŷn â pha ddefnydd y gwnaed y gorchudd yma ohono. Y gred yw mai croen ceffyl a ddefnyddid cyn i'r ddefod ddirywio gyda'r canrifoedd, ond yn y blynyddoedd diweddaraf defnyddid yr hyn a elwir gan rai yn 'frethyn rhawn' (a ddefnyddid hefyd ar lawr yr odyn yn y felin ar adeg crasu neu sychu'r ŷd ar gyfer ei falu).

Yn awr, rwy'n meddwl yn siŵr mai'r enw Saesneg ar y brethyn rhawn yw *horse-hair quilt*, ac mae lle i gredu mai un felly a ddefnyddid gan y 'barnwr' yn nefod y Ceffyl Pren y cyfeiria T. Gwynn Jones ato. Gelwid y deunydd yn 'frethyn rhawn' neu *'horse-hair quilt'* am fod rhawn ceffyl wedi ei weu a'i blethu y tu mewn i'r deunydd cotwm neu wlân beth bynnag a ddefnyddid yn wisg am y rhawn ceffyl. Yr oedd gennyf fi gwilt felly ar fy ngwely pan oeddwn i'n blentyn. Roedd e'n hen iawn a threuliedig a byddai'r rhawn ceffyl du, gloyw yn ymddangos yma a thraw drwy'r brethyn, yn enwedig o gylch ymylon y cwilt. Am fod y rhawn cryf yn brathu fy wyneb a'm gwddf wrth orwedd oddi tano roeddwn i'n ddig iawn wrtho, a chofiaf imi boeni fy mam droeon i gael gwared ohono. Ond amharod iawn oedd hi i dynnu'r cerpyn hwnnw o gwilt oddi ar fy ngwely ac erbyn hyn, wrth gwrs, rwy'n gwybod pam. Rwy'n berffaith siŵr bellach fod y cwilt bach, treuliedig yna (nad oedd ond digon i orchuddio gwely plentyn) wedi ei roi ar grud llawer baban (gwryw?) cyn fy ngeni i. Hwyrach iddo ddod i Mam oddi wrth fy mam-gu (efallai am mai fi oedd yr hynaf o'i hwyrion), a diau i fy mam-gu ei etifeddu hefyd.

Ni wn i beth oedd arwyddocâd a phwrpas y cwilt rhawn ceffyl, ac efallai na wyddai fy mam chwaith. Ond diau fod iddo ei ran ym mharhad ein teulu ni o un genhedlaeth i'r llall a'i fod yn darian i warchod y plentyn – yr etifedd – rhag ysbrydion drwg yn ystod oriau'r nos. Ymhen hir a hwyr, fe wrandawodd fy mam ar fy nghwynion a chafodd y cwilt bach fynd i ffordd yr holl ddaear.

Fel y dywedwyd uchod fe ddefnyddid y brethyn rhawn ar lawr yr odyn yn y felin hefyd slawer dydd, ond does fawr o neb a ŵyr pam.

Cyn gadael y rhawn ceffyl a dychwelyd at y pen, fe garwn gyfeirio at stori go ryfedd a ymddangosodd yn y gyfrol *Health for Sale (Quackery in England)* gan Roy Porter (Gwasg Prifysgol Manceinion). Mae'r hanes yn sôn am wely mawr wedi ei wneud gan ddyn o'r enw James Graham, ac a elwid yn '*Celestial Bed*'. Roedd matres y gwely hwnnw wedi ei lenwi â rhawn cynffonnau meirch, a hynny fel y dywedid, '. . . *at great expense*'. Nid yn unig hynny, ond yr oedd wedi ei lenwi â'r rhawn cryfaf a'r mwyaf *springy* – o gynffonnau llawer o feirch gorau Lloegr yn y cyfnod.

Pwrpas y gwely oedd galluogi parau di-blant i genhedlu a chael teulu, ac fe godai Graham gymaint â hanner can gini ar barau priod am y fraint o gael cysgu ynddo. Yr hyn a haerai perchennog y gwely oedd y byddai plant perffaith yn cael eu geni – yn ddi-ffael – i'r sawl a gysgai yn y gwely hwnnw!

Fe gysgais i a llawer iawn o filwyr eraill yn ystod yr Ail Ryfel Byd ar fatres o rawn ceffyl. Rhawn ceffyl oedd y tu mewn i'r hen fisgedi caled hynny y byddai'n rhaid cysgu arnynt yng ngwersylloedd y Fyddin yn y cyfnod hwnnw (tri, neu dair, i bob gwely). A oedd rhyw arwyddocâd i hynny hefyd? A oedd milwr yn gryfach ac yn ddewrach ar ôl cysgu ar wely rhawn? Efallai wir!

I droi 'nôl at y drafodaeth ynglŷn â *gwisgo*'r Pen Ceffyl er mwyn cael gweledigaeth neu ychwaneg o ddoethineb, rwyf am ddweud yn hollol ddifrifol (er nad oes gen i ddim tystiolaeth ar hyn o bryd i brofi hynny), mai'r hen ddefod neu'r hen draddodiad yma sy'n gyfrifol am y ffaith fod barnwyr a chyfreithwyr yn gwisgo periwigiau yn ein llysoedd barn ni heddiw. Gwnaed y periwigiau yma o rawn ceffyl, ac efallai mai dyna yw eu gwneuthuriad hyd heddiw.

Ni ellir cau unrhyw drafodaeth sy'n ymwneud â'r Pen Ceffyl heb sylwi ar y nifer mawr o benglogau ceffylau sydd wedi eu darganfod yn seiliau hen dai, eglwysi a chapeli – a hynny yn weddol ddiweddar.

Yn ddiweddar, darganfuwyd pum penglog ceffyl gyda'i gilydd mewn wal bridd hen sgubor ar fferm Garth Fawr, Llanilar, Sir Aberteifi, pan oedd y ffermwr, Mr Roland George, a'i weithwyr yn paratoi sail i feudy newydd.

Creodd y darganfyddiad yma gryn ddiddordeb ar y pryd a chafodd lawr o gyhoeddusrwydd gan y cyfryngau. Ond er y chwilfrydedd a grëwyd gan y digwyddiad, rhaid dweud nad yw dod o hyd i benglogau ceffylau mewn seiliau a than loriau hen adeiladau yn beth anghyffredin o gwbl.

Ym mis Medi 1976 daeth saer o Bontrhydfendigaid o hyd i benglog ceffyl o dan lawr ffermdy Tanrhydiau, Ffair Rhos, Sir Aberteifi. Cafodd y digwyddiad gyhoeddusrwydd yn y *Barcud* – y papur bro lleol – a thrwy hynny fe gafwyd gwybodaeth am ddarganfyddiad tebyg a wnaed rai wythnosau ynghynt gan Mr Emlyn Evans, Llangeitho a ddaeth o hyd i ddau benglog mewn lle o'r enw Plas Cottage, Llangeitho – un o dan lawr y gegin a'r llall o dan lawr y parlwr, neu'r pen-ucha. Mae'n ddiddorol sylwi i'r darganfyddiadau uchod ddigwydd i gyd yn Sir Aberteifi. Ond mae darganfod penglogau ceffylau mewn hen adeiladau yn perthyn i lawer man heblaw sir y Cardis!

Darganfuwyd pedwar ar hugain o benglogau, a'r rhan fwyaf ohonynt yn benglogau ceffylau, dan lawr Gunley Hall ym mhlwyf Ffordun, Maldwyn yn 1965, ac ugain yn Nhrefwrdan, Penfro yn 1901. Y nifer mwyaf a gafwyd mewn un lle, hyd y gwyddom, oedd deugain penglog ym mhentre Bungay, Suffolk.

Yn rhyfedd iawn, er bod y Pen Ceffyl yn cael ei gysylltu â hen goelion paganaidd, fe ddarganfuwyd nifer o benglogau dan loriau capeli ac eglwysi! Cafwyd rhai penglogau yn seiliau Eglwys Gadeiriol Llandaf yn weddol ddiweddar pan oedd gweithwyr yn atgyweirio'r adeilad. Mae sawl cynnig wedi ei roi i egluro presenoldeb y pennau mewn seiliau tai, wrth gwrs, ond mae eu presenoldeb mewn seiliau capeli ac eglwysi yn fwy anesboniadwy o dipyn. Mae'r hynafiaethydd, Evan Isaac o Daliesin, Sir Aberteifi *(Coelion Cymru)*, yn dweud wrthym bod yna gapel ger Tyddewi yn Sir Benfro wedi ei dynnu i lawr oherwydd yr atsain oedd yn yr adeilad, a phan aethpwyd ati i ailadeiladu, gofynnwyd i un o'r aelodau ddod o hyd i ddau benglog ceffyl er mwyn gwella'r acwsteg! Daeth hwnnw o hyd i bedwar penglog ac fe'u gosodwyd yn y seiliau! Dyna'r hanes. Ond yr oedd y capel (Methodistiaid Calfinaidd) wedi ei godi gyntaf yn 1763 ac wedi cael ei ddefnyddio'n gyson am dros drigain mlynedd cyn i neb gwyno am yr atsain oddi mewn iddo!

Prin fod yr un arbenigwr yn credu heddiw fod gan acwsteg gwael ddim oll i'w wneud â'r arfer o gladdu penglogau dan loriau capeli, eglwysi ac adeiladau eraill, ac fe gytunir yn gyffredinol mai hen arfer paganaidd yn ymwneud â chwlt y ceffyl a'r gaseg ydoedd.

Y rhyfeddod mawr yw fod yr arfer wedi parhau bron hyd at ein dyddiau ni, a thrwy'r canrifoedd pan oedd ein capeli a'n heglwysi'n llawn o selogion y ffydd Gristnogol. Ond mae'n syn fel y mae hen arferion a hen goelion wedi parhau – weithiau ymhell ar ôl i'w hystyr a'u harwyddocâd fynd yn angof. Mae'n siŵr fod hyn yn fwy gwir am gymunedau gwledig, sefydlog lle mae'r arferion a'r traddodiadau wedi eu trosglwyddo o dad i fab ac o fam i ferch yn ddi-dor ar draws y canrifoedd. Gwyddom fod llawer o'r hen ddefodau wedi goroesi am fod elfen o hwyl a sbort yn perthyn iddyn nhw – rhai fel y Fari Lwyd, Y Fedwen Haf a'r Ceffyl Hobi ac yn y blaen. Ond mae llawer o rai eraill wedi eu cadw am fod pobl yn dal i hanner-credu ac i hanner-ofni y byddai drwg yn digwydd pe baent yn eu gollwng ac yn anghofio amdanynt.

Fe garwn roi'r enghraifft isod o ddyddiadur gwehydd o'r enw Evan Humphries, Penlon-yr-esgair ger Pont-siân ger Llandysul, Sir Aberteifi. Yr oedd yn Undodwr selog ac yn mynychu capel Llwynrhydowen lle roedd yr enwog Gwilym Marles yn gweinidogaethu ar y pryd, sef yn ystod y blynyddoedd 1870 ac 1871.

Yn nyddiadur 1870, ar y dydd olaf o Ebrill, sef noswyl Fai, mae'n ysgrifennu'r geiriau hyn: 'Fi wedi croesawu'r haf hyfryd gyda brigau deiliog uwchben y drysau a'r ffenestri heno'.

Yn ddiddorol iawn, ar yr un noson yn 1870, yr oedd dyddiadurwr tipyn enwocach na'r gwehydd yn meddwl am yr un ddefod. Meddai Francis Kilvert, curad Eglwys Cleirwy ar y ffin rhwng Cymru a Lloegr:

> *This evening being May Eve I ought to have put some birch and wittan (mountain ash) over the door to keep out the 'old witch'. But I was too lazy to go out and get it . . .*

Defod baganaidd oedd hon, ac fe wyddai Evan Humphries yn iawn mai dyna oedd hi, oherwydd yn y flwyddyn ganlynol yr oedd Noswyl Fai yn disgyn ar ddydd Sul a dyma a ddywed yn ei ddyddiadur am y diwrnod blaenorol, sef dydd Sadwrn y 29ain o Ebrill: 'Fi'n croesawu'r haf heno, am ei bod yn Sul yfory'.

Dyna enghraifft dda o hen arfer paganaidd yn cydoesi'n braf â'r ffydd Gristnogol a'i harferion hithau. Crefydd Gwilym Marles a chapel Llwynrhydowen oedd yn cael y lle blaenaf gan Evan Humphries, ond roedd e'n gyndyn i ollwng gafael yn yr hen gredoau a'r hen arferion. Serch hynny, pan oedd Noswyl Fai a'i hamrywiol ddefodau paganaidd yn digwydd ar y Sul, roedd ganddo ormod o barch i Ddydd yr Arglwydd i dalu gwrogaeth i'r hen dduwiau trwy blethu dail glas uwchben y drysau a'r ffenestri. Yr hyn a wnaeth, felly, oedd cyflawni'r hen ddefod arferol – ar nos Sadwrn!

Mae'n amlwg fod yr arfer o gladdu'r Pen Ceffyl neu'r Gaseg yn seiliau capeli ac eglwysi yn fyw mewn cyfnod gweddol ddiweddar, pan oedd yr adeiladau hynny'n orlawn ar y Suliau a'r Ffydd Gristnogol yn ei hanterth. Y rhyfeddod yw fod yr arfer yn cael ei ganiatáu! Ond, fel yr arfer o blethu brigau'r cerdin a'r bedw uwchben drysau a ffenestri ar Noswyl Fai, yr oedd pobl i'w roi o'r neilltu. Roedd yr hen Gymry, fel pobl eraill ym mhob oes, am gael y gorau o'r ddau fyd, sef o'u crefydd a oedd yn addo iddynt fywyd tragwyddol yr enaid, ac o'r hen ddefodau paganaidd a fyddai'n ffrwythloni'r ddaear a'r anifeiliaid ac yn cadw'r ysbrydion drwg draw.

Fel y dywedodd Mrs Ann George, gwraig fferm Garth Fawr, lle daethpwyd o hyd i'r pum pen ceffyl, wrth ohebydd y *Western Mail*:

> *Although we don't believe in these traditions, you never know what can happen, so we decided to re-bury the skulls last week . . .*

Gŵyl Awst

Erbyn hyn nid oes i Ŵyl Awst, neu'r *Lammas* – i ddefnyddio'r enw Saesneg – fawr iawn o arwyddocâd i neb yn y gwledydd hyn. Symudwyd yr hen Ŵyl Banc Awst o ddechrau'r mis i'w ddiwedd, ac fe anghofiwyd bron yn gyfan gwbl am y pwysigrwydd a roddai pobl gynt ar Galan Awst – neu'r dydd cyntaf o'r mis hwn.

Gŵyl cyflwyno blaenffrwyth y cynhaeaf i'r duw neu'r duwiau oedd Gŵyl Awst gynt. Ceir sôn am yr arfer hwn yn y Beibl, 'Ac yn awr, wele, mi a ddygais flaenffrwyth y tir a roddaist i mi, O Arglwydd . . . ' (Deuteronomium 26).

Fel yr Israeliaid, yr oedd hi'n arfer gan y Celtiaid hefyd i gydnabod haelioni'r duwiau trwy gyflwyno blaenffrwyth y cynhaeaf yn offrwm. Wrth gyflwyno i'r duwiau ddegwm o'r blaenffrwyth, gobeithient am eu bendith ar y gweddill o'r cynhaeaf. Yn Iwerddon yr oedd gŵyl fawr y Lughnasad yn gysylltiedig â'r amser yma o'r flwyddyn, ac er bod llawer o'r arferion a oedd ynghlwm wrthi bron â mynd ar goll yn llwyr yn niwl amser – eto i gyd mae digon o weddillion yn aros i ddangos i ni ei bod hi'n ymwneud â chyflwyno'r blaenffrwyth; â dringo mynyddoedd, ac ymweld â llynnoedd, ac, yn rhyfedd iawn, â gyrru ceffylau trwy ddŵr. Dywed Marie MacNeill wrthym yn ei llyfr *The Festival of Lughnasad* fod yr ŵyl honno yn Awst yn *'occasions for horse racing and other diversions . . . assemblies by lakes . . . the nocturnal swimming of horses . . . the horse swimming race of Lough Owell . . . recent tradition speaks of the bathing of horses.'* Ac meddai ymhellach am le o'r enw St Kiernan's Well: *'People walked their horses through the stream nearby, to preserve them.'*

Er bod traddodiad diweddar yn sôn am aberthu tarw ar ŵyl Lughnasad, y mae yna le i gredu mai ceffyl neu gaseg oedd yr aberth cynnar.

Rhyfedd iawn yw'r sôn am *'the nocturnal swimming of horses'*, ac mae'n werth cofio bod yna stori debyg i stori Morwyn Llyn y Fan ynghlwm wrth Lough Owell, lle y ceir sôn am geffylau'n codi o'r llyn, a merch ifanc yn eu mysg, a honno'n dod yn wraig i ffermwr lleol cyn dychwelyd, ymhen amser, i'r llyn drachefn.

Rhyfeddach fyth yw'r ffaith fod yna hen draddodiad o dyrru i Lyn y Fan Fach ar Ŵyl Awst gan bobl slawer dydd ' . . . i weld y Forwyn yn codi o'r dŵr'. Mae hyn yn clymu wrth yr *'assemblies by lakes'* ar ŵyl Lughnasad yn Iwerddon, ar yr un amser yn union o'r flwyddyn. Ond fe aeth y rheswm dros ymgynnull

Llyn y Fan Fach

fel yna – ar lannau llynnoedd – ar goll. Mae pobl sy'n fyw heddiw yn cofio'r tyrru i Lyn y Fan Fach gynt, ond prin fod neb yn gallu dweud pam yn bendant.

Ymysg hen gynhyrchion Eisteddfod Fawr Llanbedr Pont Steffan fe ddeuthum ar draws telyneg a yrrwyd i gystadleuaeth yn yr eisteddfod, dan y testun 'Bref'. 'Crai' oedd ffugenw'r bardd, ac os yw'n parhau ar dir y byw, rwy'n siŵr na fydd yn gwarafun i mi ei defnyddio yma er mwyn profi bod y gorymdeithio i Lyn y Fan Fach yn fyw yng nghof pobl o hyd.

Bref

('Arferai trigolion Crai bererindota i Lyn y Fan Fach bob Awst y 1af erbyn toriad gwawr, i weld merch Llyn y Fan yn codi o'r dŵr')

Llwybro llonyddwch
Llyn y Fan
Yn flynyddol-ffyddlon
Fel cwrdd diolchgarwch,
A'r werin yn gogleisio'r gwlith,
A'u gwadnau'n gwau y feindir
Uwch aeliau blin y nen.

aros i'r wawr agor,
sefyll i weld saffrwm –
merch y llyn?
ni ddaeth eleni eto.

myfi, fu'n maeddu'r
siriol nentydd,
ac yn mwytho'r mynydd
gan anwesu'r nos –
ni ddaeth eleni eto.

ni ddaeth . . .
er y daw bob blwyddyn,
ac fe fyddan nhw fel minne'n
dod y flwyddyn nesaf eto

i drothwy'r rhamant
gan ddychwel heb ddim ond
bref un o braidd Rhiwallon yn
diasbedain dibendrawdod
yr allfryd cau
a'i hirymaros lais.

Dyna'r gerdd. Heb geisio pwyso a mesur ei gwerth fel darn o farddoniaeth, fe welir ei bod yn sôn am gyrraedd glan y llyn cyn i'r wawr dorri. Gan fod Crai gryn bellter o Lyn y Fan Fach, fe olygai hynny deithio'r llethrau mynyddig yn ystod nos; a dyna i ni yr elfen *nocturnal* a berthynai hefyd i'r defodau yn Iwerddon ar Ŵyl Awst.

Mae awdur y gerdd uchod yn rhoi'r argraff i ni ei fod ef ei hun wedi cymryd rhan yn y ddefod o bererindota i lan y llyn, ond gan na wyddom ei enw na dim oll amdano, mae'n amhosibl i ni gadarnhau hynny. Un peth arall diddorol ynglŷn â'r gân yw'r ffaith fod yr awdur yn dweud yn bendant mai ar Awst 1af yr âi pobl Crai a'r cylch i Lyn y Fan. Yn ôl Syr John Rhys, ac eraill, fe newidiwyd y dydd:

'... *the day for going up the Fan Fach mountain in Carmarthenshire was Lammas, but under a Protestant Church it became the first Sunday in August.*

Fe gafodd Syr John Rhys y dystiolaeth sy'n dilyn gan Mr Richard L. Davies, athro yn Ysgol Fwrdd Ystalyfera yng Nghwm Tawe, yn 1881:

Fe fu'n hen arferiad blynyddol (ers cenedlaethau cyn belled ag y gallaf fi ddeall) i'r ifanc, ynghyd â llawer o bobl hŷn, *to make a general excursion in carts, gambos and all kinds of vehicles, to Llyn y Fan, in order to see the water nymph* . . .

Aeth canrif gyfan heibio er pan fu Rhys yn holi hen bobl yng nghylch Myddfai, ond hyd yn oed yn yr amser hwnnw ni lwyddodd i gael neb i ddweud wrtho fawr am ystyr a phwrpas yr hen ddefod o ymweld â Llyn y Fan ar fore'r 1af o Awst. Soniodd un hen wraig wrtho am 'filoedd ar filoedd o bobl yn gorymdeithio'. Mynnai hi fod dŵr y llyn yn cynhyrfu ar y diwrnod hwnnw a'r dyfroedd yn berwi, a bod hynny'n arwydd i'r rhai oedd yn gwylio bod Morwyn y Llyn ar fin ymddangos. Soniodd tyst arall am gynhyrfiad dŵr, ond, meddai ef: *'I do not remember that any of them expected to see the Lady of the Lake'.*
Mae'n amlwg nad oedd yr hen arfer yn ddim mwy na chyfle i gael gorymdaith hwyliog i lan y llyn erbyn amser Rhys – rhywbeth tebyg i ddydd Iau Mawr Aberporth a gwyliau cyffelyb – heb neb yn rhyw siŵr iawn bellach beth oedd arwyddocâd yr holl beth. Ond fe wyddom mai gŵyl y blaenffrwyth oedd hi yn y dyddiau pell, pell yn ôl, a gŵyl Lleu, neu Lugh, duw'r goleuni. Fe wyddom hefyd fod ynghlwm wrthi elfennau anllad fel a oedd ynghlwm wrth ddefodau'r Calan Mai a gwyliau eraill yn ymwneud â hau a medi. Yn *Folklore of the Isle of Man* fe ddywed Margaret Killip mai ychydig iawn o arwyddocâd oedd ar ôl i'r arfer o deithio i ben mynyddoedd ar Ŵyl Awst. Yr unig beth oedd yn weddill o'r ddefod oedd *'a general inclination to climb to the tops of mountains . . . and visit any wells that could be taken in on the way.'* Ond fe ddywed yr awdur ymhellach fod yna draddodiad fod y rhai a ddringai i ben Snaefell (y mynydd uchaf ar yr ynys) ar Ŵyl Awst *'behaved very rudely and indecently.'* Diau mai felly yr oedd pethau yn ystod y gorymdeithio dros y bryniau i Lyn y Fan Fach hefyd!
Mae yna dipyn o dystiolaeth ar gael i brofi bod yr un llacrwydd moesol

yn perthyn i arferion Gŵyl Awst yn Iwerddon a'r Alban hefyd.

'*Kirkwall Lammas Market,*' meddai Marwick yn *The Folklore of Orkney and Shetland, 'used to attract people from every corner of the islands. To accommodate the visitors, the floors of empty houses were strewn with straw – free lodging for those who did not mind sleeping with a crowd of strangers. Couples would agree to be sweethearts for the period of the fair . . . during which they behaved as married couples. They were known as Lammas Brothers and Sisters.'*

Fe geir sylwadau pellach ar Ŵyl Awst yn Iwerddon yn Irish Folk Ways gan Estyn Evans. Fe gyfeiria at '. . . *the celebrations of Lammas, originally 1st August, now held on Lammas Sunday, the last in July, which is also known as Garland, Bilberry or Height Sunday.'* (Mae'n ddiddorol sylwi fel y symudwyd Gŵyl Awst yn ôl yn Iwerddon, i'r Sul olaf yng Ngorffennaf, ac ymlaen yng Nghymru i'r Sul cyntaf yn Awst. Mae'n siŵr mai arwyddocâd paganaidd sydd i'r Sul yma gan mai duw'r haul, yn ôl y sôn, oedd Lleu.) Dywed Evans ymhellach:

> *Offerings of flowers and fruits were made at holy wells, and in some places cattle* (a cheffylau) *were made to swim through streams and loughs into which lumps of fresh butter had been cast.*
>
> *In hilly districts Height Sunday is observed by climbing to a recognised picnic place where bilberries are gathered and games and dancing were formerly enjoyed. In County Down a cairn on the summit of Slieve Croob was, until recent years, the scene of great gathering on the first Sunday in August. The fiddling and dancing are no more, though numbers of young people still assemble for a frolic in the heather. Blaeberris (bilberries) were picked into little rush baskets made on the spot . . . and the occasion was recognized as a legitimate time of courting. . .*

Rhywbeth go debyg oedd yr uchod i'n Gwyliau Mabsant ni yng Nghymru, er mai niwlog ac anghyflawn iawn yw ein gwybodaeth am y rheiny. Ond fe ddywed Rhys amdanynt, fel y dywed eraill am yr holl arferion hyn: '. . . *the belief lingers that these merry gatherings were characterized by no little immorality . . .* '

Fe welir felly bod Gŵyl Awst a Gŵyl Fai, neu'r Clamai, yn adegau o anfoesoldeb rhonc, *'which made the better class of people set their faces against them,'* i ddyfynnu Syr John Rhys eto.

Ac nid yn ystod y ddwy ŵyl yma yn unig yr oedd y safonau moesol yn cael eu taflu i'r gwynt chwaith! Ceir sôn am dwmlo a chusanu'r merched gan fechgyn y ffermydd ar y llawr dyrnu gynt; a phan oeddwn i'n blentyn yn ardal Pentre-cwrt, Llandysul slawer dydd yr oedd yr hen arfer o 'ffocso' yn y caeau gwair yn ddigon cyffredin. Gallaf gofio'r arfer hwnnw'n glir iawn. Y ferch ifanc 'ddieithr' – y forwyn fferm newydd, efallai – fyddai targed y bechgyn bob amser bron. Byddai mwy o ferched a gwragedd nag o ddynion yn y cae gwair gynt, yn 'bwrw'r gwair ynghyd' cyn dechrau cywain, ac yn 'crafu'n lân' wrth gynffon y ceirt. Byddai'r bachgen (y gwas 'mowr', efallai) yn disgwyl ei gyfle, a byddai hithau'r ferch ifanc 'ddieithr' yn ceisio cadw'n glòs at y merched eraill er mwyn diogelwch, hynny yw, os byddai hi'n gwybod am yr hen arfer! Ond rywbryd yn ystod y dydd byddai'n siŵr o gael ei dal yn hepian, megis. Yna fe gâi ei thaflu'n ddiseremoni i'r mwdwl neu i'r rhibyn gwair (carden yn ein tafodiaith ni), cyn cael ei chusanu a'i 'swmpo' gan y bachgen, a'r gwair yn hanner-gorchuddio'r pâr. Ond ni fyddai'r chwarae'n parhau ond am ychydig amser; yna byddai'r eneth ar ei thraed eto yn gwrido'n swil, a phawb yn chwerthin.

Ni wyddai'r llanc a'r eneth uchod eu bod yn parhau hen arfer cyntefig iawn a berthynai i lawer o wledydd trwy'r byd i gyd.

Dyddiaduron y Gwehydd

Aeth chwarter canrif heibio er pan gefais i fenthyg gan wraig o Bencader, ddau hen ddyddiadur yn cofnodi hynt a helynt gwehydd ifanc yn ystod y blynyddoedd 1870 ac 1871. Yr oedden nhw mor ddiddorol fel yr euthum ati i gopïo rhannau helaeth ohonynt cyn eu dychwelyd. Mae'n dda i mi wneud oherwydd, erbyn hyn, deallaf fod y ddau hen lyfr wedi mynd ar goll.

Awdur y dyddiaduron oedd gŵr bregus ei iechyd, chwech ar hugain oed o'r enw Evan Humphries, Penlon-yr-Esgair, ger Pont-siân, godre Sir Aberteifi. Y ddau ddyddiadur yma oedd yr olaf iddo eu cadw oherwydd erbyn 1872 roedd e wedi marw o'r ddarfodedigaeth, neu'r diclèin fel y'i gelwid yn yr ardal.

Yr oedd Evan Humphries yn ŵr ifanc arbennig iawn ar lawer cyfrif. Er mai gwehydd cyffredin ydoedd wrth ei alwedigaeth, yr oedd wedi darllen yn helaeth iawn mewn llawer maes, ac fe ellid ei gyfri'n dipyn o ysgolhaig. Roedd hefyd yn llysieuwr a byddai pobl yn mynd ato am feddyginiaeth. Tyfai lawer o'r llysiau rhinweddol yng ngardd y bwthyn lle trigai, a chymerai gryn falchder yn yr ardd honno.

Yn ôl hen goel gwlad, plentyn gordderch oedd Evan Humphries, yn byw gyda'i dad, Tomos Humphries ym Mhenlon-yr-Esgair. Ond yr oedd wedi ei fagu i edrych ar Tomos fel *brawd* iddo! Fe ddigwyddai peth fel hyn weithiau gynt mewn teuluoedd er mwyn ceisio cuddio'r gwarth mai plentyn gordderch oedd y plentyn. Yn ôl yr hanes a gefais i gan hen bobl ardal Pont-siân, yr oedd Tomos Humphries wedi bod yn caru merch ffermwr cyfoethog a oedd dipyn yn uwch ei stad nag ef. Nid oedd hyn wrth fodd rhieni'r ferch o gwbl. Disgwylid iddi hi briodi mab i ffermwr cefnog neu o leiaf rywun a oedd gyfuwch ei safle yn y gymdeithas â hi. A phan ddarganfuwyd fod y ferch yn feichiog ac mai Tomos Humphries oedd yn gyfrifol – dyna hi ar ben!

Un noson dywyll fe ddeffrowyd Tomos Humphries gan sŵn y tu allan i ddrws Penlon-yr-Esgair. Pan aeth i agor y drws, ni allai weld neb o gwmpas yn unman. Ond ar y llawr – ar garreg y drws – yr oedd baban bach wedi ei lapio mewn dillad cynnes. Cymerodd Tomos Humphries ef i'r tŷ ac fe fagwyd y bachgen bach ganddo ef a'i chwaer, Mary. Y plentyn hwnnw oedd Evan Humphries, awdur y ddau ddyddiadur.

Dyna'r hanes fel y'i cefais oddi ar lafar gwlad yn ardal Pont-siân. Ni lwyddais i gael enw'r fam, ac nid oedd neb yn gwybod pwy oedd wedi gadael

Gwehydd wrth ei waith

y plentyn gordderch yma wrth ddrws Penlon. Ond yr awgrym oedd mai tad y ferch oedd yn gyfrifol am hynny.

Aeth chwarter canrif heibio ac fe dyfodd y plentyn hwnnw'n ddyn ifanc meddylgar a deallus – ond gwan iawn ei iechyd.

Mae darllen dyddiaduron personol rhywun yn rhoi cyfle gwych i ni ddod i adnabod y person hwnnw cystal bron â phe baem ni'n cydoesi ag ef ac yn gyfaill mynwesol iddo. Ac ar ôl i mi ddarllen dau ddyddiadur Evan Humphries drwyddynt ryw deirgwaith, fe deimlwn 'mod i wedi dod yn agos iawn ato.

Mae'n cychwyn dyddiadur 1870 fel hyn:

Wele fi wedi cael nerth gan fy Nhad Hollalluog a chariadlawn i ddechrau cofnodi ychydig o helyntion un flwyddyn yn ychwaneg mewn amser, a gobeithiaf, os caf ei byw hi allan, y gallaf ei hiawn ddefnyddio.

Mae'r agoriad byr hwn yn dweud llawer wrthym. Pan sonia am 'gofnodi helyntion un flwyddyn yn ychwaneg', gwyddom ei fod yn cadw dyddiaduron cyn 1870. Nid oes yr un o'r rheiny, hyd y gwyddom, wedi goroesi.

Mae'r geiriau 'os caf ei byw hi allan' yn awgrymu ei fod eisoes, ac yntau'n ddim ond yn bum ar hugain mlwydd oed, mewn cyflwr iechyd mor ddifrifol nes gwneud iddo ofni'r gwaethaf. Ac mae geiriad y cyfan yn dweud wrthym mai gŵr ifanc difrif-ddwys a duwiol iawn oedd Evan Humphries, Penlon.

Wrth ddarllen ymlaen trwy'r dyddiadur fe welwn ei fod hefyd yn ddyn trefnus iawn ym mhob peth, ac yn cadw cyfrif manwl o bob dimai bron oedd yn cael ei gwario ganddo ef neu aelodau eraill y teulu. Oherwydd y gofal yma, mae'n bosibl i ni amcangyfrif faint oedd y teulu'n ei wario mewn blwyddyn a faint oedd ei enillion. Barnaf mai rhyw ddeugain punt oedd y gwariant yn 1870 am fwyd, dillad, gwres a golau ac ati. Ond roedd yr enillion oddi wrth eu crefft yn hanner can punt a mwy. Felly, roedden nhw'n byw'n o lew yn ôl safonau'r cyfnod – ond bod rhaid edrych yn llygad pob ceiniog cyn ei gwario hefyd!

Hyd yn oed pan âi i ffair (yn anaml iawn), ni wariai Evan Humphries ddim dimai ar oferedd:

Ffair Sant Ise Desog. Desog iawn hefyd. Fi wedi bod ynddi. Prynais yno lathen o frethyn glas at ddodi llewys yn fy nghot, am bum swllt. Hefyd Almanac y Miloedd ac Almanac Caergybi – y ddau am ddimai. Telais chwech cheiniog am weld shew greaduriaid. Ymysg creaduriaid eraill gwelais yno am y tro cyntaf erioed ddau lew mawr, un llewes, dau lewpart, eliffant, arth, tri blaidd, hyena, estrys, dau belican, racoon, puma, jackal, tri kangaroo, etcetera, etcetera . . .

Dim sôn am lasied o ddiod nac am ffeirin i ferch ifanc! Nid un felly oedd Evan Humphries.

Mae'r cyfrifon ynglŷn â'r gwlân, y gweu a'r brethyn, a geir yn y dyddiadur yn ddiddorol i ni heddiw. Fe welir nad oedd neb, bron, yn gallu 'talu lawr' am ddim byd yn yr oes galed honno. Rhyw system gyfnewid *(barter)* neu *payment in kind* oedd yn bodoli:

> Pantygwydde wedi cael bil heno, yn dair punt wyth swllt a phedair ceiniog. Talasant hwythau i ni – bunt a thopsden o wlân gwerth pymtheg swllt. Hefyd pwys o fenyn gwerth swllt. Alowon ninnau swllt iddyn' nhw – felly un bunt tri swllt-ar-ddeg sydd arnyn nhw i ni heno.
> Prynu gwerth ceiniog a dimai o laeth.

Sonia unwaith neu ddwy iddo fynychu eisteddfod, ond nid oedd yr hyn a âi ymlaen yno wrth fodd y gŵr ifanc, difrif-ddwys Evans Humphries!

> Gorffennaf 6ed. Mynd i eisteddfod Talgarreg. Bu yno lawer o ganu, areithio, adrodd, darllen a barnu. Gallwn i feddwl fod gormod o hunanglod, gwagedd ac ymddangosiad oddiallan yn perthyn iddi.

Beth a ddywedai am yr eisteddfod heddiw, tybed, gyda'i Gorsedd a'i gwisgoedd lliwgar a'i seremonïau?
Yn nes ymlaen yn y dyddiadur mae'n cyfeirio at eisteddfod leol arall:

> Fi wedi bod yn eisteddfod Llanwenog. Llawer o areithio, canu a barnu yno. Bûm yn y cyngerdd am chwech. Bu Mynyddog, Boneddigion a Boneddigesau – a phiano yn canu yno.

Mae'n amlwg bod piano yn dipyn o ryfeddod yn 1870. Ar ôl hynny yr aeth Cymru yn wlad 'bianoaidd'!
Ond gartref gyda'i lyfrau, ei ardd a'i lysiau llesol y carai Evan Humphries fod. Mae'n dweud wrthym pa lyfrau a ddarllenai. Dyma rai ohonynt:

> *Coffin's Lectures, Ryfeddodau Natur a Chelfyddyd, Magwraeth a Rheolaeth y Da Byw mwyaf priodol i Dywysogaeth Cymru, Belsham's Notes on the Epistles of Paul, Crefydd Naturiol a Datguddiedig. Hunanddiwylliant Channing, Y Cyfarwyddwr Meddygol, Annerch i Ieuenctid Cymru, y Botanical Journal.*

Pethau trwm, sychlyd i fachgen o wehydd cyffredin!

Yr oedd Evan Humphries yn Undodwr selog ac yn un o blant Llwynrhydowen, lle roedd yr enwog Gwilym Marles yn gweinidogaethu yn y blynyddoedd hynny. Ac fe arferai Evan gofnodi yn ei ddyddiadur bob nos Sul adnodau'r testun a chrynodeb o gynnwys pregeth y gweinidog, bob amser bron. Dengys y dyddiaduron i ni yn eglur iawn fod ffydd Evan Humphries yn ei weinidog ac yn Nuw yn ddiysgog.

Ac eto . . . ar y 30ain o Ebrill 1870, sef ar noswyl Calan Mai, mae'r gwehydd yn ysgrifennu'r geiriau hyn yn ei ddyddiadur:

> Fi wedi croesawu'r haf hyfryd gyda brigau deiliog uwchben y drysau a'r ffenestri heno.

Fel y dywedwyd eisoes, talu gwrogaeth i'r hen dduwiau a'r duwiesau paganaidd oedd hyn, ac mae'n gryn syndod i ni fod dyn mor uniongred a deallus ag Evan Humphries yn gwneud y fath beth!

Druan ohono! Ar waetha'i ffydd yn Nuw Llwynrhydowen a Gwilym Marles fe deimlai nad diogel oedd anghofio'r hen dduwiau paganiadd chwaith – rhag ofn!

Onid pobl felly yw'r rhan fwyaf ohonom? Yn gadarn ein ffydd efallai, ond yn ofergoelus hefyd. 'Un frân ddu daw anlwc eto'!

Erbyn hyn dim ond ar adeg y Nadolig y byddwn ni'n addurno'r tai â dail glas ac aeron coch.

Yr oedd diddordeb Evan Humphries yn yr ardd a'r llysiau a dyfai ynddi yn fawr iawn. Hyd yn oed ym mis Chwefror 1870 fe allwn synhwyro oddi wrth y dyddiadur ei fod yn dyheu am fynd i'r ardd:

> Chwefror 18fed. Heddiw y clywais y Deryn Du yn canu gyntaf eleni yn y cwm yma. Yr helyg yn dechrau dangos eu gwyddau bach, ond y ddaear o hyd yn lled lwyd.

Erbyn y 25ain o Chwefror yr oedd yr ysfa i fod yn yr ardd wedi mynd yn drech nag ef:

> Fi yn trwsio tipyn ar goed yr ardd eleni eto. Y gwsberis a'r cwrens yn dechre agor eu blagur a'r eithin yn dechrau blodeuo. Gweld oen bach am y tro cyntaf ddoe.

Ond fe fu mis Mawrth 1870 yn fis garw, stormus, oer ar y dechrau gan ei gwneud yn amhosibl iddo wneud dim yn yr ardd. Ond ar y 18fed o Fawrth:

Diwrnod tecaf wedi'r gaeaf. Yn deg, braf a'r gwenyn yn dechrau crynhoi a'r cachgwns bwm yn dechrau ymddangos. Fi wedi bod allan yn yr ardd yn gosod . . . claddu plentyn bach i Gwarcefel ym mynwent Carmel heddi.

Ie, bywyd a marwolaeth yn ffynnu gyda'i gilydd! Bu gwanwyn 1870 yn wanwyn du iawn o ran marwolaethau plant, fel y dengys y dyddiadur:

Chwefror 22ain. Claddu plentyn bach Cefnrydlan yn Llwynrhydowen . . . Mawrth 11eg. Claddu Mary, merch Blaencwmpridd yn Pisgah . . . Mawrth 13eg. Nani, croten fach Ianto Saer, Gelligron wedi marw o'r Dwymyn Wddf.

Ymlaen ac ymlaen fel yna nes ein synnu. Mae'n debyg mai'r difftheria oedd y 'Dwymyn Wddf', ac fe wyddom fod yr afiechyd hwnnw wedi lladd llawer o blant yn y cyfnod yma. Diolch bod meddyginiaeth wedi llwyddo i'w yrru allan o'r wlad bron yn llwyr erbyn hyn. Ond yr oedd y ddarfodedigaeth neu'r diclèin wedyn yn difa teuluoedd cyfain, heb sôn am yr afiechydon eraill na wyddai'r meddygon sut i'w trin.

Yn wir, mae darllen dyddiaduron Evan Humphries yn agor ein llygaid i gyflwr truenus meddyginiaeth broffesiynol yn 1870. Doedd dim rhyfedd fod pobl mor barod i ymddiried yn y llysieuwyr – y cwacs.

Dyma feddyginiaeth Evan Humphries ar gyfer y peswch:

Cymerwch bay leaves a Chribau Sant Ffraid a gwraidd Carn yr Ebol, a had Cowarch, a Gwallt y Forwyn, a gwraidd Rhocos a dail Clust y Llygoden, a mwstard gwyllt a Rosmari a Sage – yr un faint o bob un – a berwch. Gall y rhai sydd gyfoethog eu berwi mewn gwin ond mae'n debyg y bydd rhaid i'r tlodion eu berwi mewn dŵr a'u melysu â mêl neu siwgr coch.

Ond roedd Evan Humphries yn anfon i Lundain a mannau eraill yn awr ac yn y man am dabledi neu foddion 'parod'. Byddai'r papurau a'r cylchgronau yn y cyfnod yma yn llawn o hysbysebion yn canmol anffaeledigrwydd rhyw feddyginiaeth neu'i gilydd.

Mae'r dyddiaduron yn enwi nifer da ohonynt:

Ionawr 13eg:	Cael bocsed o 'Cough Pills' o Lundain.
Mawrth 8fed:	Fi wedi cael bocsed o Nervine Pills o Lundain, gwerth swllt.
Mawrth 15fed:	Fi wedi cael dwy owns o 'Anti-Dyspeptic Powder' o Lundain.
Mawrth 17eg:	Cael Pownd o Daniel's (Merthyr) Dandelion Coffee – gwerth deunaw.

Dim ond rhyw gofnodion fel yna sy'n profi i ni fod Evan Humphries yn dioddef llawer oddi wrth beswch ac anhwylderau eraill, eto nid yw ef nemawr byth yn achwyn ar ei fyd. Ond, yn sydyn, ar y 14eg o Fai cawn sioc o ddarllen hyn:

Fi wedi poeri gwaed heno ar ôl swper, y tro cyntaf i mi wneud hynny er diwedd mis Ionawr.

Dyna'r awgrym cyntaf i ni fod pethau'n go ddrwg. Ond does dim sôn ei fod e'n galw'r doctor lleol i'w weld e, ac i roi triniaeth iddo. Mae e'n dibynnu'n gyfan gwbl ar y llysieuwyr:

Mai 18fed:	Fi wedi cael dwy owns o Bayberry Bark a bocs o Cough Pills o Lundain.

Mae'n amlwg oddi wrth y cofnodion uchod ei fod yn fodlon gwario llawer ar unrhyw fath o feddyginiaeth lysieuol a allai wneud lles iddo yn y cyfnod yma. Ond wrth gwrs, ofer fu'r cyfan oherwydd ar Fai 19eg fe gawn y geiriau hyn yn y dyddiadur:

Poeri gwaed er dydd Sadwrn diwethaf. Tebyg fod y tywydd gwyntog yr wythnos ddiwethaf wedi cyffroi y 'spring' yn fwy, ac hefyd fy nghyffroi innau gyda hi. Ni wn i beth arall allai fod wedi ei achosi.

Mae hyn yn ein synnu. Roedd Evan Humphries yn ŵr ifanc deallus a gwybodus, ac mae'n siŵr ei fod ef a'i deulu'n hen gyfarwydd â gweld pobl yn eu hardal yn marw o'r ddarfodedigaeth. Mae'n siŵr hefyd eu bod yn adnabod symptomau'r afiechyd hwnnw'n dda. Ond nid yw Evan fel petai'n barod i *ystyried* y posibilrwydd fod yr afiechyd hwnnw arno ef! Fe allwn ni ddeall hyn yn iawn o gofio mor angheuol oedd y clefyd yma gynt.

Ond trwy gydol misoedd Mehefin, Gorffennaf ac Awst does dim sôn am ei afiechyd. Dim ond sôn am yr ardd a'r llysiau a'r tywydd braf. Ond ar yr 20fed o Fedi fe ddywed hyn:

> Fi wedi dod adre o lan y môr Cei Newydd yng nghart Gwardafolog, wedi bod yno am wythnos. Costiodd y cyfan i mi – rhwng fy lodgings a'm cynhaliaeth chwe swllt ac wyth geiniog. Ymolchais yn y môr seithgwaith a chryfheais ychydig yno rwyf yn meddwl.

Ond roedd y clefyd wedi gafael yn rhy dynn, ac fel yr aeth hi'n hydref ac yna'n aeaf drachefn, fe ddaeth y peswch a'r gwendid a'r poeri gwaed yn ôl.

Ond mae'r gwehydd yn gorffen dyddiadur 1870 yn galonnog – neu o leiaf, yn fodlon ei fyd:

> Wele fi wedi cael nerth gan fy Nhad Hollalluog i dreulio un flwyddyn yn ychwaneg mewn bywyd. Ni fûm yn iach ynddi, ond cefais ddigon i waith . . . a nerth i'w ddilyn bron yn gyson. Cefais nerth i'm cynnal dan rai anawsterau a thrallodion . . . Cefais lawer o gysuron wrth ddarllen ychydig ar lyfrau a meddwl ychydig arnynt, ond ni wnes ddigon o hyn. Er hynny, tebyg i mi wneuthur hynny gymaint ag a oddefai fy iechyd.

Trwy gydol 1871 fe waethygodd iechyd Evan Humphries, ar waetha'r *'Cough Pills'*, y *'Dandelion Coffee'* a'r *'Bayberry Bark'* a'r holl feddyginiaethau eraill. Ond does dim sôn o gwbl am alw'r doctor i mewn i'w weld. Dim ond unwaith y ceir sôn am ddoctor o gwbl – pan mae'n cyfeirio at 'ddoctor dŵr' fel y'i gelwid:

> Tomos wedi bod â'm dŵr gyda Doctor John Davies, Pwlldŵr, Llanfihangel. Dywedodd mai gwendid cylla oedd prif achos fy afiechyd.

Unwaith eto rhyfeddwn at gyflwr truenus meddyginiaeth yn yr hen oes honno!

Ond ar waethaf cyflwr ei iechyd, fe lwyddodd Evan i ddilyn ei waith fel gwehydd yn ystod misoedd yr haf 1871. Ond gyda dyfodiad y gaeaf fe aeth yn rhy afiach i helpu Tomos gyda'r gweu, a bu'n rhaid i hwnnw chwilio am wehydd arall i gymryd ei le.

> Rhagfyr 19: Tomos wedi bod yn chwilio am weithiwr yn fy lle. Cafodd un. Mae e yma heno yn cysgu gyda ni. Dim lle cyfleus yma.

Dyw'r dyddiadur ddim yn dweud ymhle roedd y gwehydd newydd yn cysgu. Bwthyn bach iawn oedd Penlon-yr-Esgair, ac mae'n ddigon tebyg ei fod yn cysgu yn yr un ystafell – os nad yn yr un gwely – â Tomos neu'r claf.

Fe allwn ni ddychmygu cymaint o ergyd oedd hi i Evan fod gwehydd newydd wedi dod i gymryd ei le. Ond bendith ar ei ysbryd difalais! Trannoeth, ar yr 20fed, mae e'n ysgrifennu:

> Y gwehydd newydd yn gweithio'n bert yn y gŵŷdd mowr heddi.

Erbyn hyn mae'n rhy wan i allu mynd i'r capel i wrando ar Gwilym Marles.

> Rhagfyr 24ain (noswyl Nadolig): Fi ddim o gartref. Yn ddeuddeg o'r gloch arnaf yn codi. Fy mrest i a'm corff i gyd yn wan eithriadol nawr. Cadw'r Cyfarwyddwr Meddygol o'r Llyfrgell.

Ie, y *Cyfarwyddwr Meddygol* oedd ei gyfaill yn y dyddiau tywyll.

Yna, ar ddydd ola'r flwyddyn 1871 mae'r perthnasau'n dod ynghyd i Benlon-yr-Esgair. Mae Evan Humphries yn wael iawn, ac yn y dyddiadur mae'n dweud:

> I flwyddyn faith mae terfyn. Modryb Cluncoch ac Evan a Bili ei meibion yma. Daeth Modryb a photelaid o Ginger Wine i mi. Bu Wncwl Clwydffwrn hefyd. Diwrnod blinderus iawn i mi a minnau mor wan.

Ond geiriau'n datgan bodlonrwydd ar drefn Rhagluniaeth yw geiriau olaf Evan Humphries:

Yr wyf wedi cael nerth gan fy Nhad Hollalluog a chariadlawn i ddiweddu y flwyddyn hon eto, am yr hyn y dylwn fod yn llawn diolch. Cefais lawer o ddedwyddwch, gallai fod lawer yn waeth, er i mi ddioddef oddi wrth afiechyd lawer iawn mwy nag yn hyd un flwyddyn er pan ddechreuais fod yn afiach. Ond gobeithio, os yw'n unol ag ewyllys fy Nuw, y daw hi'n well y flwyddyn ddyfodol. Dyletswydd dyn yw bod yn fodlon i ewyllys ei Dduw, a bod yn amyneddgar a gadael y canlyniadau i'r Tad trugarog o'r Nef.

Dyna, hyd y gwyddom eiriau olaf y gwehydd o Benlon-yr-Esgair. Bu farw yn gynnar yn 1982, yn chwech ar hugain mlwydd oed. Ni wyddom am 'fan fechan ei fedd'. Ar ôl chwilio mynwentydd y fro, ni ddeuthum o hyd i faen coffa iddo. Ond, a dweud y gwir, fe adawodd ar ei ôl well coffa na maen mewn mynwent, – sef ei ddau ddyddiadur tra diddorol. Ond, ysywaeth, mae'r rheiny ar goll. Choelia' i ddim eu bod nhw wedi eu difetha. Maen nhw gan rywun yn rhywle, ac fe ddônt i glawr eto rywbryd. Pan ddôn' nhw, fe ddylid gofalu rhoi cartref diogel iddynt yn y Llyfrgell Genedlaethol oherwydd, yn ei ddyddiaduron, ysgrifennodd y gwehydd olaf o Benlon-yr-Esgair ddarn bach o hanes Cymru yn y ganrif ddiwethaf.

Arferion Priodas

Dymuniad pob merch ifanc gynt, wrth fynd i'r eglwys i'w phriodi, oedd y byddai'n cael ei bendithio â llawer o blant. Dyna oedd y nod, ac nid oedd fawr neb yn fwy o destun gwawd yn yr hen gymdeithasau slawer dydd na'r wraig na allai genhedlu. Yr oedd cynnydd a pharhad y llinach yn dibynnu ar ffrwythlondeb y briodferch. Hi fyddai'n dwyn i'r byd y plant a fyddai'n tyfu'n gryf i gymryd lle'r rhai a leddid mewn brwydrau, neu gan newyn, henaint neu haint. Felly fe fyddai'n rhaid ymhob ffordd, geisio gofalu bod y briodas yn un *ffrwythlon*.

Arferai'r Rhufeiniaid daflu cnau ar hyd y lle yn ystod seremoni'r briodas, ac yn Ffrainc, ganrifoedd yn ddiweddarach, yr oedd hi'n arfer i fwyta cnau i frecwast ar fore'r briodas. Yn Nyfnaint fe fu'n arferiad i roddi basgedaid o gnau'n rhodd i'r briodferch wrth adael yr eglwys ar ôl y seremoni. Fe fu cnau ar hyd y canrifoedd yn symbol o ffrwythlondeb a chred pobl hyd heddiw fod cnwd da o gnau ar y cyll yn golygu bod y flwyddyn yn debyg o brofi yn un doreithiog mewn plant hefyd. *'Plenty of nuts, plenty of cradles'*, medd yr hen ddywediad Saesneg. Yn Saesneg, ac ieithoedd eraill hefyd, fe aeth 'cnau' yn gyfystyr â'r 'cerrig' dynol, ac fe aeth 'mynd i gneua' yn gyfystyr â mynd i garu. Felly roedd taflu cnau, eu bwyta i frecwast ar ddydd y briodas, neu eu rhoddi mewn basged i'r briodferch wrth ddod allan o'r eglwys yn ddefod i geisio sicrhau y byddai'r wraig ifanc yn planta.

Yn yr un modd, wrth gwrs, y mae ein harfer ni o daflu reis dros y pâr ifanc wrth iddynt adael yr eglwys yn ceisio gwneud yr un peth. Mae'n debyg i gonffeti gymryd lle'r reis er mwyn osgoi gwastraffu bwyd mor faethlon, ond go brin fod y bobl sy'n taflu darnau bach o bapur dros y pâr ifanc yn gwybod beth oedd arwyddocâd y taflu cnau, reis ac ŷd slawer dydd. Yr oedd yr ŷd yn dwyn ffrwyth ar ei ganfed bob blwyddyn, a'r cnau yn byngau trwchus ar y cyll; ac felly hefyd y byddai yn hanes y wraig ifanc – fe fyddai hi'n ffrwythlon fel y reis a deflid drosti wrth ddod allan o'r eglwys.

Un o'r hen storïau a adroddir i brofi bod y Cardi yn ddyn bach cybyddlyd, darbodus yw honno am hen lanc o ardal Tregaron wedi cael ei ddal o'r diwedd gan hen ferch o'r un ardal. Ar ôl y gwasanaeth priodas yn yr eglwys, fe fu rhai o'r perthnasau'n taflu dyrneidiau o reis dros y pâr. Dywedir i'r priodfab o Gardi fynd o'i go' yn ddrwg iawn pan welodd y reis yn cael ei wastraffu yn y fath fodd. Fe fu rhyw fardd talcen slip yn llunio limrig i ddisgrifio'r peth.

Gyda llaw, Leisa oedd enw'r briodferch.

I'r eglwys o'r diwedd aeth Leis
I'w phriodi â Chardi bach neis,
Ond ar ôl dyfod mas
Aeth y boi bach yn gas
Wrth weld yr holl wastraff ar reis!

Mae'n debyg mai yr un yw arwyddocâd y reis a'r cnau â'r arfer o roddi pedol ceffyl lwcus i'r briodferch wrth iddi adael yr eglwys, ond nid yw arwyddocâd y weithred honno mor syml ac amlwg. Myn rhai arbenigwyr y rhoddir y bedol i'r briodferch am ei bod yr un ffurf â'r lleuad newydd a bod yna gred gynt mai duwies y lleuad (Diana ym mytholeg gwlad Groeg) oedd yn gofalu am wragedd wrth esgor, a hefyd yn eu ffrwythloni a'u galluogi i gael plant. Ac wrth gwrs, mae gennym ni'r cenhedloedd Celtaidd ein Caseg-dduwies fawr a elwir gan amlaf yn Epona. Ond diau mai enw arall arni yw Rhiannon, sy'n wraig i Pwyll Pendefig Dyfed yn y Pedair Cainc. Nid oes amheuaeth yn fy meddwl i nad yw'r ddefod o roi'r bedol i'r briodferch ynghlwm wrth arferion hen iawn yn ymwneud â'r dduwies hon. Hi yw'r Fari Lwyd y sonia Margaret Baker amdani yn ei chyfrol *Wedding Customs and Folklore* (tud. 91). '*The luckiest horseshoe to give a bride comes from the near hind foot of a grey mare . . .*'

Hyd yn oed heddiw fe'i cyfrifir yn lwcus i gwrdd â cheffyl glas (neu lwyd) ar y ffordd i'r briodas, ac mae gweld un mewn cae wrth fynd yr un mor lwcus. Bydd parau gwell na'i gilydd o hyd yn mynd i'w priodi mewn cerbyd yn cael ei dynnu gan bâr llamsachus o geffylau gleision.

Erbyn hyn, ysywaeth, aeth y bedol yn un bapur, addurnedig, ac aeth ei gwir arwyddocâd yn angof llwyr bron. Arwydd o *lwc* yw hi erbyn hyn, heb fawr neb yn gwybod y rheswm pam. Mae'r berthynas hen rhwng ceffylau a charu a phriodi yn ddyrys ac yn gymhleth iawn ac nid oes gofod i drin y mater ymhellach yma.

Prin y byddai neb slawer dydd yn ystyried dymuno 'Priodas Hapus' neu 'Priodas Ddedwydd' i bâr ifanc. 'Priodas Dda' oedd hi bob amser a phennaf ystyr y 'Dda' yna oedd '*Ffrwythlon*'.

Ond nid oedd yr ymdrechion i sicrhau ffrwythlondeb y wraig ifanc yn gorffen gyda chyflwyno'r bedol a thaflu reis a chnau ac ati. Yr oedd yna lawer o ddefodau diddorol eraill i geisio sicrhau bod y briodas yn un wedi ei bendithio â llawer o blant.

Un oedd yr arfer o fwyta mêl ar y 'mis mêl'. Yn ogystal â bod yn *aphrodisiac*, mae'n debyg fod yna gred y byddai'r mêl yn melysu'r briodas a'r gyfathrach rhwng y gŵr a'r wraig.

Yr oedd y *blodau* a gariai'r briodferch yn bwysig hefyd, a'r ffefrynnau oedd blodau oren a gyfrifid yn symbol o ffrwythlonedd. Ond mewn oes gynharach, sbrigyn persawrus o'r myrtwydd oedd y dewis fynychaf. Meddai Margaret Baker '. . . *myrtle is the luckiest of trees used to ensure a girl's fecundity . . .'*

Pren y dduwies Gwener, neu Fenws, oedd y myrtwydd, ac fel y gŵyr pawb, duwies serch a ffrwythlondeb oedd honno – fel Diana. Dywedir wrthym bod yna gylch o goed myrtwydd o gwmpas prif deml Fenws yn Rhufain gynt. A rhaid i ni beidio ag anghofio emyn enwog Ann Griffiths (hwnnw sy'n cynnwys y ddelwedd o Grist fel priodfab) ac sy'n cychwyn: 'Wele'n sefyll rhwng y myrtwydd'. Mae gwybod beth oedd arwyddocâd y myrtwydd i'r briodferch gynt yn help i ni ddeall yr emyn.

Y tymor gorau i bâr briodi oedd yr hydref, pan fyddai'r lleuad fedi, fendithiol yn y nen ac yn bwrw'i phelydrau lledrithiol trwy ffenest ystafell wely'r pâr ifanc. Yn Swydd Efrog gynt arferai gwyryfon a oedd ar fin priodi ac yn dymuno cael plant fynd, heb yn wybod i neb, allan i'r caeau ŷd i gasglu gwellt o'r ysgubau neu o'r teisi - un gwelltyn gwenith am bob bachgen a ddymunai ei gael ac un gwelltyn ceirch am bob merch. Ar ôl casglu'r gwellt, fe âi ati i wneud gardas ohonynt, gan adrodd rhyw frawddeg bwrpasol wrth wneud hynny. Gwisgai'r gardas wedyn am ei choes, ac os arhosai yn ei le byddai popeth yn iawn, ond os deuai'n rhydd neu dorri – yna ni fyddai'r hud a'r lledrith yn debyg o weithio. Dim ond gwyry allai wisgo'r gardas wellt. Ni fentrai gwraig wedi colli ei rhinwedd wneud hynny rhag iddi ddwyn melltith ar ei phen ei hun.

Mae'n ddiddorol sylwi bod y gardas yn dychwelyd i ffasiwn y dyddiau hyn, ond tybed faint o'r gwragedd ifainc a'u gwŷr sy'n gwybod am ei arwyddocâd?

Fe fyddai cystadlu mawr ymysg bechgyn ifainc gynt wrth geisio cael y gardas oddi ar goes y briodferch. Yn ôl yr hen goel byddai gan ŵr ifanc a allai gael ei afael arno a'i roi i'r ferch a ffansiai siawns dda o'i chael yn wraig iddo. Mewn rhai priodasau byddai rasys ar gefn ceffylau'n cael eu trefnu i benderfynu pwy a gâi dynnu'r gardas oddi ar goes y briodferch. Prin bod angen dweud y byddai'r cystadlu'n ffyrnig.

Yn yr Alban gynt yr oedd hi'n arferol i wely'r pâr ifanc, ar nos y briodas, gael ei baratoi gan wraig â llaeth yn ei bronnau. Y gred oedd y byddai gwraig a oedd yn magu babi yn bwrw ei dylanwad, a'i hud a'i lledrith, ar y fatres ac ar ddillad y gwely, a hynny'n ffrwythloni'r briodferch.

Yn Rhydychen roedd yna hen arferiad i'r pâr ifanc fynd i'w gwely y noson gyntaf â cheilliau march wedi ei sbaddu o dan y gobennydd. Cyfrifid hyn yn rym pwerus a di-ffael. Mae hefyd yn ein hatgoffa o hen ddefod Hindŵaidd a elwir yn *Asvamedha* pan aberthid march gynt er mwyn sicrhau plant gwryw i'r frenhines.

Da o beth wedyn fyddai i'r briodferch gymryd baban (mab o ddewis) yn ei chôl yn union ar ôl y briodas, ac yn Sweden yr oedd hi unwaith yn arferiad i'r ddarpar-wraig gael plentyn gwryw i gysgu gyda hi ar y nos cyn y briodas.

Arfer cyffredin arall ym Mhrydain slawer dydd oedd i'r wraig ifanc, a'i gŵr hefyd weithiau, neidio dros ben 'stôl fagu', neu *petting stool* yn Saesneg. Er bod rhai o'r farn mai ystyr hyn oedd cael gan y wraig ifanc ddiwygio a chael gwared ar unrhyw duedd tuag at dymer ddrwg a 'phwdu' – hynny yw y *moods* neu'r *pets* y sonia'r Sais amdanynt – mae'n dra thebyg mai defod i geisio sicrhau plant oedd hon hefyd. Yr oedd y stôl fagu yn hawlio ei lle canolog ar aelwydydd slawer dydd, ac ni welid yr un fam hebddi.

Yr oedd i'r wledd a ddilynai'r seremoni ei harwyddocâd, wrth gwrs. Yn Ynysoedd y Sianel gynt nid oedd y briodas wedi ei selio'n iawn nes byddai'r pâr ifanc wedi bwyta o'r un darn o gacen ac wedi yfed o'r un cwpan. Yn Ffrainc mae gan nifer o deuluoedd gwpan ag iddo ddwy ddolen a elwir yn *Coupe de mariage*, i alluogi'r pâr ifanc i yfed ohono fel rhan o hen ddefod i selio'r cwlwm priodasol. Mae'r arferiad i'r gŵr a'r wraig ifanc gyd-yfed a chyd-fwyta yn hŷn o lawer na'r seremoni yn yr eglwys ac mae'n gyffredin i lawer iawn o genhedloedd. Yr un meddwl oedd y tu ôl i roi llwy addurnedig yn anrheg i ferch pan oedd carwriaeth yn dechrau blodeuo. Os oedd hi'n derbyn y llwy oedd wedi ei cherfio mor ofalus gan y carwr, yna roedd y peth yn arwydd fod y ddau o'r un meddwl, a'u bod yn bwriadu cyd-fyw gyda'i gilydd yn nes ymlaen. Ac yn chwedl Llyn y Fan, unwaith y derbyniodd y 'forwyn' y bara a'i fwyta, roedd y fargen wedi ei selio.

Ar un adeg ceid dwy gacen briodas – y naill i'r gŵr a'r llall i'r wraig. Byddai un y gŵr yn drwm, yn faethlon ac yn llawn ffrwythau, ac un y wraig yn fwy siwgraidd, ysgafn a melys. Efallai mai atgof o'r ddwy gacen briodas yw'r un ddwbwl *(two-tier)* a welir mewn priodasau yn aml o hyd.

Pan ddeuai hi'n amser mynd i'r gwely ar noswyl y briodas, yr oedd hi'n hen arferiad i gyfeillion y pâr ifanc fynd gyda hwy i'r ystafell wely, yna yng nghanol sbort a rhialtwch mawr, dihatru'r ddau a'u rhoi yn y gwely. Byddai brwydr fawr am hosanau'r wraig ifanc, a byddai'r un a lwyddai i'w cael yn eu taflu dros ei ben. Nid yw ystyr y ddefod hon yn rhyw glir iawn. Ond diwedd y rhialtwch fyddai cau llenni'r gwely mawr 'fforposter' a'u gadael yn llonydd i gychwyn eu bywyd priodasol. Dywedir i Siarl yr Ail, ar noson priodi ei gyfnither, Mary, â 'William of Orange', gau llenni'r gwely mawr â'i law ei hun gan weiddi, *'Now, nephew, to your work! Hey, St George for England!'* (Mae'n werth cofio yn y cyswllt yma mai Sant Siôr oedd nawddsant y marchogion!)

Yn Iwerddon ceir hanes am glymu iâr a oedd ar fin dodwy wrth bost y gwely. Yr oedd hynny yn un ffordd arall i gymell y wraig i feichiogi. Nid yn unig hynny, fe sonnir am arferiad arall yn Iwerddon hefyd, sef yr un o roi wy-dau-felyn i'r pâr i'w fwyta i frecwast.

Fe ellid mynd ymlaen ac ymlaen. Y rhyfeddod yw fod hen arferion fel hyn wedi aros a pharhau ar hyd y canrifoedd, er bod y byd a ninnau hefyd wedi newid llawer iawn. A waeth faint o newid fydd eto yn y dyfodol, fe fydd yr hen gredoau a'r arferion hyn yn aros tra bo merch a llanc yn dymuno byw ynghyd ac yn chwennych 'Priodas Dda'!

Hela'r Dryw

Un o'r hen arferion rhyfeddaf, a'r mwyaf anodd ei esbonio, oedd yr arfer gynt o hela'r dryw o gwmpas amser y Nadolig a'r Flwyddyn Newydd.

Fe âi llanciau allan yn dwr gyda'i gilydd i hela'r dryw bach, ac ar ôl ei ddal, fe'i gosodent mewn cawell neu 'elor', a mynd ag ef o gwmpas y tai gyda llawer iawn o seremoni! Dryw marw fyddai yn y cawell fynychaf, ond nid bob amser chwaith. Mae yna sôn am fynd ag aderyn byw mewn 'tŷ' bach addurnedig â gwydr bob pen fel y gallai pawb weld y dryw y tu mewn.

Ond fynychaf o ddigon, lladd y dryw a wnâi'r bechgyn – weithiau trwy ei daro â cherrig neu â ffyn ac weithiau hefyd trwy ei saethu â gynnau.

Yr oedd lladd y dryw bach yn rhyfeddod ynddo ei hun, oherwydd ar bob amser arall o'r flwyddyn, ar wahân i'r Nadolig a'r Calan, yr oedd niweidio'r dryw yn tabŵ! Nid oedd hawl cyffwrdd â'i nyth hyd yn oed.

Dyma un hen bennill a ddysgai ein rhieni i ni:

> Y sawl a dorro nyth y dryw
> Ni chaiff weled wyneb Duw . . .

Ac yn wir, fe gredem ni'r plant fod bywyd y dryw bach yn gadwedig – a'r robin goch, i raddau llai. Yng Nghernyw hefyd yr oedd yr un parch i'r ddau yma, ac yno mae ganddynt hen bennill tebyg i hyn: 'Who hunts the Robin or the Wren, shall never prosper, boy or man'. Eto i gyd, ar un cyfnod o'r flwyddyn fe gâi'r dryw ei hela a'i ladd yn ddidrugaredd!

Rhyfeddod arall ynglŷn â'r ddefod oedd y ffaith fod y bechgyn a gludai gorff y dryw bach o dŷ i dŷ yn ei alw'n frenin! Dyma ddarn o hen gerdd a ganent wrth y drysau yn Sir Benfro i brofi hynny:

> *Joy, health, love and peace; we're here in this place;*
> *By your leave here we sing concerning our King.*
>
> *Our King is well drest in silks of the best*
> *And the ribbons so rare, no King can compare.*
>
> *Over hedges and styles we have travelled many miles.*
> *We were four foot-men in taking this wren . . .*

Tŷ neu 'elor' dryw bach o Farloes, Sir Benfro

Ac meddai hen gân arall o Iwerddon:

The wren, the wren, the king of all birds,
On St Stephens Day was caught in the furse.

Y mae yna, wrth gwrs, hen chwedl sy'n dweud wrthym sut y daeth y dryw bach yn frenin yr adar. Pan gytunodd yr holl adar mewn cynhadledd mai'r aderyn a fedrai hedfan uchaf i'r awyr a gâi fod yn frenin arnynt fe neidiodd y dryw bach ar gefn yr eryr yn ddiarwybod i hwnnw. Hedfanodd yr eryr i fyny ac i fyny, nes ei fod wedi blino'n lân, gan adael yr adar eraill i gyd ymhell oddi tano. Yna cododd y dryw oddi ar ei gefn a hedfan yn uwch, a thrwy hynny dod yn frenin yr adar.

Ond pam lladd y brenin pitw? Er mwyn ceisio Cristioneiddio'r hen ddefod baganaidd fe ledaenwyd chwedl arall amdano, sef mai ef a fradychodd Sant Steffan, y merthyr cyntaf, i'r gelynion a'i lladdodd trwy ei labyddio â cherrig a ffyn. Ac oherwydd iddo fradychu'r sant, fe gâi'r dryw ei labyddio yn yr un modd o gwmpas Gŵyl San Steffan (Rhagfyr 26ain) bob blwyddyn.

Yn Iwerddon mae hen chwedl arall sy'n ceisio esbonio dirgelwch defod hela'r dryw. Dywedir bod milwyr Iwerddon rywbryd wedi penderfynu ymosod ar eu gelynion cyn toriad gwawr, gan feddwl eu dal yn ddiarwybod. Ond yr oedd drwm gan y gelyn ac arno friwsion o'r swper y noson gynt, ac fe ddaeth y dryw bach i bigo'r briwsion. Fe wnaeth ei big, wrth daro'r drwm, ddigon o sŵn i ddeffro'r gelynion, ac fe ddryswyd cynlluniau milwyr Iwerddon. Am y brad hwnnw, fe gaiff yr aderyn bach ei hela unwaith bob blwyddyn o gwmpas y Nadolig a'r Calan.

Ond y gwir yw fod yna ystyr hŷn a mwy cymhleth o dipyn i'r arfer o hela'r dryw. Hen ddefod baganaidd i geisio hybu ffrwythlonedd oedd hi, megis defod y Fair Lwyd a llawer o rai eraill, a'i hamcan oedd lledaenu 'lwc' trwy'r ardal. Ystyr y 'lwc' yma oedd y byddai parau ifainc oedd newydd briodi yn cael plant cyn diwedd y flwyddyn, llwyddiant i'r caru oedd yn mynd ymlaen rhwng y merched a'r bechgyn ifainc, iechyd da i bawb yn ystod y flwyddyn oedd i ddod, a bendith duw neu dduwies ffrwythlonedd ar yr ardd, yr hau a thyfiant y cnydau pan fyddai'r gaeaf heibio.

Ond pam defnyddio'r dryw yn hytrach na rhyw aderyn arall? Dyna gwestiwn y mae llawer wedi ceisio ei ateb. Myn rhai bod y ddefod ynghlwm wrth hen, hen ddefod o aberthu brenin dynol gynt, er mwyn rhyngu bodd y duwiau. A phan ddaeth yr arfer hwnnw i ben fe welodd pobl gyfle i barhau i aberthu brenin – sef brenin yr adar – y dryw bach!

Ond go brin y gellir ymddiried yn y ddamcaniaeth honno yn yr achos hwn. Wedi'r cyfan, rhyw fath o jôc oedd gwneud y dryw – y lleiaf o'r adar – yn frenin. Yr eryr yw brenin yr adar, a thrwy dric (yn ôl y chwedl) y daeth yr anrhydedd i ran y dryw.

Ond y mae'n perthyn iddo un arbenigrwydd mawr iawn! Er mai ef yw'r *lleiaf* o'n hadar ni, *ef sy'n magu'r teulu mwyaf o gywion*. Gall ei deulu fod cynifer â phedwar ar ddeg mewn un nythaid. Dyna'r hynodrwydd a'i gwnâi yn destun rhyfeddod gan bobl slawer dydd. A dyna a'i gwnaeth yn symbol o ffrwythlonedd, ac yn aderyn mwy addas i'w aberthu ar ddechrau'r flwyddyn na'r un aderyn arall. Hynny hefyd oedd yn ei wneud yn aderyn dwyfol, anghyffwrdd trwy weddill y flwyddyn. Ond pam aberthu'r aderyn a oedd yn symbol o ffrwythlonedd? Pam ei ladd?

Rhywbeth tebyg i hyn oedd y 'meddwl' y tu ôl i'r math yma o aberth. Byddai tywallt gwaed y creadur ar y ddaear yn ffrwythloni'r tir, fel y byddai bwyta ei gig neu wisgo ei groen yn ffrwythloni a chryfhau'r bobl; a byddai gwasgaru'r esgyrn a'i weddillion yma a thraw yn ehangu cylch y ffrwythloni.

Ond byddai enaid neu *essence* yr aberth yn mynd at y duwiau (ym mwg y poeth offrwm, efallai), ond hefyd yn dianc yn rhydd ar ôl i'r cig gael ei fwyta neu ei roddi i'r ddaear. A'r gred oedd fod aberth felly wrth fodd y duwiau, ac yn ffordd i'w hadnewyddu ac i gadw'r cysylltiad daionus, cyfeillgar rhyngddynt a phobl y ddaear.

Mewn ffordd, nid oeddynt yn *lladd* y dryw, ond yn rhyddhau ei 'ysbryd' i ddychwelyd at y duwiau, a chredent fod y weithred, er yn greulon, yn llesol ym mhob ffordd.

Mewn rhannau o India gynt, y ceffyl neu'r march oedd prif symbol ffrwythlonedd (fel yr oedd y gaseg gan y Celtiaid, mae'n siŵr), ac roedd yn arfer ganddynt aberthu'r march mewn defod a elwid yn *Aswamedha*. Ceir disgrifiad o agwedd y bobl tuag at yr anifail aberthedig yn y *Rig-Samhita* (tud. 162-3):

> . . . *they address the soul of the victim* . . . *'Go today rejoicing to the gods that the sacrifice may yield blessings to the donor. May not thy breath of life oppress thee as thou goest* . . . *thou diest not here, nor dost thou suffer injury.*

Mae'n syn fod yr Indiaid yn credu nad oedd y ceffyl, wrth ei aberthu, yn dioddef niwed, er iddynt ei ladd a'i dorri'n ddarnau a bwyta ei gig! Ond roedd ei 'ysbryd' yn fyw ac yn ddianaf. Ac ni ellir dadlau nad dyna oedd cred yr hen bobl gynt a aberthai'r dryw bach.

Ond, wrth gwrs, gyda'r canrifoedd fe aeth ystyr ac amcan yr hen ddefod o ladd y dryw a'i gludo mewn arch o gwmpas y tai ar goll bron yn llwyr, fel yr aeth ystyr ac amcan y ddefod arall honno sef y Fari Lwyd, ar goll. Unwaith, yr oedd aberth ynghlwm wrth honno hefyd sef aberthu caseg gan dywallt ei gwaed, ei thorri'n ddarnau a bwyta'i chig, ac yna mynd â'r pen gwaedlyd o gwmpas y tai i ledaenu ffrwythlonedd ymysg y merched a'r gwragedd.

Yr oedd y ddwy ddefod yn perthyn i'r un amser o'r flwyddyn, sef o gwmpas Troad y Rhod *(Winter Solstice)*, ac fe ellir dweud bron mai defod a berthynai i bobl gyfoethog oedd aberthu'r gaseg, ac mai defod y werin gyffredin, na allai fforddio aberth mor gostus, oedd lladd y dryw. Oni ddywed T. Gwynn Jones wrthym yn *Welsh Folklore and Folk Custom* y byddai'n arferiad gynt i aberthu ceffylau wrth ffynnon San Siôr ger Abergele? *'The rich were wont to offer one* . . . ' Diau mai felly yr oedd hi hefyd pan oedd defod

74

y Fari Lwyd yn ddefod aberthu ceffyl neu gaseg go iawn.

Dirywiodd y ddwy ddefod gyda'r blynyddoedd nes mynd yn ddiystyr bron – hyd yn oed i'r rhai oedd yn parhau i'w harfer. Byddent wedi hen ddiflannu mae'n siŵr, oni bai fod rhyw lanciau'n gallu cael bwyd, diod ac ychydig arian wrth eu cadw'n fyw!

Cyn cefnu ar bwnc hela'r dryw, mae'n werth cofio rhai o'r hen benillion diddorol oedd yn gysylltiedig â'r ddefod. Mae'r rhain yn gyfarwydd:

Ddoi di i'r coed? meddai Dibin wrth Dobin.
Ddoi di i'r coed? meddai Rhisiart wrth Robin
A ddoi di i'r coed? meddai Sion wrth y tri,
A ddoi di i'r coed? meddai'r cwbwl i gyd.

Beth wnawn ni yno? meddai Dibin wrth Dobin.
Hela'r dryw bach, meddai Rhisiart wrth Robin . . .

Dyma un hen gân arall, sy'n gysylltiedig â Solfach, Sir Benfro.

Dryw bach ydyw'r gŵr, amdano mae stŵr,
Mae cwest arno fe, nos heno 'mhob lle.

Fe ddaliwyd y gwalch, ond neithiwr yn falch;
Mewn stafell wen deg, a'i dri brawd ar ddeg.
Fe dorrwyd i'r tŵr a daliwyd y gŵr;
Fe'i rhoddwyd dan len ar elor fraith wen.

Rhubanau bob lliw sy' o gwmpas y Dryw,
Rhubanau dro thro sy' arno'n lle to.

O, feistres fach fwyn, gwrandewch ar ein cŵyn;
Plant ieuanc ŷm ni, gollyngwch ni i'r tŷ.
Agorwch yn glou, neu dyma ni'n ffoi.

Cododd Rhiannon Evans *(Sêrs a Rybana)* y rhigwm canlynol yn ystod ei hymchwil. Mae'n sôn (eto fyth) am brif arbenigrwydd y dryw, sef ei allu, er ei fychander, i ddodwy pedwar ar ddeg o wyau; y gallu a'i gwnaeth yn symbol ffrwythlonedd addas i'w aberthu unwaith y flwyddyn o gwmpas Troad y Rhod.

> Dryw bach yn dedwi pedwar ar ddeg
> A'r rheini'n lân ac yn deg;
> A chrechi dim ond dou
> A rhieny'n llawn crach a llou.

Mae'n debyg mai yn ne Iwerddon yn unig y mae'r hen arfer yn para'n fyw. Yno bydd y *Wren Boys* yn mynd â chorff dryw marw o gwmpas ar Ŵyl San Steffan o hyd, ac mae'n debyg bod pobl yn dal i'w croesawu i'w tai, gan gredu'n siŵr eu bod yn dod â lwc gyda nhw.

Unwaith fe fu mynd mawr ar y ddefod yn Ynys Manaw, ac yno byddai'r *Wren Boys* yn gwerthu, neu yn rhoi pluen o gorff y dryw i hwn a'r llall ar eu taith o gwmpas. Ac mae'n debyg y byddai pobl yn cadw'r plu yn barchus, weithiau ar eu person, er mwyn eu diogelu rhag pob drwg yn ystod y flwyddyn. Ar ôl pluo'r dryw nes ei fod yn noethlymun fe gleddid y corff yn y fynwent.

Banc y Warin, Y Crug Mawr, Gorsedd Arberth

Nid oes unrhyw amheuaeth yn fy meddwl i bellach (ar ôl llawer o ymchwil a myfyrdod), nad enwau ar yr un bryn, neu fryncyn, i'r gogledd o dre Aberteifi yw'r tri enw uchod. Saif y bryn tra hynod hwn yn ymyl y briffordd (yr A487), sef y ffordd arfordirol sy'n wythïen rhwng Aberteifi ac Aberystwyth a mannau tu hwnt. Wrth droed y bryn, megis, saif pentre bach Pen-parc nad yw ond rhyw filltir dda uwchlaw Aberteifi.

I'r teithiwr sy'n ei weld o'i flaen wrth ddod at bentre Pen-parc o'r gogledd, efallai nad yw'r bryn yn edrych yn anghyffredin iawn, ond o edrych arno o'r cyfeiriad arall, sef wrth deithio o Sir Benfro i lawr am dre Aberteifi, mae ei hynodrwydd yn taro dyn yn ei dalcen. Mae'n edrych fel pe bai wedi ei osod yno rywbryd ar ôl y gweddill o'r tirwedd sydd yn y golwg. Wrth sgwrsio â gwraig o'r Alban am y bryn arbennig yma, dywedodd gyda diddordeb, '*Ah! You mean the hill that looks like a "pit midden"* (tomen pwll glo)!' Roedd hithau wedi sylwi ar yr 'hynodrwydd' wrth deithio tuag Aberteifi o gyfeiriad Sir Benfro!

Banc y Warin, Y Crug Mawr

Enw'r bryncyn heddiw yw *Banc y Warin*.

Ddwy ganrif a rhagor yn ôl, ar gopa'r bryncyn yma byddai pobl dda Aberteifi yn crogi eu drwgweithredwyr mwyaf ysgeler – llofruddion, lladron-pen-ffordd ac ati. Yn wir, mae yna hanes fod un o gyfeillion y smyglwr enwog hwnnw, Siôn Cwilt, wedi ei grogi ar Fanc y Warin a'i adael yno i hongian 'mewn cadwynau' am amser hir, nes oedd ei gnawd a'i ddillad wedi mallu.

Mae'n anodd gwybod pryd y cafodd y bryn ei enwi yn Fanc y Warin. Ond gwyddom nad dyna'r enw arno pan ymwelodd Gerallt Gymro ag Aberteifi yn 1188, yn ystod ei gylchdaith o gwmpas Cymru gyda'r Archesgob Baldwin i recriwtio milwyr i ymladd yn y Croesgadau. Ei enw bryd hynny, fel y dywed Gerallt wrthym, oedd *Y Crug Mawr*. Mae 'na ffermdy wrth droed y bryn a elwir yn Crugmawr hyd heddiw, er i'r enw gael ei Seisnigeiddio i Crugmor erbyn hyn. Mae'n ddirgelwch i mi, ar hyn o bryd, sut y collodd y bryn ei hen enw ac i'r fferm ei gadw.

Fe ymladdwyd brwydr waedlyd ac enwog ar y Crug Mawr yn 1136. Hon oedd y frwydr fwyaf, efallai, a ymladdwyd erioed ar ddaear Ceredigion. Brwydr rhwng y Cymry a'r mewnfudwyr Normanaidd oedd hi, ac yr oedd rhan gref o fyddin y Normaniaid a'r Ffleminiaid wedi ymsefydlu ar gopa ac ar lechweddau'r Crug Mawr. Mae'n bosibl fod olion eu hamddiffynfeydd i'w gweld yno o hyd.

Credir mai ar y 10fed o Hydref 1136 yr ymladdwyd y frwydr honno. Roedd y dydd hwnnw'n digwydd bod yn ddydd Sadwrn, ac oherwydd y lladdfa waedlyd a fu o gwmpas y Crug Mawr ac yn Aberteifi y diwrnod hwnnw, galwyd ef yn Sadwrn Du.

Y Cymry, o dan arweiniad Owain a Cadwaladr, meibion Gruffudd ap Cynan, a orfu yn y frwydr fawr. Dywedir bod ganddynt fyddin o chwe mil o wŷr traed a dwy fil o farchogion. Fe fu'r ymladd yn ffyrnig iawn a chollwyd llawer ar y ddwy ochr. Yn ôl yr hanes, lladdwyd llawer o'r Normaniaid a'r Ffleminiaid trwy gael eu sathru dan draed ceffylau eu marchogion eu hunain – yn eu brys i ddianc rhag y Cymry.

Ond mae fy niddordeb pennaf i yn yr enw a oedd arno cyn iddo gael ei alw yn Crug Mawr. Credaf mai'r bryn rhyfedd hwn oedd *Gorsedd Arberth* – enw a berthyn i chwedl Pwyll Pendefig Dyfed.

Beth sydd gen i i brofi gosodiad felly, meddech chi?

Yn y lle cyntaf, mae yna hyd y dydd heddiw nant, neu afonig fechan, yn tarddu ar Rosygadair ac yn llifo i afon Teifi yn Llechryd. Enw honno yw Nant

Arberth. Mae'n llifo o dan y ffordd fawr ym mhentre Tremain ac yn dirwyn ei ffordd heibio i gyffiniau'r Crug Mawr, yna trwy geunant dwfn a rhamantus heibio i hen blas Glanarberth, sydd bellach wedi darfod amdano, ond a safai unwaith ar lecyn tra dymunol uwchben y Llech-ryd. Rwy'n rhyw deimlo yn fy esgyrn mai ar y llecyn hyfryd hwn y safai llys Arberth gynt!

Nid myfi yw'r cyntaf i fwrw amheuaeth ar y gred mai (N)Arberth yn Sir Benfro oedd prif lys Pwyll Pendefig Dyfed. Mae mwy nag un ysgolhaig wedi amau hynny. Gadewch i mi ddyfynnu'r hyn a ddywed awdur o Sais, sef Michael Senior, *Myths of Britain* (tud. 45):

> *The name Arberth (Narberth) connects it with Pwyll's Arberth, but in fact the magic mound on which Pwyll sat is considered to be elsewhere, either a few miles south, or up in the north of the peninsula, where still an Arberth river runs towards Cardigan Bay.*

Y mae'r Crug Mawr yn ffitio'r manylion yn y chwedl mor berffaith hefyd!

Gadewch i ni atgoffa ein hunain o'r hyn a ddigwyddodd. Yr oedd Pwyll wedi bod yn gwledda mewn prif lys iddo, sef llys Arberth. Ar ôl y wledd fe gododd ef a'i wŷr a mynd am dro, a dod at fryn uwchlaw'r llys, a elwid yn Orsedd Arberth. Dywedodd rhywun wrth Pwyll os dringai i ben y bryn hwnnw ac eistedd ar ei gopa y byddai'n siŵr o weld rhyfeddod, neu gael ei glwyfo mewn rhyw fodd.

Mentrodd y Pendefig eistedd ar gopa'r bryn a chyn bo hir fe welai 'wraig ar farch canwelw mawr, aruchel, a gwisg euraid, lathraid o sidan amdani, yn dyfod ar hyd y briffordd a gerddai heibio i'r bryncyn.'

Hyd y dydd heddiw mae'r un briffordd yn 'cerdded' heibio i'r bryncyn! Nid yw lleoliad a chyfeiriad ein ffyrdd wedi newid fawr ar hyd yr oesoedd. Hen lwybrau cyntefig wedi datblygu'n ffyrdd fuon nhw, hyd nes i oes y modur gyrraedd. Felly dyw hi ddim yn syndod fod y ffordd a 'gerddai heibio i'r bryncyn' yn dal i wneud hynny o hyd.

Os yw fy namcaniaeth yn iawn mai i lawr ar lecyn ger Llechryd yr oedd llys Arberth, yna y mae'r disgrifiad o Pwyll a'i wŷr yn mynd am dro a 'dod at fryn *uwchlaw*'r llys' yn ateb yn berffaith.

Rwyf am awgrymu hefyd, y gall enwau ffermydd yn ardal y Crug mawr fod yn arwyddocaol. Mae yna Gwm March, Olmarch a Glanolmarch. Ai'r 'march canwelw, mawr, aruchel' a roddodd ei enw i'r lleoedd hyn?

Ond fy mhrif reswm dros hawlio mai'r Crug Mawr oedd Gorsedd Arberth yw'r ffaith fod gennym dystiolaeth bendant fod yna hud a lledrith yn perthyn i'r bryn hwn drwy'r canrifoedd. Mae Gerallt Gymro yn sôn am ryfeddodau'n digwydd ar gopa'r Crug Mawr yn yr *Itinerary*, tud. 109:

> *We proceeded on our journey from Cilgerran towards Pont Stephen, leaving Crug Mawr i.e. the great hill, near Aberteifi on our left . . . a tumulus is to be seen on the summit of the aforesaid hill and the inhabitants affirm that it will adapt itself to people of all stature; and that if any armmour is left there entire in the evening it will be found, according to vulgar tradition, broken to pieces in the morning.*

Felly, yr oedd yna elfennau hud a lledrith sinistr yn perthyn i'r Crug Mawr yng nghyfnod ymweliad Gerallt ag Aberteifi yn 1188. Yn y chwedl . . . 'priodoledd y bryncyn hwn yw, pa arglwydd bynnag a eisteddo arno, nad â oddi yno heb un o'r ddau brofiad, naill ai ddolur neu archollion, neu ynteu fe welai ryfeddod'. Er mai sôn am arfwisg yn cael ei chwalu yn ystod nos a wna'r traddodiad y clywodd Gerallt amdano, a'r chwedl yn sôn am 'ddolur neu archollion' i berson dynol, y mae'r tebygrwydd yn amlwg. Mae yna bwerau anweledig peryglus yn perthyn i gopa'r bryn yma.

Wn i ddim beth a olygir pan ddywedir am y tumulus, *'that it will adapt itself to persons of all stature'*.

Nid yw Gerallt yn llygad ei le yn hollol pan rydd gyfieithiad o Crug Mawr fel *'great hill'* chwaith. Nid *hill* yw crug, er bod i'r gair yr ystyr hwnnw weithiau. Yn amlach, ei ystyr yw carnedd, tomen, pentwr neu yn Saesneg – *cairn* neu *tumulus*. Ac mae'n rhaid cyfaddef bod y Crug Mawr neu Fanc y Warin yn rhoi'r argraff mai bryn wedi ei osod yw e, fel *'pit midden'* y wraig o'r Alban neu fel ein tomenni glo niferus ni.

Ystyr y *tumulus* yn fy ngeiriadur i yw *prehistoric burial-mound*; ond hyd y gallwn i weld wedi dringo i'r copa, nid oes sôn am hwnnw bellach ar Fanc y Warin, ond fe all fod yno serch hynny. Neu a allwn ni dybio mai carnedd neu *tumulus* yw'r bryn ei hunan? Rhywbeth tebyg i Silbury efallai?

Mewn llith – *The Making of Medieval Cardigan*, gan Ralph A. Griffiths, a ymddangosodd yn Ceredigion Cyfrol XI Rhifyn 2, 1990, mae'r awdur yn tynnu sylw yn ei nodiadau at ymweliad Gerallt ag Aberteifi; ac fe ddywed hyn:

But it is worth noting that Gerald of Wales, following his visit to Cardigan in 1188, recorded that Crug Mawr had long been known as a place of myth and legend. Thorpe Itinerary p. 177.

Onid yw hi'n dod yn debycach bob munud mai Banc y Warin a'r Crug Mawr oedd Gorsedd Arberth?

Mae gennym nant neu afon fach o'r enw Arberth yn llifo'n agos i'r bryn, a hyd yn ddiweddar roedd Plas Glanarberth yn sefyll ar lecyn dymunol islaw iddo hefyd. Mae yna sicrwydd fod y bryn arbennig hwn wedi bod yn gysylltiedig â *'myth and legend'* (fel yr oedd Gorsedd Arberth yn y chwedl). Fel yn y chwedl, mae'r ffordd o hyd yn 'cerdded' heibio i'r bryn.

Mewn un arall o chwedlau'r Bedair Cainc, Manawydan Fab Llŷr, fe geir y disgrifiad hwn o'r wlad o gwmpas Arberth:

Ac wrth rodio'r wlad, ni welsant erioed wlad wedi ei diwyllio'n well na hi, na thir gwell, na gwlad helaethach ei mêl a'i physgod na hi . . .

Fe wêl y cyfarwydd nad yw'r disgrifiad yna'n gweddu o gwbl i (N)Arberth, Sir Benfro. Go brin fod yr ardal honno wedi bod yn enwog erioed am ei physgod, heb sôn am ei mêl! Ond y mae Dyffryn Teifi o gwmpas Llechryd, wedi bod erioed, ac yn parhau felly hyd heddiw, yn enwog ledled Prydain am ei heogiaid, ei gleisiaid a'i brithyllod. Ac wrth gwrs, y mae'r dyffryn nawsaidd yma yn enwog am ei fêl hefyd, ac fe fu'r tir coediog o gwmpas afon Teifi, yn ddi-os, yn dir hela heb ei ail.

Fe geir sôn yn y chwedl am Bwyll yn mynd i hela i Lyn Cych. Nid yw Glyn Cych fawr o ffordd o Lechryd ac Aberteifi, ond mae'n bell o Arberth, Sir Benfro.

Fe fydd rhai yn gyndyn i dderbyn y gallai Llys a Gorsedd Arberth fod ar ochr Ceredigion o afon Teifi, ond mae eraill yn dal fod Ceredigion, neu ran helaeth ohoni, yn perthyn saith cantref Dyfed – sef y diriogaeth y dywedir bod Pwyll yn bennaeth arni. Ac onid oedd gan Pryderi, mab Pwyll, lys yn Rhuddlan Teifi yng Ngheredigion, gerllaw Llanybydder?

Dyna fi wedi dadlau fy nadl. Gobeithio 'mod i wedi llwyddo i argyhoeddi fy narllenwyr ynglŷn â gwir leoliad Gorsedd Arberth. Rwyf mor siŵr o 'mhethau erbyn hyn, nes gwneud imi apelio'n daer ar y Cyngor Sir, neu bwy bynnag sy'n gyfrifol, i newid enw'r bryn hynod hwn uwchlaw Aberteifi o Banc

y Warin, sef yr enw sydd arno heddiw, i Gorsedd Arberth - yr enw a oedd
arno pan gyfarfu Pwyll â Rhiannon wrth ei droed, am y tro cyntaf.

Y Ceffyl Pren

Roeddwn i, unwaith, yn nabod dyn a oedd wedi bod yn llygad-dyst i ddefod y Ceffyl Pren yn ardal Llangrannog yn ystod y ganrif ddiwethaf. Ei enw oedd Dafydd Price Davies, siopwr ym mhentre Llangrannog. Yr oedd yn ŵr oedrannus, barfog pan welais i ef gyntaf, ond er hynny roedd ei feddwl yn chwim a'i gof yn ardderchog.

Yn ôl yr hanes a adroddodd wrthyf, yr oedd yna ddyn yn byw mewn tŷ o'r enw Brynderwen (sydd ar ei draed, â phobl yn byw ynddo heddiw), a oedd wedi torri rheolau moesol anysgrifenedig y gymdeithas leol trwy fod yr hyn a elwir yn 'fochyn deudwlc'! Hynny yw, roedd e'n cyfathrachu'n rhywiol â rhywun heblaw ei wraig. Roedd e wedi cael ei rybuddio y byddai'r Ceffyl Pren yn galw amdano onid oedd yn rhoi heibio'r arfer anfoesol hwn, ond nid oedd wedi gwrando!

Roedd hi tua un ar ddeg o'r gloch pan gyrhaeddodd gorymdaith swnllyd y Ceffyl Pren o flaen drws Brynderwen. Roedd y lle'n dywyll a'r gŵr a'r wraig a'r plant wedi mynd i'r gwely, ac ynghwsg efallai, Ond yr oedd sŵn bechgyn (a merched) y Ceffyl Pren tu allan yn ddigon i ddeffro'r meirw. Gwaeddwyd enw'r 'mochyn deudwlc' yn uchel sawl gwaith, a rhoddwyd ysgytwad i'r drws. Ond, am dipyn, ni ddaeth dim ateb o'r tŷ. Gwaeddwyd yn uwch, ac yn awr daeth y bygythiad y byddai gwŷr y Ceffyl yn torri'r drws oni ddeuai'r troseddwr allan. Yna clywyd sŵn ffenest y llofft yn agor a gwelwyd pen y 'mochyn' yn dod i'r golwg. Erfyniodd arnynt adael llonydd iddo ef a'i deulu, ond, 'Dere mas! Dere mas!' oedd y waedd o'r tu allan o hyd. O'r diwedd, gan wybod y byddent yn torri i'r tŷ pe bai'n oedi rhagor, daeth allan, wedi gwisgo'i drowsus ar frys, i ganol sgrechfeydd gwallgof y dorf a ddisgwyliai amdano.

Yn ôl Dafydd Price, darn o bren onnen trwchus oedd y 'Ceffyl' y noson honno. Rhoddwyd y dyn yn drwsgl i farchogaeth ar 'gefn' y 'ceffyl', a chychwynnodd yr orymdaith stwrllyd i lawr y rhiw am lan y môr. Roedd dynion cryfion wedi duo'u hwynebau yn cario'r pren neu'r 'ceffyl', a phob hyn a hyn byddent yn codi a gostwng y pren gan efelychu ceffyl gwyllt yn taflu ac yn prancio, ac wrth gwrs, fe gâi'r 'marchog' drafferth ddifrifol i gadw'i sedd! Ar ôl cyrraedd glan y môr, fe fu arweinydd y fintai yn sôn am bechodau'r truan ar y Ceffyl Pren, ac yn ei rybuddio i wella'i ffyrdd neu byddai dicter y ceffyl yn siŵr o ddisgyn yn drymach arno'r tro nesaf. Yna, taflwyd y dyn yn bendramwnwgl i'r môr.

Am fisoedd wedyn ni allan gŵr Brynderwen godi ei ben oherwydd y cywilydd a deimlai ar ôl y driniaeth a gafodd, ac oherwydd yr holl siarad a'r sbort yn yr ardal ar ôl y sarhad a dderbyniodd.

Mae defod y Ceffyl Pren bellach wedi darfod. Nid oes yna, hyd y gwyddom, dystiolaeth i'r ddefod gael ei pherfformio yn unman yng Nghymru ar ôl nawdegau'r bedwaredd ganrif ar bymtheg.

Dywedir mai'r olaf i orfod marchogaeth y Ceffyl Pren yn yr hen Sir Aberteifi oedd tad yr enwog Caradog Evans. Dioddefodd y gosb hon, yn ôl y sôn, am mai ef oedd yr unig un o arwerthwyr y cylch a gytunodd i werthu eiddo ffermwyr a thyddynwyr tlawd oedd wedi mynd i ddyled am wahanol resymau. Ond stori arall amdano oedd ei fod yntau hefyd yn fochyn deudwlc.

Yr oedd defodau tebyg i'n Ceffyl Pren ni yn perthyn i lawer gwlad. Fel y dywedodd yr hanesydd David Williams yn *The Rebecca Riots*:

The practice of holding someone up to derision by carrying him in person, or in effigy, on a wooden pole or ladder is common to the folk-custom of many lands.

Ar hyd y canrifoedd, defnyddid y ddefod (yng Nghymru beth bynnag) yn *bennaf* fel cosb ar ŵr neu wraig am anffyddlondeb ac anfoesoldeb. Mewn cymdeithas glos, lle'r oedd pawb yn nabod pawb ac yn gwybod popeth oedd yn digwydd o fewn y cylch bach, cyfyng, doedd hi ddim yn hawdd celu unrhyw ddrwgweithredu moesol. Ac mewn cymdeithas glos felly, doedd hi ddim chwaith yn hawdd anwybyddu troseddau o'r fath.

Er mai *dyn* oedd wedi torri'r rheolau anysgrifenedig yn stori Dafydd Price Davies, fe fyddai llacrwydd moesol ar ran y merched a'r gwragedd yn derbyn y gosb gan y Ceffyl Pren yn yr un modd. Efallai, yn wir, y byddai'r Ceffyl yn fwy parod i gosbi'r *merched* oedd wedi syrthio oddi wrth ras na'r dynion!

Yn Llandudoch ym mis Ebrill 1847, fe gludwyd y Ceffyl Pren deirgwaith yn erbyn gwraig i forwr a oedd yn byw mewn tŷ o'r enw Pencwm, am iddi fod yn anffyddlon i'w gŵr pan oedd ef i ffwrdd ar y môr. Nid oes gennym fanylion o'r hyn ddigwyddodd y noson honno.

Ond ar y 13eg o Fehefin, 1839, fe ymwelodd y Ceffyl Pren â chartref merch ifanc o Aberporth a oedd yn fam ddibriod i blentyn gordderch, ac mae gennym ei thystiolaeth hi, o flaen y Llys yn ddiweddarach, sy'n rhoi disgrifiad manwl o'r hyn ddigwyddodd.

On the 13th of June, it was intimated to me that a ceffyl pren *(wooden horse) was to be carried for me that night. I was very much afraid, and left my own, and went to a neighbour's house with my child. I went to bed about 11 o'clock. I heard a great noise in the direction of my own house. Finding that I was not there, they crossed the street, and came in front of the house in which I was; they knocked at the door, but they were refused admittance by the woman who kept it; they then burst open the door, and two persons in disguise came in and pulled me out of bed by the feet; my child was then in my arms and fell down; when they got me to the ground they whipped me, took me out of the house, and at the door again whipped me. Thomas Owen . . .* ' (y gŵr a ddygwyd o flaen y Llys yn Aberteifi y mis Awst canlynol ac a ddedfrydwyd i chwe mis o garchar llafur-caled) *'was among the mob: I knew him because he was not disguised; he beat me on the back, and when I asked him to leave me alone he answered, What! Leave such a d...l as you alone! There was hundreds of persons present. I did not see the ceffyl pren. After I was beaten, some of the mob took hold of me, and shook me, saying that I had lied about the father of my bastard child. They then took me about a quarter of a mile from the house, near a well, and threatened to throw me in if I did not repeat three times that I told a lie about the father of my child, which I did through fear. After beating me and pulling my hair, I was taken back to the house.*

Fe welir oddi wrth dystiolaeth y ferch ifanc uchod bod ymweliad oddi wrth y Ceffyl Pren yn gallu bod yn brofiad dychrynllyd iawn. Nid yn unig yr oedd hi wedi cael ei llusgo o'i gwely gerfydd ei thraed, a'i baban yn ei chôl, ond roedd hi hefyd wedi cael ei chwipio'n greulon a'i phoenydio am gryn amser. Ac roedden nhw wedi mynd â hi, yn ei gŵn nos mae'n debyg, ryw chwarter milltir o'i chartref, ac wedi ei dychryn trwy fygwth ei thaflu i ffynnon.

Mae'r rheswm am ymweliad y Ceffyl yn ddiddorol yn yr achos yma. Nid yn uniongyrchol oherwydd ei hanfoesoldeb roedd hi wedi cael ei chosbi, ond yn hytrach am ei bod hi – yn ôl honiadau gwŷr y Ceffyl Pren – wedi dweud celwydd ynglŷn â phwy oedd tad ei phlentyn.

Wrth ddarllen yr hanes heddiw, efallai ei bod hi'n deg i ni ddrwgdybio bod rhywun neu rywrai'n awyddus iawn i glirio enw da'r dyn oedd wedi ei gyhuddo ganddi, ac wedi codi'r Ceffyl Pren yn ei herbyn er mwyn gwneud hynny.

85

Fel yr awgrymwyd yn barod, y rhai a oedd yn torri'r llw, neu'r llwon priodasol oedd yn fwyaf tebygol o ddod dan lach y Ceffyl Pren. Un llw y byddai'r wraig yn ei wneud oedd i 'garu, ac ufuddhau' i'w gŵr. Felly, os byddai'r hanes yn mynd ar led fod yna wraig yn cam-drin ei gŵr ac yn mynd yn feistres gorn arno byddai yn siŵr o gael ymweliad gan y Ceffyl.

Mae gennym dystiolaeth o Ddinbych-y-pysgod am y Ceffyl yn cosbi gwraig felly, a chofnodir y pennill hwn yn *Tales and Traditions of Tenby*:

> *Ran-dan-dan!*
> *Betty Morris has beat her man.*
> *What was it with?*
> *'Twas not with a rake, nor yet with a reel,*
> *But 'twas with a poker, that made him feel.*

'Yr oedd cannoedd o bobl yn bresennol,' meddai'r fam ifanc, ddibriod o Aberporth, ac y mae'n dipyn o ryfeddod i ni, wrth edrych yn ôl heddiw, fod cynifer o bobl yn barod i fynd i'r drafferth o ymgasglu fel yna yn yr un man yn hwyr y nos. Ond mae'n debyg y byddai trefnwyr y Ceffyl yn paratoi'n ofalus ymlaen llaw. Dywedir wrthym y byddai'r cyfarwyddiadau ynglŷn â ble a phryd i gwrdd, a phwy oedd i gael ymweliad gan y Ceffyl, yn cael eu lledaenu yn y capeli a'r eglwysi ar y Suliau. Er nad oes tystiolaeth fod y cyfarwyddiadau'n cael eu cyhoeddi o'r côr mawr neu'r pulpud, yr oeddynt yn cael eu lledaenu'n ddigon agored a digywilydd cyn ac ar ôl y gwasanaethau – o ben i ben.

Yr oedd y Ceffyl a ddefnyddid yn y ddefod yn amrywio o ardal i ardal. Weithiau, fel yn y ddefod a welodd D. Price Davies, dim ond darn hir o bren ydoedd, ac fe gâi'r un a oedd i'w gosbi 'farchogaeth' ar hwnnw a chael ei gludo gan nifer o ddynion cryfion. Dro arall, ysgol fyddai'n gwneud y tro fel y Ceffyl. Ambell waith fe eid ati i wneud ceffyl o wellt a choed – un o faint ceffyl go iawn. Gallwn ddychmygu bod y Ceffyl hwnnw yn olygfa go ddychrynllyd, yn enwedig pan fyddai'r dynion a oedd yn ei ddilyn wedi duo'u hwynebau, neu wisgo mygydau a gwisgo dillad rhyfedd. Byddai mwstwr cyrn, drymiau a gynnau hefyd yn ychwanegu at y dychryn.

Ni fyddai gwŷr (a gwragedd) y Ceffyl Pren bob amser yn mynnu bod y dyn neu'r ddynes oedd wedi troseddu yn marchogaeth y ceffyl. Yn lle hynny byddent weithiau'n llunio delw ohono, neu ohoni – o wellt fynychaf – a gosod y ddelw ar gefn y Ceffyl. Ac yn aml iawn, ar ôl i'r orymdaith droi allan ar dri neu bedwar achlysur, byddai'r ddelw a'r Ceffyl yn cael eu llosgi'n ulw, a hynny fynychaf o flaen drws tŷ'r person oedd wedi pechu. Pan ddigwyddodd hyn unwaith yn nhre Aberteifi, fe fu pobl yn ofni y byddai rhai o'r tai yn mynd ar dân.

Mae'n debyg y byddai'r ddefod yn cael ei pherfformio weithiau heb Geffyl o fath yn y byd. Dywedodd y fam ifanc o Aberporth na welodd hi'r Ceffyl Pren o gwbl y noson y cafodd hi ei phoenydio.

Ac mae yna hanesyn o ardal Cilgerran, am y Ceffyl Pren yn ymweld â chartref Albanwr o'r enw Gordon am ei fod wedi cario clecs i Mr Gower, y perchen tir lleol, am ryw ffermwyr oedd wedi torri coeden a'i dwyn heb ganiatâd. Un o arweinwyr mintai'r Ceffyl Pren y noson honno oedd dyn o'r enw Thomas Hazleby, a dywedir ei fod yn rhedeg o gwmpas 'gan weryru fel ceffyl'. Roedd hefyd wedi gwisgo'i gôt tu-fewn-mas ac wedi duo'i wyneb.

Mae'n dra thebyg mai'r dyn yma oedd yn chwarae rhan y Ceffyl y noson honno, ac nad oedd gan y dorf Geffyl Pren wedi'i wneud at y pwrpas o gludo'r dyn oedd wedi cario'r clecs.

Yn aml iawn, byddai rhyw feirdd lleol yn paratoi penillion ar gyfer ymweliad y Ceffyl Pren, a byddai'r rheini'n aml yn goganu'r person oedd i gael yr ymweliad, a hynny mewn iaith anweddus iawn weithiau. Byddai'r penillion hyn yn cael eu dysgu ar gof gan aelodau o gwmni'r Ceffyl Pren ac yn cael eu hadrodd, neu eu gweiddi'n wir, nes creu hwyl a chwerthin mawr i bawb – ond nid i'r truan oedd wedi torri'r gyfraith foesol anysgrifenedig!

Wrth gwrs, fe fu dychanu neu oganu fel yna yn hen arfer gan feirdd erioed bron, fel y gwyddom, a pheth naturiol iawn oedd i feirdd gael eu tynnu mewn i ddefod y Ceffyl. Byddai Isfoel, un o feirdd y Cilie, yn disgyn fel barcud ar unrhyw un o'i gyfoedion oedd wedi 'syrthio oddi wrth ras', neu os byddai rhyw dro trwstan wedi digwydd iddo. Byddai'r bardd yn ei ddychanu'n ddidrugaredd, ac fe fyddai'r gân yn mynd o ben i ben, a hynny'n rhoi cyhoeddusrwydd poenus i'r hyn oedd wedi digwydd. Clywais Isfoel yn dweud pan oedd yn hen ŵr, 'Fe ge's i lawer o ffowls am ganu penillion i hwn a'r llall, ond fe ge's i lawer mwy am beidio!'

Fe welir, felly, mai'r un ysgogiad oedd y tu ôl i ddychan y bardd ac i ymweliad y Ceffyl Pren, sef gwneud i'r person oedd wedi 'syrthio oddi wrth ras' gywilyddio a newid ei ffyrdd. Ac os oedd cwmni'r Ceffyl Pren yn mynd yn go bell weithiau ac yn achosi niwed corfforol, rhaid i ni gofio bod llach y bardd-ddychanwr yn gallu bod yn boenus o greulon hefyd.

Mae'n debyg mai'r enw ar y Ceffyl Pren yn ne Cymru oedd 'Cwltrin' neu 'Cwlstrin'.

Yr oedd y Ceffyl Pren y sonnir amdano yn *Tales and Traditions of Tenby* yn un diseremoni a di-lol.

> *When a man or woman are faithless to their marriage vows, the mob seize the offending parties, fasten them back to back, mount them on a wooden horse, parade them about, proclaiming their shame, and pelting them with rotten eggs and other offensive missiles. After continuing the exposure for some time, the culprits are taken down, and followed with hootings and execrations to their respective dwellings . . .*

Yn Sir Fôn hefyd – a hynny mor ddiweddar â nawdegau'r ganrif ddiwethaf – roedd y seremoni yn un weddol ddiseremoni! Yr arfer yno oedd clymu person wedi'i gael yn euog o odinebu yn noethlymun wrth ysgol!

Ond yn awr at y Ceffyl Pren – a'r Beca.

Mae gennym lawer o dystiolaeth fod y Ceffyl Pren a fu, am ganrifoedd efallai, yn offeryn i gosbi anfoesoldeb o fewn y gymdeithas, wedi ei fabwysiadu yn negau cynnar y ganrif ddiwethaf i weinyddu cosb am gamweddau amrywiol eraill. Clywsom eisoes am y Sgotyn o Gilgerran y codwyd y Ceffyl Pren yn ei erbyn am iddo roi gwybodaeth i'r perchen tir bod ffermwr wedi torri coeden ar ei dir heb ganiatâd. Ym mhlwyf Llangoedmor ym mis Hydref 1839 fe losgwyd ffermwr *'in effigy'* ar fuarth ei fferm ei hunan, gan beryglu'n ddirfawr ei ydlan a'i 'dai mas' er mwyn ei rwystro rhag cymryd fferm arall yn ychwanegol at yr un oedd ganddo'n barod. Ceir sôn hefyd am y Ceffyl Pren yn cael ei ddefnyddio yn 1837 yn erbyn dau berson oedd wedi mentro tystio yn erbyn potsiers a lladron coed, troseddau nad ystyrid mohonynt yn droseddau mawr gan y werin bobl. Fe welir felly, bod y Ceffyl Pren, wrth symud i mewn i gyfnod helyntion y Beca, nid yn unig wedi cynyddu, ond wedi mynd yn fwy haerllug i herio cyfraith gwlad gyfundrefnol.

Tra oedd y Ceffyl yn bodloni ar weinyddu cosb am anfoesoldeb – torri'r llw priodasol, gŵr yn curo'i wraig neu'r wraig yn curo'i gŵr – roedd y gyfraith yn barod i dderbyn mai rhyw chwarae digon diniwed oedd y cyfan i gyd. Yn wir, credai llawer o ynadon ac eraill mewn awdurdod, fod cryn les yn gallu deillio o'r ddefod liwgar, stwrllyd yma. Mae'r adroddiad rhyfeddol isod a

Helyntion Beca

ymddangosodd yn y *Cambrian* ym mis Ebrill 1839 yn profi hyn. Mae'n sôn am dre Aberteifi:

> *By the exertions of a few well-disposed individuals, a Society has been formed in this town, for the suppression of vice, but more especially for the total abolition of Matrimonial infidelity. No sooner is a person suspected of this crime than a meeting of the members of the society is convened, and the subject is maturely debated. The debate generally ends in a large machine being ordered, technically called* Ceffyl Pren . . .

Meddylier mewn difri am gymdeithas yn cael ei ffurfio yn Aberteifi – o bobl dda'r dre, mae'n debyg – i eistedd mewn barn ar ei chyd-ddynion, ac yn y pen draw i weinyddu cosb am anfoesoldeb trwy gyfrwng y Ceffyl Pren!

Ond, ymhell cyn ffurfio'r gymdeithas uchod, roedd y Ceffyl Pren wedi mynd dros y tresi droeon trwy ymyrryd mewn achosion y tu allan i'r byd moesol, priodasol. Erbyn hyn, roedd y ceffyl wedi herio'r ustusiaid a'r sgweierod mawr a mân, ac wedi mynd yn fygythiad gwirioneddol i gyfraith a threfn. Ac fel y cynyddai annhegwch a thlodi'r cyfnod, felly yr âi'r Ceffyl yn fwy gwyllt a dilywodraeth. Ac yn y cyflwr hwnnw y llamodd i mewn i derfysgoedd y Beca. Yn wir, i ryw raddau, byddai'n deg dweud mai'r Ceffyl Pren *oedd* y Beca! Fel y dywedodd G. Rice Trevor o gastell Dinefwr yn ddiweddarach: *'These* Ceffyl Pren *processions were the root of Rebeccaism as far as the modus operandi was concerned.'*

Ac fel y dywed yr awdurdod mawr ar hanes y Beca, yr Athro David Williams, wrth ddisgrifio ymweliadau'r Ceffyl Pren:

> *'They always happened at night, the mob nearly always blackened their faces, and frequently the men dressed themselves in women's clothes; they generally acted a sort of pantomime or mock trial of the person concerned, and the whole proceedings were accompanied by a great deal of noise, such as the beating of drums or the firing of guns. These were also the characteristics of the Rebecca Riots.'*

Cwinten – Cwyntyn – Gwintyn

'Chwarae Cwinten' i ni blant ysgol Capel Mair, Sir Gaerfyrddin gynt oedd math o gêm. Y bechgyn a'i chwaraeai hi amlaf, a gêm neidio dros wialen oedd hi. Byddem yn torri dau bren glas o'r clawdd i fod yn byst i'r 'gwinten', ac un wialen hir i'w gosod ar draws.

Fe welir mai gêm neidio uchel syml ddigon oedd hi ac ar ôl neidio'n llwyddiannus dros un uchder, byddai'r gwinten yn cael ei chodi i'r gris nesaf. Ac fel yng nghystadleuaeth naid uchel yn y chwaraeon Olympaidd, yr un a lwyddai i neidio uchaf a enillai'r gamp.

Ond yr hyn sy'n ddiddorol ynglŷn â'r chwarae digon cyffredin uchod yw'r enw a roddid arni yn ein hardal ni, sef 'Chware Cwinten'.

Cwinten hefyd oedd ein henw ni ar wialen neu raff neu linyn a

Chwarae Cwinten

ddefnyddiem i rwystro pâr ifanc newydd briodi wrth borth yr eglwys, er mwyn i ni gael rhodd o arian ganddynt. 'Dala cwinten' ddywedwn ni am yr arfer hwnnw, a gwialen fain, hir wedi ei thorri o'r clawdd â chyllell boced oedd y gwinten yma fynychaf. Mae'r hen arfer yma'n dal yn fyw o hyd wrth gwrs, a diau mai defod oedd hi yn gysylltiedig â ffrwythlonedd. Mae'n ddigon posib fod yna gysylltiad rhyngddi â'r 'neidio dros y sgubell' y sonnir amdano mewn man arall. Ond rhaid i ni beidio ag anghofio'r neidio dros wialen a geir yn chwedl Math fab Mathonwy lle mae Math yn gofyn i Arianrhod gamu dros wialen hud y brenin i brofi ei bod hi'n wyryf!

'Forwyn,' meddai ef, 'a wyt ti'n forwyn?'

'Ni wn i'n wahanol na'm bod.'

Yna fe gymerodd yntau'r hudlath a'i phlygu 'Cama di dros hon,' meddai ef, 'ac os wyt ti'n forwyn fe fyddaf yn gwybod.'

A allai fod yna arwyddocâd tebyg i'r neidio dros y gwinten? Mae'n dra thebyg y byddai'r pâr ifanc yn *gorfod* neidio dros y wialen, neu'r gwinten yn yr hen amser gynt ac mai yn ddiweddarach y daeth hi'n bosib iddynt osgoi gwneud hynny trwy dalu swm o arian. 'Dod yn rhydd trwy dalu' oedd y dywediad yn ein hardal ni.

Ond gwir ystyr y gair *quintain* (ac mae cwinten yn tarddu ohono) oedd y *tilting post* a ddefnyddiai marchogion i ymarfer ar gyfer gornestau a elwid yn *jousting*. Rhyw ddyfais ar bost oedd y *quintain*.

Y drefn oedd i'r marchog, â gwaywffon wrth ei ysgwydd, garlamu ar gefn ei geffyl tuag at y *quintain*, taro'r bwrdd sgwâr â'r waywffon â'i holl nerth a charlamu ymaith gynted ag y medrai. Os oedai, byddai'r gwinten yn troi ar ei hechel a'r sachaid dywod yn ei daro yn ei gefn a'i lorio.

Fe fu'n dipyn o ddirgelwch sut y daeth y *quintain*, sef yr enw ar y ddyfais uchod, yn enw hefyd ar y gêm neidio uchel y byddem yn ei chwarae yn yr ysgol gynt yn ogystal ag yn enw ar y wialen neu'r rhaff a osodem ar draws y ffordd i rwystro pâr ifanc newydd briodi rhag mynd heibio i ni heb dalu.

Yr eglurhad yw fod y *quintain* yn cael ei ddefnyddio mewn priodasau 'ceffylau' slawer dydd fel dyfais i rwystro'r priodfab a'i ddilynwyr rhag cael y ferch allan o'r tŷ.

Prin iawn yw'r adroddiadau sydd gennym o ddefnyddio'r *quintain* go-iawn mewn priodas. Ond fe adawodd Almaenwr, Julius Rodenberg, a fu ar daith trwy rannau o Gymru yn 1856, y disgrifiad yma o briodas 'geffylau' a welodd, meddai ef, yn Aber ger Bangor lle y defnyddir cwinten yn union yr un fath â'r un a oedd gan y marchogion yn ymarfer.

Sarah Williams, merch fferm y Wern oedd y briodferch, ac roedd Rodenberg yn aros gyda'r teulu ar y pryd. Fel hyn y disgrifia'r achlysur:

Hyd yn oed cyn toriad dydd dechreuodd y mwstwr a'r miri o gwmpas y tŷ. Codais, gan nad oedd modd i ddyn gysgu. Pan gyrhaeddais lawr y gegin roedd Sarah yno'n barod, wedi ei gwisgo yn ei dillad gorau. Ar ei phen gwisgai het ddu, uchel, a fael hir wen wedi ei chlymu wrthi. Eisteddai'r tad a'r fam, y fam-gu a'r plant i gyd o gwmpas y tân yn bwyta teisen ac yn yfed te. Roeddent hwythau bob un yn eu dillad gorau. Tu allan, ar y graean rhyngom â chlwyd y clos, gallwn weld rhyw ddwsin o fechgyn ifainc yn brysur wrth ryw waith neu'i gilydd. Yr oedd rheini hefyd â rhubanau a blodau yn eu hetiau.

'Pwy yw'r bechgyn yna?' gofynnais.

'Rheina sy'n gwarchod Sarah,' oedd ateb Mr Williams.

Gallwn weld bod gwarchodwyr Sarah yn brysur iawn yn codi pob math o rwystrau ac amddiffynfeydd tu allan – yn union fel pe baent yn paratoi ar gyfer gwarchae milwrol! Mewn un lle roedd rhaff wellt ar draws y llwybr, mewn man arall safai mur o gerrig ar draws y ffordd.

'Beth yw diben hyn oll?' gofynnais iddynt. Ac meddai'r arweinydd.

'Rhag bod y priodfab a'i ddynion yn gallu dod i mewn.'

Roedd clwyd y clos ar agor led y pen ond ar ganol y bwlch roedd postyn, rhyw chwe throedfedd o uchder, wedi ei osod yn solet yn y ddaear. Ar ben hwn roedd pren croes a hwnnw'n gallu troi'n rhwydd ar ei echel. Wrth un pen i'r pren croes roedd bwrdd fflat, llydan ac wrth y pen arall crogai sachaid o dywod.

Dyna'r gwinten. Byddai'n rhaid i'r priodfab a'r gwŷr ar gefn ceffylau wthio'r bwrdd llydan o'r ffordd er mwyn cael mynd i mewn – ond gan ofalu peidio ag oedi wedyn rhag ofn i'r sach dywod droi'n sydyn a'u taro yn eu cefnau oddi ar eu meirch. Pe digwyddai hynny byddai gwawdio a chwerthin mawr.

Mae'n ymddangos mai rhyw osod prawf ar fetel y priodfab a'i ddilynwyr oedd hyn oll. Nid oedd y mab i gael y ferch nes goresgyn yr holl rwystrau yn ei ffordd. Ond i fynd yn ôl at adroddiad y llygad-dyst, Rodenberg:

Yn sydyn clywsom chwibaniad uchel.

'Dyna'r arwydd!' meddai arweinydd mintai'r briodferch. Aeth chwech o'r bechgyn i sefyll wrth y gwinten, a chiliodd y gweddill i'r tŷ. Euthum innau i gae cyfagos i wylio.

Nesaodd y gelyn, a chrynai'r ddaear dan garnau eu ceffylau. Yr oeddynt yn dyrfa o ryw hanner cant o fechgyn ifainc a'r rhan fwyaf ohonynt yn marchogaeth merlod mynydd. (Geilw'r awdur hwy'n *merlins*!) Ar flaen y gad marchogai pibydd, ac roedd cynifer o flancedi, bwndeli o blu a rhubanau o gwmpas ei geffyl fel mai prin fod dim o'r anifail yn y golwg o gwbl! A chan fod y pentwr blancedi'n gwneud rhyw fath o gyfrwy anferth, roedd coesau'r pibydd yn sefyll allan bron yn syth. Y tu ôl iddo deuai Griffith (y Gof) a oedd yn ymddwyn fel arweinydd y fintai. Gan fod ei ferlyn mor fychan a'i goesau yntau mor hir, roedd ei draed yn llusgo'r llawr! Tu ôl iddo ef deuai'r marchogion eraill yn rhesi o bump gan ddilyn ei gilydd. Yng nghanol y rhes flaenaf yr oedd Owen, y priodfab.

Daethant at y gwinten ac aros. 'Oes 'na ryddid i ni fynd trwodd?' gofynnodd y pibydd. 'Nac oes!' oedd yr ateb unllais oddi wrth y chwe gwarchodwr. 'O'r gore!' gwaeddodd Griffith. 'Ymlaen!'

Ac ymlaen y daethant a'r pibydd yn arwain. Ond wrth iddo geisio

Cwinten a osodwyd i rwystro'r priodfab rhag cyrraedd y briodferch

gyrru ei geffyl heibio i fwrdd y gwinten fe drodd y pren croes yn sydyn a thrawyd yntau gan y sach dywod nes iddo gwympo'n rhondyn i'r llawr. Hedfanodd ei bib dros y clawdd i'r cae a chwarddodd pawb am ben y creadur. Ond cododd y pibydd ar ei draed ac aeth ati i arwain ei geffyl o dan drawst y gwinten i mewn i glos y fferm. Yna, ar ôl i rywun gasglu ei bib o'r cae, dechreuodd chwythu gydag arddeliad nes gwneud sŵn a oedd yn fwrn ar fy nghlustiau.

Fel y gweddai i arweinydd, fe aeth Griffith yn ddihangol heibio i'r gwinten ond ni fu Owen, y priodfab, mor lwcus. Taflwyd ef i'r llawr wrth y gwinten mewn ffordd nad oedd yn gweddu o gwbl i briodfab! Tasgodd y blodau a oedd yn ei het i bob cyfeiriad. Ond deallais nad oedd dim gwahaniaeth sut, nac ym mha gyflwr yr aech chi heibio i'r gwinten – dim ond i chi lwyddo i gyrraedd y clos a'r tŷ *rywfodd*!

Ymhen rhyw awr yr oedd y marchogion i gyd wedi llwyddo i fynd heibio i'r gwinten. Erbyn hynny roedd y chwe gwarchodwr oedd yn gofalu am y gwinten wedi diflannu. Ni fu'r rhaffau gwellt o fawr rwystr i neb ond rhoddodd y pentyrrau cerrig fwy o drafferth.

Pan ddaethant at ddrws y tŷ ymhen hir a hwyr, cawsant fod hwnnw wedi ei gloi a'i fario yn eu herbyn. Ym mhob ffenest gallent weld wynebau yn eu gwylio ac yn ffenest ei stafell wely ei hun, safai Sarah yn ei het a'i fael yn edrych i lawr arnynt.

Yn awr, yr arfer yng Nghymru yw bod yr ymosodiad olaf yn cael ei wneud nid ag arfau dur ond â *phenillion*. Y drefn yw bod y gystadleuaeth farddol yn mynd ymlaen nes bydd y cwmni y tu mewn i'r tŷ wedi methu ateb. Yna rhaid ildio'r gaer i'r ymosodwyr.

Griffith oedd y bardd gorau yn yr ardal i gyd. Fe wyddai bob pennill oedd yn bod bron ar ei gof ac fe allai wneud rhai newydd yn y fan a'r lle ar amrantiad.

Rhoddodd y gof orchymyn i'r pibydd ganu ei offeryn, yna gofynnodd i'r rhai ar y tu mewn a oedden nhw'n barod i ildio'r ferch? Ond o'r tŷ daeth ateb – ar gân – mai dim ond os llwyddai ef a'i gwmni i ennill y frwydr farddol y câi'r eneth fynd i'w phriodi.

'O'r gorau,' meddai Griffith,

> Tri phen sy'n ofid imi,
> A fedri enwi'r rheini?

Ac os na fedri, rho'n ddi-feth
Yr eneth i'w phriodi.

Ac o'r tŷ fe ddaw'r ateb.

Rhof iti ateb parod;
Sef gwraig sy'n hir ei thafod;
A simnai fyglyd byth lle bo
A tho na ddeil y gawod.

'Da iawn,' meddai Griffith. 'Yn awr, eich tro chi yw holi.' Ac fe ddaw'r
cais hwn am ateb o'r llofft.

Un peth, ac ail, a thrydydd
Nad ydynt byth yn llonydd,
Rho ateb imi nawr ar frys
Os ydwyt fedrus brydydd.

Atebodd y gof fel hyn:

Moch ar eu ffordd i'r caeau,
Malwod ar nawnddydd golau,
A gwragedd mwyn ar ddydd y ffair
Dilestair eu tafodau.

Ar ôl i'r cwmni guro dwylo a chymeradwyo hwn, tro Griffith yw hi.

Y prydydd ffraeth a diddan,
Rho ateb imi weithiau,
Pa beth sydd – o fewn dy gell –
Yn well nag aur ac arian?

Rhof ateb iti'n fuan,
Nid yw ond gofyn bychan,
Mae perlau drud yr India bell
Yn well nag aur ac arian.

Hwn o'r ty? Ond gesyd Griffith bôs arall ar unwaith.

A beth sy'n well na'r rheiny?
Atebwch imi hynny,
Neu rhoddwch bellach, heb ddim stŵr,
Y ferch i'w gŵr i fyny.

Ond nid yw'r 'beirdd' o'r tu mewn yn barod i ildio eto.

Yn well na'r aur sy'n sgleinio?
A'r perlau drud sy'n pefrio?
Atebaf iti'n hawdd ar gân
Mai calon lân yw honno.

Ond mae Griffith yn dygnu arni.

Mae rhywbeth yn well eto,
Na'r galon lân sy'n curo,
Mae hwn yn gwestiwn anodd, tost,
A wyddost ateb iddo?

Ac fe ddaw'r ateb.

Mil gwell nag aur ac arian,
A gwell na'r perlau gwiwlan
Na'r galon lân – gwell er dy les
Yw dynes gynnes, ddiddan.

Aeth yr ymryson ymlaen am dipyn wedyn ond yn y diwedd, wrth
gwrs, fe enillodd y cwmni tu allan!

Yna dechreuodd bechgyn y priodfab weiddi, 'Agorwch y drws!
Agorwch y drws!' A chyda'r gair dechreuodd rhai ohonynt guro'r drws
yn ffyrnig. Byddai wedi cael ei ddryllio'n yfflon, mae'n siŵr, oni bai i'r
clo a'r pâr gael eu tynnu o'r tu mewn.

Y gof oedd y cyntaf i fynd i mewn, a chyn bo hir daeth yn ei ôl â Sarah gydag ef. Roedd e'n ei dal â'i fraich o gwmpas ei chanol. Â'i law arall chwifiai ei het yn yr awyr yn fuddugoliaethus. Ond yr oedd Sarah yn gweiddi ac yn crio ei phrotest, gan ddefnyddio ei thraed a'i dwylo i geisio dianc o afael Griffith. Ond yn awr cydiodd y priodfab ynddi yn ei freichiau a'i gosod ar gefn ei geffyl. Yna, gyda hylabalŵ fawr, cychwynnodd mintai Owen ar garlam, gan edrych yr un ffunud â mintai o'r cossacks yn ymlid y gelyn!

Yna neidiodd y rhai oedd wedi bod yn gwarchod Sarah ar eu ceffylau a mynd ar garlam gwyllt ar ôl y lleill ar draws y caeau a thros gloddiau a ffosydd fel petai'r Gŵr Drwg ei hun ar eu holau!

Cyn bo hir cyrhaeddodd mintai Owen y briffordd a arweiniai i Gonwy. Ond wrth droed mynydd Penmaenmawr goddiweddwyd y 'lladron' gan warchodwyr Sarah. Yn awr cododd banllefau uchel a wnaeth i ddyn gredu bod brwydr go-iawn wedi cychwyn rhwng y ddau lu. Carlamai'r merlod yma ac acw, i mewn ac allan yn ddi-baid yn ystod yr ymryson chwerw a ddilynodd. Bu dyrnu caled rhwng gwŷr Owen a gwŷr Sarah gan ddefnyddio pastwn, dwrn a chwip yn ddidrugaredd. Yn wir, nid oedd yr ergydion a welais yn rhai y buaswn i wedi hoffi eu derbyn ar unrhyw gyfrif! Sarah, druan, a'i cafodd hi waethaf, am wn i. Roedd hi yng nghanol yr ymrafael ffyrnig, a cheisiai ei gwarchodwyr ei chipio oddi ar geffyl Owen trwy ei thynnu wrth ei breichiau, ac wrth ei choesau gan ddefnyddio'r fath nerth fel y byddai unrhyw eneth fwy meddal a delicet na'r 'plentyn natur' yma wedi diffygio a llewygu.

Ond o'r diwedd llwyddodd Owen a'i lanciau i ddiarfogi llanciau Sarah a oedd yn llai o dipyn mewn nifer. Ac yn awr o'r diwedd, cychwynnodd yr enillwyr a'r colledigion gyda'i gilydd ar eu taith tua chartref y priodfab, sef fferm Gorddunog. Dilynwyd hwy gan dyrfa fawr o'r gwahoddedigion priodas a oedd wedi crynhoi ar y ffordd i wylio'r ymladdfa olaf i rwystro Owen rhag dwyn Sarah.

Wedi cyrraedd Gorddunog, gwelwyd fod y lle'n edrych yn union fel pe bai arwerthiant ar droed yno. Roedd buarth y fferm i gyd wedi ei orchuddio â rhoddion priodas – dodrefn, offer tŷ o bob math, basgedi, crochanau, ffiolau ac yn y blaen. Yn awr ac yn y man, fe gyrhaeddai rhyw farchog yn hwyr â chadair neu gloc neu rywbeth tebyg ganddo ar draws y cyfrwy o'i flaen.

O'r diwedd roedd y fintai briodasol yn gytûn, a chychwynnwyd yn un orymdaith gref tua'r eglwys â'r pibydd bondigrybwyll yn arwain.

Daethant i'r eglwys yn Llanfairfechan ychydig cyn hanner dydd. Priodwyd Owen a Sarah gan ficer Llandygái ac yn awr fe ddechreuodd y dathlu!

Roedd pabell eang wedi ei chodi ar fferm Gorddunog ac wrth y fynedfa i honno eisteddai gof Aber â blwch casglu o'i flaen. Roedd tua thri chant o wahoddedigion wedi dod ynghyd a thaflai pob un ei gyfraniad i'r blwch wrth ddod i mewn i'r babell.

'Swllt am fwyd, swllt am ddiod,' oedd gorchymyn y gof i bawb. 'Ac os teimlwch fel rhoi rhagor, fe'i derbynnir. Ac ar y bedydd fe gawn ni ddathlu eto.'

Diolch i'r Almaenwr Julius Rodenberg am roi ar gof a chadw dipyn o hwyl a helynt un o'r hen briodasau gynt.

(Cyhoeddwyd yr hanes uchod gan Rodenberg yn 1858 dan y teitl *Ein Herbst in Wales*, a chyfieithwyd a golygwyd y gwaith gan William Linnard ar gyfer argraffiad Saesneg a gyhoeddwyd yn 1985 gan D. Brown a'i Feibion, Y Bont-faen.)

Ond fe ddylid nodi bod yna dipyn o amheuaeth ynglŷn â'r ffaith a fu Rodenberg yn llygad-dyst i'r briodas ai peidio (fel yr honna yn ei gyfrol *Hydref yng Nghymru*). Yn ôl cyfrifiad 1861, bum mlynedd ar ôl ei ymweliad â Chymru, yr oedd Sarah'n parhau'n ddibriod. Yn wir, gwyddom na phriododd Sarah'r Wern tan 1870 â gŵr o Lanfairfechan, ac y bu farw yn 1872. Gwyddom hefyd oddi wrth gofrestri eglwys plwy Llanfairfechan na phriododd yr un o ferched y Wern yn 1857. Rhaid i ni gredu felly, mai ffrwyth ei ddychymyg yw'r briodas arbennig a ddisgrifia Rodenberg rhwng Sarah'r Wern ac Owen Gorddunog. Serch hynny, ni ddylid anwybyddu'r holl ddisgrifiad fel rhywbeth dychmygol, ffug. Er nad oedd y briodas rhwng Sarah ac Owen yn ddigwyddiad ffeithiol, eto roedd Rodenberg wedi darllen llawer am briodasau tebyg ac wedi clywed amdanynt ar lafar hefyd, yn ddiau.

Yn wir, mae yr holl hanes wedi ei selio'n glos iawn ar ddisgrifiadau a geir yn *Cambrian Popular Antiquities* (td. 159-166) gan P. Roberts.

Fe fu yna briodas yn eglwys Llanfairfechan yn Hydref 1856, pan oedd Rodenberg yn y Wern, rhwng Hugh Davies, saer o Fangor a Margaret Owen, merch leol, ac efallai iddo fod yn bresennol yn honno.

Felly, er bod y briodas yn un ffug, fe all y disgrifiadau o'r hyn a ddigwyddai mewn priodasau o'r fath yn y cyfnod fod yn rhai dilys a chywir.

Fe ddylid nodi nad y penillion a ddyfynnwyd gan Rodenberg yw'r rhai a ddefnyddir gennyf fi yma, ond rhyw rydd-gyfieithiad ohonynt. Ond fe geisiwyd cadw'n agos at ystyr y penillion a ddefnyddiodd ef.

Llên Gwerin y Coed

Fe garwn dynnu sylw yma at ddau o'r hen arferion yn ymwneud â choed yng ngodre Ceredigion a rhan o Sir Gaerfyrddin – rhyw bethau a godwyd oddi ar lafar, ac nas recordiwyd mewn print o'r blaen, hyd y gwn i.

Mae'r hen arfer cyntaf yn ymwneud â'r ddau bren – y gerdinen a'r fedwen – ac fe'i hadroddwyd wrthyf gan y diweddar Mr Enoch Thomas, Castellnewydd Emlyn.

Pan oedd Enoch Thomas yn ifanc, ac yn was fferm yn Sir Gaerfyrddin yn y flwyddyn 1924, fe sylwodd ar ei feistr – William Davies, Penlan, Llansawel – yn gweithredu hen ddefod ryfedd iawn.

Nos cyn Calan Ionawr oedd hi, a gwelodd ei feistr yn mynd o gwmpas pob drws ar y fferm a dau ddyrnaid o frigau mân yn ei ddwylo. Deffrodd hyn chwilfrydedd y gwas ac aeth at ei feistr a gofyn iddo beth oedd yn ei wneud.

Eglurodd ei feistr wrtho ei bod yn hen arfer ganddo ef i fynd o gwmpas y drysau ar y noson cyn Calan, gyda brigau o fedw a cherdin i'w rhoi rhwng y ffrâm a'r wal ar bob ochr i'r drysau, a chan adrodd yr un hen rigwm wrth bob drws. Y rhigwm oedd:

> Cerdin a Bedw
> I rusio'r hen Widw.

Gwnâi hynny meddai ef, am ei fod yn ofni na ddeuai lwc i'r fferm a'r teulu pe na bai'n gwneud.

Yr ydym ni heddiw'n ffodus mai gwas fferm o galibr Mr Enoch Thomas a fu'n llygad-dyst i'r fath ddefod ddiddorol drigain mlynedd union yn ôl. Byddai'r rhan fwyaf o weision ffermydd wedi gweld, ac wedi anghofio, gan gyfri'r hyn a welsant yn ddim ond rhyw chwarae gwirion. Ond fe sylweddolodd Mr Thomas fod yna arbenigrwydd i'r hen ddefod a welodd ac fe drysorodd y cyfan yn ei gof. O wneud hynny, fe gyfrannodd tuag at faint ein gwybodaeth ni am hen goelion a defodau paganaidd ein cyndeidiau.

Beth oedd arwyddocâd yr hen ddefod?

Y mae'r 'hen Widw' yn ddiddorol iawn. Gair y de am wraig weddw yw 'Widw' (*widow* yn Saesneg), ac ystyr 'rhusio' (neu rhuso), yn ôl geiriadur Bodfan yw *'to start, to scare'* a hefyd *'to hinder, to impede'* (er bod y ddau olaf yn perthyn i gyfnod pell yn ôl, ac yn anarferedig erbyn hyn).

Deallwn felly mai cadw'r 'Widw' draw o'r ffermdy a'r tai mas oedd pwrpas yr hen arferiad. Ond pwy oedd y 'Widw'? Mae'r enw'n arwyddocaol iawn? Gwna'r gair 'Widw' i ni feddwl ar unwaith am wraig wedi colli ei gŵr, a dyna ni'n dechrau meddwl am hen fyth tebyg i un Ishtar a Tamws lle roedd Tamws, y duw ieuanc, a gŵr y dduwies Ishtar, yn cael ei ladd, a hithau'n hiraethu gymaint ar ei ôl, nes gwneud iddi droi'n ddig tuag at bawb a phopeth. Gadawodd i'r ddaear fynd yn ddiffrwyth, ac nid oedd dim yn tyfu. Hyd nes y dôi Tamws yn ôl yn fyw drachefn, ni ddeuai'r gwanwyn na dim ffrwythlondeb i'r tir. Aeth hi, a fu'n dduwies hael a llawen, yn awr yn ddialgar ac yn greulon – yn beryglus hefyd. Felly rhaid cael brigyn o'r fedwen sy'n bren cariad a ffrwythlondeb, a'r gerdinen, sy'n enwog fel pren i warchod rhag drygioni, gwrachod a Thylwyth Teg, i ofalu na fydd yr hen Widw'n niweidio'r teulu a stoc y fferm.

Un enw arni yw'r Widw. Eraill yw'r Wrach, Yr Hen Wraig, Y Gaseg Fedi ac ati . . . Wrth gwrs, symbol yw hi o'r hen Fam-ddaear a'r Haul wedi cefnu arni, a hithau oherwydd hynny yn ddiffrwyth, yn oer ac yn filain.

Mae defodau tebyg i'r un y bu Enoch Thomas yn llygad-dyst iddi yn hen iawn, ac yn sicr yn mynd yn ôl i'r cyfnod cyn-Gristnogol (dyna ddwy fil o flynyddoedd!) Dyma un go debyg, wedi ei recordio gan Bob Pegg yn *Rites and Riots* (tud. 71):

> *In some parts of the Scottish Highlands a log was carved into human shape and burned under the name of the 'Old Wife'.*

(Digwyddai hyn ar yr un amser o'r flwyddyn hefyd.)

Y mae hanesyn Enoch Thomas yn fwy diddorol am ei fod yn enwi'r ddau bren a ddefnyddir yn y ddefod.

Mae'r hanesyn nesaf yn ymwneud â'r pren bocs, ac fe'i cefais gan y diweddar Mrs Kate Davies, Pren-gwyn, ger Llandysul, ychydig cyn ei marw yn 1980 yn 88 oed. Yr oedd ganddi wybodaeth eang iawn am hen goelion ac arferion godre Ceredigion, ac fe gyhoeddodd gyfrol o atgofion dan y teitl *Hafau fy Mhlentyndod*.

Mewn sgwrs â mi, soniodd am eni ei thad yn 1866, ac am frawd llai o'r enw Tom a fu farw'n faban:

> Claddwyd y Tom yma yn faban ym mynwent Carmel, ac yn rhyfedd iawn, mae'r ddau lwyn bocs a blannodd Mam-gu ar bob ochr i'r garreg

fedd bitw yn tyfu yno o hyd. Yr oedd hi'n arferiad yr amser hynny i roi brigau o lwyn bocs gyda'r corff yn y coffin, a chymryd rhai o'r brigau oddi yno ddydd yr angladd a'u plannu ar y bedd.

Ar Dachwedd 24ain, 1983 fe euthum i i fynwent fach capel yr Annibynwyr, Carmel, i edrych am y bedd ac am y ddau lwyn bocs. Mae'r ddwy garreg – un wrth ben, ac un wrth droed y bedd – bron â diflannu'n llwyr. Ond wedi symud tipyn o iorwg a mwsogl a gwellt crin, fe ddaeth y ddwy lythyren 'T.T' (Tom Thomas) i'r golwg. Yr oedd y ddau lwyn bocs yno hefyd – un ohonynt yn ffynnu ac wedi tyfu i rhyw bymtheg modfedd neu ragor o uchder erbyn hyn (ar ôl ymhell dros gan mlynedd), ond yr oedd y llall, a oedd wrth ben y bedd, yn parhau'n fychan iawn, a bron â mynd ar goll ynghanol y tyfiant gwyllt arall.

Wrth gwrs, mae yna ddigon o dystiolaeth am roi sbrigyn o lwyn bocs mewn arch neu mewn bedd, ac mae'n debyg fod yr un peth yn wir am blannu gwreiddyn ar fedd – yn enwedig, efallai, fedd plentyn. Mae Rhiannon Ifans yn sôn am yr hen arfer yn ei llyfr diddorol Sêrs a Rybana. Yn y gyfrol honno fe geir dyfyniad o *British Calendar Customs* (A.R. Wright a T.E Jones, Llundain 1938), sy'n cyfeirio at hanesyn gan hen ŵr 80 oed a oedd wedi gweld, ar nos cyn Calan *'an old well . . . dressed with sprigs of box . . . '*. Yr oedd hyn yn gysylltiedig â'r arfer gynt o redeg am y cyntaf i godi dŵr o'r ffynnon ar ôl deuddeg o'r gloch; ac mae'r hanes yn ein cysylltu ni'n dwt â'r hyn a welodd Enoch Thomas yn Sir Gaerfyrddin yn 1924.

Mae'n siŵr gen i fod llwyni bocs yn parhau i dyfu yn hen fynwentydd Cymru yn y de a'r gogledd. Ym mynwent Carmel, Pren-gwyn, fe sylwais ar ddwy gelynnen hefyd – wedi eu plannu, yn ddiau, i gadw'r cof am rywun annwyl yn fythol wyrdd.

Y March Glas

(dehongliad newydd o hen gân werin)

Y mae'r hen gân draddodiadol, 'Y March Glas' yn gyfarwydd i bawb trwy Gymru gyfan. Fe awgrymir gan rai o bobl dyffrynnoedd Cletwr a Theifi ei bod hi'n perthyn yn wreiddiol i'r ardal honno. Ac yn wir, y mae'n weddol sicr mai o'r rhan yma o Gymru y codwyd un fersiwn arbennig o eiriau'r hen gân.

Cyn mynd ymlaen, fe garwn nodi'r fersiwn honno yma, fel y gall y darllenydd ddilyn yr hyn sydd gennyf i'w ddweud am y gwahanol benillion ac am y gân yn gyffredinol.

> Mae gen i farch glas
> Yn towlu ac yn tasgu,
> Yn waeth nag un march
> Yn Shir Aberteifi.
> Ffal-di-rwdl-al-di-ral. Ffal-di-rwdl-al-di-ral,
> Ffal-di-rw,
> Ffal-di-rw,
> Ffal-di-rwdl-al-di-al!

(Clywais rai o fechgyn dyffryn Cletwr yn hepgor y 'Mae' uchod ac yn canu dim ond ' . . . gen i farch glas'.)

> Mae gen i gap glas (neu gwyn)
> A las dwbwl-edjin,
> (Gael) sefyll yn smart (gadewid 'gael' allan weithiau hefyd)
> Gyferbyn â'r bechgyn.

> Mae gen i whip a whalbon (o whalebone?)
> Warthol a sbardun,
> Ffrwyn dwbwl-raen
> A chyfrwy ochor mochyn.

> Mae gen i got fain
> O waith teiliwr Llunden,
> Honno wedi'i stitsio
> Yn dynn am fy nghefen.

Cobyn Cymreig yn 'tasgu' yn ystod dathliad Sadwrn Barlys, Aberteifi

Lili wen fach
Ar ochor y cloddie
Yn 'y nhwyllo i'r nos
I dreulio fy sgidie.

Ffal-di-rwdl-al-di-ral ayyb

Y mae llawer o ddyfalu wedi bod ynghylch y penillion uchod, ac am beth y maent yn sôn. Fe fu sawl un yn ceisio dehongli'r hen gân, ond mae'n anodd iawn ei deall heb wybod yn gyntaf ar ba achlysur y'i cenid hi gynt.

Mae'r pennill cyntaf yn sôn am farchog â chanddo geffyl anystywallt iawn. Yn wir mae'r 'march' hwn yn *waeth* nag un march yn Sir Aberteifi! Canmol ei geffyl y bydd marchog yn ddieithriad bron, gan sôn am ei rinweddau a chan daeru ei fod yn *well* nag un march arall. Ond dyma berchennog sydd fel petai'n ymffrostio yn *ffaeleddau* ei geffyl! Hen gastiau drwg mewn ceffyl yw 'tasgu a thowlu', a chreaduriaid i'w hosgoi yw'r rheiny bob amser. Pam felly, y mae'r marchog yma'n rhoi enw drwg i'w geffyl ei hun? Dyna'r dirgelwch. Ond pan sylweddolwn ni mai cân yn ymwneud â hen ddefod yr *Hobby Horse* a oedd yn boblogaidd yng Nghymru a Lloegr gynt yw hon, yna mae'r cyfan yn dod mor glir â haul ar bost!

Rhywbeth go debyg i chwarae'r *Hobby Horse* yw defod y Fari Lwyd, sy'n fwy adnabyddus i ni. Fel y gwyddys, fe âi'r Fari Lwyd (ac fe â o hyd) o gwmpas tua'r Nadolig a'r Calan, gyda rhialtwch mawr.

Mae defodau yn ymwneud â'r Ceffyl Hobi yn hen, ac mae'n debyg mai yma yng Nghymru y ceir y cyfeiriad ysgrifenedig cynharaf at y creadur. Fe'i ceir yng nghywydd ymryson Gruffydd Grug (t. 1340-1400) at Dafydd ap Gwilym:

Hobi hors ymhob gorsedd
A fu wych annifa'i wedd.
Degla'n nes; – dwyglun esyth
Diflas yw, dan daflu'n syth.
Dilys, ni bu hudoliaeth
O brennial wan weithian waeth.

(tud. 396, Gwaith Dafydd ap Gwilym, Thomas Parry)

O aralleirio'r uchod yn fras, fe geir rhywbeth tebyg i hyn:

Mae'r hobi hors mewn gorymdaith (gosgordd? cynulliad?) yn edrych yn wych a di-fai ond dowch yn nes ac fe welir mai dwygoes fain sydd ganddo, a'r rheiny'n cicio . . . (neu'n taflu, fel yn y gân 'yn towlu ac yn tasgu') . . . Fe sylweddolwn wedyn mai ffug neu hudoliaeth wedi ei lunio o fframwaith pren digon gwan ydyw.

Hawliaf mai ceffyl felly oedd y March Glas. Yn awr i brofi fy mhwynt.

Rhyw 'geffylau' gwylltion oedd yr hobi hors, y Fari Lwyd a'r lleill i gyd yn ddieithriad bron. Byddai'r Fari yn campro ac yn gwylltio ar ôl cael mynediad i'r tŷ i'r fath raddau nes dychryn merched a phlant. Sonnir am ferched yn llewygu wrth weld gwylltineb y creadur! Felly'r March Glas yn y gân – mae e'n 'towlu ac yn tasgu. Yn waeth nag un march yn Shir Aberteifi.'

Efallai mai da o beth yma fyddai ceisio egluro i'r darllenydd sut fath o 'greaduriaid' oedd y 'ceffylau' uchod. Er eu bod yn amrywio o le i le ac o ddefod i ddefod, y mae'r disgrifiad isod o Geffyl Gwyllt Swydd Gaer yn un gweddol agos at 'geffyl' y Fari Lwyd ac eraill o 'geffylau' Cymru.

The head was made of a horse's skull blackened and varnished and was mounted on a pole, usually three or four feet long. The performer was covered with a horse-blanket or sack, more often dark in colour . . . [gwyn neu lwyd yng Nghymru]. The horse's jaw was made to clatter, and he was decorated with a rein, rosettes, horse brasses, ribbons, and so on. Sometimes leather ears were fitted, or the bottoms of bottles were fitted in the eye sockets.

Ritual Animal Disguise, E.C. Cawte, tud. 126

Fe geir gan Cawte ddisgrifiad o berfformiad nodweddiadol gan y ceffyl:

The wild horse and his groom enter, the horse clashing his jaws, rearing, banging his pole on the floor, and making sallies into the audience . . .

Dyma i ni eto'r 'march' yn towlu ac yn tasgu!

'Ceffyl Antrobus' yw'r enw ar y march uchod o swydd Gaer, ac y mae yna benillion ynghlwm wrth y ddefod, sy'n go debyg i rai ein March Glas ni,

Now ladies and gentlemen just look around
And see if you saw a better class beast out of England's ground.
He has a h'eye like a hawk, a neck like a swan,
A pair of ears made from an old woman's pocket book, read it if you can.

He's a very fine horse, he's very fine bred,
On Antrobus oats this horse has been fed.
He's won the Derby and the Oaks,
And finished up pulling an old milk float . . .

Wrth i'r *groom* adrodd y penillion uchod byddai'r ceffyl yn rhoi naid yn awr ac yn y man, a byddai'n rhaid torri ar draws yr adrodd i geisio cadw trefn arno.

Hwyl a sbort oedd y cyfan – adloniant wedi tyfu o hen, hen ddefod yn ymwneud â ffrwythlondeb ar Alban Arthan *(Winter Solstice)* pan oedd y dydd wedi dechrau ymestyn ar ôl diflastod byrddydd Rhagfyr.

Yr oedd y March Glas, felly, yn frawd i'r gaseg ryfedd honno – y Fari Lwyd. Fel y gwyddom, mae 'glas' a 'llwyd' yn gyfystyr yn y Gymraeg yn aml iawn. Fe welir y ddau air gyda'i gilydd yn 'y gog lwyd-las', a phan geir Syr John Rhys yn cyfieithu i'r Saesneg alwad Morwyn Llyn y Fan ar ei gwartheg pan oedd yn dychwelyd i'r llyn: 'Pedwar eidion glas sydd ar y ma's' fe ddywed *The four* grey *oxen that are on the field'*.

A dyma i ni bennill oddi ar gof hen ŵr o'r Rhondda am y Fari Lwyd:

Ond yn awr rwyn darfod canu,
Agorwch y drws i ni,
Mae'n oer i ma's, a'r *Gaseg Las*,
Mae'i sodlau bron â rhewi.

Felly, er mai 'March Glas' yw teitl y gân, diau mai march *llwyd* ydoedd, fel y rhelyw o feirch hud mewn myth a chwedl.

Ond benywaidd oedd y Fari -- caseg oedd hi, ac yn wir, fe ddywed Alford (*The Hobby Horse and Other Animal Masks*), *'The Celtic-bred are all mares'*.

Ond mae'r gosodiad yna'n rhy ysgubol a'r gwir yw bod gennym ninnau yng Nghymru ein 'ceffylau', yn ogystal â'n 'cesig' hobi, ac fe adwaenid y chwarae, neu'r ddefod, mewn rhannau o Sir Gaerfyrddin fel 'Y March'.

Rhaid i ni ddychmygu'r March Glas, felly, fel ceffyl ffug – sef penglog ceffyl â dyn dan orchudd y tu ôl iddo yn 'towlu ac yn tasgu' ar yr aelwyd, neu efallai ar lwyfan. Y *'groom'* sy'n dal ffrwyn y ceffyl sy'n canu'r pennill cyntaf.

'Mae gen i farch glas/Yn towlu ac yn tasgu,/Does dim o'i fath/Yn Shir Aberteifi.' A thra byddai ef yn canu byddai'r 'ceffyl', yn awr ac yn y man, yn rhoi naid ac yn gweryru'n wyllt. A byddai rhai o'r gwylwyr yn chwerthin, a rhai yn cael ofn y creadur.

Yn awr, gadewch i ni droi at yr ail bennill, sydd wedi achosi mwy o drafferth i'w ddehongli na'r un o'r lleill. Fe gafodd ei hepgor yn gyfan gwbl o un casgliad diweddar, a diau mai'r rheswm am hynny oedd methiant y casglwyr i wneud pen na chwt ohono.

Yn y pennill hwn fe geir sôn am rywun sy'n 'gwisgo cap glas (gwyn), a les dwbwl edjin'. Pwy fyddai'n gwisgo cap felly? Meddyliwn yn naturiol am ferch, ac yn niwedd y pennill fe geir sôn am rywun 'yn sefyll yn smart gyferbyn â'r *bechgyn*'. A dyna gadarnhau mai merch sydd yma! A 'merch' oedd hi hefyd – ond nid merch gwbl naturiol chwaith!

Arferai nifer o gymeriadau ddilyn y pen ceffyl gynt. Yr oedd yna un yn gyrru'r ceffyl, y *'groom'*, a hefyd yn aml Pwnsh a Jiwdi – oedd yn cario'r sgubell fynychaf, a bachgen wedi gwisgo dillad merch oedd 'hi'. Enwau eraill arni oedd 'Betsy' neu 'Mollie'. Dyma'r *she-male* a oedd â rhan allweddol yn nefodau'r Ceffyl Hobi.

Yn ffodus, y mae gennym ar glawr ddisgrifiadau o'r dillad a wisgai Pwnsh a Jiwdi yn ystod y chwarae. Dyma un, a gofnodwyd gan Dr Thomas o

Nantgarw. Am Jiwdi, dywed, 'Fe wisgai Judy ryw fath o ffrog o ffelt coch gyda ffril ar y gwaelod . . . a chap fel cap Pwnsh *dim ond bod ffril i'w chap hi.*' Dyna i ni'r 'las dwbwl edjin', wrth gwrs!

Yn y trydydd pennill fe geir y dyn sy'n arwain y ceffyl gerbron yn ymffrostio, neu'n ffug ymffrostio yn wir, yng ngwychder ei offer. Ond sbort yw'r cyfan, ac efallai mai 'whip o whalbon' oedd yn y pennill yn wreiddiol. Ac yn y pennill nesaf – 'Mae gen i got fain' – y mae'n cyfeirio at ei wychder ei hun ac fe wêl y darllenydd fod y geiriau yn rhoi pictiwr perffaith i ni o ŵr tebyg i Sianco'r Castell!

Sianco'r Castell a'r Fari Lwyd

Yna fe ddown at y pennill olaf, sy'n un prydferth iawn, ond yn ymddangos fel petai allan o le'n llwyr yn y cyd-destun.

> Lili wen fach
> Ar ochor y cloddie (sy'n tyfu'n y cloddie)

Fe ddaw'r lili wen fach i ddyffrynnoedd tirion Cletwr a Theifi yn gynnar yn y flwyddyn, ac felly nid yw'r pennill hwn yn ei gwneud yn amhosibl inni gysylltu'r March Glas ag amser ymweliad y Fari Lwyd a'i chymheiriaid – sef o gwmpas y Nadolig a mis Ionawr. Yn wir, byddai'r hen chwarae'n dechrau mewn rhai mannau ar nos Nadolig ac yn mynd ymlaen weithiau am fis o amser. Nid yw'r sôn am y lili wen fach, felly, yn gwanhau dim ar ein dadl. Ond rhaid cyfaddef bod yna newid cywair yn y pennill yma. Y mae yna ryw elfen ddemonig, wyllt yn perthyn i'r cesig a'r meirch y bûm yn sôn amdanynt; ond yn y pennill hwn ceir rhyw diriondeb cynnil. Dywedodd Tennyson, *'In the spring a young man's fancy lightly turns to thoughts of love,'* ac efallai, wedi meddwl, fod y pennill hwn yn dweud yr un peth ond mewn ffordd llawer mwy cynnil a phert. A phwy all wadu nad oedd defodau'r Gaseg a'r Ceffyl yn ymwneud â charu a phriodi a chael plant?

109

Mae'r hen bennill yn gorffen trwy ddweud ei fod yn cael ei dwyllo gan y lili wen fach i 'dreulio ei sgidie' – hynny yw, yn cael ei dwyllo gan yr arwydd cyntaf hwn o ddyfodiad y gwanwyn i *gerdded* ymhell i garu. Ond meddylier mewn difri am y 'marchog' hwn, a oedd mor fawr ei ymffrost yn ei farch glas – yn mynd i garu ar ei *ddeudroed*! Ar gefn ei geffyl yr âi pob llanc gwerth ei halen i garu gynt. Mae hyn oll yn cadarnhau fy namcaniaeth nad ceffyl o gig a gwaed oedd y March Glas hwn, ond penglog wrth ddarn o bren, â siden neu flanced dros y corff i roi iddo siâp ceffyl – ceffyl a oedd yn rhan o ddefod debyg i'r Fari Lwyd.

Y mae yna un pennill arall a gysylltir â chân y March Glas nas ceir yn fersiwn Dyffryn Cletwr a Theifi hyd y gwyddom, ond fe'i ceir, er enghraifft, yn *Caneuon Gwerin i Blant*:

> Mae gen i het silc
> O siop Aberhonddu,
> Phrisiwn ni fawr
> Roi sofren amdani.

Y mae hwn eto yn rhoi pictiwr perffaith i ni o Sianco'r Castell, sy'n sefyll mor ffugbwysig wrth ben Mari Lwyd Llangynwyd, â'r het urddasol ar ei ben.

Mae Jonathan Ceredig Davies yn sôn am Barti Pen Ceffyl o ardal Llandysul (Dyffryn Teifi) yn ymweld â Cheinewydd a Llanbedr Pont Steffan yn ystod y ganrif ddiwethaf. A yw hi'n deg i ni gredu bod cân y 'March Glas' yn rhan o *repertoire* y parti hwnnw?

Anfonais dalfyriad o'r llith hon at y diweddar Ddr Iorwerth Peate er mwyn sicrhau barn un o'r arbenigwyr pennaf yn y mas. Gyda'i hynawsedd arferol, fe yrrodd lythyr ataf ymhen rhai dyddiau, llythyr yr oeddwn i'n dra balch o'i dderbyn. Dyfynnaf ddau baragraff ohono:

> Y mae eich ysgrif ar y March Glas yn ddiddorol iawn. Nid oes amheuaeth nad ydych yn llygad eich lle wrth gysylltu'r march glas â'r llu arferion tebyg yng Nghymru, Iwerddon, Ynys Manaw, yr Alban a Lloegr. Diau i chi weld ysgrif Roy Saer yn *Folk Life* (1976) ar y bwci a oedd yn amrywiad o'r Fari Lwyd, fel y mae y March Glas hefyd yn amrywiad.
>
> Yr wyf yn amheus o'ch dehongliad o'r pennill olaf; ni chredaf fod a fynno â charu. Onid 'treulio ei sgidie' i ddilyn y march glas a wnâi!

Yr Wylnos

Sgrifennwyd llawer gan arbenigwyr o bryd i'w gilydd am hen arferion yn ymwneud â marw a chladdu. Ond barnaf fod llawer rhy ychydig wedi ei sgrifennu am un hen arfer oedd yn rhan bwysig o'r paratoi ar gyfer yr angladd. Rwy'n sôn am yr Wylnos, sef y *vigil* neu'r *wake* yn Saesneg. Cwmni o berthnasau a chyfeillion yn dod i dreulio'r nos yn gyfan yng ngŵydd yr ymadawedig oedd yr Wylnos. Yn y blynyddoedd diweddar, cyn i'r hen arfer ddod i ben, rhyw gyfarfod crefyddol oedd gwylnos, pan geid nifer o bobl yn gweddïo am yn ail ac yn canu emynau nes byddai'r wawr wedi torri. Ond mae rhai wedi sôn am wylnosau gynt a oedd yn dra gwahanol.

Ond cyn sôn am y rheiny fe garwn ailadrodd hen stori a adroddwyd wrthyf gan y diweddar Eleias Jones, hen fwynwr yng ngweithfeydd plwm Cwmystwyth. Mae hi'n ymwneud â gwylnos ac â hen gymeriad o fwynwr oedd yn hoff iawn o'i lasied. Twm oedd ei enw, ac oherwydd bod y gwaith mwyn wedi cau dros dro, roedd e wedi mynd i gryn ddyled yn y dafarn leol, gan iddo fynnu llymeitian er na allai fforddio talu am ei ddiod. Roedd gŵr y

Miri'r Wylnos

111

dafarn wedi cadw cyfri ar lechen oedd yn hongian y tu ôl i'r drws, o'r peintiau a gafodd Twm ar 'hen gownt', ac roedden nhw mor niferus fel nad oedd fawr ddim lle ar ôl ar y llechen. Yna, bu farw gwraig y dafarn yn frawychus o sydyn, ac fe ddaeth yn amser cadw gwylnos. Fel roedd hi'n digwydd, roedd Twm yn cael ei gyfri'n weddïwr heb ei ail mewn cyfarfodydd felly, ac wrth gwrs, roedd e yn yr wylnos. Pan ddaeth ei dro i weddïo fe aeth i gymaint o hwyl wrth atgoffa'r Bod Mawr o holl rinweddau'r ymadawedig, nes gwneud i'w gŵr – sef y tafarnwr – wylo'n hidl. Ac fe waeddodd yntau dros y lle, 'Dal di ati Twm bach, mae'r slât (llechen) wedi'i chlirio ers amser 'da ti!'

Ond po bellaf yn ôl yr awn ni – tu hwnt i'r Diwygiad Methodistaidd a thu hwnt i hynny – mwya i gyd o rialtwch a phaganiaeth noeth sy'n nodweddu'r gwylnosau.

Meddai William Davies yn 'Llên Gwerin Meirion' *(Cyfansoddiadau Eisteddfod Genedlaethol Blaenau Ffestiniog 1898),* 'Yr oedd y cynulliadau hyn ar ddechreuad y ganrif yn warth i ddynoliaeth.' Ond cyfeirio at yfed cwrw a chwarae cardiau a wna William Davies, er ei fod yn gwybod, efallai, bod i'r hen wylnosau gynt elfennau mwy gwrthun a rhyfedd o lawer na hynny, oherwydd fe ddywed fel hyn, ' . . . yn ôl yr hyn a ddywedwyd wrthym, yr oedd gwylnosau y rhan gyntaf o'r ganrif hon yn ddigon tebyg i *wakes* neu wylnosau y Gwyddelod yn y dyddiau hyn.' Mae Trefor M. Owen *(Welsh Folk Customs)* yn cadarnhau hyn pan ddywed am yr hen wylnos, *'This at one time followed a pattern similar in many respects to the Irish and Scottish wakes . . . '*

Yn awr, fe barhaodd yr hen ddull paganaidd o gadw gwylnos yn hwy yn Iwerddon nac yng Nghymru a'r Alban ac, yn ffodus, mae gennym rywfaint mwy o wybodaeth am yr hyn a ddigwyddai ynddynt. Felly, wrth ddatgelu rhai o fanylion y *wake* yn Iwerddon, mae'n deg i ni gredu mai rhywbeth tebyg oedd yn digwydd yn yr wylnos Gymreig flynyddoedd lawer ynghynt.

Ffynhonnell y byddaf fi'n pwyso'n drwm arni wrth ymdrin â'r wylnos Wyddelig yw y gyfrol werthfawr *Irish Folk Ways* (Routledge) gan E. Estyn Evans, y Cymro o ardal y Trallwng ac un o raddedigion Prifysgol Cymru, Aberystwyth, a ddaeth yn un o'r prif awdurdodau ar lên gwerin Iwerddon ac a alwyd mewn ysgrif goffa yn y *Times*, pan fu farw yn 1989, yn *'Interpreter of Ulster's ancient culture'.*

Meddai Evans, ' . . . *It is difficult to obtain precise details of the wake games because of their apparent obscenity . . . '*

Obscenity! Anlladrwydd! Yr ydym yn awr yn o bell oddi wrth yr wylnos o chwarae cardiau ac yfed cwrw y sonia William Davies amdani, ac ymhellach fyth oddi wrth y *'lighthearted singing and bantering which were once typical of the* gwylnos', chwedl Trefor M. Owen.

Dyma ni wedi dod at wraidd y rheswm pam y mae haneswyr hen a diweddar wedi bod mor dawedog am nodweddion a manylion yr hen noswyl baganaidd gynt.

Yr oedd pethau'n digwydd ynddi oedd yn rhy anllad i sôn amdanynt!

Mae Estyn Evans wedi codi cwr y llen i ni ond y mae ef, hyd yn oed, yn ymatal rhag dadlennu'r cyfan. Meddai am un o gemau'r *wake* yn Iwerddon:

> *The Bull and Cow was another game strongly indicative of a Pagan origin, from circumstances too indelicate to be particularized.*

Ond mae Evans wedi datgelu tipyn go lew am yr hyn oedd yn mynd ymlaen yn yr hen wake Wyddelig serch hynny. Fel y dywedodd Lewis Morris ac eraill o'r rhai sydd wedi cofnodi'r hyn oedd yn digwydd – yr oedd posau, jôcs, canu, dawnsio, triciau, ymaflyd codwm, yfed cwrw, chwarae cardiau, cweryla, ymladd a thywallt gwaed yn aml (mae'n debyg fod hen gred yn bod fod rhaid tywallt gwaed mewn gwylnos), a phob math o rialtwch tebyg yn rhan o weithrediadau'r wylnos yn y tair gwlad fel ei gilydd – sef Cymru, Yr Alban ac Iwerddon.

Ond yr oedd y gemau gwylnos a ddisgrifir gan Evans, ac y tynnir sylw atynt isod gen i wedi peidio â bod, mae'n debyg, yng Nghymru a'r Alban ganrif neu ragor ynghynt.

Deallwn fod elfen rywiol gref i'r 'chwaraeon' gwylnos yn Iwerddon. Meddai Estyn Evans:

> *In Kilkenny the principal game was the 'frannsa', a mock ceremony during which several young folk were 'married' by a mock priest, usually a weaver or a tailor, who was dressed in straw and wore a huge straw rope as a stole. After each couple was married he put them to bed in a corner of the room, sprinkled them with water and gave them plain advice about their future conduct as man and wife.*
>
> *We need not be surprised, that after this initiation, in the words of Maria Edgeworth, 'more matches are made at wakes than at weddings'.*

Ac meddai am 'chwarae' arall:

The game usually first performed was termed 'Bout', and was joined in by men and women, who all acted a very obscene part which cannot be described.

Mewn chwarae arall:

. . . the men engaged actually presented themselves before the rest of the assembly, females as well as males, in a state of nudity.

Dyna'r cyfan y mae Estyn Evans yn fodlon ei ddatgelu o ffrwyth ei ymchwiliadau i hen arferion yn ymwneud â'r wylnos Wyddelig. Ond synnwn i ddim na fyddai ei lyfrau nodiadau preifat – pe gellid dod o hyd iddynt – yn dweud tipyn mwy!

Sut mae egluro ystyr yr hen arferion a'r 'chwaraeon' rhywiol uchod? Nid oes ond un ateb yn fy marn i. Mae'n rhaid eu bod yn perthyn i gyfnod cyntefig pan oedd pobl yn credu bod enaid yr ymadawedig wrth adael y corff marwol yn chwilio, ac yn dyheu, am gartref newydd. Ac o gyflawni'r defodau y sonia Estyn Evans amdanynt – yn yr ystafell lle gorweddai'r corff, yr oedd siawns dda gan yr enaid, a oedd yn hofran o gwmpas, megis, i gael cartre newydd mewn bod dynol a oedd newydd ei genhedlu yn ystod oriau'r wylnos. Anhygoel? Rwy'n cytuno. Ond pa ateb arall sydd?

Yr oedd y gred y gallai enaid person marw ymgartrefu yng nghorff baban newydd-anedig yn gyffredin ymysg llawer o genhedloedd, gan gynnwys yr Israeliaid. Yn *Ancient Israel Myths and Legends* (Rappoport), fe geir y geiriau hyn (tud. 199):

Now after the death of Abel, Eve bore another son unto Adam, who was named Seth. Into the body of Seth passed the soul of the righteous Abel, and the same soul passed afterwards into Moses.

Yn sicr, yr oedd ein cyndeidiau Celtaidd yn credu yn 'nhrawsfudiad yr enaid' a hyd yn oed yn nyddiau fy mhlentyndod i, yr oedd yna weddillion o'r hen gred yn aros. Deuai'r peth i'r golwg yn y chwilfrydedd a ddangosai hen wragedd ym mhryd a gwedd babi newydd-anedig. Y cwestiwn mawr oedd –

i bwy roedd e'n debyg? Hynny yw, roeddent eisiau gwybod pa nodweddion roedd e wedi'u hetifeddu, ac oddi wrth bwy o'i hen linach roedd e wedi'u hetifeddu nhw! Er nad oedd neb yn *dweud* bod enaid rhyw berthynas ymadawedig wedi mynd i mewn i gorff y babi newydd, eto i gyd – rwy'n meddwl bod y syniad yno o dan yr wyneb – hyd yn oed yn fy nyddiau i.

Rwyf am roi'r gair olaf i Estyn Evans, o'i lyfr campus *Irish Folk Ways*:

> *. . . it is clear that the . . . extravagances of the wakes . . . were closely concerned with ancestral spirits and the perpetuation of the life of the community.*

Amen, ddwedaf innau!

Carreg â Thwll

Fe glywir yr hen ddywediad 'Carreg â thwll' weithiau o hyd. Fe'i clywir ar lafar yng Ngheredigion yn weddol aml, er ei bod yn dra thebyg fod ei wir ystyr a'i arwyddocâd wedi mynd ar goll yn llwyr bron erbyn hyn. Fe'i defnyddir fel hyn weithiau – 'Dwed *rywbeth* tae ti ddim ond yn dweud "carreg â thwll".'

Yr awgrym yw eich bod yn gofyn i rywun ddatgan rhyw fath o farn hyd yn oed pe bai yn ddim ond tipyn o nonsens, neu eiriau disynnwyr, yn golygu dim.

Ond fe fu arwyddocâd arbennig iawn i'r dywediad 'carreg â thwll'.

Cyfrifid carreg â thwll ynddi yn garreg 'lwcus' slawer dydd. Gallai cario carreg felly eich amddiffyn rhag ysbrydion drwg, dialedd gwrachod, a rhag anffawd. Byddai pobl gynt yn cario carreg â thwll ynddi yn eu poced neu wrth linyn am eu gwddf. A hyd yn oed pan na fyddai gennych garreg felly wrth law – byddai'n arferiad i ddweud 'carreg â thwll' pan fyddai'n gyfyng arnoch, neu pan fyddai rhyw argoelion drwg yn gwneud i chi ofni'r gwaethaf; yn union fel y bydd Saeson (a Chymry hefyd) yn dweud *'touch wood'*, hyd yn oed pan na fydd pren wrth law i gyffwrdd ag ef.

Ond, am ryw reswm, does neb yn defnyddio'r dywediad 'carreg â thwll' yn yr ystyr yna bellach. Ond fe ganfyddir cerrig â thwll o hyd ac o hyd wrth gloddio adfeilion hen feudai ac ystablau. Fe gedwid cerrig felly gan ein hen gyndeidiau yn y beudy a'r stabl er mwyn amddiffyn yr anifeiliaid rhag niwed, yn enwedig yn ystod oriau'r nos pan fyddai pawb yn cysgu. Fe all fod yna bobl yn fyw heddiw sy'n cofio am garreg â thwll yn crogi wrth drawst mewn hen stabl.

Meddai T. Gwynn Jones yn *Welsh Folklore and Folk Custom*: *'Bones and holed stones found in cowsheds and stables were probably intended to promote fertility.'*

Mae hyn yn siŵr o fod yn wir. Ond yr oedd i'r garreg â thwll bwrpas arall hefyd sef – fel y dywedwyd yn barod – amddiffyn yr anifeiliaid rhag gwrachod ac ysbrydion drwg yn ystod y nos. Byddai ffermwr yn codi ambell fore ac yn cael un neu ragor o'i geffylau yn chwysu'n drwm ac yn edrych yn lluddedig, fel pe bai rhywun neu rywrai wedi bod yn eu marchogaeth yn ystod y nos. Y gred oedd mai gwrach neu ysbryd oedd yn gyfrifol am hynny.

Defnyddia T. Gwynn Jones yr enw 'gwyll' am un o'r bodau yma, a'r ystyr

Carreg Mên-an-Tol, Madron, Penzance

a rydd i'r gair yw *'an invisible being, said to ride young horses at night'.*

Yn y gyfrol *The Horse in Magic and Myth* (M. Oldfield Howey), gelwir y bod rhithiol yma yn *'nightmare'*, ac yr ydym oll yn gyfarwydd â honno! Ar ôl egluro bod yr 'hunllef' yma yn poeni'r ceffylau yn y stabl neu allan yn y caeau, fe ddywed yr awdur fel hyn:

> *. . . protection they found, was given by the 'hag halig', or holy stone, that is a stone with a hole through it suspended over the door tied to a key . . . or tied round the necks of the animals.*

Felly, er bod arwyddocâd y garreg â thwll bron â diflannu o'r tir – mae'n amlwg fod iddi unwaith bwysigrwydd mawr, fel modd i sicrhau ffrwythlonder yr anifeiliaid, a hefyd fel rhyw fath o darian rhag yr ysbrydion drwg a fyddai'n eu bygwth yn ystod oriau'r nos.

Ond yr oedd i'r garreg â thwll ei phwysigrwydd i bobl hefyd slawer dydd.

Fe gawn lawer o sôn am gerrig mawrion ar eu traed, neu ar eu hyd ar lawr â thyllau ynddynt – rhai naturiol neu dyllau wedi cael eu naddu mewn rhyw fodd. Byddai llawer o hen arferion ynglŷn â cherrig felly, a'r cyfan bron yn ymwneud â ffrwythlonder mewn merched a gwragedd. Yn wir, bron na ellid hawlio mai carreg â thwll oedd y fodrwy briodasol gynt – cyn iddi droi yn un aur!

Ceir sôn am gerrig mawrion â thyllau ynddynt yng Nghymru, ond go anaml y cysylltir hwy â hen arferion yn ymwneud â ffrwythlonder. Ceir sawl carreg enwog yng Nghymru lle nad yw'r twll wedi ei dorri'n *llwyr* trwy'r garreg, ac fe geisiwyd egluro'r peth yn chwedlonol trwy ddweud mai olion bysedd hen gewri yw'r tyllau. Ceir enwau fel Coitan Samson neu Goitan Arthur ar nifer o'r hen gerrig hyn, a'r awgrym yw bod y cawr wedi gadael ôl ei fys yn y goitan wrth ei thaflu!

Ond yn Iwerddon ac yn yr Alban fe geir sôn am hen arferion yn gysylltiedig â cherrig tyllog mawr. Yr arfer mwyaf cyffredin oedd i bâr ifanc o gariadon ymweld â'r fan lle safai'r garreg, a chydio yn nwylo'i gilydd trwy'r twll. Byddai hyn yn cael ei gyfri'n gyfystyr â dyweddïo, neu weithiau yn fath o briodas. Yr oedd un garreg enwog gynt yn Ynys Orc (Orkney) a elwid yn 'Garreg Odin' – a deuai parau ifainc yno o bell ac agos i dyngu llw o ffyddlondeb wrth gydio yn nwylo ei gilydd trwy dwll yn y garreg.

Ac meddai Janet a Colin Bond yn eu llyfr *Earth Rites*:

> *At Kilchouslan in Kintyre (Strathclyde), eloping couples were regarded as lawfully married after they had clasped hands through a holed stone in a shelving rock on the Loch Avon side of Cairngorm.*

Prif amcan yr ymweliadau â'r cerrig hyn oedd i wneud y briodas yn un ffrwythlon, ac mae'r ffaith fod parau priod, di-blant yn ymweld â'r cerrig, weithiau flynyddoedd ar ôl y briodas, yn cadarnhau hynny.

Yn y gyfrol uchod fe geir hanes carreg â thwll yn Donegal ac fe ddywedir fel hyn amdani: '*Childless women would visit the . . . holed stone . . . where they would pray for offspring*'.

Ond efallai mai'r garreg ryfeddaf ohonynt i gyd oedd '*the Kelpie Stone in the river dee near Dinnet (Grampian) where they* (y gwragedd di-blant)

118

passed through a hole in the stone in the same direction as the stream'.

Yr oedd y ddefod honno yn siŵr o 'ddwyn ffrwyth'!

Ac nid yn unig yn ynysoedd Prydain yr oedd y garreg â thwll yn bwysig. Cyfeiria Syr James Frazer yn ei gyfrol *Adonis* at *'passings through perforated stones, to remove the curse of barrenness from Cypriate women, or increase the manhood of Cypriote men'.*

'Carreg â thwll'! Geiriau diystyr, disynnwyr i ni heddiw, ond nid felly i gariadon a gwragedd di-blant yr hen amser gynt.

Hen Briodasau

'Slawer dydd pan fyddai bachgen a merch wedi dod i 'ddeall ei gilydd', hynny yw, yn *caru* ac yn bwriadu priodi, fe fyddai rhaid 'torri'r garw' i'r rhieni ar y ddwy ochor, cyn y gallen nhw symud ymlaen i wneud unrhyw drefniadau ar gyfer y briodas. Yn gynta' fe fyddai'r bachgen yn siarad â'i dad, ac os byddai hwnnw'n teimlo fod dewis ei fab yn un addas a theilwng, yna fe âi'r ddau, gyda'i gilydd, i weld rhieni'r ferch ifanc. Ond weithiau, yn enwedig os oedd y gŵr ifanc yn bwriadu priodi'n 'uwch na'i stad' â rhywun 'gwell na'i gilydd', byddai'r ddau yn ofni ei mentro hi, a byddent yn gofyn am wasanaeth y 'Ceisiwr'. Dyn doeth a ffraeth a chall oedd hwnnw gan amlaf, ac fe âi ef at rieni'r ferch ifanc i sôn am rinweddau'r bachgen oedd wedi syrthio mewn cariad â'r eneth – sôn am ei sobrwydd, ei ddiwydrwydd, ei natur garedig, a hefyd – yn bwysig iawn – 'faint o fodd' oedd ganddo.

Yr unig beth a geisiai ar yr ymweliad cyntaf yma oedd cael gan rieni'r ferch i gytuno i'r bachgen a'i dad ddod i'w *gweld*. Pe bai'r 'Ceisiwr' yn methu darbwyllo rhieni'r ferch, yna gallai pethau fynd yn anodd iawn ar y cariadon a gallai eu breuddwydion am ddedwydd briodas gael eu chwalu am byth, oherwydd nid ar chwarae bach y byddai merch, na bachgen chwaith, yn yr hen amser, yn priodi yn groes i ewyllys eu rhieni.

Ond fe gymerwn ni'n ganiataol fod ein carwr ifanc ni wedi cael ei dderbyn gan rieni'r ferch, ac yn awr ei fod ef a'i dad yn mynd i gwrdd â nhw er mwyn trefnu, nid yn unig ddyddiad y briodas, ond hefyd faint fyddai'n 'mynd gyda'r ferch ifanc' (faint fyddai ei 'gwaddol') a faint fyddai rhieni'r bachgen yn barod i'w gyfrannu i'r pâr ifanc i 'ddechrau eu byd'. Ar ôl dadleuon go faith weithiau fe ddeuai'r ddwy ochor i gytundeb ac yna fe gâi'r trefniadau ar gyfer y briodas fynd yn eu blaen.

Yn aml iawn mewn ardaloedd gwledig byddai'r pâr ifanc â'u llygaid ar ffarm oedd ar fin dod yn rhydd ar stad y Sgweier lleol, a byddent yn trefnu dydd y briodas fel y gallent symud i mewn i'r ffarm yn union ar ôl y seremoni. Rhywbeth go newydd yw'r mynd i ffwrdd ar eu 'Mis Mêl' sydd mor ffasiynol heddiw!

Yn awr byddai gwaith y 'Gwahoddwr' yn dechrau! Ef fyddai'n mynd o dŷ i dŷ ac o ffarm i ffarm yn yr ardal i roi gwybod i bobol am fwriad y pâr ifanc i briodi, ac i wahodd cyfeillion, perthnasau a chymdogion i'r briodas. Gwisgai'r 'Gwahoddwr' yn hynod. Yn aml byddai torch o flodau wedi eu plethu am ei het a chariai ffon wedi ei haddurno â rubanau neu â blodau.

Gwisgai ruban glas, hardd ar draws ei frest i ddynodi ei swydd bwysig, a byddai cyffro mawr ymysg gweision a morynion ffermdai unig y wlad pan welent ef yn dod o draw. Gwyddai pawb fod rhyw hanner awr neu ragor o hwyl i fod yng nghwmni'r 'Gwahoddwr' ac addewid am fwy o hwyl fyth yn nes ymlaen ar ddiwrnod y briodas.

Byddai pawb yn tyrru i'r tŷ i wrando ei stori a'i ffraethineb digri. Cerddai i mewn i'r tŷ heb guro'r drws na dim, a safai'n stond ar ganol llawr y gegin, gan daro'i ffon deirgwaith ar y llawr i alw am dawelwch. Yna byddai'n dechrau ar ei stori. Arferai'r gwahoddiad fod ar gân yn yr hen ddyddiau ond yn ddiweddarach roedd llawer o'r penillion wedi mynd ar goll ynghanol yr araith faith oedd ganddo i'w rhoi ymhob tŷ. Dyma araith rhyw hen 'Wahoddwr' o sir Gaerfyrddin gynt:

At ŵr a gwraig y tŷ / A phawb ohonoch chi: / y plant a'r gwas'naethyddion / Yn ferched ac yn ddynion / sy' yma'n cysgu ac yn codi. / Heb fario neb yn fwy na'i gily' . . . dros John Jones Esgair Lydan a Meri Tomos Nanthelygen . . . priodas a neithior y ddau ddyn ifanc hyn sydd i fod ddydd Iau dair wythnos i'r nesaf yn eglwys Llangeler, ac rwy'n eich gwahodd bawb, yn hen ac yn ifanc ar ran y mab a'r ferch, a'r teulu o'r ddwy ochor . . .

Ond nid dyna ddiwedd ei 'araith'! Rhaid i ni gofio nad gwahoddiad i fwynhau gwledd a hwyl a sbri yn unig oedd y gwahoddiad i'r briodas a'r neithior. Byddai disgwyl i bob un a dderbyniai'r gwahoddiad fynd â rhyw rodd i'r pâr ifanc i'w helpu i ddechrau eu bywyd priodasol gyda'i gilydd. Fel hyn yr âi 'araith' Saesneg rhyw hen 'Wahoddwr' o ardal Talacharn:

If you'll please to come, or send a waggon or a cart, a horse and a colt, a heifer, a cow and a calf, / or an ox and a half, / or pigs from their pens, / or geese, ducks or hens, / a saddle and bridle / or a child's cradle, / some silver or gold, / or what the house can afford, / A great many can help one, but one cannot help a great many.

A waggonful of potatoes, a cartload of turnips, a cask of butter, a winchester of barley, a load of good cheese, or what you please, jugs, basins, pots and pans, or what you can, throw in £5 if you like, tea-kettles, plates and dishes, spoons, knives and forks, pepper boxes, salt cellars, mustard pots, or even a penny whistle, or a child's cradle . . .

A therfynai ei 'araith' fel hyn:

> *So no more at present, / now order your servant, / or perhaps your*
> *butler / to give a quart to the Bidder.*

Rhaid i ni gofio fod agwedd yr hen bobol tuag at roddion priodas dipyn yn wahanol i'r hyn yw heddiw. Rhoddi *benthyg* fyddai'r hen bobol yn ei wneud, a dweud y gwir, ac fe fyddent yn *hawlio* fod benthyciad yn cael ei dalu'n ôl pan fyddai priodas un o'u plant, neu aelod arall o'u teulu hwy. Yr oedd ganddynt enw ar y 'benthyciadau' hyn, a hwnnw oedd – 'pwython'. Ffordd ydoedd o alluogi pâr ifanc i ddechrau eu byd cyn dyddiau'r *hire purchase*. Byddai pobl mewn ardaloedd gwledig 'slawer dydd yn cynorthwyo ei gilydd fel hyn yn gyson. Pan enid baban gwyddai'r hen Gymry y byddai hynny'n faich ychwanegol ar y rhieni, a deuai pawb â'i rodd i 'helpu'r achos'! Pan gollai tyddynnwr ei fuwch, yr oedd yn golled mor ofnadwy fel mai prin y gallai ei ddioddef, oni bai bod ei gymdogion yn gofalu dod â'u rhoddion i'w helpu i brynu un arall. Dyna'r hen drefn – cyn bod sôn am yswiriant. A threfn dda oedd hi hefyd am lawer rheswm. Yr oedd yn dysgu pobl i helpu eraill pan fyddai'n galed arnynt. Yr oedd hefyd yn clymu pobl yn glosiach wrth ei gilydd mewn cyfeillgarwch a chydymdeimlad. Gwnâi gylch o bobl yn ddibynnol ar ei gilydd, ac roedd colled un yn golled pawb. A thrwy gydweithio, cyd-ddyheu, cyd-ddioddef a chydlawenhau fel yna, fe ffurfiai'r cylch gymdeithas ddelfrydol, glos na welir mo'i thebyg byth eto, gwaetha'r modd.

Ond i ddod yn ôl at y 'Gwahoddwr'. Wrth gyhoeddi dyddiad priodas mab a merch byddai'r rhieni ar y ddwy ochr yn 'galw'r pwython oedd yn ddyledus iddynt' i mewn, ynghyd â'r pwython oedd yn ddyledus i frodyr a chwiorydd y pâr ifanc, oherwydd hwn oedd y diwrnod mwyaf pwysig ym mywyd y ddau, a'r diwrnod pan oedd arnynt fwyaf o angen cymorth i ddechrau eu byd.

Fel hyn yr âi'r hen 'Wahoddwr' o Langeler yn ei flaen:

> O bart y mab ifanc, y mae ei dad a'i fam a'i frodyr a'i chwiorydd yn
> gwawdd y pwython sy' mas iddynt, yn arian ac yn werth, i law y mab
> ifanc y bore hwnnw. O bart y ferch ifanc, y mae ei thad a'i mam a'i
> brawd yn gwawdd pob pwython sydd iddynt hwythau'n ddyledus, yn

arian ac yn werth. Y maent yn ddiolchgar iawn i bawb a fydd yn rhoddi pwython y bore hwnnw, ac yn addo'u talu nhw nôl, yr hyna' fyddo byw; ac yn ddiolchgar iawn i bwy bynnag ddelo i briodas a neithior y bobol ifanc yma, i harddu'r cwmpni a'u helpu i hela'r coste . . . Peidiwch â bod yn drist / Ond ewch i'r gist / i mofyn tipyn o flawd / I Shoni dlawd.

A 'Shoni dlawd' wrth gwrs oedd y 'Gwahoddwr' ei hun!

Nid oedd gwaith y 'Gwahoddwr' yn dod i ben gyda'r teithio yma o ffERM i ffERM unig, ac o dŷ i dŷ, i wahodd pobl i'r briodas. Byddai ef fynychaf yn rhyw fath o *Master of Ceremonies* yn y neithior wedyn – yn canu'r ffidil a dawnsio dawns y glocsen, a hefyd yn gyfrifol am ofalu fod pawb yn hapus, a phawb yn cael ei wala o fwyd a diod. Fe gadwai'r bobl ifanc ddibriod yn hapus trwy osod hwn a hwn i eistedd yn ymyl hon a hon, a thrwy hynny, efallai, gychwyn carwriaeth arall a arweiniai yn y pen draw i ragor o waith iddo ef!

Meddyliai'r 'Gwahoddwr' y byd o'i swydd, a châi yntau'r parch a'r croeso gorau gan bawb yn yr ardal.

Aeth heibio'r tair wythnos o ddisgwyl ac yn awr dyma hi'n fore'r briodas! Gan fod y pâr ifanc yn hanu o deuluoedd o ffermwyr gweddol gefnog yn yr ardal, rhaid i'r briodas fod yn 'briodas geffyle'. Dim ond y tlawd a fyddai'n mynd ar draed i'w priodi.

Y peth cyntaf i'w wneud yn y bore oedd dod o hyd i'r ferch ifanc. Doedd hynny ddim yn waith hawdd, oherwydd fe fyddai hi'n cwato (ymguddio) yn gyndyn iawn, fel pe byddai hi'n groes hollol i'r briodas. Oherwydd hynny fe fyddai rhaid i'r priodfab anfon ei ffrindiau i'w chartref i edrych amdani. Gelwid yr arferiad rhyfedd hwn yn 'shigowt' (*seek-out*, yn Saesneg). Mae'n siŵr fod yr anfodlonrwydd *ymddangosiadol* yma ar ran y briodferch yn rhywbeth sy'n mynd yn ôl ymhell iawn, ac fe geir arlliw o'r peth o hyd yn yr arferiad i'r ferch ifanc gyrraedd yn hwyr yn y capel neu'r eglwys, tra bydd pawb yn disgwyl yn ddiamynedd amdani.

Yn bur fore, felly, fe garlamai rhyw ddwsin, fwy neu lai, o wŷr y 'shigowt' ar gefnau eu ceffylau, i gartref y briodferch. Byddai drws clo yn eu disgwyl yno, ac ni fyddai dim mynediad iddynt nes byddai rhyw ddadlau mawr ar ffurf penillion wedi digwydd, rhyngddyn nhw a'r bobl o'r tu fewn. Dyma enghreifftiau o rai o'r penillion, eto o sir Gaerfyrddin:

Tu allan

Dyma ni genhadon
Wedi cael ein danfon
Gan Mr Jones a gair o'i ben
I mofyn Gwen liw'r hinon.

Y ferch sydd yma'n barod,
Addawodd ddod yn briod
Mewn anrhydeddus wedd i'r llan
I fyned dan gyfamod.

Mae wedi addo dwad
Yn gywir gyda'i charaid,
I gymryd heddiw gymar glân
Ar lw o fla'n y ffeirad.

Ni wyddai Paul a'i ddoniau
Am wragedd a'u rhinweddau,
Ond canmol gwragedd – llinach llon,
Wna Solomon a minnau.

Nawr, byddwch chi mor fwyned
Â rhoi in ddrws agored;
Os gwnawn ni ddrwg, neu gynnig cam,
Mi dalwn am y golled.

Tu Fewn

Mae yma ferched gwerin
O fonedd a chyffredin;
Mynegwch imi'r glanddyn ffri
Pa un 'rych chi yn mofyn?

Mae'r feinir nawr yn gweled
Nad ydych ond barbaried,
Gwell ganddi aros fel y mae
Na mynd dan iau caethiwed.

Fe ddywed Paul'r Apostol
Taw gwell i bawb o'r bobol
Yw byw yn weddw, neb nacâd
Na mynd i'r stad briodasol.

Trwy'ch bod chi mor rhesymol
A'ch geiriau mor ddeniadol,
Nawr dewch i mewn am eneth gu
I'w rhestru'n briodasol.

Yna fe âi'r gwŷr ifainc i mewn i geisio'r ferch. Ond nid oedd eu trafferthion
drosodd eto o bell ffordd. Byddai hi naill ai wedi ei dieithrio 'i hunan, trwy
wisgo mwstás ffug, neu ddillad henffasiwn a fael dros ei hwyneb neu ynteu
wedi rhedeg i ymguddio rhag y 'shigowt'.

Byddai chwilio mawr amdani yn y tŷ wedyn, a phawb yn cael hwyl braf
am ben y cyfan. Mae yna hen stori am y chware'n troi'n chwerw hefyd.

Mentrodd un briodferch ifanc, fwy penderfynol na'r cyffredin, ddringo i
ben coeden dderw fawr mewn gallt o goed beth pellter oddi wrth y tŷ. Ond yr
oedd y dderwen yn gou a syrthiodd y ferch i mewn i'r ceudod a methu'n lân
â dod allan. Bu chwilio mawr amdani drwy'r dydd, ond tybiai llawer mai wedi
dianc yr oedd hi, am nad oedd hi am briodi ei chariad wedi'r cyfan.
Flynyddoedd lawer yn ddiweddarach, pan aeth dau goediwr i gwympo'r
dderwen y daethpwyd o hyd i sgerbwd y ferch ifanc a oedd wedi diflannu mor
anesboniadwy ar fore ei phriodas.

Mae yna un stori arall hefyd am ferch ifanc a gafodd y gorau ar wŷr y
'shigowt'. Pan aeth y bechgyn i'r tŷ, gan ddisgwyl y byddai'r ferch yn barod
i'w chyrchu i'r eglwys, cawsant nad oedd sôn amdani yn unman. Buont yn
chwilio'r llawr a'r llofft, gan ruthro o un stafell i'r llall. Chwiliai eraill y beudai
a'r stablau, a'r tai allan eraill. Dim sôn amdani yn un man. Dywedir i fechgyn
y 'shigowt' fynd yn ffyrnig yn y diwedd nes i rai ohonynt dynnu darn o do'r
tŷ i ffwrdd. Ond ni ddaeth y briodferch i'r golwg wedyn. Ymhen hir a hwyr,

a gwŷr y 'shigowt' wedi colli amynedd yn llwyr, a phawb yn yr eglwys ar fin troi am adre, fe sylwodd un o'r dynion fod yna fachgen ifanc dieithr yn y tŷ. Dechreuodd ddyfalu pwy allai hwnnw fod. Nid oedd erioed wedi ei weld o'r blaen. Roedd ganddo fwstás du ac roedd e'n smocio bibell glai. Gwawriodd arno'n sydyn mai'r ferch ifanc a geisient oedd hi! Wedi iddi gael amser i newid o'r dillad dyn i'w gwisg briodas, cyrchwyd hi i'r eglwys mewn byr amser!

Weithiau byddai ffrindiau a pherthnasau'r ferch yn clymu rhaff yn groes i'r ffordd ('cwinten') i rwystro ceffylau'r 'shigowt', ac weithiau yn gosod pentyrrau o gerrig neu goed ar draws y ffordd hefyd, a byddai rhaid i'r marchogion neidio dros y rhain cyn cyrraedd tŷ'r ferch.

Ond ar ôl dal y ferch ifanc yn deg, y peth nesaf i'w wneud oedd rhuthro ar garlam tua'r eglwys. Byddai'r wraig ifanc fynychaf yn gorfod eistedd ar farch ei gwarchodwr – ei brawd neu aelod o'i theulu hi ei hun fynychaf, a rhaid bod y daith garlamus honno'n ddychryn bywyd iddi, druan. Yn aml iawn byddai rhai o dylwyth neu o ffrindiau'r ferch yn gwneud un ymgais arall, cyn y seremoni yn yr eglwys, i'w dwyn hi ymaith oddi wrth ei darpar ŵr. Byddent yn carlamu'n sydyn ac annisgwyl, ar y funud olaf, megis, i ffwrdd oddi wrth y priodfab a'i gwmni, ac yna dyna hi'n ras ar draws gwlad, dros nentydd a chloddiau, yn beryglus o gyflym. Byddai damweiniau'n digwydd yn aml, a rhai o'r rheini'n bur ddifrifol weithiau. Byddai'r priodfab ei hun yn cymryd rhan yn y ras yma, ac yn y diwedd, wrth gwrs, yn ei dal a mynd â hi, yn ddigon ufudd, yn ôl i'r eglwys i'w phriodi.

Ond unwaith o leiaf, yn ôl un hen hanesyn, digwyddodd y gwrthwyneb.

Roedd merch ifanc wedi bod yn caru bachgen am beth amser, ond pan ddaeth ei rhieni i wybod, yr oeddynt yn anfodlon iawn, gan eu bod wedi bwriadu i'r ferch briodi dyn arall o'r ardal, a oedd yn fwy cefnog o dipyn. Gwaharddwyd iddi hi a'r bachgen weld ei gilydd, ac fe aeth y rhieni ymlaen i wneud trefniadau iddi briodi'r un cefnog. Daeth dydd y briodas ac aeth gwŷr y 'shigowt' i mofyn y ferch. Aeth hithau gyda nhw am yr eglwys. Ond yn ymyl porth yr eglwys ymddangosodd y cariad cyntaf ar gefn ceffyl. Cipiodd hi o afael y 'shigowt' a'i rhoi ar ei farch ei hun. Carlamodd y ddau ymaith ac ni lwyddodd gwŷr y 'shigowt' na neb arall i'w dal y diwrnod hwnnw. Ymhen amser daeth y newydd fod y ddau wedi mynd yn ŵr a gwraig.

Byddai'r rasio a'r carlamu gwyllt ar gefn ceffylau a geid yn yr hen briodasau yn achos hwyl a difyrrwch mawr iawn i blant a phobl dlawd yr ardal. Tyrrent o bell i weld y rhialtwch a'r sbort. Synnent at fenter y marchogion a chyflymdra'r ceffylau, a byddai'r cyfan yn destun siarad am wythnosau wedyn.

Ond sut y byddai'r briodferch ei hunan yn teimlo erbyn cyrraedd yr allor o'r diwedd, mae'n anodd dweud! Mae'n rhaid ei bod yn teimlo'n bur gythryblus ar ôl cael ei thrin yn bur arw gan wŷr y 'shigowt', a chael ei thaflu i fyny ac i lawr ar gefn ceffyl a hwnnw'n mynd ar garlam, a'i chipio wedyn o afael ei gwarchodwr gan ddwylo pur drwsgl! Mae gennym ni yn Nyffryn Teifi hen air o hyd am y math o ysgytwad a gâi'r briodferch, druan. Hwnnw yw 'shigwdad'. Bydd mam yn bygwth plentyn â 'shigwdad' os na fydd yn ymddwyn yn weddus. Bydd dyn yn cael ei 'shigwdo' wrth deithio mewn hen gar dros ffordd arw. Fe gâi'r briodasferch 'slawer dydd dipyn o'i 'shigwdo' hefyd cyn cael y fodrwy ar ei bys!

Mae'r hen arferion diddorol hyn ynglŷn â phriodi yn hen iawn. Diau eu bod yn mynd yn ôl dros ddwy fil o flynyddoedd i'r cyfnod cyn-Gristnogol. Rhyw fath o 'brofion' yw'r cyfan – rhyw *dasgau* sy'n rhaid i'r priodfab eu cyflawni cyn y caiff y ferch yn wraig iddo. A dyna ni nôl gyda chwedl Culhwch ac Olwen, a'r tasgau a osododd y cawr Ysbaddaden i Gulhwch eu cyflawni cyn y câi Olwen yn wraig iddo.

Mae pob un o'r 'tasgau' yn yr hen briodasau yn rhoi cyfle i'r priodfab ddangos ei fedr a'i allu i fod yn ŵr *teilwng* i'r ferch.

Yn gyntaf rhaid iddo ef a'i gwmni oresgyn yr holl rwystrau ar y ffordd i gartre'r ferch. Rhaid osgoi neu neidio dros y cwintenni a'r pentyrrau cerrig a choed sydd ar ei lwybr. Dyna fe wedi dangos ei fedr fel marchog, a'i benderfyniad di-droi-nôl. Yn ail rhaid iddo gael y gorau o'r ddadl wrth y drws cyn y gall fynd i mewn. Dyna fe wedi ei brofi ei hun fel dadleuwr cyfrwys a chall. Ar ôl mynd i mewn rhaid iddo allu nabod ei gariad er ei bod hi wedi ei dieithrio ei hunan. (A dyna'r dasg a gafodd Rhiwallon y bugail pan oedd yn ceisio cael morwyn Llyn y Fan yn wraig iddo – roedd yn rhaid iddo ddewis yr un iawn o dair chwaer a edrychai'n union 'run fath â'i gilydd.) Dyna fe wedi profi craffter ei lygaid. Rhaid iddo ddod o hyd i'w gariad er ei bod hi'n ymguddio rhagddo yn y ffordd fwyaf cyfrwys posibl. Ar ôl gwneud hynny byddai wedi profi ei fedr fel heliwr craff. Yn olaf rhaid iddo ei dwyn hi oddi ar y 'gelynion' oedd yn ceisio'i rwystro. A thrwy wneud hynny fe ddangosai ei ddewrder a'i fedr fel ymladdwr. Efallai fod y chware hefyd yn gyfle i'r ferch ddangos nad un i ildio ei rhinwedd yn hawdd oedd hi. Trwy ymguddio a cheisio twyllo ei darpar ŵr roedd hi'n dangos iddo nad ar chware bach yr oedd ei hennill hi.

Bron yr unig olion o'r hen briodasau sy'n aros, fel y dywedwyd, yw'r ferch yn cyrraedd yn hwyr wrth yr allor, y ffasiwn o gario'r wraig ifanc dros y trothwy, a'r gwinten ar draws y ffordd. Ond nid yr un pwrpas sydd i honno erbyn hyn. Yn awr delir cwinten o flaen car y pâr ifanc er mwyn iddynt dalu am gael pasio. Ac un peth arall – i gofio'r meirch a'r carlamu gwyllt – *pedol* ceffyl fel arwydd o lwc i'r wraig ifanc!

* * *

Ar ôl clymu'r pâr ifanc mewn glân briodas gan yr Offeiriad, i ffwrdd â'r ceffylau eto, y tro hwn i gartref y ferch lle roedd gwledd yn disgwyl y gwahoddedigion. Yn ystod y prynhawn wedyn derbyniai'r pâr eu 'pwython' ac fe gedwid cyfri manwl o'r cyfan fel y gellid eu talu'n ôl pan ddeuai'r galw am hynny. Fe ddeuai rhai, nad oedd arnynt 'bwython' i'r pâr ifanc nac i'w teuluoedd, â rhoddion iddynt. Fe gedwid cyfri manwl o'r rhain hefyd ac yr oedd pob anrheg felly'n mynd yn 'bwyth' y byddai rhaid ei dalu'n ôl pan ofynnid amdano.

Wedyn, gyda'r nos fe ddôi'r 'Neithior'. Ffordd arall o wneud tipyn o elw i'r pâr newydd oedd y neithior. Yr oedd croeso i bawb o bell ac agos, ac fe âi ambell neithior dros ben llestri'n llwyr gan sŵn meddwdod a chweryla.

Byddai rhieni'r ferch yn 'macsu' cwrw ar gyfer y neithior, a hithau a'i mam yn pobi ugeiniau lawer o 'gacs' o bob math. Byddai rhaid talu 'sgot' dros y merched, fel y gwnaent yn y ffair, a byddai gan ambell ferch fwy na digon o gacennau yn ei napcyn yn mynd adre.

Deuai dieithriaid i'r neithior weithiau, nad oeddynt yn dal unrhyw gysylltiad agos â'r pâr ifanc. Caent groeso am fod yr arian a dalent am fwyd a diod yn help i'r ddau ar gychwyn eu gyrfa briodasol.

Efallai mai dylanwad y dieithriaid hyn oedd yn gyfrifol fod cweryla ac ymladd yn digwydd mewn ambell neithior. Ond gan amlaf hwyl a sbri, canu a dawnsio, bwyta ac yfed oedd prif nodweddion yr hen neithiorau.

Potsian

Arian bach a enillai fy nhad fel gwehydd yn y ffatri wlân. Yn aml iawn byddai'r edafedd yn frau ac yn torri byth a hefyd. Pan dorrai edefyn, wrth gwrs, byddai rhaid stopio'r gwŷdd i'w glymu. Byddai hynny'n gwastraffu amser, ac erbyn diwedd yr wythnos go ychydig oedd gan y gwehydd o gyflog i'w dwyn adre i gadw'r teulu rhag angen.

Gan fod fy nhad yn hoff o'i lasied ac yn hoff hefyd o gnoi a smocio *Ringer's Superfine Shag*, yr oedd hi'n naturiol, hwyrach, iddo ef a nifer o'r gwehyddion eraill, i edrych am ffyrdd i ychwanegu at yr ychydig a enillent yn y ffatri. Byddent yn mynd i helpu wrth y gwair ar y ffermydd yn yr haf ar brynhawnau Sadwrn a chyda'r nos, ar ôl gorffen yn y ffatri, ond haf neu aeaf, yr oedd fy nhad hefyd yn botsiar dawnus a llwyddiannus, a byddai'r grefft honno yn dod â thipyn o elw iddo trwy gydol y flwyddyn. Byddai'n potsian ar diroedd Stad Llysnewydd, ac yn dal ysgyfarnogod, cwningod, ffesant, hwyaid gwylltion ac ati, a hynny o dan drwynau'r ciperiaid. Ym marn y Cyrnol Lewes, Llysnewydd, yr oedd potsian yn weithred gwbl atgas, i'w rhestru gyda llofruddiaeth a theyrnfradwriaeth a phethau ysgeler felly, ac ni ddihangodd fy nhad yn ddi-gosb bob tro.

Ond yn yr hydref ac ymlaen at y Nadolig, nid tiroedd y Sgweier oedd y prif atyniad i botsiers ein pentre ni – ond yr afon. Afon Teifi, a lifai'n araf ac yn ddiog trwy ddolydd y Bercoed a'r Cwrt i lawr i Gwm Alltcafan. Yr amser hwnnw o'r flwyddyn deuai'r ieir-eogiaid i fyny'r afon o'r môr, ugeiniau a channoedd ohonynt, i ddodwy eu 'wyau' yn y nentydd a'r afonydd llai a lifai i mewn i Deifi.

Nofient yn nannedd y llif o'r aber i fyny, ac erbyn cyrraedd Cwm Alltcafan byddai'r 'ieir' ('Trwm eu llwyth yn strem y lli') yn flinedig iawn. Ac yng ngenau Cwm Alltcafan, yn union islaw'r bont yr oedd (ac y mae o hyd) rwystr yn eu ffordd. Hwnnw yw 'gored' ffatri Alltcafan. Rhaid oedd iddynt gael hoe fach i atgyfnerthu cyn neidio'r Gored, ac fe lithrent, felly, yn araf i mewn at y geulan lle roedd dŵr llonydd, er mwyn cael ysbaid o orffwys. Ac yno, o dan y coed, y byddai'r potsiers yn disgwyl. Yr erfyn a ddefnyddient gan amlaf oedd y gaff. Na, nid y gaff gyfreithlon a ddefnyddir gan bysgotwyr 'onest' chwaith! Roedd 'adfach' i'r gaff a ddefnyddiai fy nhad a'r potsiers eraill, fel sydd i fachyn pysgota, – hynny yw, roedd yna gynffon finiog y tu ôl i big y gaff i rwystro'r eog rhag gwingo'n rhydd unwaith y byddai wedi ei frathu. Clymai'r potsiers goes hir o bren wrth y gaff er mwyn gallu cyrraedd o dan y geulan lle llechai'r iâr-eog flinedig. Clywais fod cynifer â deunaw o eogiaid wedi eu tynnu o'r afon ar ambell noson, a gwelais dri ar ddeg o eogiaid mawr yn hongian dan lofft y gegin yn ein tŷ ni unwaith.

Ni fyddai'r potsier fel arfer yn bwyta cig yr iâr-eog, waeth roedd ei chig allan o 'sesn' fel yr arferent ddweud. Beth felly oedd yr awyd mawr i'w dal? O, er mwyn cael y *gronell*, neu'r 'wyau', wrth gwrs. O'r rhain byddai'r hen fechgyn yn gwneud 'past'. Beth yw hwnnw, meddech chi? Dim ond y stwff gorau a fu erioed at ddal pysgod! Rwy'n cofio 'nhad yn ei wneud ar ein haelwyd ni, gyda'r gofal mwyaf yn y byd, ac rwy'n meddwl y medrwn i fy hunan ei wneud yn awr pe bai galw am hynny. Ond nid yw'n fwriad gennyf olrhain y broses yn y fan yma, a thrwy hynny roi syniadau ym mhen neb, gan fod defnyddio past yn anghyfreithlon, ac ni charwn fod yn gyfrifol am gymell neb i ddrygioni! Er mai fi yw'r pysgotwr salaf yn y byd, mae'n debyg, rwy'n cofio i mi ddefnyddio'r stwff yma unwaith pan oeddwn i'n grwt (cyn i mi wybod fo hynny'n fater o dor-cyfraith, wrth gwrs!). A'r fath helfa a gefais! Cyrhaeddais lan yr afon gyda'r dydd, pan nad oedd neb ond fi a'r gwartheg yn dystion i'r unig orchest a gyflawnais erioed fel pysgotwr. Cofiaf osod y wialen a'r tacl yn barod, yna tynnu allan y pot past o waith fy nhad, a rhoi 'joien' gron ar y bachyn. 'Joien o bast' oedd hi bob amser, fel 'joien' o faco! Lliw pinc sydd i'r past ac edrychai'r 'joien' yn union fel ceiriosen fechan ar y bachyn.

Yna ei thaflu i'r dŵr. Cyn pen winc dyma blwc anferth ar y linyn, nes bod blaen y wialen yn plymio i'r afon. Tynnais frithyll mawr, graenus o'r dŵr. Cyn pen awr roeddwn i wedi tynnu tri ar hugain o'r pysgod brafia welsoch chi erioed o'r afon.

Fe fûm i'n pysgota droeon wedi hynny, gan ddefnyddio'r mwydyn coch, diniwed a chyfreithlon, heb ddal fawr ddim ond annwyd, ac erbyn hyn ni fyddaf fi byth yn meddwl tynnu'r wialen o'i gwain gyda'r bwriad o fynd ar drywydd y brithyllod. Ond pe cawn i addewid am botiaid bach o 'bast' a sicrwydd fod y beili-dŵr yn ddigon pell, fe'i mentrwn hi eto!

Darllenais dro yn ôl am ornest bysgota ryngwladol a gynhaliwyd – os wy'n cofion iawn – ar lyn Tryweryn. Roedd pencampwyr mwyaf Prydain wedi dod ynghyd yno. Enillwyd y wobr gan rywun oedd wedi dal *un* pysgodyn bach tua naw owns, a hynny ar ôl bod wrthi drwy'r dydd! Aeth yr ail wobr i rywun oedd wedi dal un yn pwyso rhyw saith owns! Drueiniaid diniwed! Pe bawn i

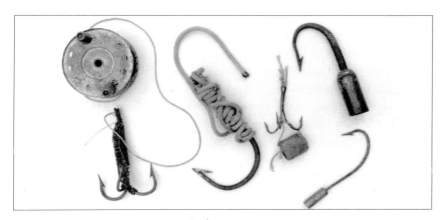

Bachau potsiers

yno gyda llond gwniadur o bast a gwialen gollen las o'r clawdd, mi fuaswn wedi codi c'wilydd ar bob un ohonynt!

Er bod fy nhad, cyn diwedd ei oes, wedi dod yn gryn gampwr ar wneud 'Past', Tom Ffynnon-groes oedd y meistr mawr yn ein pentre ni. Ef hefyd oedd y prif bysgotwr. pan âi ef i lan yr afon byddai pethau'n gweithio rywbeth yn debyg i *conveyor belt* mewn ffatri. Byddai bob amser yn cario dwy wialen bysgota, ond byddai hefyd yn taflu gwasgfachau i'r afon yma a thraw, a byddai'n gymaint ag y gallai wneud yn aml i gerdded yn ôl a blaen ar hyd ceulan yr afon yn tynnu pysgod o'r dŵr. (Rhyfeddod i mi oedd darganfod nad yw Bodfan yn rhoi'r gair 'gwastfach' yn ei *Eiriadur*. Nid yw yng *Ngeiriadur Prifysgol Cymru* chwaith! Ystyr y gair yw – lein, a gyt â bachyn wrth hwnnw.) Byddai'r hen botsiers yn clymu'r lein wrth wreiddyn neu gangen o lwyn ar y geulan ac yn taflu'r bachyn a'r 'joien' arno i'r dŵr. Byddai Tom Ffynnon-groes yn pysgota gyda dwy wialen a rhyw bedair gwastfach yr un pryd.

Cofiaf yn dda amdanaf fi'n treulio prynhawn braf, ond llwm o helfa, ar lan afon Teifi un tro flynyddoedd yn ôl. Yr oeddwn wedi dal dau sildyn cywilyddus o fychan ar ôl bod wrthi am oriau. ond gyda'r nos pan oeddwn i'n barod i godi 'mhac a mynd tua thre, pwy welais yn dod tuag ataf ar hyd y ddôl ond Tom Ffynnon-groes.

'Fachgen!' meddai pan ddaeth hyd ataf, 'Wyt ti'n dala?'

'Na,' atebais, gan geisio swnio'n ddeallus, 'Mae wedi bod yn farw 'ma drwy'r prynhawn.'

'Oes "joien" fach gyda ti?'

'Na!' mynte fi. (Roeddwn i erbyn hyn wedi dysgu fod past yn anghyfreithlon, ac roedd Mam wedi dweud na chawn i byth swydd dda pe bawn i'n cael mynd i'r Llys am ddefnyddio'r fath beth.)

'E . . . licet ti drio un fach?'

Llais y Diafol yn fy nhemtio. Ysgydwais fy mhen.

Tynnodd Tom *glincer* o'i boced. Gadewch i mi egluro. Mae'r rheilffordd (neu yr oedd hi) yn rhedeg gyda glannau afon Teifi yn ymyl fy hen gartref i, a rhwng y rheiliau a'r *sleepers* roedd yna ddigonedd o'r *clinkers* yna sy'n weddill ar ôl llosgi tanau mewn ffwrneisi. Yn rhyfedd iawn, dwy' i ddim wedi meddwl hyd y funud yma pam y mae gwŷr y rheilffordd yn defnyddio'r rhain rhwng y rheiliau yn hytrach na cherrig heb fod trwy dân ac ni wn yr ateb chwaith. Ond roedd tyllau neu rigolau dwfn mewn clincer fynychaf ac fe wnâi'r hen botsiers ddefnydd ohonynt at bwrpas arbennig. A minnau'n fab i 'nhad, nid oeddwn i heb wybod beth oedd y pwrpas arbennig hwnnw.

Wedyn tynnodd y pysgotwr focs bach, crwn o'i boced. Fe wyddwn cyn iddo ei agor mai bocs past ydoedd. Rhoddodd ei fys yn y past pinc a rhoi tipyn o'r stwff ar y clincer, gan wasgu tipyn i bob rhigol a thwll.

'Watsia di nawr ble fydd hon yn disgyn,' meddai.

Taflodd y clincer ymhell allan i ganol y pwll. Disgynnodd gyda *plop* a suddo i'r gwaelod.

'Nawr,' meddai, 'towla di'r mwydyn mâs mor agos ag y galli di at y fan 'na . . . rhaid i ti gael rhywbeth gwell na'r ddou shildyn bach 'na i fynd adre i dy fam, w'!'

Teflais allan i ganol y pwll. Trois i wylio Twm wrthi wedyn yn paratoi ei ddwy wialen â dwylo cyflym, cyfarwydd. Cyn pen winc roedd y ddwy'n pysgota. Cerddodd i fyny'r afon dipyn wedyn a gwelais ef yn taflu ei wastfachau i'r dŵr. Roedd past ar fachau pob un.

Bydd pysgotwyr bach, parchus afon Teifi heddiw yn gwrthod credu'r hyn rwy'n mynd i'w ddweud nesaf. 'Waeth gen i am hynny.

Roedd yr afon wedi bod yn farw drwy'r prynhawn, fel rown i newydd ddweud wrth Tom Ffynnon-groes. Ond yn awr fe ddaeth yn gyffrous o fyw!

Un o wialenni Tom oedd y cyntaf i ddangos arwydd o'r cyffro. Clywais y rîl yn canu a gweld Tom yn dod yn ôl ar unwaith at y wialen, gan adael un wastfach heb ei thaflu i'r dŵr. Cydiodd yn y wialen, a oedd mewn perygl o gael ei thynnu i'r afon. Cododd brithyll braf yn folwyn i wyneb y dŵr. Yr eiliad nesaf roedd e ar y borfa'n gwingo fel arian byw.

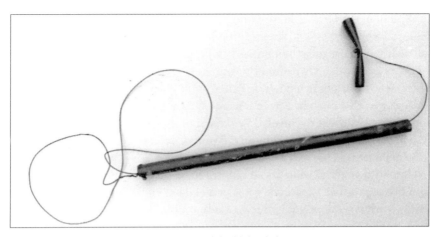

Magal dal pysgodyn a ddefnyddid gyda lamp yn y nos

Yna roedd fy rîl innau'n canu! Yna gwialen arall Tom, a'r gwastfachau i gyd, ac roedd y ddôl, cyn pen tri chwarter awr, yn gyfor o bysgod braf, a rhai ohonynt yn dal i wingo a neidio yn y borfa gan ein bod yn rhy brysur i'w lladd i gyd.

Ymhen awr roedd Tom yn dirwyn ei wastfachau i mewn ac yn plygu ei ddwy wialen. Roedd e wedi cael ei fasged yn llawn ac nid un i wastraffu ei amser ar lan yr afon oedd ef. Peth arall, roedd y 'Black Horse' yn cau am ddeg, ac roedd hi erbyn hyn wedi troi wyth o'r gloch. Roedd cynnwys y fasged yn ddigon o sicrwydd na fyddai rhaid iddo fynd i'w wely'n sychedig y noson honno. Oedais innau ryw ychydig ar lan yr afon ar ôl iddo fynd. Ond ni fu fawr o hwyl ar bethau wedyn. Roedd yr hud wedi darfod gydag ymadawiad y dewin.

Pam yr oedd taflu clincer i'r afon â phast arno yn fy ngalluogi i i ddal pysgod wedyn – heb ddim ond mwydyn ar y bachyn? Yr ateb yw bod blas y 'past' yn y dŵr yn creu archwaeth at fwyd ar y pysgod, archwaeth mor gryf nes eu bod yn barod, ac yn awyddus, i neidio hyd yn oed at fwydyn.

Dychmygaf glywed pysgotwyr mawr y gornestau rhyngwladol – sildod y Gelfyddyd, o'u cymharu â Tom Ffynnon-groes – yn gweiddi ei bod yn hawdd dal pysgod â'r past anghyfreithlon. Ond tawent â sôn – roedd Tom yn bencampwr *par excellence* â'r bluen hefyd, a honno bob amser o'i waith ef ei hun ac yn gweddu'n berffaith i lif a lliw'r afon, y tymor a'r amser o'r dydd.

Un stori a adroddir amdano hyd y dydd heddiw yw hon.

Roedd hi'n arferiad 'slawer dydd yn ein hardal ni, pan fyddai rhywun yn sâl, i fynd â phryd o bysgod ffres o'r afon iddo. Roedd hyn yn arferiad gan bobl nad oeddynt yn bysgotwyr eu hunain, ac i'r 'Black Horse' i edrych am Tom yr aent hwy gan amlaf. Os byddai rhywun yn gofyn iddo am bryd o bysgod ar fyrder, sef o fewn awr neu ddwy, fe fyddai, yn ôl yr hanes, yn mynd allan i gefn y dafarn cyn rhoi ei ateb, a byddai'n astudio'r awyr a chyfeiriad y gwynt am funud. Yna byddai'n dychwelyd i'r dafarn ac os rhoddai ei air, fe fyddai'r pysgod yno ymhen awr neu ddwy. Ond os nad oedd yr arwyddion yn ffafriol ni fyddai'n mynd i lan yr afon i blesio neb.

Roedd dwy ffatri wlân yn ein pentre ni ac yn un o'r rheini y gweithiai Tom Ffynnon-groes. Ryw gyda'r nos pan oedd ef yn dychwelyd oddi wrth ei waith, roeddwn i'n pysgota yn afon Siedi, un o'r afonydd llai sy'n rhedeg i Deifi. Roedd hi wedi bod yn glawio'n drwm ac roedd llif yn yr afon. Stopiodd Tom am ennyd i'm gwylio. Fel arfer nid oeddwn i'n dal dim.

'Tafla fan'co nawr,' meddai wrthyf, gan gyfeirio at grych bach yn y dŵr llwyd. Teflais yr abwyd i'r fan honno a theimlo plwc ar unwaith, a chyn pen winc roedd brithyll gweddol fawr wedi ei ddwyn i dir. Fe wyddai am bob pwll a phob crych ac am holl driciau pysgod a thywydd, a phan fu farw aeth llawer o gyfrinachau'r hen gelfyddyd o ddal pysgod gydag ef i'r bedd.

Ond nid yn unig y potsiers cydnabyddedig a fyddai'n defnyddio'r past ar ôl i'r arbenigwyr ei wneud. Byddai pobl barchus iawn yn galw yn Ffynnon-groes ac yn ein tŷ ni hefyd, yn barod iawn i dalu punt am dipyn o 'stwff da'. Gwn am ysgolfeistr parchus a oedd yn hoff iawn o dreulio oriau lawer yn nhawelwch tangnefeddus glan yr afon, ond nad oedd yn fawr o bysgotwr. Deuai adre dro ar ôl tro â'i fasged yn wag. Yna fe'i cynghorwyd i brynu potiaid bach o bast. Hynny a wnaeth, a mynd yn arfog i lan yr afon. Ond yr oedd mor anghelfydd yn rhoi'r past ar y bachyn fel y collodd lawer ohono ar draws ei ddillad. Yn wir roedd ei wasgod yn glêd coch i gyd ar ôl iddo fod yn pysgota am dipyn, a phe bai'r beili wedi dod heibio a gweld ei wasgod, fe fyddai wedi bod yn ddrwg arno! Trwy lwc ni ddaeth neb heibio'r noson honno, ond clywais i'w wraig roi stop ar ei bysgota â phast ar ôl hynny!

Roedd potsiers Pentre-cwrt yn enwog. Flynyddoedd ar ôl i mi adael yr ardal a mynd i ennill fy nhoc fel athro teithiol yn sir Aberteifi, yr oeddwn i ryw ddiwrnod yn cael cinio hanner dydd mewn gwesty yn Aberaeron. Cyn i mi ddechrau bwyta fe ddaeth gŵr bonheddig o Sais i mewn ac eistedd gyferbyn â mi. Roeddwn i'n ei adnabod ef yn dda er na wyddai ef pwy ar y ddaear oeddwn i. Gwyddwn mai hwn oedd, ar un adeg, y prif feili-dŵr ar afon Teifi – Mr Thornton. Dechreuodd dynnu siarad â mi a holi o ble rown i'n dod. Pan ddywedais wrtho fy mod yn enedigol o Bentre-cwrt, ysgydwodd ei ben a dweud ei fod ef wedi cael llawer o drafferth gan botsiers cyfrwys y lle hwnnw. Yna aeth ati i adrodd hanesyn wrthyf.

Roedd e un diwrnod, meddai ef, yn gwylio'r afon o ben pont Alltcafan gan gadw llygad yn arbennig ar y coed a'r drysi islaw'r Gored. Yn sydyn gwelodd rywbeth yn symud yn y drysi a daeth pen dyn i'r golwg. Pwysodd dros y bont i weld a oedd yno ragor nag un, ond ni allai weld ond yr un hwnnw. Fe wyddai'n iawn beth oedd neges y dyn yno – roedd e'n disgwyl i iâr-eog ddod at y geulan iddo ef gael ei bachu. Aeth Mr Thornton i fyny i ben ucha'r bont ac i mewn i'r coed uwchben y rheilffordd, gyda'r bwriad o ddisgyn i lawr ar ben y potsier heb iddo ei weld yn dod.

'Ond,' meddai'r beili, 'rhaid ei fod wedi fy ngweld neu fy nghlywed, oherwydd pan welais ef nesa' roedd e wedi dod i fyny o lan yr afon i'r rheilffordd' (sy'n rhedeg trwy Gwm Alltcafan). Yna dyna hi'n ras! Rhedodd y potsier i mewn i'r twnnel hir sy lawr yng ngwaelod Cwm Alltcafan – twnnel tywyll na all dyn weld ei law yn ei ganol. Yr oedd Mr Thornton yn ddigon profiadol ac yn ŵr digon doeth i beidio â mentro i mewn i'r tywyllwch ar ôl y potsier. Yr hyn a wnaeth oedd dringo dros y graig i'r ochr arall lle roedd pen pellaf y twnnel. Yno, meddai wrthyf, gwelodd y dyn yn eistedd ar walcen fechan yn yr haul, *'twiddling his thumbs'*.

'Aethoch chi 'mlaen ato?' gofynnais.

'Ysgydwodd y gŵr bonheddig ei ben. *'There was no point,'* meddai, *'I would have found nothing on him. The gaff and any other illegal tackle would have been thrown away or hidden.'*

'So you let him get away with it?'

'There was nothing I could do,' meddai'r beili.

Ar ôl gorffen bwyta, cododd Mr Thornton, a chyda gwên foesgar, gadawodd y bwrdd a mynd allan. Ni welais ef byth wedyn. Erbyn hyn mae'n edifar gen i na fuaswn wedi dweud wrtho mai fy nhad oedd y dyn oedd wedi dianc i mewn i'r twnnel!

Cofiaf fy nhad yn gweu rhwydi dal cwningod yn y tŷ gartref yn ystod nosau hirion y gaeaf. Gweai rwydi bach (i'w rhoi dros dwll yn y clawdd pan fyddai'n defnyddio ffured i fynd drwy'r 'ddâr' neu trwy'r 'warin' fel y dywedem ni) a rhwydi mawr anferth o hyd wedyn i'w defnyddio yn y nos ar gaeau uwchben gelltydd o goed – fel y ceisiaf ddisgrifio yn awr.

Mae cwningod yn hoff iawn o wneud eu 'dâr' neu 'warin' mewn gelltydd bach a mawr, sy'n tyfu'n aml ar lannau nentydd ac afonydd. Mae mwy nag un rheswm am hynny, hwyrach. Yn un peth, mae lleoedd felly yn fwy diarffordd ac felly yn fwy diogel iddynt. Ond prin yw'r bwyd yn y gelltydd hyn, felly rhaid iddynt fynd i'r caeau cyfagos dan gysgod nos, i fwydo ar y borfa neu'r egin llafur. Byddant i ffwrdd o'u cartrefi yn y coed am oriau yn ystod nos yn chwilio bwyd. Ac wrth gwrs, fe wyddai'r potsier hyn yn iawn. Ar ambell noson arw, dywyll, a'r gwynt yn chwythu o gyfeiriad y caeau tuag at y coed byddai 'nhad a photsiers eraill y pentre yn mynd allan â'r 'rhwyd fawr' fel y gelwid hi, ac yn ei gosod yn ddistaw ac yn ofalus wedyn ar draws y ffin rhwng y coed a'r cae. Yna byddai dau ohonynt yn mynd yn llechwraidd i ben pella'r cae i erlid y cwningod yn ôl i gyfeiriad yr allt. Yn aml nid oedd angen eu cymell, oherwydd byddent yn rhedeg am y coed ar y sŵn lleiaf. Ond byddai'r potsier yn ysgwyd bocs matsys hanner llawn yn ei law gan amlaf, i greu sŵn nad oedd yn ddigon uchel i dynnu sylw clust dynol ond a oedd yn ddigon i ddychryn y cwningod. Clywais am botsiers yn cael helfa fawr yn y ffordd hon. Ond er i mi fynd ddwywaith neu dair, gydag eraill, i geisio dal cwningod yn y modd yma, ni fu llawer o lwc i'r fenter. Un tro daethom adre ag un gwningen yn unig ar ôl yr holl drafferth o osod y rhwyd fawr yn ei lle. Sylwais nad oedd angen brysio i gael eich dwylo ar gwningen a oedd wedi mynd i'r rhwyd fawr. Go anfynych y byddai'n dianc, er y gallai wneud yn hawdd pe bai hi'n troi *yn ôl* a rhedeg i gyfeiriad arall. Ond *yn ei blaen* y mynnai hi fynd o hyd, ac er iddi lwyddo i'w rhyddhau ei hun weithiau, yn ôl i afael y rhwyd y mynnai fynd wedyn gan geisio gwthio'i ffordd drwyddi. Weithiau fe redai llwynog neu fochyn daear i'r rhwyd a dyna lle byddai llanast wedyn – y rhwyd yn yfflon a'r helfa wedi dianc.

Fe gawsom ni, blant tlawd y pentre, ein codi ar gig cwningen. Ond nid oes angen cywilyddio o achos hynny, oherwydd ni wn i am well blasusfwyd, na phryd mwy maethlon na chig cwningen wedi ei rostio yn y ffwrn gyda darn o facwn. Dim ond erbyn cinio dydd Sul y byddem yn prynu cig eidion neu faharen. Rhywbeth rhwng y swllt a'r deunaw ceiniog a gaem am y cwningod yn y dyddiau hynny. Yn Aberystwyth y dydd o'r blaen gwelais un wedi ei blingo a'i rhoi mewn cwdyn plastig ar werth mewn siop am 65c – tri swllt ar ddeg yn yr hen arian! 'Phrynais i ddim mohoni. Ond pe cawn i gynnig un â'i chroen amdani, yn ffres o'r coed a'r caeau, fe dalwn y pris hwnnw amdani'n llawen.

Yr oedd ein pentre ni a'r cyffiniau, fel y dywedwyd eisoes, yn perthyn bron yn gyfan gwbwl i stad Llysnewydd, ac yr oedd y Cyrnol Lewes yn cadw dau neu dri o giperiaid i warchod y gêm ar y stad, ac er mai mewn ffesant, petris a llwynogod yr oedd prif ddiddordeb y Cyrnol, byddai'n cynddeiriogi o glywed bod unrhyw botiser *â gwn* wedi ei ddal ar unrhyw un o ffermydd y stad. Nid oedd yn fodlon i botsier gael hyd yn oed gwningen o'i dir, er bod y rheini mor niferus nes gwneud dirfawr ddrwg i gnydau'r ffermydd. Clywais iddo fygwth notis ar ffermwr am fod ei fab wedi ei ddal yn 'maglo' ar y ffarm. ('Maglo' yw dal cwningod mewn maglau. Ond gallai'r magl ddal llwynog, neu ffesant hefyd.) Nid oedd neb bryd hynny'n gweld dim yn rhyfedd yn y ffaith fod dyn yn talu rhent uchel am ei ffarm ac eto heb yr hawl i ddal cwningen wyllt ar ei dir. Nid oedd ffarm Llwynderw'n rhan o stad Llysnewydd, ond mewn rhyw fodd roedd y Cyrnol wedi trefnu â'r perchennog mai ef oedd piau'r gêm ar y tir.

Daliwyd fy nhad yn cerdded ar y ffordd â gwn ar ei gefn. Drwgdybiai'r ciper a'i daliodd ei fod wedi bod yn tresmasu ar dir y stad a chafodd fynd o flaen ei well yn y 'Cwrt Bach' yng Nghastellnewydd Emlyn. Cadeirydd y Fainc oedd – wel, y Cyrnol Lewes, wrth gwrs! Yr oedd gan y Cyrnol un diddordeb mawr arall ar wahân i'r gêm ar ei stad – hwnnw oedd y milisia yr oedd ef yn Gyrnol arno. Rwy'n meddwl mai'r 'Carmarthenshire and Pembrokeshire Yeomanry' oedd enw llawn y milisia yma. Beth bynnag, cofiaf fy nhad yn adrodd droeon fel y cynigiodd y Cyrnol iddo dalu dirwy drom, neu ymuno â'r milisia a mynd yn hollol rydd! Mae'n syndod cyn lleied o amser sydd er pan oedd y Sgweier lleol yn ddeddf ynddo ei hun!

Dyn coch, mawr ydoedd, ac rwy'n ei gofio amlaf ar gefn ceffyl. Ar wahân i'r obsesiwn ynghylch y milisia a'r potsian, ni chofiaf imi glywed ei denantiaid yn cwyno'n arw amdano erioed. Felly rhaid ei fod yn hen fachgen digon dymunol. Ond rwy'n siŵr y byddai'n hapusach pe bai wedi byw mewn oes gynharach pan oedd hi'n gyfreithlon i roi cosb drom iawn, hyd at grogi, ar ddyn wedi ei ddal yn dwyn cwningen oddi ar dir y Sgweier.

Dywedir ei fod yn ddyn joli iawn ar ddiwrnod cinio rhent pan âi'r tenantiaid i gyd i wledd yn y Plas. Erbyn heddiw nid oes maen ar faen o'r hen blas hardd yn aros ar y doldir glas ar lannau afon Teifi ger pont Henllan, ac mae'r ffermwyr a fu'n denantiaid gostyngedig i'r Cyrnol, yn berchen eu ffermydd bron i gyd. A'r gêm? Wel, 'choelia i byth fod holl botsiers bro fy mhlentyndod wedi darfod o'r tir!

Dydd Calan

Mynd i grynhoi Calennig ar fore Calan Ionawr oedd un o'r digwyddiadau pwysicaf yn fy mywyd i pan oeddwn yn blentyn. Mi fyddwn yn methu cysgu'r noson gynt gan faint yr edrych ymlaen am y bore, pan fyddai hawl i fynd o dŷ i dŷ i adrodd pennill a dymuno Blwyddyn Newydd Dda – *a chael fy nhalu am wneud hynny!* Y noson gynt byddai Mam wedi bod wrthi'n gwneud bag i mi i ddal y ceiniogau. Roedd y bag ynddo'i hun yn rhyfeddod ac yn wyrth. O ddarn lliwgar o ryw hen ddilledyn oedd wedi mynd i ben y gwneid y bag, a byddai incil (tâp) cryf trwy ei wddf a hwnnw'n mynd am fy ngwddf innau. A byddai gwddf y bag yn cau'n ddiogel wrth dynnu'r incil. Byddai rhai plant yn mynd i grynhoi calennig heb fag, gan gario'r ceiniogau a'r dimeiau yn eu pocedi. Ond yn ddieithriad bron, byddent yn colli rhai wrth redeg dros lwybrau caregog a thros gloddiau a chamfâu i gyrraedd ffermdai a thyddynnod anghysbell yr ardal. Ni wn i am unrhyw ddyfais ddiogelwch well i gario arian na'r bag hwnnw am y gwddf, a phwysau'r arian ynddo yn cau ei geg o hyd fel nad oedd perygl i'r un geiniog syrthio allan beth bynnag a ddigwyddai. Ac wrth gwrs, roedd hi'n hen ddyfais. Pan âi teithiwr ar siwrnai bell gynt, cyn bod arian papur – byddai yntau'n cario ei gyfoeth mewn bag a hwnnw'n hongian am ei wddf o dan ei ddillad.

Plant 'tai bach' a âi allan i grynhoi calennig ar fore Calan. Hynny yw, plant y gwehydd a'r saer a'r crydd a'r gweithwyr ar y ffordd – plant pobl gyffredin. Ni fyddai plant pobl 'well na'i gilydd' byth yn cael mynd – plant y ffermydd mawr a phlant pobl wedi dod ymlaen yn y byd mewn rhyw fodd neu'i gilydd. Mab i wehydd digon tlawd oeddwn i, ac felly nid oedd neb yn gwarafun i mi fynd i 'grynhoi calennig'. Cofiaf i mi deimlo piti dros rai o'r plant hynny a oedd oherwydd amgylchiadau eu rhieni yn gorfod aros gartref ar fore Calan, tra oeddwn i'n rhydd i fynd i weiddi 'Blwyddyn Newydd Dda' wrth y nifer a fynnwn o ddrysau.

Yn aml iawn byddai mamau'r plant 'gwell na'i gilydd' yn gadael iddynt hwy gael y fraint o *roi'r* ceiniogau i ni. Yr oedd hyn yn eu dysgu i fod yn garedig tuag at rai llai ffodus na nhw eu hunain, a hefyd yn eu dysgu eu bod yn uwch eu safle mewn bywyd na ni! *Rhoi* cardod ac nid ei *dderbyn* oedd y peth iddynt hwy ei wneud. Ac eto, yn yr ysgol yr oeddem yn gydradd, ac nid oedd neb yn ymwybodol o'r gwahaniaeth yn ein hangylchiadau.

Byddai'r Mint neu'r Banciau yn gofalu fod ceiniogau newydd ar gael ar gyfer y Calan bob amser yn y dyddiau gynt. A beth oedd yn harddach, a beth oedd yn rhoi mwy o lawenydd i blentyn, na chael dal ceiniog newydd, loyw, lân yn ei law ar fore Calan? Gallaf gofio'r ias o hyd, yn fyw iawn!

Mewn ambell ffermdy mawr neu blas bach byddai tair ceiniog neu bisyn tair, neu hyd yn oed, chwe cheiniog, i'r cyntaf a âi at y drws â'i bennill a'i 'Flwyddyn Newydd Dda'! Ond byddai rhaid codi'n fore iawn os oeddech am fod yn gyntaf i hawlio ffortiwn felly. Byddai'r cystadlu'n frwd iawn a'r aderyn bore, bore oedd piau hi bob tro.

Y mae Isfoel (Cilie) yn adrodd hanesyn diddorol a doniol yn ei lyfr *Hen Ŷd y Wlad* am wraig gefnog a drigai ym mhentre Blaencelyn, a arferai roi pisyn chwech i'r cyntaf a ddôi i'w chyfarch ar fore'r Calan. Mrs Rees, Celyn Parc oedd hi, a Tom, un o frodyr Isfoel, oedd yn llwyddo i gael y chwecheiniog bob tro, am mai ef oedd y cyntaf ar ei draed – ac wrth ddrws Mrs Rees, er gwaethaf pob ymdrech gan y brodyr i'w rwystro.

Ond un nos-cyn-Calan fe benderfynodd Isfoel a'i frawd, Jac, chware tric ar Tom. Cyn mynd i gysgu'r noson honno fe ddaeth y ddau o hyd i'w drowser a'i guddio mewn man mor ddirgel fel nad oedd gan Tom obaith cael gafael ynddo yn yr hanner tywyllwch fore trannoeth. Wedyn aeth y ddau grwt i noswylio'n llawen gan gredu'n siŵr fod y chwecheiniog yn eu meddiant hwy yn y bore.

Gyda thoriad dydd, cododd y ddau o'u gwelyau a gwisgo amdanynt yn frysiog. Nid oedd neb o gwmpas a chyn pen fawr o dro roedd y ddau'n rhedeg ar garlam lawr i gyfeiriad Celyn Parc. Roedd haenen o eira ar lawr a rhew ar y pyllau dŵr. A hwythau bron cyrraedd pentre Blaencelyn, pwy welsant yn cerdded yn hamddenol i'w cyfarfod – ond Tom! Ac meddai Isfoel amdano, 'â'r pisyn chwech yn ei ddwrn, a heb un math o drowser am ei goesau!'

Oedd, yr oedd bod yn gyntaf fel yna, yn talu'r ffordd. Yn aml iawn fe fyddai'r geiniog yn mynd yn ddimai mewn llawer man fel yr âi'r bore yn ei flaen at hanner dydd. Ac ar hanner dydd, wrth gwrs, dyna'r rhoddi'n gorffen am flwyddyn arall.

Teithiem filltiroedd lawer ar foreau Calan gynt, nes bod y coesau bach yn brifo, a ninnau'n aml, os oedd hi'n dywydd drwg, yn wlyb hyd ein crwyn. Caem ddarn o gacen neu fynnen yn unig mewn ambell le, ond yr oedd y rheini'n dra derbyniol wedyn, i'n cynnal ar y siwrnai faith. Prin fy mod i'n cofio'r amser pan arferai'r mamau tlawd fynd gyda'u plant o gwmpas y ffermydd i gasglu calennig – tipyn o flawd, neu dorth, neu aing o gaws, neu efallai ambell hen ddilledyn. Ond rwy' *yn* cofio un neu ddwy o wragedd gweddwon, tlawd yn dilyn y plant fel yna, ac rwy'n cofio fel yr arferent sefyll o hirbell – yn swil ac eto yn y golwg o ddrws y ffarm – yn disgwyl cael galwad i nesáu i dderbyn rhywbeth o law garedig gwraig y tŷ. Cofiaf mai câs gobennydd oedd gan y gwragedd tlawd hyn i gario'r 'calennig' a ddeuai i'w rhan. Yr oedd eu gweld yn sefyll o'r neilltu felly yn olygfa dipyn yn drist, yn enwedig os bydden nhw'n cario babi mewn siôl hefyd – fel y bydden nhw'n aml iawn.

Mae Alun Cilie yn ei ail gyfrol am farddoniaeth, *Cerddi Pentalar*, yn sôn mewn un gerdd am hen wraig o'r enw Bet yn dod i'r Cilie â'i 'chwdyn dan ei ffedog' i geisio calennig, yn ôl yr hen arfer. Dyma'r gerdd:

Calennig

Rhyw ddeuddydd cyn y Calan dros y sticil
Rhen Bet bob blwyddyn oedd y cynta i ddod
A'n denu ninnau ati, er ein picil,
A'i llaw riwmatig, arw yn plymio i'w chod;
Gan smalio anwybodaeth byddai'n holi
Ein hynt a'n helynt ni bob un, a'n hoed,
Cyn brysio'n sionc ei cham i'r tŷ i'n moli,
Â'i chwdyn dan ei ffedog fel erioed.

Nid cynt y caeai'r drws na chlywid brolio
A chyfarch gwell wrth dân y gegin fach;
Er na wnâi hynny i Mam roi mwy – na tholio –
Yr aing o gaws na'r fflŵr yng ngenau'r sach.
Pan giliodd Bet i beidio â galw mwy,
Fe giliodd y gymdogaeth dda o'r plwy.

Cofiaf Alun yn sôn amdanyn nhw'r plant yn gwrando ar y 'brolio' yma tu allan i'r drws caeëdig. Eu canmol *nhw* a wnâi'r hen wraig – fel yr oedd hwn wedi 'prifio', a'r llall yn ffraeth, a'r merched yn ddel. Ac wrth ganmol fe broffwydai ddyfodol disglair iddynt bob un! Yn ôl Alun byddai'n gor-ganmol i'r cymylau, ond yr oedd hyn yn rhan o hen draddodiad yn mynd yn ôl i gyfnod y 'bardd teulu' yn llysoedd hen bendefigion Cymru gynt, ac efallai tu hwnt i hynny hefyd!

Ni chymerai'r hen wraig y byd am *ofyn* am galennig. O na, yr hyn a wnâi oedd canmol a chanu clodydd teulu'r wraig a drigai yn y Cilie. Wrth wneud hynny roedd hi'n gosod Mary Jones y Cilie yn ei dyled hi! Serch hynny, ni fyddai'r clodfori mawr yn gwneud i honno roi mwy, na llai, o un flwyddyn i'r llall. Mae cwpled ola'r gân yn werth i ni gnoi cil uwch ei ben.

Byddem ni, blant, yn mynd i grynhoi yn bedwar neu bump gyda'n gilydd weithiau. Arferai aelodau o'r un teulu fynd i gyd gyda'i gilydd – weithiau saith neu wyth ohonynt, a'r ieuengaf yn ddim ond rhyw bedair neu bump oed. Byddai hwnnw (neu honno) druan, yn blino'n fuan iawn a byddai'n rhwystr i'r lleill. Hefyd byddai tuedd i rai tai roi dimai yr un yn lle ceiniog os gwelent dyrfa fawr yn dod at y drws. Dysgais yn weddol gynnar yn fy ngyrfa fel casglwr calennig mai gorau i gyd po leia o nifer o blant a âi at y drysau ar y tro, a chan mai unig blentyn oeddwn i nes oeddwn i bron yn un ar ddeg oed, nid yw'n rhyfedd efallai mi benderfynu – o tua naw oed ymlaen – ei bod yn fwy proffidiol i mi fynd wrthyf fy hunan neu yn un o ddau – a dim mwy. Rhyw bedair awr a hanner oedd amser y casglu i gyd – o tua hanner awr wedi saith y bore nes oedd hi'n hanner dydd. Felly ar ddechrau'r daith byddem yn rhedeg nerth ein traed o un tŷ i'r llall er mwyn gallu rowndio cynifer o dai ag y gallem. Ond fel yr oedd hanner dydd yn nesáu byddai'r rhedeg wedi mynd yn gerdded digon araf, gellwch fentro.

Yn ystod y prynhawn a chyda'r nos, ar ôl cael pryd cynnes o fwyd gan Mam a chael gwared o'r esgidiau trymion a'r dillad gwlybion, fe arferwn i chwarae â'r arian am oriau, nes oedd hi'n amser mynd i'r gwely. Adeiladwn dyrau uchel o'r ceiniogau newydd, gloyw, gosodwn nhw'n rhestri hirion o un pen i'r bwrdd i'r llall ac yn y blaen fel yna nes i flinder a Siôn Cwsg hawlio fy mod yn mynd i'r 'cae nos'.

Ar ôl hynny ni fyddai gennyf ddim diddordeb yn yr arian. Byddai gennyf ryw swm o chweugain neu lai ar ôl diwrnod da o gasglu, a byddai'r cyfan yn mynd i brynu pâr o sgidie neu ryw ddilledyn angenrheidiol i mi, ac nid wyf yn cofio 'mod i wedi teimlo unrhyw anfodlonrwydd o orfod 'madael â'r ceiniogau a gasglwyd mor ddiwyd. Yn y casglu yr oedd yr hwyl, a gweld y bag yn mynd yn llawnach, ac yn trymhau am y gwddf, ac ar ôl mynd adre, y rhyfeddod o gael trafod a chwarae â chymaint â hynny o arian ar fwrdd y gegin.

Tua'r deuddeg oed neu dair ar ddeg, fe âi plentyn yn rhy hen i fynd allan i grynhoi calennig. Byddai plant o'r oed yma, yn enwedig os oedden nhw wedi tyfu'n dal, yn cael eu mocian yn ddidrugaredd. Gofynnid i ambell grwt mawr, 'Ble mae'r wraig a'r plant 'da ti heddi, 'te?' Yr un peth â'r ferch wedyn, ''Ddaethoth chi ddim â'r gŵr gyda chi?' Fel yna y byddai'r gymdeithas yn pennu diwedd cyfnod hapus y 'crynhoi calennig'.

Ond wedi gorffen â chyfnod plentyndod, nid oedd y cyfle i wneud ychydig sylltau o arian poced allan o'r Calan wedi darfod chwaith. O gyrraedd pedair ar ddeg a phymtheg deuai'r cyfle i fynd allan i ganu am galennig. Ond ar nos-cyn-Calan y digwyddai hynny. Aem allan yn bartïon o tua chwech fwy neu lai, i ganu o gwmpas y ffermydd a'r tai lle trigai'r bobol gefnog yn ein hardal ni. Nid aem ar gyfyl y tyddynnod a'r tai bach gan wybod ymlaen llaw na allai'r rheini fforddio rhoi dim o werth. Ond ni fu fawr iawn o alw am fy ngwasanaeth i fel aelod o barti i fynd o gwmpas ar nos-cyn-Calan am nad oeddwn yn ganwr o fath yn y byd.

Coelion ynglŷn â Choed

Da yw onnen yn danwydd
A'i gwres hi, y gorau sydd.

Burn ashwood green
'Tis fire fit for a queen.

Ie, yr onnen las ar y tân os am aelwyd gynnes a chysurus yn ystod nosweithiau oerion a stormus y gaeaf. Ond beth wy'n ddweud? Gwres canolog yw hi ymhobman nawr ac mae'r grât agored, hen-ffasiwn wedi diflannu am byth o'n tai modern ni. Ond mae'n siŵr fod llawer yn cofio o hyd am nosweithiau gynt a'r teulu'n eistedd yn gylch o gwmpas y tân, y lamp olew heb ei chynnau, a dim ond y fflamau'n goleuo'r ystafell. A faint sy'n cofio amdanynt yn blant yn edrych i lygad y tân, ac yn gweld yno bob math o ryfeddodau?

Erbyn hyn nid yn unig y grât sydd wedi diflannu ond y corn simnai hefyd. Nid oes mwg gan drydan, a lle nad oes mwg, does dim angen simnai mwyach. Ond o ran hynny, mae'r onnen las yn prysur ddiflannu hefyd a'r coed pîn, bythwyrdd yn cymryd ei lle.

Yr onnen yw un o'r hwyraf yn deilio yn y gwanwyn, ac mae gennym hen ddihareb yn y Gymraeg, fel hyn:

Os deilia'r deri o flaen yr ynn,
Gwerth dy ych a phryn fyn.

Yr awgrym yw y bydd hi'n flwyddyn o sychder mawr os daw dail ar y dderwen o flaen yr onnen. Fe geir y peth yn gliriach yn y Saesneg:

If the ash appears before the oak,
then we shall have a soak;
If the oak appears before the ash,
then we shall have a splash.

Ond wedi sylwi, fe welir nad yw'r onnen nemor byth yn deilio o flaen y dderwen! Ond rhaid bod hynny'n digwydd weithiau hefyd, oherwydd yr oedd yr hen bobl yn arfer dal sylw manwl ar arwyddion o'r fath.

Barnai'r hen bobl gynt mai'r onnen oedd y pren gorau i wneud coesau morthwyl, neu raw, neu gryman, ac mae Twm o'r Nant yn sôn am wneud inc o flagur du'r onnen.

Y fedwen oedd pren cosb, ac yr oedd ar blant 'slawer dydd ofn y Wialen Fedw a gedwid yn y rhan fwyaf o dai – yn barod at iws pan ddeuai'r angen! Byddai'n hongian yn uchel mewn lle amlwg, fel y gallai'r plant weld ei bod hi yno. Cofiaf hen gyfaill yn sôn fel y byddai ei dad yn taflu llygad awgrymog i gyfeiriad y wialen pan fyddai ef neu un o'i frodyr yn tueddu i fynd dros ben llestri weithiau. Byddai hynny'n ddigon i roi taw ar bob mwstwr, meddai ef. Ond oes oedd edrych arni'n ddigon mewn ambell gartref, byddai'n cael ei defnyddio'n helaeth weithiau hefyd. Yn ôl tystiolaeth Alun Cilie, ei fam fyddai'n fwyaf tebyg o'i defnyddio yn nyddiau ei febyd ef, ac efallai mai hynny oedd orau hefyd. Mae'r mamau fynychaf yn llai llawdrwm a mwy 'hwyrfrydig i lid' na'r tadau, a chyda'r mamau 'cariad yw nod y cerydd' fynychaf.

Erbyn hyn, wrth gwrs, mae dyddiau'r hen wialen fedw wedi dod i ben hefyd – er gwell neu er gwaeth, dwedwch?

Dyma englyn Alun Cilie i'r hen Wialen:

Moddion Mam oedd hon i mi, – yn ifanc
    Cefais gyfiawn brofi
  O loesau hallt ei blas hi
  Ganwaith am wneud drygioni.

Ond os mai'r fedwen oedd pren cosb plant 'slawer dydd, pren y gosb eithaf – ar lofrudd neu ddrwgweithredwyr arall – oedd y llwyfen *(elm)*. Ar goed llwyf yn Tyburn y crogwyd llawer iawn o ddrwgweithredwyr Llundain gynt, ac o goed llwyf, yn ddiweddarach, y byddent yn gwneud y crocbren a'r llwyfan odano, llwyfan a fyddai'n syrthio'n sydyn wrth dynnu pâr oedd yn ei ddal yn ei le, ac yn gadael y truan heb ddim i'w ddal ond y rhaff am ei wddf.

A faint ohonom sy'n sylweddoli mai'r pren llwyf sydd wedi rhoi i ni'r gair llwyfan, lle y bydd pobl yn canu, adrodd, areithio, perfformio dramâu, ac ati? Mae'r pren hwn mor addas i wneud llwyfannau am fod estyll llwyfen yn wydn ac yn 'rhoi' llawer cyn hollti. Yn awr mae'r coed llwyf mawr ac urddasol sydd wedi bod yn harddu'r wlad ers canrifoedd, yn marw wrth y cannoedd dan effaith y Pla Isalmaenaidd *(Dutch Elm Disease)*. Dim ond pry bach yn y pren, ond mae'r difrod a wna yn ofnadwy.

Y fasarnen, neu'r sycamorwydden, fel y geilw rhai hi, a'r wernen oedd y ddau bren gorau i wneud gwadnau'r clocs a wisgem ni haf a gaeaf pan yn blant. O'r ddwy, rwy'n meddwl mai'r wernen oedd y gorau, gan fod yna duedd bach i'r gwadnau masarn hollti weithiau. Pan ddigwyddai hynny, byddai rhaid mynd ar unwaith at y cobler, neu'r clocsiwr. Yr oedd dau ohonynt yn ein hardal ni gynt, a byddai unrhyw un o'r ddau'n gallu gwadnu'r glocsen oedd wedi hollti tra byddech yn aros yn y gweithdy. Yr oeddwn i'n hoff iawn o wisgo clocs, yn enwedig yn y gaeaf. Cadwent sŵn ofnadwy ar y ffordd galed neu mewn ystafelloedd heb garpedi ar lawr, gan fod pedolau haearn trymion dan bob clocsen – yn ôl ac ymlaen. Y gof fyddai'n hoelio'r rheini, a'u pwrpas oedd cadw'r pren rhag treulio ar y ffyrdd geirwon. Ond yn y gaeaf, pan fyddai'r llynnoedd yn rhewi, a phan fyddai gennym 'sleid' neu 'slaid' ar glos yr ysgol, yr oedd y clocs, a'r pedolau haearn, gloyw odanynt, yn well na dim at 'sleidro' neu 'sglefrio'. Yr oeddynt yn gynnes am y traed hefyd ac yn fwy diddos nag esgidiau gan amlaf.

Yn y gwanwyn byddem yn gwneud defnydd arall o'r fasarnen. Pan fyddai'r coed yn dechrau deilio, a'r sug, neu'r sudd, yn mynd i fyny rhwng y rhisgl a'r pren, byddem yn gwneud whît, neu whisl o ganghennau ifainc y fasarnen a'r helygen – a'r gollen hefyd weithiau. Mae'n gelfyddyd na ellir ei disgrifio'n hawdd ond rhaid cael y rhisgl i ffwrdd yn un darn wrth ei guro'n ysgafn â charn cyllell, hynny ar ôl gwneud un hollt yn y pren. Ar ôl i'r rhisgl ddod ymaith yn lân byddem yn naddu rhigol ddofn yn y pren, cyn rhoi'r rhisgl yn ôl yn ei le, ac yn y diwedd yr oedd gennym whisl cystal ag unrhyw un a brynir mewn siop. Gwaetha'r modd nid oedd parhad iddynt gan y byddai'r rhisgl yn sychu ac yn cracio. Ond yr oedd hi'n hawdd gwneud un newydd unrhyw amser!

Byddai casglu mawr ar wiail ifanc yr helygen i wneud gwyntellau a basgedi. Yr oedd gwneud gwyntell yn grefft ddefnyddiol, a byddai gwobrau'n cael eu rhoi mewn eisteddfodau am yr un orau a mwyaf celfydd. Ac mae'n werth cofio mai o waith coed plethedig tebyg i wyntell y gwneid cwrwgl – y cwch bach a oedd yn olygfa gyfarwydd ar afon Teifi ymhell cyn i'r Rhufeiniaid ddod yma.

Defnyddid y gollen at sawl pwrpas, ond yn bennaf efallai i wneud ffyn. Yr oedd cael ffon gollen yn eich llaw wrth fynd ar daith yn eich diogelu rhag niwed. 'A'r gollen driw'n fy llaw', meddai'r hen drempyn yn un o gerddi Crwys. Fe wnâi collen ifanc wialen bysgota dda iawn i ni'r plant hefyd. Tyfai'r rhain yn unionsyth mewn clawdd yn aml ac am wn i nad oeddynt cystal bob dim â'r gwialenni mwy drudfawr o'r siop. Credai'r hen bobl, os byddai cnwd mawr o gnau ar y cyll, y byddai llawer o blant yn cael eu geni yn ystod y flwyddyn. Clywais rai'n dweud yn bendant fod 'dal' ar hyn bob tro.

'Wn i ddim pam yr oedd ffermwyr yn trafferthu plannu coed cyll ar eu cloddiau ac yn eu gelltydd, oherwydd fe fyddem ni'r plant yn disgyn arnynt fel haid o locustiaid i ddwyn y cnau a rhacsio'r brigau – bob blwyddyn! Ond ni allaf gofio am yr un ffermwr yn ein gwahardd nac yn ein herlid. Byddai'r cnau yn wisgi ac yn barod i'w casglu a'u storio fynychaf ar ôl ffair Fedi Castellnewydd Emlyn (yr 20fed o Fedi) ac nid diwrnod cynt na hynny. Cyn dechrau casglu byddem yn torri cangen hir i wneud 'crabach' i dynnu'r canghennau uchel i lawr.

Credem ni, blant, 'slawer dydd fod cysgodi dan goeden dderw yn ein diogelu rhag cael ein taro gan fellten pan ddeuai storm drydanol weithiau i ddilyn tywydd poeth yr haf. Caem ein dysgu ei bod yn beryglus i gysgodi o dan goed eraill pan fyddai mellt a tharanau o gwmpas – ond bod y dderwen yn eithriadol. Mae hon yn hen gred, mae'n debyg, ac yn gyffredin trwy Brydain oll. Dywedir mai'r ffaith fod y dderwen yn dda fel insulator yn erbyn mellt a oedd yn gyfrifol, yn rhannol, fod cymaint o dderw'n cael ei ddefnyddio yn adeiladwaith hen dai 'slawer dydd. (Rheswm arall, wrth gwrs, oedd bod y derw yn bren mwy parhaol na'r un arall bron.) Dywed Margaret Baker yn *Folklore and Customs of Rural England* fel hyn: '*The acorn-shaped bobbins on window blinds are reminders of the oak's ancient reputation as a deflector of lightning.*'

Byddai'r dderwen fwyaf mewn ardal yn cael ei galw'n 'brenhin-bren' a chredai'r hen bobl fod y Tylwyth Teg yn hoff o ddawnsio o dan honno, ac adroddai pobl gynt eu bod wedi gweld hyn yn digwydd lawer tro. I ble'r aeth y Tylwyth Teg, dwedwch?

Ynghanol y pren derw y mae'r rhuddin, ac mewn derwen iach yn ei llawn dwf mae'r rhuddin mor galed bron â dur ac yn anodd ei drin gan y saer oherwydd hynny. Hwn, meddir, yw cadernid y goeden, ac fe ddywedir am ambell ddyn o gymeriad cryf a chadarn, 'Mae tipyn o ruddin ynddo fe'.

Serch hynny – yn rhyfedd iawn – y rhuddin yw'r rhan o'r dderwen sy'n marw gyntaf. Flynyddoedd yn ôl fe fûm i a chyfaill o goediwr profiadol yn cwympo derwen hynafol a edrychai fel pe bai wedi bod yno ers dechrau'r byd, a diau ei bod hi'n sawl canrif o oedran. Serch hynny, edrychai'n iach – yn llawn dail a mes, ac nid oedd unrhyw arwydd allanol i awgrymu na allasai hi fyw am ganrifoedd wedyn. Ond cyn gynted ag y dechreuwyd llifio'r boncyff anferth hwnnw, fe glywsom grac a'r eiliad nesaf roedd hi'n cwympo. Fe fu rhaid i ni neidio o'r ffordd yn bur sydyn rhag i'w chwymp wneud niwed i un, neu'r ddau, ohonom. Beth oedd wedi digwydd? Wedi cael ein gwynt atom fe welsom fod y dderwen fawr yn cael ei dal ar ei thraed gan ryw blisgyn o bren rhyw ddwy fodfedd o drwch a bod ei chanol, lle bu'r rhuddin unwaith, yn hollol wag. Yr oedd y twll yn ei chanol yn ddigon mawr i ddyn allu gorwedd o'i fewn yn gyfforddus. Pam, dwedwch, mai'r rhan galetaf o'r dderwen sy'n marw gyntaf? Diau fod eglurhad gan rywun.

Mae'n bosib felly, i gadernid ymddangosiadol y dderwen ein twyllo. Roedd yr hen bobol wedi sylwi ar hyn, fel y dengys yr hen bennill:

Tri pheth sy'n anodd nabod,
Dyn, derwen a diwrnod;
Mae'r dydd yn troi *(h.y. yn dod yn law ar ôl cychwyn yn heulog)*
A'r dderwen yn gou *(â thwll yn ei chanol)*
A dyn yn ddou-wynebog.

Ond adeiladwyd llawer o longau bach (a rhai mawr hefyd) o goed deri, yn y Ceinewydd, Llangrannog ac Aberteifi 'slawer dydd – ac mewn llawer pentref glan-môr arall ar hyd arfordir y gorllewin o ran hynny. Derw oedd y pren i wrthsefyll effaith yr heli a'r mân bryfed sy'n ymosod ar waelodion llongau.

Y mae gan Ioan Siencyn o'r Cwm-du hanes am long o'r fath a lansiwyd ganrif a hanner yn ôl yn Nhrefdraeth. Deallwn mai yr Yswain Lloyd o Gwm-glöyn a'i hadeiladodd hi, o goed deri a dyfai mewn lle o'r enw Cwm-yr-hebog:

O'r derw cadeiriog, praff goed Cwm-yr-hebog,
Fe'th wnaed yn Llong fywiog, alluog mewn lli;
'Yr Hebog' mi'th alwaf, yn llong mi'th gyf'rwyddaf,
Boed iti ddianaf ddaioni.

Rhwydd hynt iti'r 'Hebog' o Drefdraeth flodeuog,
I'r cefnfor ewynog, cyforiog ei faint;
Taen dithau'th adenydd, anghofia'r glas goedydd,
Dysg fyw rhwng lleferydd llifeiriant.

Fe ellir gweld gweddillion mwy nag un hen long dderw ar draeth Cefn Sidan, gerllaw Pen-bre yn Nyfed heddiw. Fe fu'r traeth twyllodrus hwnnw'n fedd i lawer iawn o longau – coed a haearn. Mae'r rhai haearn a ddrylliwyd ar Gefn Sidan wedi rhydu'n ddim bron i gyd, ond mae cyrff y rhai derw'n aros o hyd yn weladwy i bawb a fyn ymweld â'r traeth.

Ond i ni'r plant, yr oedd yr ysgawen a'i chanol meddal yn fwy pwysig na'r dderwen a'i rhuddin caled-fel-dur. Gallem wneud pistol dŵr o'r sgawen ar ôl tynnu'r bywyn gwyn allan o'i chanol. Gallem wneud math o wn i saethu papur ohono hefyd, ac un neu ddau degan arall.

Ni fyddai'r hen bobl yn llosgi'r ysgaw ar y tân yn eu tai, gan fod y gred yn bod fod hynny yn debyg o 'godi'r diawl' *(raising the devil)*. Cofiaf i'r hen Mrs Driscoll, Coed-y-bryn, wneud eli i mi o flodau'r ysgaw a oedd yn llesol iawn at glwyfau bychain, ac yn enwedig i wella llosg tân. Nid oes angen sôn am y gwin ardderchog a wneir o flodau ac o rawn yr ysgaw!

Os na ddylid llosgi'r ysgaw, ni ddylid byth ddod â'r ddraenen ddu i'r tŷ o gwbl. 'Ddraenen ddu byth yn y tŷ' oedd yr hen ddywediad. 'Wn i ddim pam. Ond ni ddylid byth adeiladu tŷ heb fod pren cerdinen (neu onnen y mynydd) ynddo yn rhywle. Mewn hen dai byddai piler o'r pren yma'n cael ei osod rywle rhwng y drws a'r lle tân. Hwn oedd y pren a gadwai wrachod a'r Tylwyth Teg draw o'r tŷ. Da o beth fyddai plannu cerdinen yn ymyl drws eich cartref, i gadw'r holl ddylanwadau drwg, goruwchnaturiol draw am byth. A gwialen o'r gerdinen oedd y gorau i wastrodi ceffyl â'r 'cythraul ynddo'.

Yr oedd gan y fedwen hithau allu i gadw gwrachod draw, a byddai'n arferiad, hyd at ryw gan mlynedd yn ôl, i hongian brigau deiliog o'r gerdinen a'r fedwen uwchben y drysau a'r ffenestri ar noswyl Fai (noson olaf o Ebrill), nid yn unig i groesawu'r haf ond hefyd i gadw ysbrydion drwg draw o'r cartref yn ystod y flwyddyn. Dyma ddyfyniad o'r Saesneg i brofi ei fod yn digwydd yn Lloegr hefyd, a bod pobl grefyddol, Gristnogol yn credu yn y peth:

> *Parson Kilvert regretted that he had not put birch and rowan over the doors and windows on May Eve to keep the witches out.*

Yr oedd gweld y ddraenen wen yn blodeuo yn destun llawenydd mawr 'slawer dydd. Yr oedd hynny'n arwydd fod yr haf wedi dod unwaith eto:

Pan fo'r ddraenen wen yn wych
Gwerth dy fyn a phryn ych.

Rhaid credu mai blodau'r ddraenen wen oedd yn meddwl pwy bynnag a luniodd y cyngor da yma, *'Ne'er cast a clout, Till May is out.'*

Dyna'r *llwyni* wedyn, sy'n llawer llai na'r coed y buom yn sôn amdanynt, ond eto yn haeddu sylw oherwydd hen goelion diddorol sydd ynglŷn â hwy.

Dywedir am y llawryf *(bay tree)*, os plennwch hi yn eich gardd, y bydd hi fyw cyhyd â chwithau, a dim rhagor. A dyna'r llwyn bach gwyrthiol, y rhosmari. Mae llawer o goelion am hwn. Credai pobl gynt nad oedd yn byw ond 32 o flynyddoedd, sef oed yr Arglwydd Iesu Grist. Dywedir hefyd fod gweld y rhosmari'n tyfu'n gryf a llewyrchus mewn gardd yn arwydd mai'r wraig, ac nid y gŵr, yw'r meistr yn y tŷ hwnnw!

Fe ddywed Isfoel wrthym fod gan ei fam, yn y Cilie 'slawer dydd, lwyn bach â'r enw rhyfedd 'Shili-ga-bŵd'. Pan aeth ei fam yn hen, meddai Isfoel fe heneiddiodd y llwyn hefyd, a phan fu hi farw, fe grinodd y llwyn. Dyma dri phennill o'r gân hyfryd a luniodd y bardd i ddisgrifio'r peth:

Roedd llwyn bach gan Mam hyd y diwedd,
Heb arno na blodyn na chnwd,
Un difalch a hollol werinol,
A alwai yn 'Shili-ga-bŵd' . . .

Aeth Mam yn fethiannus gan henaint,
A'r llwyn a ymgrymodd i'w gŵd,
A surodd y sawr a'r sirioldeb
A gariai y 'Shili-ga-bŵd'.

Fe nychodd y gwraidd o dor-calon
A chrinodd y dail yn eu pŵd,
A phan aeth ei geidwad i'r beddrod
Aeth yntau – y 'Shili-ga-bŵd'.

Ac i orffen y bennod, dyma benillion prydferth am goed allan o hen lyfr *Poem Book of the Gael*, wedi eu cyfieithu i'r Saesneg gan Standish O'Grady:

Oak logs will warm you well
That are old and dry,
Logs of pine will sweetly smell,
But the sparks will fly.

Birch logs will burn too fast,
Chestnut scarce at all,
Hawthorn logs are good to last,
Cut them in the fall.

Holly logs will burn like wax,
You may burn them green,
Elm logs are like smouldering flax,
No flames to be seen.

Ash logs smooth and grey,
Burn them green or old,
Buy up all that come your way, –
Worth their weight in gold.

Y Gaseg yn yr Ŷd

Yr oedd y Gaseg Ben Fedi, neu'r Gaseg Fedi, yn rhan o hen chwarae a ddigwyddai ar ddiwedd y Cynhaeaf Ŷd, neu'r Cynhaeaf Llafur, 'slawer dydd. Pan ddeuai'r medelwyr at y tusw olaf o ŷd, yn y cae olaf oll, byddent yn ei blethu ar ei draed, a'r bechgyn yn taflu eu crymanau ato i geisio ei dorri – o bellter o ryw ddeg neu ddeuddeg llath. A'r un a lwyddai i'w dorri'n llwyr â llafn ei gryman, a fyddai'n cael y gwaith o'i gludo i'r tŷ, a hynny heb yn wybod i'r merched na gwraig y ffermwr a fyddai'n disgwyl amdano â bwcedeidi o ddŵr yn barod i'w taflu drosto os deallent fod y tusw olaf wedi ei guddio ganddo yn rhywle ar ei berson. Os llwyddai i gael y tusw plethedig, neu'r Gaseg Ben Fedi fel y gelwid ef, yn ddiogel i'r tŷ, a'i daflu ar y bwrdd yng nghegin fawr y fferm, ef fyddai arwr y noson ac arwr y wledd a elwid mewn rhai mannau yn 'Swper Adre'.

Yr oedd y diweddar Barchedig Fred Jones, mab hynaf teulu'r Cilie, yn

Casgliad o gesyg medi amrywiol

cofio'n dda am yr hen ddefod, a oedd yn bur gyffredin pan oedd ef yn llanc ifanc yn sir Aberteifi yn nawdegau'r ganrif ddiwethaf, ac fe ysgrifennodd ef rai o'i atgofion am y Gaseg Ben Fedi yn *Y Genhinen*, 1915. Dyma ddarn o'i lith:

> Fe adewid rhyw droedfedd ysgwâr o'r cae diweddaf oll heb ei dorri. Wedyn fe blethid pen y tusw hwn, ar ei sefyll, fel yr ydoedd, yn 'bleth dair'. Safai pawb wedyn rhyw ddeg llath neu fwy oddi wrtho, a thaflai pob medelwr yn ei dro ei gryman ato, a'r sawl a'i torrai'n llwyr fyddai raid cario'r tusw i'r tŷ. Y gamp oedd taflu'r tusw hwnnw i'r ford swper heb i neb o'r merched oedd o gylch y tŷ ei weled, waeth os dôi'r merched i wybod gan bwy yr ydoedd, hanner boddid ef â dŵr, ac ond odid na theflid ef yn rhondyn i'r llyn!

Dyna ddisgrifiad gan un a oedd wedi cymryd rhan yn y ddefod. Bron yr un disgrifiad a geir yn y 'Casgliad o Lên Gwerin sir Gaerfyrddin' gan y diweddar Barchedig D.G. Williams, Ferndale (ond yn enedigol o sir Gâr). Ond dywed ef mai tusw bychan iawn a adewid ar ôl heb ei dorri, mor fychan yn aml fel y byddai rhaid rhoi gwialen denau o'r clawdd i'w ddal ar ei draed nes byddai'r medelwyr wedi llwyddo i'w dorri. Sonia ef hefyd yn ddiddorol iawn am hen rigwm y byddai'r medelwyr yn ei lafar-ganu ar ôl iddo gael ei dorri:

> Bore codes, hwyr dilynes . . .
> Pen medi bach mis ces.

A byddai pawb yn canu rhyw fath o gytgan nes bod y cae' ego:

> Ar 'i Gwar Hi! Ar 'i Gwar Hi!

Y Gaseg, wrth gwrs oedd yr *hi*.

Fe sonia D.G. Williams ymhellach am y *frwydr fawr i'w rhwystro i gyrraedd pen ei thaith yn sych.*

A dyna ni'n dechrau holi o ddifri – beth oedd arwyddocâd a tharddiad yr hen chwarae rhyfedd yma? Beth oedd yn bwysig ynglŷn â'r tusw olaf? Pam yr oedd rhaid sefyll o hirbell a thaflu'r crymanau ato? Pam yr oedd rhaid mynd â'r tusw i'r tŷ heb yn wybod i'r merched? A pham yr oedd y merched mor anfodlon i'r Gaseg gyrraedd y tŷ'n *sych*. Pa wahaniaeth yr oedd ei gwlychu yn ei wneud?

Credais ar y dechrau mai gwaith gweddol hawdd fyddai dod o hyd i'r atebion i'r cwestiynau hyn. Dim ond darllen llyfr neu ddau gan arbenigwyr ar lên gwerin fyddai eisiau, ac fe gawn fy ngoleuo mewn byr amser. Ond ar ôl darllen nifer helaeth o lyfrau trymion a thrwchus yr oedd yr hen Gaseg Ben Fedi'n parhau'n ddirgelwch. Serch hynny, wrth chwilota fe ddeuthum o hyd i nifer o ffeithiau tra diddorol amdani.

Yr oedd hi'n bod yn yr Eidal cyn adeiladu Rhufain, yng ngwlad Groeg

pan oedd Sêws yn brif dduw ar fynydd Olympws. Yr oedd hi yn Ur y Caldeaid, yn Babylon, yn yr Aifft cyn adeiladu'r pyramidiau, ac yn wir, mae gen i le i gredu erbyn hyn ei bod hi yn yr ogofâu lle bu ein cyndeidiau cynnar yn myfyrio am ryfeddodau a dirgelion Natur o'u cwmpas – yr haul a'r lleuad a'r sêr, y tymhorau, a bywyd a marwolaeth. Yr oedd y Gaseg, yn hen, hen iawn.

Dysgais hefyd, yn gynnar yn fy ymchwiliadau, fod iddi lawer o enwau heblaw'r Gaseg Ben Fedi. Mewn rhannau o Gymru a Lloegr – y *Wrach* oedd yr enw arni. Gelwid hi yn Wrach mewn rhannau o Iwerddon hefyd ond yr oedd iddi enw arall eto yno – sef yr *Ysgyfarnog*! Galwai'r Saeson hi yn '*Corn Mother*' neu '*Corn Dolly*' hefyd. Ond dim ond rhai o'r enwau arni yw'r rheina.

Cyn mynd ymhellach fe ddylid nodi fod yna *ddwy* ddefod hollol wahanol yn ymwneud â'r tusw olaf, sef yr un a ddisgrifiwyd eisoes, lle y ceisid cael y Gaseg i'r tŷ'n sych heb yn wybod i'r merched, ac un arall wedyn o geisio cael y tusw olaf i gae, neu i dŷ cymydog a oedd heb orffen â'i gynhaeaf ŷd.

Yr arfer olaf yma oedd fwyaf poblogaidd yn Iwerddon ond yr oedd yn bod yng Nghymru hefyd. Dywed Kevin Danahar yn ei lyfr *Year in Ireland . . .*

It was said that some living creature, a small animal or bird was to be found in the last standing corn. This was often the case, as frogs,

153

corncrakes and such small creatures drew back before the advancing reapers. In some cases the creature was, or was said to be, a hare, and 'putting the hare out of the corn' meant finishing with the harvest. 'Have you put the hare out yet?' was the question often asked, and the answer might be, 'We'll have put her out before the night'.

Rhaid i ni gofio fod i'r Ysgyfarnog le pwysig yn chwedloniaeth Iwerddon ac yn chwedloniaeth llawer gwlad arall o ran hynny. Yn yr hen chwedlau byddai gwrachod yn newid eu ffurf ac yn troi'n ysgyfarnogod yn aml, ac fe aent allan yn y nos i sugno tethi'r gwartheg a'u gadael yn hesb o laeth yn y bore.

Byddai'r Gwyddel yn arfer dweud wrth ei gymydog, *'We have sent you the hare'*, pan fyddai ef ei hun wedi gorffen â'r cynhaeaf. Ac yr oedd y gred yn bod yn Iwerddon y byddai'r Ysgyfarnog yn ymadael â'r fferm a oedd wedi gorffen â'r cynhaeaf (ohoni ei hun), ac yn mynd i'r fferm agosaf lle roedd ŷd yn dal ar ei draed. Pan fyddai'r fferm honno wedi gorffen wedyn, fe âi ymlaen i fferm arall, nes dod o'r diwedd i'r fferm olaf a oedd heb orffen. Ac yno yr arhosai dros y gaeaf, yn sugno'r gwartheg ac yn gwneud pob math o niwed arall. Yn y ffordd honno y câi'r ffermwr diog ei gosbi!

Yr un syniad oedd y tu ôl i'r arfer o anfon y tusw olaf ar y slei i gae neu i dŷ cymydog a oedd heb orffen â'r cynhaeaf. Weithiau fe âi gŵr ifanc chwimwth ar draws y caeau, â'r Gaseg blethedig wedi ei chuddio ar ei berson, ac os byddai'r cymydog a'i weision a'i forynion yn gweithio yn y cae ŷd, byddai'n taflu'r Gaseg dros y clawdd ac yna'n gweiddi nerth ei geg: 'Mae'r Gaseg yn y llafur!' neu ryw eiriau tebyg. Fe fyddai rhaid iddo roi traed yn y tir wedyn cyn gynted ag y medrai, oherwydd fe fyddai'r ffermwr yn ddig iawn, a byddai ei fedelwyr yn ymosod yn ffyrnig arno pe gellid ei ddal. Bryd arall galw yn y ffermdy a wnâi cludydd y Gaseg, gan ymddangos yn ddiniwed. Yna, cyn ymadael byddai'n cael gwared o'r tusw plethedig ac yn ei gwân hi ar unwaith!

Mae'n ymddangos fod y chwarae, neu'r ddefod, yma o fynd â'r Wrach, y Gaseg neu'r Ysgyfarnog i fferm cymydog sydd 'ar ei hôl hi' gyda'r cynhaeaf yn gwbwl wahanol i'r ddefod arall, sef ceisio dwyn y tusw olaf i'r tŷ'n sych heibio i'r merched.

Nid yw'n rhy anodd i ni ddeall awydd hen Wyddel ofergoelus i gael gwared o'r ysgyfarnog sydd hefyd yn Wrach niweidiol, rhag iddo ef orfod ei chadw am flwyddyn. Mae'n hawdd deall hefyd yr elfen o dynnu coes cellweirus, ac efallai o ymffrost hefyd, a geid yn yr arfer Cymreig o anfon y Gaseg i fferm cymydog a oedd heb orffen medi. Ond mae'r ddefod arall – o ddwyn y tusw i'r tŷ'n sych – yn ymddangos yn fwy cymhleth ac anodd ei hesbonio.

Ond dyma roi cynnig arni!

Yn y lle cyntaf rhaid holi beth yn union oedd arwyddocâd y tusw olaf. Beth oedd ynddo yn ei wneud mor bwysig?

Clywsom eisoes gan Kevin Danahar y byddai nifer o greaduriaid bach yn cilio o flaen y medelwyr ac yn llochesu yn y diwedd yn yr unig damaid o gysgod a oedd ar ôl ar y maes. Ond y gred oedd, fel y cytuna'r arbenigwyr, fod *'ysbryd y cynhaeaf'* yn llechu yn y tusw olaf. Fe allai fod ar ffurf ysgyfarnog neu aderyn neu lygoden fach, neu fe allai fod yn anweledig hollol. Galwai'r Saeson yr 'ysbryd' yn *Corn Maiden* neu *Corn Mother* fel y dywedwyd, a hyd yn oed heddiw mae'r arfer yn bod o wneud *corn dolly* trwy blethu gwellt i wneud ffurf merch. Ond cytuna'r arbenigwyr mai enwau eraill ar *'dduwies yr ŷd'* yw'r rhain i gyd. Yn chwedloniaeth Groes gynt Demeter oedd Duwies yr Ŷd, ac yn chwedloniaeth Rhufain, Ceres oedd hi.

Dyna ni, felly, yn gwybod arwyddocâd y tusw olaf. *Yr oedd Duwies yr Ŷd neu ei 'hysbryd,' yn llechu ynddo.*

Y gwahaniaeth mawr rhwng y ddwy ddefod a nodwyd yw hyn.

Yn un fe geisir gyrru'r sgwarnog i fferm rhywun arall, neu fe geisir dwyn y Gaseg Fedi ar y slei i dir cymydog. Cael gwared o'r Wrach neu Dduwies y Cynhaeaf yw dymuniad y naill; ei chael i'r tŷ i'w pharchu a'i hanrhydeddu yw uchelgais y llall. Mae'n anodd esbonio'r gwahaniaeth rhwng y ddwy hen ddefod. Beth bynnag, o hyn ymlaen ymwneud â'r ddefod a ddisgrifiodd Fred Jones yn ei lith yn *Y Genhinen* y byddwn ni, sef yr un lle ceisiai'r medelwyr ei chael i'r tŷ'n sych tra gwnâi'r merched eu gorau i'w rhwystro.

O wybod erbyn hyn mai Duwies yr Ŷd neu Ysbryd y Cynhaeaf oedd yn y tusw olaf, beth oedd y cymhelliad y tu ôl i'r ddefod, felly?

Y mae gan Margaret Baker yn ei *Folklore and Customs of Rural England* osodiad fel hyn:

> *The corn harvest engendered varied emotions: anxiety lest the weather fail, tension during the work itself, and the half-fearful joy*

at the ritual capture of the corn-spirit, upon whose favour a full rickyard depended.

Sylwer ar y cymal olaf am y Gaseg neu'r *corn spirit* – '*upon whose favour a full rickyard depended*'. Felly, roedd dal y Gaseg yn ddiogel a'i dwyn i'r tŷ yn diogelu'r cynhaeaf, efallai rhag niwed yn ystod tymor y gaeaf, a hefyd yn y gwanwyn canlynol pan ddeuai amser hau unwaith eto. Ceir sôn am rai yn cymysgu'r had o'r tusw pen medi â'r had oedd ar fin cael ei hau, 'er mwyn dysgu'r ffordd i hwnnw dyfu'.

Fel hyn y clywodd Margaret Baker gan un hen wraig pan holodd hi am yr hen ddefod o wneud *corn dolly* o'r tusw olaf:

After the harvest feast at which the final plaiting of the dolly was done and it was given a special chair, the farmer, accompanied only by the farm-men, carried it carefully to the parlour and put it away on the top of the corner cupboard to rest safely until the next summer. As an awestruck child, she remembered creeping in to peer at the dolly lying limply there, guardian of the next harvest.

Yr oedd y Gaseg Ben Fedi, neu'r *corn dolly*, felly, yn ddolen gydiol rhwng un cynhaeaf a'r llall, ac yn symbol, yn wir, o barhad y cynaeafau trwy'r oesoedd. Ac fe gedwid un *corn dolly* yn barchus yn y tŷ nes byddai un arall wedi dod i gymryd ei lle. O wneud hynny fe gedwid y gadwyn yn gyfan, ddifwlch, sef y gadwyn amaethyddol sy'n ymestyn yn ôl ar draws y canrifoedd – honno y soniodd Dic Jones amdani yn ei Awdl i'r 'Cynhaeaf':

Tra bo dynoliaeth fe fydd amaethu,
A chyw hen linach yn ei holynu,

A thra bo gaeaf bydd cynaeafu
A byw greadur tra bo gwerydu,
Bydd ffrwythlondeb tra pery – haul a gwlith,
Yn wyn o wenith rhag ein newynu.

Wedi deall arwyddocâd y tusw olaf, neu'r Gaseg Ben Fedi, yr oedd hi'n amlwg fod y ddefod yn mynd yn ôl ymhell y tu hwnt i'r cyfnod Cristnogol, a'i bod hi hwyrach yn hen iawn cyn geni'r Baban ym Methlehem Iwdea.

Dechreuais holi i mi fy hun pwy oedd y dduwies yn y tusw olaf? A oedd iddi enw yng Nghymru baganaidd gynt? Ym mytholeg y gwledydd fe geir sôn am nifer o dduwiesau ffrwythlondeb. Ai un o'r rheini oedd hi? Un o'r enwocaf oedd Demeter, y dduwies Roegaidd, chwaer Sëws, y prif dduw, a mam Persephone, yr eneth a gipiwyd gan Pluto i'r Byd Tanddaearol pan oedd hi allan yn y maes yn casglu blodau. Fe fu Demeter, yn fawr ei galar, yn chwilio am ei merch ymhobman, ac ar ôl darganfod ei bod wedi ei dwyn i'r Byd Tanddaearol am byth, fe giliodd i ogof dywyll i drigo ac i alaru. Bu yno yn hir yn gwrthod dod allan, gan iddi droi'n ddig at bawb a phopeth. Ond hi oedd duwies ffrwythlondeb y ddaear, a thra arhosai hi yn ei hogof nid oedd dim yn tyfu, ac roedd trigolion y ddaear ar fin marw o newyn. O'r diwedd fe aeth Sëws ei hun at Pluto a chael ganddo ryddhau Persephone o'i byd tywyll er mwyn iddi ddychwelyd at ei mam. Ond y cytundeb oedd y byddai rhaid i'r ferch ddychwelyd i'r Byd Tanddaearol am gyfnod bob blwyddyn, a dyna a fu. Am gyfnod (dwy ran o dair o bob blwyddyn, yn ôl rhai), fe gâi Persephone ddychwelyd at ei mam i fyw eto yn yr haul a'r awyr agored, ond am y gweddill o'r flwyddyn byddai rhaid iddi ddisgyn eto i'r tywyllwch at ei gŵr. A phan ddigwyddai hynny, fe giliai Demeter i'w hogof eto, a byddai'n aeaf ar y ddaear, a'r pridd yn ddiffrwyth heb ddim byd yn tyfu. Ond pan ddeuai Persephone yn ei hôl dechreuai'r ddaear flaguro o'r newydd.

Persephone, medd yr arbenigwyr, yw'r symbol o'r had a roddir i lawr yn y ddaear ac a ddaw yn fyw drachefn wrth flaguro yn y gwanwyn. Y gaeaf yw cyfnod hiraeth Demeter amdani. Ond erbyn Awst a Medi, pan fo'r had yn aeddfed, nid Persephone yw hi, yn ôl rhai, ond Demeter! Cymhleth? Efallai, ond mae'n fwy syml, hwyrach, ond i ni feddwl am y fesen yn fam y dderwen ac yn ferch iddi hefyd, neu, yn wir, wrth feddwl am y geiriau, 'Myfi a'r Tad un ydym'. Ond ai Demeter, neu rywun tebyg iddi, oedd y dduwies yn y tusw olaf, a elwid yn Gaseg Ben Fedi? A pham galw'r tusw olaf yn 'Gaseg'? Yn rhyfedd iawn, ym myth Demeter a Phersephone, y mae sôn am Demeter unwaith yn ei throi ei hun yn *gaseg!* Digwyddodd hyn pan oedd hi'n cael ei hymlid gan Poseidon, duw'r dyfroedd, a oedd yn awyddus i'w chael yn wraig iddo. Mae'n dra thebyg i hyn ddigwydd pan oedd hi'n galaru am Persephone, ac yn ôl un fersiwn o'r chwedl, ar ffurf caseg yr aeth hi i'r ogof i ymguddio a hiraethu am ei merch.

Sylwer yn awr ar eiriau Syr James Frazer yn *The Golden Bough*:

> . . . *in the cave of Phigalia in Arcadia . . . Demeter was portrayed with the head and mane of a horse on the body of a woman . . . There, robed, in black, she tarried so long that the fruits of the earth were perishing, and mankind would have died of famine if Pan had not soothed the angry goddess and persuaded her to quit the cave. In memory of this event the Phigalians set up an image of the Black Demeter in the cave; it represented a woman dressed in a long robe, with the head and mane of a horse. The Black Demeter, in whose absence the fruits of the earth perish, is plainly a mythical expression of the bare wintry earth stripped of its summer mantle of green.*

Gallai'r dduwies, felly, fod yn haelionus ac yn fawr ei gofal, a hefyd yn greulon, yn ddig ac yn grintach. Ar feysydd y cynhaeaf yr oedd hi ar ei mwyaf hael, ond yr oedd cyfnod yn ymyl, sef y gaeaf, pan fyddai hi'n cilio'n ddig i'w hogof i alaru. Bryd hynny nid Demeter â'r wisg euraid oedd hi, ond y Ddemeter Ddu, yn llawn dicter tuag at bawb a phopeth.

Yr oeddwn i bron yn siŵr erbyn hyn mai Demeter neu ryw dduwies debyg iawn iddi, oedd y Gaseg Ben Fedi. Daeth enw Rhiannon i'r meddwl. Onid oedd hi hefyd wedi cymryd ffurf caseg? Ac onid cyfnod o ddiffrwythdra gaeafol pan oedd y dduwies yn galaru, oedd 'Yr Hud ar Ddyfed' y sonnir amdano yn chwedl Pwyll, Pendefig Dyfed? Rhaid rhoi ffrwyn ar y dychymyg!

Ond nid oes amheuaeth yn fy meddwl nad yw'r disgrifiad uchod gan Frazer o'r Ddemeter Ddu yn ei hogof yn Arcadia yn *allwedd i ddefod y Fari Lwyd,* sy'n parhau i fynd o gwmpas tai pobl ar adeg y Nadolig a'r Calan, mewn rhai rhannau o'r wlad. Awgrymodd neb llai na'r Dr Iorwerth Peate y gallai Mari Lwyd olygu *Grey Mare.* Os felly, prin y gall neb amau nad duwies ffrwythlondeb y ddaear sydd yma, ar ffurf caseg, yng nghyfnod ei mwrnio. Aeth y dduwies ddu yn dduwies lwyd, ond rhaid cofio fod y ddau liw yn lliwiau galar a mwrnin. Ond pam yr arfer o fynd â'r Gaseg neu'r 'Fari' o gwmpas ar adeg y *Nadolig* a'r *Calan*? Wel, pa amser gwell i ddenu'r dduwies ddig o'i chuddfan nag yn niwedd Rhagfyr, gyda *'throad y dydd'*, pan fo rhan ogleddol ein daear ni wedi cychwyn ei gogwydd yn ôl tuag at yr haul, a phan fo arwyddion pendant fod gwanwyn arall ar ei ffordd, a'i obaith am adfywiad y pridd a'r cnydau?

Byddai ffidler neu bibydd yn rhagflaenu'r Fari Lwyd gynt, hynny efallai am mai Pan a'i bibau mwyn a ddenodd y dduwies alarus o'i hogof gynt?

Y 'Gaseg' yn y Gaseg Ben Fedi, felly, oedd *duwies ffrwythloneb y ddaear*, ac yn ei gŵn euraid ar adeg y cynhaeaf roedd hi ar ei mwyaf rhadlon. Yr un dduwies oedd y 'Gaseg Lwyd' neu'r Fari Lwyd, ond yn awr yn ei mwrnin ac yn llawn o ddicter a hiraeth. Fel yr arferai medelwyr Sir Gaerfyrddin ddweud gynt, yr ydym yn awr 'ar ei gwar hi!'

Ond mae un dirgelwch mawr yn aros. Hwnnw yw'r hen arferiad o daflu dŵr dros y medelwr a gludai'r Gaseg i'r tŷ. Ceir cyfeiriad at y peth yn *The Golden Bough* ond yr unig beth a ddywed Frazer am yr arfer yw mai *rain rite* ydoedd. Teimlwn nad oedd hyn yn eglurhad boddhaol. Yn un peth ychydig o angen am *rain rites* a fu erioed yn yr ynysoedd hyn.

Ceisiais chwilio y gwahanol fersiynau o fyth Demeter a Phersephone am ryw gliw a allai egluro'r rhan yma o'r hen ddefod. Ond yn ofer. Bu rhaid ehangu'r ymchwil wedyn i gynnwys duwiesau ffrwythlondeb eraill heblaw Demeter.

Yn Babylon gynt y dduwies Ishtar oedd duwies ffrwythlondeb, ac yr oedd iddi gariad ifanc, Tammuz. Lladdwyd Tammuz gan faedd gwyllt a disgynnodd i deyrnas y meirw, *to the place from which there is no returning, to the house of darkness where dust lies on door and bolt* (gweler Joseph Campbell, *Masks of God*).

Ni allai Ishtar ddygymod â bywyd hebddo a phenderfynodd fynd i Fro Marwolaeth ar ei ôl. Ond wedi mynd yno i blith y meirw, nid oedd modd iddi ddychwelyd i blith y rhai byw. Ond hi oedd duwies ffrwythlondeb, ac nid oedd dim yn tyfu ar y ddaear tra oedd hi gyda'r meirw. O'r diwedd cafwyd perswâd ar dduwies greulon Bro Marwolaeth i'w gollwng hi a'i chariad yn rhydd. Ond ni allai Ishtar ddod yn fyw drachefn nes tywallt *dwfr bywiol drosti*. Hynny a wnaed, a daeth yn ôl i'r ddaear i roi ei bendith ar y cnydau a'r ffrwythau.

Fe daflwyd dŵr bywiol dros Ishtar! A oeddwn i ar y trywydd iawn o'r diwedd! Onid er mwyn cael y dduwies yn ôl yn fyw unwaith eto y taflai'r merched ddŵr dros y Gaseg Ben Fedi a'r gŵr oedd yn ei chludo?

Wedyn, ar ddamwain bron, deuthum o hyd i gainc o'r hen fyth yn ymwneud â'r dduwies Diana. Edrychid arni hi fynychaf fel duwies yr helwyr, a byddai'r Groegiaid yn ei phortreadu gan amlaf yn cario bwa a chawell saethu. Ond mewn cyfnod pan ddechreuodd dynion drin y tir a thyfu ŷd, gan beidio â dibynnu'n gyfan gwbl bron ar yr helfa, fe ddaeth hi'n dduwies ffrwythlondeb hefyd fel y lleill. Rhaid ei bod hi'n un o'r duwiesau hynaf oll, ac o dan wahanol enwau mae'n debyg iddi gychwyn ei thaith i lawr dros risiau'r canrifoedd, o'r ogofeydd lle y cychwynnodd taith y Ddynoliaeth hefyd. Ac efallai mai yno, ddeng mil o flynyddoedd a mwy yn ôl, y cychwynnodd y Gaseg Ben Fedi ar ei thaith hirfaith, a ddaeth i ben ddiwedd y ganrif ddiwethaf, pan ddaeth y bladur a'r peiriant i gymryd lle'r cryman ar feysydd ŷd ein gwlad ni. Oes, mae lle i gredu mai'r dduwies yn yr ŷd oedd y Fam Fawr a oedd yn y dechreuad. I'r dyn cyntefig yn ei ogof, hi oedd mam pob peth byw ac o'i bronnau hi y deuai cynhaliaeth dyn ac anifail. Daethpwyd o hyd i gerfluniau bychain ohoni yn yr ogofeydd, wedi eu cerfio o asgwrn ac o ifori.

Ac yn ei charchar bach o wellt plethedig fe'i taflwyd hi droeon ar fwrdd cegin y Cilie cyn i'r medelwyr eistedd i lawr i gyfrannu o swper y cynhaeaf. Symbol oedd hi, a dweud y gwir, o'r hen Fam Ddaear ei hun, ac ar hyd y canrifoedd gwelodd lawer o gredoau'n mynd a dod. Gyda threigl amser cafodd ei halltudio o demlau, eglwys a chapeli, a'r unig deml a oedd ar ôl iddi yn y diwedd oedd yr un fach, blethedig honno ar faes y cynhaeaf, a'i muriau o wellt y tusw olaf.

Ond i ddod yn ôl at yr hen chwedl Roegaidd am Diana y deuthum ar ei thraws. Dyma hi, ac y mae'n allwedd, rwy'n meddwl, i ddirgelwch y taflu dŵr dros y Gaseg Ben Fedi a'i chludydd.

Un diwrnod yr oedd gŵr ifanc o'r enw Actaeon yn hela yn y coed a'i gŵn a'i weision gydag ef. Cododd carw o'r drysni a llamodd y cŵn ar ei ôl. Carlamodd Actaeon ar ei farch i'w ddilyn, a chyn bo hir yr oedd y cŵn ac yntau wedi gadael y lleill ymhell ar ôl.

Daeth Actaeon ymhen tipyn i lannerch werdd ynghanol y coed, ac yno yr oedd nant a llyn o ddŵr gloyw, glân. Ac yn y llyn yr oedd y dduwies Diana yn ymdrochi gyda'i nymffod, a fyddai'n ei chanlyn hi bob amser ble bynnag yr âi. Yr oedd y dduwies yn hollol noeth ac am dipyn edrychodd Actaeon ar brydferthwch ei chorff lluniaidd, heb i neb ei weld. Yna gwelodd y dduwies a'i nymffod y gŵr ifanc yn eu gwylio.

Yr oedd Diana yn ddig iawn. Nid oedd neb erioed wedi edrych arni'n noeth – yr oedd hynny'n warth na ellid ei ddioddef. Pe bai o fewn cyrraedd ei bwâu a'i saethau y funud honno, byddai wedi saethu'r llanc yn gelain yn y man. Ond mewn winc yr oedd ei nymffod yn ymosod ar y llanc ac yn taflu dŵr drosto nes bron a'i foddi. Ymunodd y dduwies â hwy hefyd, ac fel hyn y dywed un fersiwn Saesneg o waith Ovid:

. . . she took up the water and flung it in the young man's face. She poured the avenging drops upon his hair, and she spoke these words, foreboding his coming doom, 'Now you are free to tell that you have seen me unrobed – if you can tell!'.

Mae'r hyn sy'n digwydd yn y chwedl uchod mor debyg i'r hyn a gymerai le yn nefod y Gaseg Ben Fedi, nes gwneud i ni gredu'n siŵr fod perthynas rhyngddynt, a pherthynas ddiddorol iawn hefyd.

Rhowch yn lle'r heliwr, Actaeon, y llanc a dorrodd y tusw olaf o hirbell â'i gryman. Yn lle'r llyn neu'r pwll dŵr yn y coed rhowch fôr melyn yr ŷd yn y cae olaf adeg y cynhaeaf. Yn lle duwies yr helfa rhowch dduwies yr ŷd. Mae'r ddwy yn anghyffwrdd. Nid oes hawl edrych arnynt yn eu noethni neu maent yn troi'n ddig iawn.

Ond mae'r Fedel wedi bod wrthi ers dyddiau'n torri'r wisg euraid sy'n cuddio noethni duwies yr ŷd, ac yn y diwedd nid oes ganddi ond y tusw olaf oll i ymguddio o'i fewn; ac ar ôl torri hwnnw hefyd nid oes ganddi le i ddianc! Mae hi'n ddigofus iawn, yn enwedig tuag at yr un a dorrodd y tusw olaf, ac a oedd ar ei ffordd i'r tŷ yn fuddugoliaethus. Rhaid i'w nymffod ddod i achub ei cham.

Er mwyn lleddfu llid y dduwies mae'r rheini'n taflu dŵr dros gludydd y tusw olaf, nes bron â'i foddi. Mae'r weithred honno yn tawelu ei dicter a'i hysbryd dialedd. Ac o ryngu ei bodd yn y ffordd yma, fe fyddai hi'n garedig tuag atynt eto yn y blynyddoedd oedd i ddod, a byddai'n rhoi ei bendith ar y cnydau a ffrwythau'r ddaear.

Mae'n anodd i ni heddiw ddeall agwedd pobl 'slawer dydd tuag at y *corn spirit* neu dduwies y cynhaeaf. Ond mae'n siŵr eu bod nhw gynt yn credu fod yr 'ysbryd' yn bresennol yn y cae ŷd, a bod hwnnw (neu honno) yn digio wrth grymanau'r medelwyr, ac yn wir yn cael ei frifo ganddynt. Mewn ysbryd ymddiheuriol y byddai'r Fedel yn torri i lawr yr ŷd melyn gynt. Yn yr Aifft fe ganai'r medelwyr alargan i'r duw Osiris a oedd wedi ei dynghedu i farw bob blwyddyn gyda chwymp yr ŷd yn y maes, ac i ddod yn fyw drachefn gyda blaguro'r had newydd. 'Tyred adre! Tyred i'r tŷ!' oedd byrdwn yr alargan. Ac mae sôn am wragedd mewn mannau eraill yn wylo dagrau crocodil tra byddai carnau'r ychen yn sathru'r llafur ar y lawr dyrnu i wahanu'r had oddi wrth y gwellt.

Mae'n debyg mai'r meddwl y tu ôl i hyn oll oedd, bod pob ffrwyth a phob tywysen o'r ŷd yn eiddo i Dduwies Ffrwythlondeb, ac wrth ddwyn ei heiddo oddi arni, sef wrth fedi'r ŷd, yr oedd perygl y byddai'n digio ac yn dial. Ond wrth fynd o gwmpas pethau mewn ysbryd gostyngedig ac ymddiheuriol yr oedd siawns y byddai hithau'n maddau'r lladrad ac yn peidio â throi'n ddig. Rhyw chwarae i dwyllo'r dduwies, felly, oedd i'r merched, yn null nymffod Diana, daflu dŵr dros y pechadur pennaf, sef torrwr y tusw olaf. Ac weithiau fe fyddai rhaid iddo ddioddef cosb waeth, fel y dywed Fred Jones – fe gâi 'ei daflu'n rhondyn i'r llyn'.

Dyna ni! Caseg anodd ei dal fu'r Gaseg Ben Fedi. Fe aeth â ni i lawer gwlad, ac ar draws y canrifoedd yn ôl i 'fore bach y byd'. Ni haeraf i mi ei datgelu'n llwyr, wrth gwrs. Efallai na ellir, ac na ddylid, gwneud hynny. Efallai mai hynny a wyddai'r hen fedelwyr gynt wrth ddwyn oddi arni ei gwisg hirllaes, euraid, ond gan ofalu gadael iddi gerpyn o'i dillad isaf hefyd, rhag ei dinoethi'n llwyr!

Berw Gwyllt yn Abergweun
Hanes rhyfedd glaniad y Ffrancod yn Abergwaun yn 1797

1

Jôc filitaraidd fwya'r ddeunawfed ganrif oedd Glaniad y Ffrancod yn Abergwaun ar brynhawn y 26ain o Chwefror 1797.

Roedd y peth yn anhygoel, yn ffantasi ffŵl – yn ymosodiad nad oedd modd iddo wneud dim ond methu.

Yr oedd hi'n gyfnod o ryfel chwerw rhwng Ffrainc a Phrydain rhwng 1793 ac 1815, ac fe fu'r Ffrancod yn bygwth droeon y byddent yn glanio ar dir Prydain ac yn ei goresgyn. Erbyn 1797 yr oedd y Chwyldro Ffrengig yn wyth mlwydd oed, ac wedi mynd i ddrewi oherwydd yr holl ormesu a thywallt gwaed a fu ynghlwm wrtho. Ond yr oedd *ysbryd* y Chwyldro yn fyw o hyd, a'r freuddwyd am ryddid a chydraddoldeb ymysg dynion yn parhau. Ac yr oedd yna bobl yng Nghymru a Lloegr, ac yn Iwerddon yn arbennig, a oedd yn dyheu am chwyldro yng ngwledydd Prydain – un fel yr un Ffrengig ond heb yr eithafion. Ac yn 1797 yr oedd yna bobl mewn awdurdod yn Ffrainc, yn

Gynnau yn yr hen gaer yn Abergwaun

163

credu pe baent yn gallu glanio mintai o wŷr arfog ar dir Prydain, yna byddai'r werin dlawd yn tyrru at faner y Chwyldro ac yn codi yn erbyn y plasau, y Gwŷr Mawr a'r Llywodraeth, ac yn mynnu rhyddid a chydraddoldeb fel y gwnaeth y werin yn Ffrainc.

Y gred yna – yn un gwbwl gyfeiliornus, wrth gwrs – oedd y tu ôl i'r Glaniad yn Abergwaun. Ymgais i ledu'r Chwyldro oedd y Glaniad felly, ynghyd ag ymgais i daro cyllell yng nghefn y Llywodraeth Brydeinig. Yr oedd glaniad tebyg wedi ei drio yn Iwerddon ychydig cyn y Nadolig, 1796. Ond yr oedd hwnnw'n llawer mwy uchelgeisiol, gan fod y cyrch yn cynnwys 17 o longau rhyfel a phymtheg mil o filwyr gorau Ffrainc. Mae'n rhyfeddod, yn wyrth yn wir, na fyddai'r cyrch hwnnw wedi llwyddo, oherwydd roedd gwerin Iwerddon yn aeddfed am chwyldro, ac ar y cyfan yn barod i godi. Ond oherwydd tywydd garw eithriadol a llawer o gamgymeriadau dybryd, bu'r cyfan yn fethiant. Pe bai'r pymtheg mil wedi glanio yn Bantry Bay y Nadolig hwnnw, diau y byddai hanes Iwerddon yn dra gwahanol i'r hyn ydyw!

Ond yr oedd y cyrch ar Abergwaun yn wahanol. Dim ond dwy long ryfel a dwy long dipyn yn llai – pedair i gyd – a hwyliodd o harbwr Brest ac a fwriodd angor yng nghysgod Pencaer, yn sir Benfro. Ac nid pymtheg mil o filwyr gorau Ffrainc, ond 1,400 o rapsgaliwns wedi eu ricriwtio o garcharau Ffrainc, i fod yn filwyr-dros-dro, oedd yn y cyrch ar Abergwaun. Mae'n anodd coelio fod neb yn ei iawn bwyll yn gallu credu y byddai'r dihirod hyn – carthion carcharau Brest a'r cylch – yn gwneud milwyr effeithiol ar ôl glanio ar dir Cymru! Mae yna ddisgrifiadau ohonynt ar glawr.

Meddai Wolfe Tone, y Gwyddel, a oedd yn Ffrainc ar y pryd: *'Saw the Legion Noire reviewed. About 1800 men. They are banditti intended for England and sad black-guards they are.'*

Sonia tyst arall am *'1400 convicts selected from the most abandoned rogues in the prisons of Rochefort, Nantes and Lorient . . . it is difficult to determine which of this atrocious band, the officers or the soldiers, are the most dangerous rogues.'*

Dywedodd y Ffrancwr, Lazare Hoche, a gasglodd y fintai ac a drefnodd y cwbwl: *'It is composed of 600 men from all the prisons in my district . . . I associate with them 600 picked convicts from the galleys, still wearing their irons.'*

Ac yn gadfridog ar yr adar budur yma yr oedd hen Americanwr tal, tenau, deg-a-thrigain oed o'r enw William Tate.

164

Y maen ar Garreg Wastad i gofio man y Glaniad

Fe hwyliodd y pedair llong allan o borthladd Brest ar yr 16eg o Chwefror. Y gorchymyn a gafodd Tate cyn hwylio oedd – i ymosod ar borthladd Bryste a'i ddinistrio, ac yna hwylio ymlaen i Fae Aberteifi a glanio – efallai yn Abergwaun neu Aberteifi – ond yn ôl rhai, yn y Cei Newydd yng Ngheredigion. Ond unwaith eto, fel yn Bantry Bay, fe aeth cynlluniau'r Ffrancod ar chwâl.

Rhwystrodd y gwynt a'r llanw hwy rhag cyrraedd Bryste. Efallai mai ymdrech ddigon llugoer a wnaethant i gyrraedd, beth bynnag!

Hwyliodd y pedair llong yn eu blaenau wedyn a chyrraedd arfordir sir Benfro ar fore'r 22ain. Erbyn hynny roedd baner Prydain yn chwifio ar fast pob un, ac i'r dyn cyffredin nid oedd dim byd amheus yn eu hymddangosiad. Ond nid dyn cyffredin oedd Tomos Williams o Drelethin ger Tyddewi, a welodd y llongau'n hwylio'n hamddenol tuag ato. Ar waetha'r baneri cyfarwydd ar fastiau'r pedair, dechreuodd eu hamau ar unwaith, gan ei fod yn hen forwr profiadol, wedi ymddeol bellach. Yr oedd rhywbeth yn wahanol yn 'rig' y llongau hyn. Aeth yn ôl i'r tŷ a bu ef a'i wraig yn eu gwylio trwy delisgop. Gwyddai wedyn i sicrwydd mai llongau Ffrainc oeddynt. Yr oedd hi'n amlwg hefyd eu bod â'u bryd ar lanio. Anfonodd Williams negesau ar unwaith i Dyddewi, ond parhaodd i wylio'r llongau. Gwelodd hwy'n pasio

Y geiriau ar y maen

Strumble Head, ac yna, am bedwar o'r gloch y prynhawn gwelodd hwy'n nesáu at y tir ac yn angori wrth Garreg Wastad, hen graig fawr ddwy filltir o Fae Abergwaun.

Yr oedd yr 22ain o Chwefror 1797 yn ddiwrnod heulog, mwynaidd o wanwyn a'r môr yn dawel fel llyn. Yn ôl yr hanes yr oedd hi'n debycach i fis Mehefin na'r Mis Bach y diwrnod arbennig hwnnw, a bu hynny'n hwylustod mawr i'r Ffrancod. Pe bai'r gwynt yn uchel a'r môr yn aflonydd, go brin y byddent wedi llwyddo i lanio ar drwyn o dir mor noeth a digysgod â Charreg Wastad. Yn wir, prin y gallent fod wedi dewis hen fan mwy anodd na hwnnw i lanio milwyr, arfau ac offer. A hyd yn oed ar ddiwrnod mor braf, fe suddodd un cwch a'i lond o filwyr ac arfau a chollodd wyth o'r Ffrancod eu bywydau.

*   *   *

Fe achosodd y Glaniad y panig mwyaf ofnadwy yn ardal Abergwaun. Ar ôl iddi ddechrau nosi, fe ellid gweld tanau'r Ffrancod yn goleuo'r awyr uwch ben Carreg Wastad, a chyn bo hir roedd ffermwyr a thyddynwyr yr ardal yn casglu eu pethau prin at ei gilydd ac yn mynd am Abergwaun, lle y disgwylient rywfaint o ddiogelwch. Yr oedd yn Abergwaun yn 1797 gorff o filwyr rhan-amser a elwid yn 'Fishguard Fencibles'. (Fe welir llun cartwnaidd o un o'r cewri hyn ar fur y 'Royal Oak', Abergwaun yn awr.) Roedd y 'Fencibles' wedi eu ffurfio gan Sais cyfoethog o'r enw William Knox, newyddion i sir Benfro, ac nid aelod o hen deuluoedd bonedd y sir. Prynodd Knox stadau Llanstinan a Slebech am £90,000 ac yn fuan ar ôl ymgartrefu yn y sir, fe aeth ati i ffurfio'r 'Fencibles' – yn bennaf, mae'n debyg, er mwyn i'w fab, Thomas, gael cyfle i chwarae sowldiwrs. Gofalodd William mai Thomas oedd prif swyddog y 'Fencibles', gyda'r hawl i'w alw ei hun yn Is-Gyrnol. Yr oedd Thomas yn wyth ar hugain oed pan laniodd y Ffrancod.

Fe fyddai ef yn casglu ei 'Fencibles' ynghyd yn ystod rhyw wythnos neu bythefnos yn yr haf, er mwyn gwneud rhai ymarferiadau. Ond, hyd y gwyddom, nid oedd gan Knox, na'i 'fyddin', ddim profiad o ymladd go-iawn. Yn ôl yr hanes, byddai'r 'Fencibles' yn paradio yn eu holl ogoniant ar hyd strydoedd Abergwaun bob tro y byddai'r brenin yn cael ei ben blwydd, a byddai gynnau'n cael eu tanio a'r band yn canu. Ond yn awr, yn sydyn, a hollol annisgwyl, dyma'r cyfrifoldeb o amddiffyn Abergwaun a'r cylch rhag y Ffrancod wedi disgyn ar ysgwyddau Knox a'r 'Fencibles'! Ac yn yr argyfwng fe'u cafwyd yn brin – yn brin iawn hefyd!

Llun cartwnaidd o un o'r 'Fishguard Fencibles' yn y Royal Oak

Yr oedd Thomas Knox newydd eistedd wrth y bwrdd i wledda ym mhlas Mrs Harries, Tregwynt, lle a safai gerllaw'r môr rhyw bedair milltir o'r fan lle glaniodd y Ffrancod – pan gyrhaeddodd un o'r 'Fencibles' ar gefn ceffyl i ddweud wrtho – â'i wynt yn ei ddwrn – fod gelynion wedi glanio ar Garreg Wastad. Achosodd y newyddion gynnwrf mawr iawn. Gadawodd y gwŷr a'r gwragedd bonheddig y wledd a galw am eu cerbydau ar unwaith. Yr oeddynt i gyd â'u bryd ar gasglu ynghyd yr hyn a fedrent o'u cyfoeth cyn dianc ar frys tua'r dwyrain.

Aeth Knox am Abergwaun, gyda'r 'Fencible' ac un neu ddau o'i weision. Cyn cyrraedd Abergwaun fe fentrodd droi o'r neilltu i gyfeiriad y môr a Charreg Wastad. Yn yr hwyr-olau gallai weld pedair llong fawr wrth angor yn y bae. Pe bai ei lwfrdra wedi caniatáu iddo fynd yn nes fe allai fod wedi gweld milwyr fel morgrug ar Garreg Wastad, a gynnau a barilau o bowdwr yn dod i'r lan. Ond aeth Knox yn ôl am Abergwaun heb unrhyw syniad o gyflwr pethau. Drwy'r nos dyngedfennol honno – sef nos Fercher yr 22ain – fe fu ef yn taeru nad oedd ganddo ddigon o brawf fod gelynion wedi glanio i wneud dim. (Pe bai'n cydnabod y ffaith fod y Ffrancod ar Garreg Wastad, byddai'n rhaid iddo wneud rhywbeth yn ddiymdroi. Ond trwy ddal i amau, fe allai ohirio unrhyw benderfyniad i ymladd.)

Ond ar y ffordd i Abergwaun – a hithau bellach yn nosi'n gyflym – fe gafodd Knox ddigon o brawf fod y Glaniad yn ffaith, pe bai'n barod i'w dderbyn; oherwydd fe gyfarfu â theuluoedd cyfain yn dianc o ardal Llanwnda a Phencaer am fod arnynt ofn y gormeswyr o'r môr. Ond amau'r cyfan a wnaeth Knox!

Ar draeth Wdig fe ddaeth 70 o'r 'Fencibles' i'r golwg – yn arfog ac yn martsio'n ddewr i gwrdd â'r gelyn. Fe roisant hwythau ragor o dystiolaeth i Knox fod y Glaniad wedi digwydd, a disgwylient iddo eu harwain yn erbyn y gelyn yn ddi-oed. Ond dal i amau a wnâi Knox. Beth bynnag, yr oedd ganddo esgus arall yn awr dros beidio â mynd i'r afael â'r Ffrancod – yr oedd hi'n nos, a dywedodd nad doeth mentro â mintai mor fechan drwy'r tywyllwch, yn erbyn gelynion na wyddent mo'u rhif na'u lleoliad. Er syndod ac anfodlonrwydd i nifer o'r 'Fencibles' mwyaf dewr, fe roddodd yr Is-Gyrnol orchymyn i'r fintai droi'n ôl a martsio ar frys i'r Gaer – neu'r 'Fort' (a oedd, ac sydd, rhyw dri chwarter milltir yr ochr draw i Abergwaun, ar y ffordd i Drefdraeth). Ac yn niogelwch y gaer y buon nhw drwy'r nos, a phe bai'r Ffrancod wedi ymosod ar Abergwaun yn ystod y nos, fe fyddent wedi cymryd y lle heb i Knox a'i wŷr godi bys yn eu herbyn.

Ond os mai yn segur yn y gaer y bu Knox a'i wŷr yn ystod y nos gythryblus honno, nid felly roedd hi yn hanes llawer o wŷr a gwragedd y rhan honno o sir Benfro chwaith. Drwy'r nos fe ledodd y newyddion drwg fel tân gwyllt – o dŷ i dŷ, o bentre i bentre; ac fe gychwynnodd hynny gyffro a phrysurdeb mawr. Mae'n dra thebyg fod pob gof rhwng Aberteifi a Phenfro wedi treulio'r nos honno ar eu traed ac yn chwysu wrth yr eingion. Deuai dynion atynt wrth yr ugeiniau i atgyweirio hen ynnau oedd wedi bod yn segur ers blynyddoedd, ac i unioni pladuriau i wneud rhyw fath o waywffyn ffasiwn-newydd! Ym mhentre Tyddewi ar waethaf pob gwrthwynebiad, fe aeth y pentrefwyr ati i dynnu'r plwm o do'r eglwys gadeiriol, ac yno fe fu'r gofaint yn brysur yn ail-doddi'r plwm i wneud bwledi.

Cyn i'r wawr dorri roedd tyrfaoedd wedi dod ynghyd yn y pentrefi ac ar y croesffyrdd yn y wlad – yn wŷr, gwragedd a phlant yn gymysg. Cariai'r dynion, a llawer o'r gwragedd, arfau o ryw fath – ffyrch, crymanau, pladuriau, hen gleddyfau rhydlyd, cyllyll hirion a rhai gynnau.

Felly, er i'r ffermwyr a'r tyddynwyr oedd yn byw yng nghyffiniau Carreg

Wastad gilio ar frys o'u cartrefi pan ddaeth glaniad y Ffrancod yn hysbys, yn awr yr oedd y wlad yn codi fel un gŵr yn erbyn y gelyn, gyda'r bwriad o'i erlid yn ôl i'r môr. Fel y dywed un adroddiad: '. . . *the whole country was astir, every highway and byway thronged with defencers of both sexes armed with swords, scythes, pistols and pitchforks, guns and reaping hooks'* (*The Last Invasion of Britain*, E.H. Stuart Jones, Gwasg Prifysgol Cymru). Cyn y bore roedd y newyddion drwg wedi cyrraedd – nid yn unig Hwlffordd, a gyfrifid yn gadarnle – ond Milffwrt, Dinbych-y-pysgod a Phenfro. Tua'r dwyrain wedyn roedd Aberteifi wedi derbyn y newyddion brawychus; ac ym mhob un o'r mannau hyn roedd chwilio a stilio am arfau o bob math.

* * *

Yn ôl yng nghylch Carreg Wastad, cyn i'r wawr dorri, yr oedd y Ffrancod lladronllyd yn cerdded o gwmpas yn ysbeilio a dwyn beth bynnag y gallent roi llaw arno. Erbyn hynny roedd y rhan fwyaf o'r tai'n wag a than glo. Ni rwystrodd hynny mohonynt. Yn y tai cawsant fwydydd o bob math – ymenyn, caws, cig mochyn hallt, ac yn y tai allan a'r caeau eidionnau a defaid, ieir, hwyaid a gwyddau. Yn ystod y nos honno, a thrannoeth, fe fu'r lladron yn gwledda'n helaeth ac yn wastraffus ar y rhain. Dywedir iddynt ferwi eu cig – nid mewn dŵr ond mewn crochan a'i lond o ymenyn tawdd. Byddai gweld hynny wedi bod yn ddolur llygaid i wragedd tlawd, darbodus y cylch!

Hyd yn oed o fewn oriau i lanio yr oeddynt yn dwyn bwyd ac eiddo yn hollol ddigywilydd. Fel roedd hi'n digwydd roedd casgen neu ddwy o ddiodydd meddwol ym mhob tŷ bron o gwmpas Pencaer, gan fod llong 'smyglers' wedi ei dryllio ar y creigiau gerllaw rai dyddiau ynghynt. Ac fel roedd yr arfer yn y dyddiau hynny, roedd pob ffermwr a thyddynwr wedi dwyn rhan o'r cargo gwerthfawr.

Gwelodd rhai o bobl dduwiol y sir ôl llaw Rhagluniaeth yn y llongddrylliad uchod, gan fwrw fod yr anffawd i long y 'smyglers' wedi ei drefnu er mwyn drysu cynlluniau'r Ffrancod. Beth bynnag am hynny, y mae'n ddigon sicr fod y gwin wedi cael effaith sylweddol ar gwrs pethau yn ystod y deuddydd canlynol. Fe feddwodd llawer o'r Ffrancod i'r fath raddau fel nad oedd modd cadw unrhyw fath o drefn arnynt. Fel y dywedodd Fenton, hanesydd sir Benfro: '*it produced a frenzy that raised the men above the control of discipline and sunk many of their officers below the power of command.'*

169

2

Pan dorrodd gwawr y 24ain, a phan oedd tyrfaoedd o wladwyr dewr yn tyrru tuag at Abergwaun i wynebu'r gelyn, fe roddodd yr Is-Gyrnol Knox orchymyn i'r 'Fencibles' adael y gaer a martsio – nid i gwrdd â'r gelyn – ond am Hwlffordd! Yn Hwlffordd yr oedd diogelwch. Yno roedd y ddinas gadarn; a thuag yno y marchogodd Knox yn y bore bach, a'i 'Fencibles' yn ei ddilyn o hirbell.

Yn ddiweddarach, pan oedd yr holl helynt drosodd, fe ddioddefodd Knox gerydd a gwawd mawr, am adael Abergwaun i'r cŵn a'r brain y bore hwnnw. Nid oedd unrhyw esgus am y llwfrda. Mae'n wir fod ei fintai ef o 'Fencibles' yn llai mewn rhif o dipyn na'r Ffrancod, ond yr oedd gwlad gyfan tu cefn i Knox a channoedd o wŷr cryfion yn tyrru tuag Abergwaun i'w gynorthwyo.

Dywedir iddo frysio mlaen tua Hwlffordd, ymhell o flaen ei wŷr, nes cyrraedd Treletert, lle y barnai ei fod yn ddigon pell o Bencaer a'r Ffrancod i fod yn ddiogel. Yna arhosodd nes i'r gwŷr traed gyrraedd, cyn brysio ymlaen eto am Hwlffordd.

Cyn iddo gyrraedd yno fodd bynnag, fe gyfarfu ag Arglwydd Cawdor, Stackpole Court, yn arwain mintai gref i gyfeiriad Abergwaun. Fel hyn y dywedodd Arglwydd Cawdor mewn llythyr yn ddiweddarach:

> *I had not proceeded above five or six miles before I met Lt. Col. Knox with the companies of Fishguard Voluntters retreating to H'west.*

Mae'r condemniad o lwfdra Knox yn y geiriau.

Rhoddodd Cawdor wybod i Knox, heb flewyn ar ei dafod, mai ef fyddai'n rheoli popeth o hynny ymlaen, a rhoddodd orchymyn i'r Is-Gyrnol a'i 'Fencibles' fartsio *tu ôl* i'r fintai o Hwlffordd ar y ffordd i Abergwaun. Druan o'r 'Fencibles'! Rhaid eu bod wedi blino'n barod ar ôl cerdded deng milltir faith i gyfeiriad Hwlffordd, dan bwysau eu paciau a'u gynnau trymion. Ond yn awr dyma nhw'n gorfod martsio deng milltir arall – yn ôl i Abergwaun! Rhaid bod eu traed blinedig yn brifo'n arw cyn dod i ben y siwrnai yn Abergwaun, a diau i nifer dda ohonynt – fel yr had yn nameg yr heuwr – syrthio ar fin y ffordd. Ac yn waeth na'r cyfan yr oedden nhw – y 'Fishguard Fencibles' – yn awr yn gorfod dilyn wrth gynffon y fintai o Hwlffordd.

Tra bu'r Arglwydd Cawdor a'i fintai'n martsio tuag Abergwaun, yr oedd yna bethau wedi bod yn digwydd o gwmpas Pencaer a Llanwnda. Yr oedd tyrfa fygythiol o wladwyr arfog yn cau'n raddol am y Ffrancod. Fe allai'r milwyr estron weld y torfeydd yn crynhoi ar y tir uchel o'u cwmpas, ac roedd ambell sgarmes go ddrwg wedi digwydd yn barod. Fe ymosododd dau Gymro dewr ar nifer o Ffrancod a chael eu lladd yn gelain yn y fan, ond nid cyn iddynt hwythau ladd un Ffrancwr a chlwyfo un arall yn dost. Dychwelodd Cymro arall i'w fwthyn yn y bore a darganfod Ffrancwr yn lladrata yno. Trywanodd y lleidr yn angheuol â phicwarch. Yn ystod y nos aeth ysbeilwyr i mewn i ffermdy Brestgarn a dychryn y teulu yno yn fawr iawn. Dychrynwyd un Ffrancwr gan sŵn sydyn y tu fewn i'r hen gloc wyth niwrnod. Pan glywodd y sŵn, meddyliodd yn ei feddwdod fod

Carreg fedd Jemima Nicholas yn Eglwys y Santes Fair, Abergwaun

yna rywun yn llechu tu fewn i'r cloc, a thaniodd ei fwsged ato. Mae'r cloc yn Mrestgarn o hyd a'r twll a wnaeth y fwled yn glir i'w weld ynddo, ond mae'n dal i gerdded a chadw'r amser cystal ag erioed!

Ond arwres fawr y dydd hwnnw – sef y 23ain o Chwefror 1797 – yn ddiddadl oedd Jemeima Nicholas! Erbyn hyn fe aeth y ddynes gawraidd yma (os dynes hefyd), yn rhan o chwedloniaeth sir Benfro, a thyfodd yr hanesion am ei gwrhydri, fel y tyfodd y pellter mewn amser rhyngom a Glaniad y Ffrancod.

Yr oedd Jemeima, yn ôl yr hanes, ymhell dros chwe throedfedd o daldra ac o gorffolaeth tebycach i Twm Carnabwth nag i unrhyw *ddynes* â fu erioed, heblaw, efallai, yr Amasoniaid gynt! Claddwyd hi ym mynwent eglwys y plwy, Abergwaun ar Orffennaf yr 16eg 1832, yn 82 oed, ac mae ei charreg fedd yn hawdd ei gweld wrth fur yr hen eglwys hyd heddiw. Pan fu hi farw, fe ysgrifennodd y Parch. Samuel Fenton, ficer y plwy 1825-1852, yng nghofrestr yr eglwys, y geiriau hyn amdani:

The woman was called Jemima Fawr, i.e. Jemima the Great, from

her heroine acts, she having marched against the French who landed
here about 1797, and being of such personal powers as to be able to
overcome most men in a fight. I recollect her well. She followed the
trade of a shoemaker and made me when a little boy several pairs of
shoes.

Beth oedd gorchest fawr Jemeima Nicholas ar y dydd arbennig hwnnw ym 1797? Wel, mae'n debyg iddi fartsio'i hunan, heb yr un arf ond picwarch yn ei llaw, o Abergwaun i Lanwnda i chwilio am Ffrancod. Daeth o hyd i ddeuddeg ohonynt mewn cae a'u cymryd i gyd yn garcharorion yn y fan a'r lle. Dywed yr hanes iddi eu martsio wedyn o flaen y fforch i Abergwaun lle y rhoddwyd y deuddeg dan glo. Ar ôl gweld pob copa walltog ohonynt yn ddiogel, aeth yn ôl wedyn i gyfeiriad Llanwnda i chwilio am ragor.

Clywais y diweddar D.J. Williams yn adrodd hanesyn am yr ail siwrnai hon i Lanwnda. Aeth Jemeima, meddai ef, i mewn i ryw feudy yno, a chael fod nifer o Ffrancod yn cysgu ar dipyn o wellt tu fewn. Daeth Jemeima allan o'r beudy (yn ôl D.J.) a Ffrancwr dan bob cesail!

Ar y maen ar draeth Wdig sy'n cofféu'r Glaniad, fe ddywedir mai 1,200

Y porthladd ar Draeth Wdig heddiw

o Ffrancod a ildiodd i Cawdor yn y fan honno. Ond yn ôl nifer o ddogfennau fe laniodd yn agos i 1,400 ar Garreg Wastad. Beth a ddigwyddodd i'r deucant yna? Synnwn i ddim na fydd rhyw hen 'gyfarwydd' ar faes yr Eisteddfod yn taeru, heb wên ar ei wyneb, i Jemeima Nicholas lyncu'r rheini i frecwast!

3

Erbyn prynhawn y 23ain rhaid bod y Cyrnol Tate a'i fintai'n crynu yn eu clocs, oherwydd o'u cwmpas ym mhob man gallent weld rhesi o wŷr arfog (a gwragedd), yn cau amdanynt. I wneud pethau'n waeth, roedd y llongau a'u dygodd i Bencaer wedi hwylio am Ffrainc ers hanner dydd, gan eu gadael heb ffordd i ddianc i unlle.

Yr oedd Tate yn filwr proffesiynol ac wedi gweld llawer tro ar fyd. Ond mae'n siŵr nad oedd erioed wedi arwain y fath fintai o adar budur â'r rhai a oedd ganddo ar Bencaer y dwthwn hwnnw! Wrth weld yr anrhefn a'r diffyg disgyblaeth lwyr o'i gwmpas, mae'n rhaid bod yr hen filwr wedi sylweddoli ei bod ar ben arno.

Dywed hen draddodiad iddo gael ei ddychryn yn fwy fyth gan nifer fawr o wragedd yn eu sioliau cochion a'u hetiau uchel yn cerdded ar fryn yn y pellter. Dywedir iddo feddwl yn siŵr mai milwyr arfog oeddynt, yn paratoi i ymosod arno.

Fel y disgynnai'r nos dros ffermdy eang Trehywel, lle roedd e wedi gwneud ei bencadlys, fe wyddai ei fod ef a'i wŷr mewn perygl enbyd. Beth pe bai'r tyrfaoedd a fu'n eu gwylio cyn iddi nosi – yn ymosod arnynt dan gysgod y tywyllwch? Faint ohonynt a fyddai'n fyw i weld golau dydd trannoeth? Yr oedd ofn yn gwmni annifyr i'r Ffrancod y noson honno, ar Bencaer. Yr oedd y capteiniaid a'r mân swyddogion o gwmpas Tate yn daer am gael cadoediad, a sicrwydd na fyddent yn cael eu lladd yn ystod y nos. Ac am wyth o'r gloch y noson honno, eisteddodd Tate i sgrifennu'r llythyr canlynol i Knox.

> *Sir,*
> *The circumstances under which the Body of the French troops under my command were landed at this place renders it unnecessary to attempt any military operations, as they would tend only to Bloodshed and Pillage. The Officers of the whole Corps have therefore intimated their desire of entering into a Negociation upon Principles of Humanity for a surrender. If you are influenced by similar*

Considerations you may signify the same by the bearer, and in the meantime Hostilities shall cease.

Health and Respect,
Tate

Yr oedd hi'n naw o'r gloch y nos pan gyrhaeddodd dau o brif swyddogion Tate Abergwaun – yn cael eu harwain gan Gymro o'r enw John Williams. Yr oedd Cawdor a nifer o'i swyddogion a gwŷr bonheddig wedi ymgynnull yn y 'Royal Oak' i drafod eu cynlluniau ar gyfer trannoeth. Daeth Williams a'r ddau Ffrancwr o hyd i Knox tu allan i'r 'Royal Oak', ac wedi i hwnnw roi gwybod iddynt nad ef oedd bellach yn rheoli pethau, fe'u hanfonodd at Cawdor. Yr oedd un o'r Ffrancod yn medru Saesneg yn rhugl, ac ar ôl cyflwyno llythyr Tate i Arglwydd Cawdor, fe ddywedodd fod pob Ffrancwr yn barod i roi ei arfau i lawr ar unwaith ar y telerau eu bod yn cael eu hanfon yn ôl yn ddianaf i Brest ar draul y Llywodraeth Brydeinig.

Ond yr oedd Arglwydd Cawdor erbyn hynny'n gwybod i'r dim beth oedd sefyllfa Tate a'i fintai. Yr oedd ganddo syniad go lew hefyd fod y 'morale' ymysg y Ffrancod mor isel, fel nad oedd angen iddo fargeinio â hwy o gwbwl. Yn hwyr y noson honno fe ddychwelodd y ddau swyddog Ffrengig i Drehywel gyda'r llythyr canlynol oddi wrth Cawdor.

Fishguard
February 23rd 1797

Sir,
The Superiority of the Forces under my command, which is hourly increasing, must prevent my treating upon any terms short of your surrendering your whole force Prisoners of War. I enter fully into your wish to preventing an unnecessary Effusion of Blood, which your speedy surrender can only prevent, and which will entitle you to that Consideration it is ever the wish of British Troops to show an Enemy whose numbers are inferior . . .

I am & c.,
Cawdor

Y Royal Oak – pencadlys yr Arglwydd Cawdor

Pan dderbyniodd Tate y llythyr a'i ddarllen wrth y tân yn Nhrehywel, fe wyddai ei fod – yn Arglwydd Cawdor – wedi cwrdd â'i feistr, ac na fyddai dim yn tycio bellach ond ildio'n llwyr, a heb unrhyw delerau.

A bore trannoeth am naw o'r gloch y bore gyrrodd neges i Abergwaun ei fod ef a'i wŷr yn barod i roi eu harfau i lawr.

Fel y gellid disgwyl, fe dderbyniwyd y newyddion hyn yn Abergwaun â gorfoledd mawr. Rhoddwyd gorchymyn i Tate fartsio'i 'fyddin garpiog' i lawr i draeth Wdig yn ddiymdroi – yno i'w cymryd yn garcharorion rhyfel.

Ymgasglodd miloedd o bobl ar y tir uchel o gwmpas traeth Wdig, yn filwyr, gwŷr a gwragedd a phlant i weld y Ffrancod yn rhoi eu harfau i lawr. Bu rhaid disgwyl yn go hir! Y rheswm am hynny, mae'n siŵr, oedd fod Tate yn cael trafferth mawr i gasglu ei ddefaid annisgybledig ynghyd, ac mae'n debyg na chasglwyd y cyfan wedyn!

Ond am ddau o'r gloch prynhawn, fe glywodd y miloedd sŵn drymiau'r Ffrancod yn curo, a chyn bo hir daeth 'byddin' Tate i'r golwg ar ben y rhiw. Bu'r drymiau'n curo yr holl ffordd i lawr i'r traeth, lle y rhoddodd pob un ei wn a'i gleddyf i lawr yng ngŵydd Cawdor a'i swyddogion pennaf.

Am bedwar o'r gloch cychwynnodd y carcharorion ar eu ffordd i

Hwlffordd – yn fintai swnllyd ac anhrefnus. Yr oeddynt yn canu ac yn chwerthin gan mor falch oeddynt iddynt ddod trwy'r antur wallgof yn groeniach. Fe gymerodd ddeng awr iddynt deithio'r un filltir-ar-bymtheg o draeth Wdig i Hwlffordd. Ni wyddom pam y cymerodd y daith gymaint o amser, ond diau mai un rheswm oedd y ffaith nad oedd y carcharorion mewn cyflwr corfforol digon da i fartsio'n gyflym a disgybledig. Fe allwn ddychmygu'r olwg oedd arnynt pan gyrhaeddodd y fintai hen dref Hwlffordd am ddau o'r gloch y bore! Aeth dwyawr arall heibio cyn iddynt allu rhoi pen i lawr i orffwys.

Nid oedd yn Hwlffordd ddigon o lefydd diogel i'w cadw. Lle bychan oedd y carchar ond gwthiwyd pedwar cant a phymtheg i mewn iddo. Fe fu rhaid i eglwysi St Mary, St Martin a St Thomas dderbyn pum cant arall, ac fe roddwyd y lleill mewn sguboriau a stordai gwag. Cafodd Tate a'i swyddogion eu cadw mewn un ystafell fawr yng ngwesty'r Castell.

Trannoeth symudwyd Tate a'i swyddogion bron i gyd i Gaerfyrddin. Y noson gyntaf yn y dref honno cawsant gysgu yng ngwesty'r Llwyn Iorwg, a oedd – hyd yn oed bryd hynny – y mwyaf yn y dre. Ond yn fuan wedyn symudwyd y rhan fwyaf ohonynt i garchar y dre. Mae'n dra thebyg fod y swyddogion hyn ar ryw fath o 'parole', a bod hawl ganddynt i symud o gwmpas tu allan i'r carchar; oherwydd mae yna dystiolaeth fod ymddygiad nifer ohonynt wedi mynd yn boen i bobl y dre. Ceir cyfeiriadau at eu *'disorderly and very indecent behaviour'*, beth bynnag yr oedd hynny yn ei olygu. Fe fu un ohonynt yn ddigon haerllug i geisio gwerthu plât arian yr oedd wedi ei ddwyn o eglwys Llanwnda. Yn ffodus ni lwyddodd, ac ymhen hir a hwyr fe gafodd yr eglwys ei heiddo'n ôl.

Ymysg Llawysgrifau Cwmgwili yn Swyddfa'r Archifydd yng Nghaerfyrddin, fe geir llythyr diddorol oddi wrth y bonheddwr John Lloyd (cyfreithiwr yng Nghaerfyrddin ac aelod o deulu enwog Llwydiaid Alltrodyn) – at yr Aelod Seneddol, J.G. Phillips, yn Llundain. Yn y llythyr hwn y ceir y disgrifiad mwyaf byw o swyddogion y 'fyddin' Ffrengig. Ac os mai rhai felly oedd y swyddogion, ni fedrwn ond ceisio dychmygu sut rai oedd y milwyr cyffredin a oedd dan eu gofal!

> *. . . The Officers only are here, Brigadier General Tate and two or three Colonels, the rest captains, lieutenants and ensigns, with hardly a rag to their arses; such a lot of poltroon officers I never saw, you can hardly conceive what a set of jail-bird-looking rascals they are . . .*

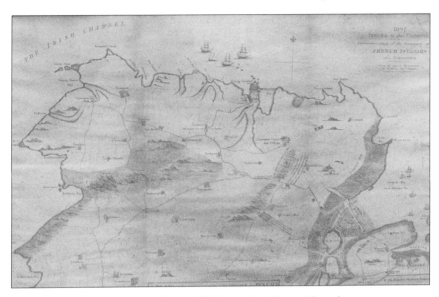

Map a gyhoeddwyd i ddathlu canmlwyddiant y Glaniad

Ysgrifennwyd y llythyr uchod ar Fawrth 1af 1797, wythnos ar ôl i'r Ffrancod ildio ar draeth Wdig, ond dengys y gweddill o lythyr John Lloyd nad oedd y cynnwrf ofnadwy a achoswyd gan y Glaniad wedi gostegu dim. Credai'r rhan fwyaf o bobl mai dim ond dechrau oedd y Glaniad yn Abergwaun, a bod llawer rhagor i ddod. Yn wir – bron yn ddyddiol – fe ddeuai newyddion celwyddog fod rhagor o Ffrancod wedi glanio mewn gwahanol lefydd. Er enghraifft, fe ddaeth newyddion cryf fod mintai luosog wedi glanio ar Benrhyn Gŵyr, ac un arall yng Ngheinewydd, Ceredigion. Er nad oedd rhithyn o wirionedd yn y chwedlau hyn, yr oeddynt yn anodd iawn eu gwrthbrofi, ac ar ôl iddynt gychwyn, fe gerddent ymhell gan dyfu wrth fynd.

Mae'n anodd i ni, yn oes y ffôn a'r radio, ddychmygu mor araf oedd pethau'n symud yn yr hen oes honno, ac mor galed oedd hi i rwystro momentwm unrhyw ymgyrch ar ôl iddi gychwyn. Wythnos gyfan ar ôl i'r Ffrancod roi'u harfau i lawr, roedd miloedd o bobl yn dal i dyrru i gyfeiriad Abergwaun, a hyd yn oed yn Lloegr, roedd miloedd eto yn chwilio am arfau ac am geffylau i'w dwyn yn weddol fuan i wynebu'r gelyn. Hyn oll er bod y gelyn yn y carchar! Yr oedd tre Caerfyrddin yn llawn o wŷr arfog. Fel y dywed John Lloyd yn ei lythyr:

The County are all flocking (here) with all various kinds of arms they can lay hands on. The Romney Cavalry commanded by Col. Deering came to town last night . . . Buy me a handsome and strong cut-and-thrust sword or cutlass, whichever you think best. Let it be neat, strong and of the best quality with a strong silk belt, the blade to be blued towards the handle. This town is so full of county people with arms that we can hardly find them provision . . .

Ac fe ddywedir fod tre Henffordd mor llawn o wŷr arfog â Chaerfyrddin, a'r rheini i gyd â'u bryd ar gyrraedd sir Benfro. Yr oedd y ffyrdd o Loegr i Gymru wedi eu tagu gan wagenni, gwŷr traed a marchogion yn martsio – er bod y rhyfel drosodd! Os oeddech chi'n berchen ceffyl, ac yn byw'n agos i'r ffordd fawr, fe dalai ichi ei guddio, neu byddai rhywun siŵr o'i ddwyn ar gyfer ei farchogaeth i'r rhyfel.

Ym Merthyr roedd Richard Crawshay, perchen melinau haearn Cyfarthfa wedi mynd ati i arfogi mil o'i weithwyr cyn gynted ag y clywodd am y Glaniad. Llafn hir o bren a darn miniog o haearn y melinau ar ei flaen oedd yr arf oedd gan bob un; a bu ond y dim i Crawshay fartsio ei 'fyddin' i Abergwaun. Trwy lwc, fe ddaeth y newydd fod y Ffrancwyr wedi ildio – mewn pryd!

Roedd y gwas farm wedi gadael ei feistr a'r crefftwr wedi cefnu ar ei grefft – a phawb wedi'i arfogi ei hun mewn rhyw ffordd neu'i gilydd, ac yn awyddus i ddangos eu metel i'r Ffrancwyr. Rhaid bod llawer wedi teimlo siom mawr pan glywsant fod y cyfan drosodd, a bod rhaid iddynt droi'n ôl i fyw yn yr hen rigolau unwaith eto. Efallai mai'r teimlad hwn oedd yn gyfrifol am y storïau celwyddog fod rhagor wedi glanio.

Gan mai araf iawn y teithiai newyddion, a'r rheini'n aml yn gwrthddweud ei gilydd, fe aeth dyddiau heibio cyn i'r cynnwrf dawelu. Anhrefn ac amheuaeth oedd yn rheoli. Fel hyn y disgrifia E. H. Stuart Jones gyflwr pethau ryw wythnos ar ôl yr ildio, yn ei gyfrol *The Last Invasion of Britain*:

From Hereford and Gloucester westwards the country was a hive of military activity. Soldiers, guns, horses, ammunition and baggage wagons, seeethed and jostled each other in the towns of Hay, Brecon, Llandovery, Llandilo and Carmarthen.

178

Do, fe effeithiodd y Glaniad yn Abergwaun ar fywydau llawer iawn o bobl o Lundain i Dyddewi, er mai digwyddiad bach digon dibwys ydoedd, a dweud y gwir.

4

Ar ôl i bethau dawelu tipyn o'r diwedd, fe ddechreuodd rhai pobl holi beth oedd y rheswm fod y Ffrancod wedi penderfynu glanio yn Abergwaun yn hytrach nag yn rhywle arall? Dechreuwyd drwgdybio bod yna bobl yn y rhan honno o sir Benfro a oedd wedi estyn croeso i'r gelyn. Gwyddom fod Tate wedi cael ar ddeall, cyn gadael Ffrainc, y byddai ef a'i wŷr yn cael derbyniad breichiau-agored gan werin sir Benfro, a'r argraff a gawn, wrth edrych yn ôl, yw bod y derbyniad cwbwl elyniaethus a gawsant gan bobl cylch Abergwaun – wedi bod yn siom ac yn syndod i'r Ffrancod.

Yn awr, a'r cyfan drosodd, fe ddechreuwyd holi'n daer pwy oedd y brawdwyr a oedd wedi bod yn barod i estyn croeso i elynion Prydain. Y rhai a syrthiodd dan amheuaeth bron ar unwaith oedd dau weinidog Anghydffurfiol – y Parch. John Reynolds o Dreglemais, gweinidog gyda'r Bedyddwyr yng nghapel Felin Ganol, ger Solfach, a'r Parch. Henry Davies o Langloffan. Yn ffodus, ni lwyddwyd i gael digon o dystiolaeth yn eu herbyn i'w harestio, ond fe gawsant eu bygwth a'u bychanu.

Anghydffurfwyr – y Sentars – oedd y rhai o dan amheuaeth, am y rheswm fod y tirfeddianwyr a'r Gwŷr Mawr a'r eglwyswyr yn cyfri'r rheini'n 'rebels' beth bynnag, â'u crefydda gwahanol a'u gelyniaeth tuag at y Fam Eglwys. Pwy ond rhain fyddai'n croesawu'r Chwyldro i Gymru?

Ar ôl llawer o holi, a drwgdybio hwn a'r llall, fe arestiwyd tri dyn. Mae'n werth rhoi ei henwau ar gof a chadw – Thomas John o 'Summerton', Casnewy Bach, ffermwr cefnog a Bedyddiwr selog; John Reed, gwehydd, o Drenewydd, Pencaer a Samuel Griffith o Poyntz Castle, gerllaw Solfach, ffermwr cefnog arall, ac Annibynnwr.

Carcharwyd Samuel Griffith a Thomas John yn Hwlffordd – yn yr un carchar â'r Ffrancod. Ni wyddom i sicrwydd ble y carcharwyd Reed.

Fe fu ymdrechion caled a chywilyddus i gasglu digon o dystiolaeth i gael y rhain yn euog. Yr hyn oedd yn warthus oedd y ffaith mai tystiolaeth y milwyr Ffrengig yn unig a safai rhyngddynt â'u rhyddid, ac mae lle i gredu fod rhywrai a oedd yn ddig wrthynt wedi addo tâl sylweddol i'r rheini am ddweud celwydd.

Y cyhuddiad yn erbyn Thomas John oedd: '. . . iddo, heb ystyried ei ddyletswydd a'i deyrngarwch tuag at y Brenin a'i wlad . . . fel bradwr roi cymorth, swcwr a chyngor i fyddin estron, a rhoddi hefyd wybodaeth i'r gelyn am leoliad a nifer milwyr y Brenin yn y cylch.'

Cafwyd digon o dystiolaeth yn erbyn Thomas John a Samuel Griffith, ac fe'u carcharwyd, i ymddangos o flaen llys y Sesiwn Fawr ddilynol.

Cadwyd wyth o Ffrancod yng ngharchar Hwlffordd, ar ôl i'r lleill gael eu gyrru i ffwrdd i Loegr, – er mwyn iddynt dystiolaethu yn erbyn y tri Chymro. Dywedir iddynt gael tipyn o'u maldodi yn ystod y misoedd cyn y Sesiwn Fawr. Yn ôl yr hanes, byddai Cawdor a'i wraig yn ymweld â'r carchar er mwyn sgwrsio â nhw mewn Ffrangeg, a byddai'r gŵr bonheddig yn rhoi arian iddynt weithiau. Yn ôl un bonheddwr a ymwelodd â'r carchar un tro gyda Cawdor a'i wraig: '. . . y rheswm pam y câi'r carcharorion y sylw yma [gan Cawdor] oedd ar gyfrif y dystiolaeth y medrent ei rhoi yn erbyn y Cymry. Pe baent yn cael eu cam-drin, efallai y byddent yn gwrthod ei roi.'

Tra'r oedd y Ffrancod yn cael rhyddid a maldod, fe gedwid y Cymry'n gaeth yn eu celloedd tywyll heb ddigon o fwyd. Dywedir bod eu teuluoedd yn gorfod mynd â bwyd iddynt.

Buont yng ngharchar yn gaeth am dros chwe mis. Yna digwyddodd peth rhyfedd iawn. Fe ysgrifennodd un o'r prif dystion, Charles Prudhomme, lythyr i John yn cyfaddef nad oedd ganddo unrhyw dystiolaeth yn ei erbyn, ond ei fod wedi dweud celwydd ar lw er mwyn plesio rhywrai a oedd wedi addo arian mawr iddo am wneud hynny. Yn awr dywedodd: 'Ni welais i Thomas John unwaith yn y Gwersyll Ffrengig, ond cymhellodd . . . fi i dyngu celwydd gan addo swm mawr o arian i mi . . . '

Yn anffodus, ni fentrodd enwi pwy oedd wedi cynnig yr arian. Ond yn nes ymlaen, mewn nodyn arall at John, mae'n nodi pum swm o arian a gynigiwyd iddo, sef 20 gini, 10 gini, 5 gini, 15 gini a 10 gini. Y tebygrwydd yw fod yna bum gŵr bonheddig yn awyddus i weld John a Griffith yn cael eu saethu (rhyddhawyd Reed cyn hyn), ac yn barod i dalu'r symiau uchod i Prudhomme am ddweud celwydd.

Pan ddaeth achos y ddau Gymro o flaen y llys o'r diwedd, fe'u rhyddhawyd yn ddiymdroi.

Mae'n debyg na ddown ni byth i wybod pwy oedd y gwŷr bonheddig a fu'n barod i lwgrwobrwyo a thaeru celwydd i geisio dwyn bywydau John a Griffiths oddi arnynt; ond tybed a oedd dwylo Arglwydd Cawdor – arwr mawr y Glaniad – yn gwbwl lân yn yr achos yma? Wedi dweud hynna, rhaid dweud hefyd nad oes dim mwg heb dân, a diau fod yna yn sir Benfro yn 1797 un neu ddau, o leia', a garai weld y Chwyldro Ffrengig yn ymestyn i Gymru.

Cymerwyd y botel ddwr hon oddi ar swyddog Ffrengig pan gafodd ei garcharu ac mae i'w gweld yn y Royal Oak

*   *   *

Beth a ddigwyddodd i'r carcharorion Ffrengig yn y diwedd? Fel y gellid disgwyl yr oedd y llywodraeth Brydeinig yn awyddus iawn i gael gwared ar y dihirod, ac mae lle i gredu nad oedd yr awdurdodau yn Ffrainc mewn brys o gwbwl i'w cael yn ôl chwaith!

Hyd yn oed mor fuan â'r 27ain o Chwefror, yr oedd David J. Edwardes, Maer Caerfyrddin, yn ysgrifennu at Ddug Portland i geisio cael gwared ar yr adar oedd yng ngharchar y dref honno: 'Your Grace would render us essential service if they were sent further into the country. Hereford and Brecon are two very proper places.'

Doedd dim gwahaniaeth am bobl Henffordd ac Aberhonddu – cael eu gwared o Gaerfyrddin oedd y peth mawr! Ac yn wir, cyn pen y mis fe gafodd Caerfyrddin wared o'r pla. Oherwydd eu hymddygiad afreolus a'r trafferthion a achoswyd ganddynt, fe'u martsiwyd i Milffwrt i'w rhoi ar longau er mwyn eu cyrchu i Portsmouth – cyn eu gyrru dros y dŵr i Ffrainc pan ddeuai'r cyfle.

Digwyddodd yr un peth i'r rhan fwyaf o'r rhai a oedd wedi eu cadw'n rhy hir yn eglwysi Hwlffordd – lle y gwnaethant ddifrod difrifol i hen eglwys hardd y Santes Fair.

Ac yn Hwlffordd fel yng Nghaerfyrddin fe fu llawenydd mawr a gorohian o weld eu cefnau.

Ond yr oedd rhai ar ôl o hyd, yng ngharchar Hwlffordd, a gydag amser, fe symudwyd rheini i'r 'Carchar Aur' yn nhre Penfro. Yr oedd y lle hwnnw'n enwog am ddiffyg disgyblaeth ac anhrefn, ac fe ddaeth yn enwocach fyth ar ôl hyn, am ymddygiad stwrllyd, aflywodraethus y carcharorion Ffrengig. Does dim rhyfedd felly i nifer ohonynt ddianc yn awr ac yn y man – rhai am ddyddiau, rhai am byth.

Unwaith dihangodd pump-ar-hugain gyda'i gilydd mewn ffordd ryfedd iawn. Arferai dwy ferch ifanc o dre Penfro ddod i mewn i'r carchar bob dydd, i lanhau ac i wneud bwyd. Cyn bo hir yr oedd dau Ffrancwr ifanc wedi llwyddo i ddenu serch y ddwy, ac fe fu tipyn o garu dirgel yn mynd ymlaen rhyngddynt.

Yr oedd y ddau Ffrancwr yn arfer cerfio rhyw dlysau bychain o asgwrn ac yn cael ambell geiniog amdanynt, a'r merched fyddai'n dod â'r esgyrn anifeiliaid iddynt oddi wrth y cigydd yn y dre. Un diwrnod daeth y merched â rhai esgyrn mawr iddynt, ac yn lle gwneud tlysau o'r rheini, bu'r ddau'n eu cerfio'n rhawiau a'u defnyddio i dyllu trwy lawr y carchar dan gysgod nos, ac o dan y mur, nes cyrraedd trwy'r twnnel i'r tir agored tu allan. Yna yn nyfnder nos dihangodd y ddau Ffrancwr a thri-ar-hugain o rai eraill gyda nhw. Aethant ar eu hunion i lawr i'r porthladd, lle yr oeddynt wedi addo cwrdd â'r merched. Yr oedd iot gostus Arglwydd Cawdor wrth y lanfa a dim ond un dyn arni. Hwyliodd y Ffrancod i ffwrdd am Ffrainc a'r ddwy ferch o Benfro gyda nhw.

Ar ôl y digwyddiad rhyfedd hwn, ni fu'r carcharorion oedd ar ôl yn hir yn cael eu symud i Portsmouth at y lleill, lle y buont am dipyn wedyn ar yr 'hulks' yn y fan honno.

Mae yna son am un garwriaeth arall tra bu'r Ffrancod yn garcharorion yn Hwlffordd. Dywedir fod merch ifanc gefnog o'r enw Anne Beach, chwaer-yng-nghyfraith y Parchedig James Thomas, Ficer eglwys y Santes Fair, Hwlffordd, wedi priodi carcharor a oedd yn fab y Marquis de Saint-Amans (gw. *Last Invasion of Britain*, E.H. Stuart Jones).

Ond ymhen hir a hwyr, fe gafodd y cyfan o'r carcharorion eu dychwelyd i Ffrainc, trwy gael eu cyfnewid am garcharorion o Brydain a oedd wedi eu dal gan y Ffrancod. Ym mis Hydref 1797 cyrhaeddodd 114 ohonynt Cherbourg. Ond wfft i'r croeso a gawsant yno! Gan rwgnach yn ofnadwy y derbyniodd pobl Cherbourg hwy, ac wedi eu derbyn fe fuont yn ddigon anghwrtais i'w rhoi dan glo unwaith eto mewn mannau diogel yn y dref!

*   *   *

Fe ddaeth yr Arglwydd Cawdor yn ŵr mawr ei barch a'i enwogrwydd trwy Brydain gyfan oherwydd y rhan flaenllaw a gymerodd yn helynt y Glaniad. Ond gwahanol iawn fu hi yn hanes Knox. Fe'i cyhuddwyd ef o lwfrdra, er na ddygwyd achos pendant yn ei erbyn. Ond fe ddygwyd y swydd o Is-Gyrnol y 'Fencibles' oddi arno, ac fe bwysodd hynny'n drwm arno. Fe wnaeth ymdrechion taer i'w amddiffyn ei hun yn erbyn y cyhuddiadau, ond glynu wrtho a wnaeth y llaid. On'd oedd e wedi mynd am Hwlffordd ar frys ar fore'r 23ain o Chwefror a gadael Abergwaun ar drugaredd y Ffrancod?

Bu'n chwerw iawn rhyngddo ef a Cawdor, a bu sialens i ymladd 'duel', er na ddaeth dim o hynny. Trist iawn fu hanes bywyd Knox yn y blynyddoedd ar ôl y Glaniad. Wedi colli ei enw da a'i hunan-barch, fe ddioddefodd gyfnodau hir o iselder ac o wallgofrwydd. Yn y cyfnodau hyn meddyliai amdano'i hun fel arbenigwr ar dactegau rhyfel. *'He took it into his head that he was a military genius and compared himself to Napoleon'* (gw. *Last Invasion of Britain*, E.H. Stuart Jones).

Bu farw'n unig yn Llundain mewn dygn dlodi – yn 56 mlwydd oed.

Beth sy'n aros heddiw i gofio'r 'Berw Gwyllt yn Abergweun?' Fawr iawn o ddim ond y ddau faen coffa – un ar Garreg Wastad ac un ar draeth Wdig, a'r twll ym mol yr hen gloc ym Mrestgarn. O ie, a'r llun doniol o'r 'Fishguard Fencible' ar fur hen dafarn y Royal Oak.

Y maen sy'n nodi man ildiad y Ffrancod ar Draeth Wdig

Atodiad

Dyma restr o'r llefydd yr aflonyddwyd arnynt gan y Ffrancod yn ystod nos yr 22ain a dydd y 23ain. Cofnodwyd yr enwau gan Mr Edward Law, un o haneswyr sir Benfro.

> Llanynwr, Treathro, Tresinwen, Caerlem, Tal y Gaer, Dan y Mynydd, Trefiseg, Danbach, Trenewydd, Brestgarn, Castell, Llanwnda (yr eglwys), Trefanwn, Crimcoed, Cilan, Tresysyllt Fach, Pen y rhiw, Llanferan, Felindre, Tregeddulan, Trelimin, Tremarchog, Trefaser, Trehilin, Pant y Rhug, Pen is Gwern, Llandrudion, Rhos y Caerau, Ffynnon Drudion, Carnau Coch, Cotts, Trefwrgyr, Bwlch y Rhosau, Carngywel, Stepin.

Faint ohonynt sy'n bod heddiw? (Fe welir nad yw sillafiad yr enwau yn cytuno â'r sillafiad ar y map.)

Nodiad

Yr hyn sy'n ein synnu wrth edrych ar y map yw fod y Ffrancod wedi mentro crwydro mor bell o'u pencadlys yn Nhrehywel mewn amser mor fyr, ac eto wedi cadw draw o Abergwaun. Mae'n syn hefyd na fyddai Pontiago yn y rhestr uchod, a'r lle mor agos at Brestgarn.

Baled

Yn ôl arferiad y cyfnod, cofnodwyd rhai o ddigwyddiadau rhyfedd Glaniad y Ffrancod ar ffurf baledi a gâi eu canu ar hyd a lled Cymru. Cyfansoddwyd nifer o faledi, ond mae'r un a ddyfynnir yma yn faled a argraffwyd gan Ismael Dafydd, Trefriw tros R. Prichard. Cyhoeddwyd tair baled gyda'i gilydd mewn llyfryn o'r enw *Tair o gerddi newydd*, yn 1797, a dyma'r geiriau sydd ar y wyneb-ddalen:

TAIR O GERDDI NEWYDD
Y Gyntaf Clod i'r Cymry gwŷr sir Benfro
am gymeryd y Rheibus Elynion Cythreulig,
ysglyfyddwyr mileinig, sef Ffrancod
pan diriasant yn Abergwaen.

Yn ail diolch i Dduw am y rhydd-did
a gafodd Lloegr i ymladd â'r Spaniards,
a'u gorthrechu a chymeryd eu Llongau ar y môr,
gan y Llywydd Arglwydd Jervis.

Yn drydydd Mawr i Ferch.

Mae'r faled gyntaf yn cael ei chanu ar yr alaw 'Belisle March' a dyma
ddyfyniad ohoni:

Dwy long fordwyodd, yn daer a diriodd,
Gywirodd yn Abergwaun
I ysglyfaetha a lladrata,
A'r rhai mileina' 'mlaen.
Y Ffrancod sorod sur, oedd yn llawn o arfau dur,
O rai llidiog, lu cynddeiriog, anrhugarog wŷr.
Dwyn a difa moch a defaid,
Y dynged oedd yn dost,
Berwi a rhostio yn ffast a ffestio.
Cestio heb hidio'r gost.

Dwyn yr yde o'r sguborie,
Gwartheg a lloie'n llu,
Mynd i'r seleri, naws hwyl arw
I gael Cwrw croyw cry',
Rôl yfed eu gore o'r Bir y bore
Nhwy ollynge y rest i'r llawr,
A gwŷr sir Benfro'n dechrau mileinio,
Yn chwennych c'weirio eu gwawr.
'Nhwy losgen ddodrefn tai
I ferwi bwyd, roedd bai . . .
Gan ysbeilio y wlad o'i heiddo,
Ymgeisio yn un gainc,
Llu gwrthnysig cad fileinig,
Rhai ffyrnig milwyr Ffrainc.

185

Y CYMRY a gode yn gad
I ymladd am eu gwlad;
Pawb yn eglur a 'chydig filwyr,
Fel brodyr i wneud eu brad;
Hel pladurie a chrymane,
Picwarche a garie'r gwŷr,
Gan floeddio yn sydyn Duw gadwo'r Brenin,
Megis Byddin bur.

Y Cymry ffyddlon a danie yn union
Rai ergydion croes,
Dychryn calon i'r Ffrancod ladron,
Yn union am eu hoes . . .

A'r rheibwyr drwg yn awr
A roent eu harfau i lawr,
Ymroi yn union yn garcharorion,
Rhai surion drwg eu sawr.
Y mae'r hagar wŷr mewn carchar
Bu edifar am eu taith;
Gwych wŷr sir Benfro, am fileinio,
A ddarfu g'weirio'r gwaith;
Trwy Brydain cawsant glod . . .

Myn asen i!

Yn ein mytholeg ni'r Celtiaid, y mae i'r gaseg le pwysig iawn. Ond mae'n ymddangos mai'r asyn neu'r asen a gâi'r lle blaenaf yn hen fytholeg yr Iddewon gynt. Sonia Carl Jung, *Collected Works*, tud. 276, am, 'yr hen draddodiad fod delw asyn yn cael ei haddoli yn y deml yng Nghaersalem'. Wedyn, yn y gyfrol *Ancient Israel: Myths and Fables*, tud. 275, gan A.S. Rappoport, fe geir cyfeiriad pwysicach a mwy dadlennol at le'r asyn ym mytholeg yr Iddewon ymhell cyn dyfodiad Crist. Dywed yr awdur uchod – pan yn adrodd hanes Moses yn gadael Midian gyda'i wraig a'i blant:

> Marchogodd yr asyn a oedd unwaith wedi dwyn Abraham, pan aeth ar daith i Fynydd Moriah, yno i aberthu ei fab, Eisac, ac ar gefn yr hwn y merchyg y Meseia yntau pan ymddengys yn niwedd ei ddyddiau.

Mae'r asyn uchod, felly yn oesol – yn anifail cosmig, yn ymddangos ar adegau tyngedfennol yn hanes yr hen genedl, neu yn hytrach yn hanes ei phrif gymeriadau. Roedd wedi cludo Abraham a Moses ac roedd yna broffwydoliaeth gref yn bod y byddai'n cludo'r Meseia ar ei daith olaf i Gaersalem 'yn niwedd ei ddyddiau'. Fe ddywed yr Efengylau wrthon ni fod y cyfan wedi dod yn wir. Fe wyddom fod i'r asyn ei ran bwysig iawn yn nechrau a diwedd bywyd Iesu Grist.

Yn stabl yr asyn y ganed Ef, a phreseb yr asyn a fu yn grud iddo. Ar gefn yr asyn y marchogai Mair a'r Iesu pan ffodd y teulu i'r Aifft rhag llid Herod. Ac ar y daith olaf i Gaersalem, fe gafwyd asen ac asyn i'w gludo i'r ddinas – a hynny mewn ffordd ryfedd iawn. Dyma a ddywedir yn Mathew 21:

> A phan ddaethant yn gyfagos i Jerusalem, a'u dyfod hwy i Bethphage, i fynydd yr Olewydd, yna yr anfonodd yr Iesu ddau ddisgybl, gan ddywedyd wrthynt, 'Ewch i'r pentre sydd ar eich cyfer, ac yn y man chwi a gewch asen yn rhwym ac ebol gyda hi; gollyngwch hwynt a dygwch ataf fi. Ac os dywed neb ddim wrthych, dywedwch, y mae yn rhaid i'r Arglwydd wrthynt; ac yn y man efe a'u denfyn hwnt.'
>
> A hyn oll a wnaethpwyd fel y cyflawnid yr hyn a ddywedasid trwy y proffwyd, yn dywedyd, 'Dywedwch i ferch Seion, "Wele dy frenin yn dyfod i ti yn addfwyn, ac yn eistedd ar asen, ac ebol llwdn asen arferol â'r iau".'

A'r disgyblion a aethant . . . a hwy a dygasant yr asen a'r ebol, ac a ddodasant eu dillad arnynt, ac a'i gosodasant Ef i eistedd ar hynny.

Ceir cyfeiriad at yr asyn yn Ioan hefyd – pennod 12 – ond gyda llai o fanylder:

A'r Iesu wedi cael asynyn, a eisteddodd arno, megis y mae yn ysgrifenedig. Nac ofna, ferch Seion, wele y mae dy frenin yn dyfod, yn eistedd ar ebol asyn.

Mae hyn oll yn ddigon, rwy'n meddwl, i brofi fod i'r asen a'r asyn – fel y gaseg i'r Celtiaid – le pwysig ym mytholeg yr Iddewon yn y cyfnod paganaidd gynt. Mewn nodyn yn *Collected Works* mae Jung yn dweud:

The she-ass and her foal might derive from astrology, since the zodiacal sign Cancer, which rules at the summer solstice, was known in antiquity as the ass and its young.

Mae gennym dystiolaeth fod hen sgrifennwyr Groeg a Lladin yn cyhuddo'r Iddewon o fod yn asyn-addolwyr, ac yn ddiweddarach fe gyhuddwyd y Cristnogion hefyd o addoli'r un anifail. Ar un o furiau'r ysgol filwrol yn y Palatine yn Rhufain fe ddarganfuwyd graffiti (gweler isod) – o'r ail ganrif. Fe welir mai llun anghelfydd yw o groeshoelio rhywun â chanddo ben asyn. O dan y llun ceir y geiriau: 'Alexander yn addoli ei dduw'. Mae'n amlwg, rwy'n meddwl, mai un neu ragor o'r darpar filwyr sydd yma yn gwneud sbort am ben Alexander, druan – sy'n Gristion.

Mae'r llun yn dyddio o'r ail ganrif, ond rhaid bod y llanciau yn yr ysgol filwrol yn gwybod am y traddodiad a oedd yn cysylltu geni a marw Iesu Grist â'r asyn mytholegol. Erbyn yr ail ganrif mae'n bosibl fod y mudiad Cristnogol, wrth dyfu a lledaenu, yn ceisio cefnu ar yr asyn, am nad oedd iddo unrhyw arwyddocâd ymysg y llwythau a'r cenhedloedd a oedd yn prysur fabwysiadu'r grefydd newydd. Yn wir, mae'n bosib fod yr asyn – a oedd unwaith, yn ôl yr hanes – yn cael ei addoli yn y deml yng Nghaersalem, wedi mynd yn dipyn o embaras i'r Cristnogion cynnar. Ac fe ellir dychmygu y byddai gelynion y grefydd newydd yn barod i ddanod i'r Cristion y berthynas rhwng y Gwaredwr a'r asyn! Mae'n ddigon posib mai dyna sydd tu ôl i'r graffiti ar fur yr ysgol filwrol.

Ganrifoedd yn ddiweddarach yr oedd yna fath o ŵyl boblogaidd, a elwir gan Brewer yn 'Ŵyl yr Asynnod' *(Myth and Legend)*. Enw arall arni oedd 'Gŵyl y Ffyliaid' – gŵyl a barhaodd yn ôl yr awdur, hyd at yr unfed ganrif ar bymtheg a thu hwnt i hynny, yn Ffrainc. Mae Brewer yn disgrifio'r ŵyl ryfedd yma fel – *'A clerical Saturnalia'*. Dyna ddweud go fawr! Gloddest offeiriadol! Waeth dyna oedd y Satwrnalia – rhyw 'orgy' fawr, ddi-reol. Dyma a ddywed am yr ŵyl:

> *The feast was usually centred on a cathedral and most commonly held on the Feasts of St Stephen (26th December); St John (27th December) and Holy Innocents (29th December). The mass was burlesqued, and braying often took the place of the customary responses. Obscene jests and dances were common as well as the singing of indecent songs.*
>
> *The ass was the central feature, and the Feast of Asses was sometimes a separate festival.*

Mae G.G. Coulton, *Medieval Panorama*, yn cyfeirio at gŵyn yn erbyn llacrwydd moesol ar ran offeiriaid yn 1333:

> *There are the old damnable and irreverent jests, laughters, giggles and insolences during divine service, under excuse of the Feast of Fools.*

Mae'r ffaith fod Gŵyl yr Asynnod yn cael ei chynnal mor agos at Ŵyl y Nadolig, a genedigaeth Iesu Grist, yn awgrymu'n gryf fod yna gysylltiad (annelwig, efallai) rhwng yr asyn Iddewig a'r ŵyl arbennig hon. Mae'n amlwg mai gŵyl amharchus oedd hi, a bod yna ymdrechion taer wedi'u gwneud i'w diddymu. Ond, fel yn hanes yr hen wyliau mabsant gynt, tasg anodd iawn fu cael gwared ohoni.

Nid oes amheuaeth nad oedd yr un elfennau amrwd yn perthyn i Ŵyl yr Asynnod neu Ŵyl y Ffyliaid, ag a berthynai i'r Ŵyl Fabsant a'r Satwrnalia ac roedd yr elfen o greu anrhefn a throi pethau ar eu pennau yn dod i'r golwg yn ddigon clir ynddynt bob un. Mae'n ymddangos fod ganddynt rhyw drwydded i ymddwyn felly yn ystod y tridiau ar ôl y Nadolig, heb i neb eu ceryddu na'u cosbi! Ceir tipyn o dystiolaeth fod uchel-swyddogion yr eglwysi'n *cwyno* am eu hymddygiad ffôl, ond ni ddeuthum i ar draws unrhyw sôn am gerydd a chosb, am sarhau'r gwasanaethau yn y fath fodd ar Ŵyl yr Asynnod.

Mae'n deg i ni gredu, rwy'n meddwl, mai hen ddefod baganaidd oedd yr ŵyl uchod, yn perthyn i'r cyfnod cyn-Gristnogol yn hanes yr Iddewon ond ei bod hi wedi mynnu parhau am ganrifoedd – i mewn i'r cyfnod Cristnogol – fel y gwnaeth llawer hen ddefod baganaidd arall, fel yr Ŵyl Mabsant a'r Fari Lwyd. Yr hyn sy'n wahanol yng Ngŵyl yr Asynnod yw ei bod hi, yn ôl y dystiolaeth sydd gennym yn perthyn i orffennol pell y genedl Iddewig.

Wrth ddarllen y gyfrol *Who's Who in Mythology*, A. S. Murray, gwelais gyfeiriad at y duw Priapws, y dywedir ei fod yn fab Dionysws ac Aphrodite ac a oedd yn warchodwr gwinllannoedd, gerddi a meysydd gwrteithiedig. Yr oedd hefyd, wrth gwrs, yn symbol o ynni rhywiol mawr, ac anlladrwydd. Fel hyn y dywed yr awdur uchod amdano:

> Prif ganolfan addoli Priapws oedd Lampsakos yn Asia Leiaf, ar yr Hellespont. Oddi yno y lledodd i wlad Groeg . . . Yn yr ŵyl i'w anrhydeddu aberthid iddo *laeth, mêl ac asynnod*.

Daw i'r meddwl ar unwaith y wlad a oedd 'yn llifeirio o laeth a mêl'. Gwlad Canaan oedd honno! Mae'n ddigon tebyg fod gan yr Iddewon cynnar eu duw tebyg i'r uchod, duw a oedd yn hawlio ebyrth ar ei ddydd gŵyl unwaith y flwyddyn, sef llaeth a mêl ac asyn neu ddau! Mae'r llun ar fur y Palatine yn awgrymu ei fod yn hawlio aberth dynol hefyd. Tybed sawl gŵr ifanc a gludwyd ar ddau asyn i mewn i Jeriwsalem i'w groeshoelio – ymhell cyn geni Iesu Grist?

Ceffylau a Dŵr

Yng Ngeiriadur y Brifysgol mae yna gyfeiriad at y 'ceffyl dŵr'. Beth yw hwnnw meddech chi? Wel, yr esboniad Saesneg yn y Geiriadur yw: *'a kind of bogy that frightened women'*.

Ceffylau y tybid eu bod yn trigo yn y môr, mewn llynnoedd ac ati oedd rhain, ac mae llawer o sôn mewn llên gwerin amdanynt yn dod allan o'r dŵr ac yn tarfu ar bobl gynt mewn gwahanol ffyrdd. Yr enw cyffredin ar y ceffyl dŵr yn yr Alban yw *'kelpie'* ac mae'n siŵr fod pobl unwaith yn credu'n sownd ym modolaeth y creaduriaid arallfydol yma.

Dyna'r stori honno o'r Alban am ffermwr yn llwyddo i ddal ceffyl dŵr ac yn gwneud iddo weithio ar ei dir fel ceffyl cyffredin. Ond roedd rhaid iddo ofalu taflu dŵr dros y ceffyl bob bore cyn gadael y stabal. Ond un bore roedd y ffermwr yn sâl a bu'n rhaid i'r mab fynd i mofyn y ceffyl o'r stabal. Roedd y ffermwr wedi anghofio dweud wrtho am daflu dŵr ac aeth y crwt allan â'r anifail i'r cae heb wneud hynny. Dihangodd y ceffyl yn ôl i'r llyn oedd ar dir y fferm ac ni welwyd mohono byth wedyn.

Mae'r stori fach yna yn allweddol i'r hyn y carwn i sôn amdano yma – sef y cysylltiad mytholegol rhyfedd rhwng ceffylau a *dŵr*.

Mae T. Gwynn Jones yn dweud wrthym ei bod yn arferiad gynt i fynd â cheffylau i'w golchi yn nŵr Ffynnon Sant Siôr ger Abergele unwaith y flwyddyn yn y gred, mae'n debyg, y byddai hynny'n eu hatgyfnerthu a'u cadw'n iach *(Welsh Folklore and Folk Custom)*.

Mae yna lawer o sôn am geffylau'n cael eu golchi yn Iwerddon ar adeg arbennig o'r flwyddyn – mewn llynnoedd, ffynhonnau ac yn y môr. O gwmpas Gŵyl Awst *(Lammas)* y byddai'r golchi'n digwydd. Gŵyl y duw *Leigh* (Lleu) oedd hon i'r Gwyddelod ac fe'i gelwid yn *'Lughnasa'* (neu *Lugnasadh* gan eraill).

Yr oedd diwrnod golchi'r ceffylau yn ddiwrnod o ŵyl lawen gynt, a deuai tyrfaoedd ynghyd i wylio'r seremoni ac i ymuno yn yr hwyl. Yn wir yr oedd yn debyg i ddiwrnod ffair baganaidd, â thipyn o gam-fihafio anfoesol yn perthyn iddi.

Rwy'n meddwl yn siŵr mai gŵyl baganaidd yn ymwneud â golchi ceffylau yn nŵr y môr oedd Dydd Iau Mawr, Aberporth ar y cychwyn. Ond rhaid cyfaddef, serch hynny, nad oes yna ddim tystiolaeth yn aros i brofi gwirionedd y datganiad yna. Y rheswm am hynny rwy'n credu yw fod Cristnogion o'r dechrau wedi gwgu ar hen arferion paganaidd fel yr uchod, ac wedi gwneud popeth posibl i'w dileu.

Rwy'n awgrymu mai hen ŵyl flynyddol yn ymwneud â'r ddefod o olchi ceffylau yn y môr oedd 'Dydd Iau Mawr', am fod yna dystiolaeth am ddefodau tebyg i'w cael yn Iwerddon, yr Alban ac yn Llydaw. Ac wedi darganfod fod y ddefod yn arferedig yn y tair gwlad Geltaidd uchod, mae'n rhesymol i ni gredu ei bod hi hefyd yn cael ei harfer yn y wlad Geltaidd gyfagos arall – sef Cymru, ond bod pob sôn amdani wedi mynd ar goll.

Rwy i am sôn ymhellach am y dystiolaeth sydd gennym am yr hyn a ddigwyddai yn y tair gwlad arall; ac fe fyddaf yn dibynnu'n helaeth ar ymchwil trylwyr Maine MacNeill yn y gyfrol *The Festival of Lughnasa* o hyn ymlaen.

Roedd defod olchi ceffylau yn y môr yn digwydd yn Leith, yn yr Alban (*F. of L.* 369):

> *I quoted an instance from the Kirk Sessions records of St Cuthbert's for July 1647, when it was resolved 'that non goe to Leith on Lambesday, nor tak their horses to be wahsed that day in the sea'.*

Mae'r dyddiad uchod yn profi fod y gwrthwynebiad i'r ddefod, a'r awydd i'w dileu, yn mynd yn ôl ymhell iawn.

Mae yna gyfeiriad yn llyfr MacNeill at gyfarfod brys o'r pwysigion lleol yn Kilkee, yn Iwerddon yn cael ei alw i ddiddymu'r arfer anweddus yma. Un cofnod o'r cyfarfod hwnnw yw'r isod:

> *That we are determined by every means in our power to put an end to the shameful custom which prevails, of naked men riding horses through the water, and that the police shall receive instruction to seize all person so offending, in order that they may be prosecuted according to Law . . .*

Cynhaliwyd y cyfarfod uchod ar y 7fed o Awst 1833, yn agos i ddau gan mlynedd ar ôl y cyfarfod yn yr Alban.

Y mae'r cofnod o'r cyfarfod yn Kilkeen yn sôn am ddynion noethlymun yn marchogaeth y ceffylau, ac mewn lle arall dywedir nad oedd cyfrwyau gan y ceffylau.

Yn y cofnod sydd gennym am olchi ceffylau yn y môr yn Llydaw (ym Mae

Aberporth

Audierne), mae'r marchogion wedi dod i gyfaddawd, ac roedden nhw – yn lle bod yn noethlymun – yn gwisgo dillad tyllog a charpiog iawn!

Dyna ni. Slawer dydd mae'n rhaid bod yna arwyddocâd a phwysigrwydd arbennig i'r ddefod o fynd â cheffylau i'w golchi yn y môr, mewn llynnoedd ac mewn ffynhonnau.

Yn fytholegol mae yna gyswllt hanfodol, rhyfedd iawn rhwng y ceffyl a'r dyfroedd ac mae hen chwedlau'r Celtiaid yn sôn am geffylau yn dod o'r dŵr ac yn dychwelyd yno, byth a hefyd. Ac mae'r ffaith fod y chwedlau'n sôn amdanyn nhw'n codi o'r dŵr yn ffurf merched a bechgyn weithiau, yn gwneud pethau'n fwy cymhleth wedyn!

*   *   *

Ar wahân i Aberporth a rhywbeth tebyg yn Wdig a'r hyn a ddywed T. Gwynn Jones am olchi ceffylau yn ffynnon Sant Siôr, prin fod gennym unrhyw dystiolaeth gadarn o'r golchi defodol yma yng Nghymru.

Ond yn Iwerddon, a'r Alban hefyd fe geir mwy o dystiolaeth fod yr hen arfer yma wedi bod yn bwysig gan bobl oedd yn berchen ac yn trin ceffylau. Digwyddai'r peth o gwmpas Gŵyl Awst bron yn ddieithriad a'r arferiad oedd i'r marchogion yrru'r ceffylau i mewn i'r môr neu'r llyn neu'r afon ar garlam. Byddent yn marchogaeth heb gyfrwy ac yr oeddent hefyd yn noethlymun, waeth faint o bobl oedd yn eu gwylio! O gyfrol enwog Maire MacNeill *The Festival of Leighnasa*, fe geir y cyfeiriad hwn, sy'n dangos mor awyddus oedd pobl i weld diwedd yr hen arfer paganaidd. Roedd y trochi ceffylau yn y môr gan ddynion noethlymun wedi tramgwyddo pobl dda Kilkee, yn Iwerddon yn 1833:

> Yr ydym yn benderfynol . . . i roi terfyn ar yr arfer gwarthus sy'n bodoli, sef dynion noethion yn marchogaeth ceffylau trwy'r dŵr, ac fe roddir gorchymyn i'r Heddlu i ddal pob person sy'n troseddu yn y fath fodd, fel y gallant gael eu herlyn yn ôl y Gyfraith . . . '

Ie, hen ddefod wrthun gan bobl barchus oedd yr arferiad o drochi ceffylau o gwmpas Gŵyl Awst. Yn yr Alban hefyd fe fu ymdrechu taer i ddiddymu'r cyfan. Mae'n rhaid fod y diddymu wedi digwydd yn gynnar iawn yng Nghymru a Lloegr gan mai anodd iawn, onid amhosibl, yw dod o hyd i unrhyw gyfeiriadau bellach yn yr un o'r ddwy wlad.

Ond gan bwyll! Rai wythnosau'n ôl fe welsom raglen gan Dai Jones, Llanilar yn y gyfres 'Cefn Gwlad', a honno'n dod o tu allan i Gymru – o le o'r enw Appleby yn Westmorland, Cumbria. Yn Appleby, yn y ffair geffylau fawr a gynhelir yno'n flynyddol, fe welsom trwy lygad y camera, yr hen ddefod o olchi ceffylau (mewn afon yn yr achos hwn), yn dod yn weladwy drachefn! Mae'n wir nad oedd y rhai oedd yn marchogaeth y ceffylau yn noethlymun. Ond roedden nhw'n hanner-noeth hefyd – i gadw'r hen draddodiad yn fyw, fel y gwelir yn y lluniau. Y mae ffair geffylau Appleby, Westmorland yn unigryw ym Mhrydain ac mae'n un o'r ffeiriau ceffylau mwyaf yn Ewrop. Mae llawer iawn o sipsiwn yn eu carafanau lliwgar yn ei mynychu bob blwyddyn. Âi'r rhai sy' wedi cadw'n fyw yr hen ddefod yn ymwneud â golchi ceffylau? Beth bynnag, roedd gweld y peth yn fyw ar y teledu'n brofiad rhyfedd – rhywbeth tebyg, mae'n siŵr gen i, i ryfeddod naturiaethwr sy'n darganfod aderyn neu anifail, y tybid ei fod wedi marw'n derfynol ers canrifoedd – yn fyw ac yn iach!

Golchi ceffylau yn yr afon yn Ffair Appleby

Hen Gemau Bwrdd

Yn nechrau Medi eleni *[1996]* fe achoswyd peth cynnwrf ymysg archeolegwyr a haneswyr pan ddarganfyddwyd, mewn bedd Rhufeinig yng Nghaer Colun (Colchester) – hen gêm fwrdd â'r darnau wedi eu gosod yn eu lle yn barod i gychwyn chwarae.

Roedd y bwrdd pren wedi pydru'n llwch ond roedd rhimynnau metel am bob cornel ac roedd y rheini'n dal yn eu lle. Trwy hynny roedd hi'n bosib dirnad maint y bwrdd, ei hyd a'i led. Yr oedd deg o'r darnau o wydr glas a'r lleill o wydr gwyn. Tybiodd yr arbenigwyr ar y cyntaf – gan fod y darnau yn eu lle a hwythau'n gwybod maint y bwrdd – fod yma gyfle da i ddarganfod sut y chwaraeid yr hen gêm. Ond fe ddrylliwyd eu gobeithion pan ddarganfuwyd yn ddiweddarach, un darn ychwanegol! Ni wyddai neb wedyn faint yn rhagor a oedd ar goll. Fe allai fod tri darn heb eu darganfod – yn gwneud cyfanswm o 24 i gyd.

Felly, dyna ddarganfyddiad arall nad yw'n debyg o ychwanegu fawr ddim at ein gwybodaeth am yr hen gemau bwrdd – sydd yn brin iawn, a dweud y gwir.

Mae'r dadlau ynglŷn â'r gêm a gafwyd yn y bedd yng Nghaer Colun wedi dechrau'n barod. Myn rhai arbenigwyr mai gêm Rufeinig a elwid yn *Latrunculi* – 'milwyr bychain' – yw hi. Mae'n debyg fod honno'n gêm boblogaidd iawn ym mhob rhan o'r Ymerodraeth Rufeinig gynt. Ond myn Mr Ray Keene, colofnydd Gwyddbwyll y *Times*, ac un sydd wedi gwneud astudiaeth fanwl o'r hen gemau bwrdd, mai gêm debyg iawn i hen gêm Eifftaidd yw hi a elwid yn *Alquerque*. Ac meddai ymhellach:

> *This game was the parent of draughts. The Arab name for it was Qirkat which some people think was the origin of the word 'chequers'.*

Ac fel yna y bydd y dadlau'n mynd ymlaen, a neb lawer callach yn y diwedd.

Mae enwau llawer o'r hen gemau wedi dod i lawr i'n cyfnod ni, ac wrth gloddio yn y ddaear daethpwyd o hyd i'r hen ddarnau a ddefnyddid i'w chwarae. Ond am y rheolau – nid yw'r rheini wedi goroesi o gwbwl bron. Fe rown i lawer am gael gwybod sut y chwaraeai'r hen Gymry y gêm – Gwyddbwyll. Nid y gêm fodern *Chess* a alwn ni yn wyddbwyll, ond ei hen nain (efallai) a chwaraeai'r hen Geltiaid gynt. Yr enw arni yn Iwerddon oedd

Fidchell ac mae'n amlwg oddi wrth chwedlau'r ddwy wlad ei bod yn boblogaidd yn llysoedd hen dywysogion Cymru ac Iwerddon. Yn y chwedl Wyddelig, 'Marwolaeth Fergus McLaite', fe geir disgrifiad o nefoedd yr hen Geltiaid. Dyma fel y cyfieithwyd ef i'r Saesneg:

Golden are its candelabra . . . none that belong to it feel sorrow now. A retinue is there that ages not. There every man is a chess player. . . good company is there that know no stint

Pawb yn chwaraewr gwyddbwyll! Dyna nefoedd yn wir!

Yna mewn cyfrol sy'n dwyn y teitl, *Kings and High Kings of Ireland*, fe geir cyfarwyddyd ynglŷn â'r ffordd fwyaf addas i frenin dreulio'r wythnos, sef rhywbeth tebyg i hyn:

Dydd Llun yn gweinyddu'r gyfraith, dydd Mawrth yn hela, dydd Mercher yn gwylio hyfforddiant y llanciau a dydd Iau yn chwarae gwyddbwyll . . .

Yn y chwedl ryfedd honno, 'Breuddwyd Rhonabwy', fe geir y geiriau hyn:

Ac eistedd a wnaeth Arthur ar y llen. Ac Owain fab Urien a safodd ger ei fron.
    'Owain,' eb Arthur, 'a chwaraei di Wyddbwyll?'
    'Chwaraeaf, Arglwydd,' eb Owain
    A dwyn o'r gwas coch yr wyddbwyll i Arthur ac Owain, gwerin aur a chlawr arian.
    A dechrau chwarae a wnaethant.

Mae'n ymddangos yn nes ymlaen yn y chwedl fod Arthur wedi colli'r gêm, ac fe ymddengys ei fod – fel llawer chwaraewr gwyddbwyll o'i flaen ac ar ei ôl – yn gollwr sâl iawn, oherwydd fe ddywedir amdano fel hyn:

Ac yna gwasgodd Arthur y werin aur a oedd ar y clawr nes oeddynt yn ddwst oll.

Y mae'r cyfeiriadau uchod at wyddbwyll a *Fidchell* yn y chwedlau yn dangos inni eu bod yn boblogaidd ac yn bwysig gynt. Ond sut y chwaraeid hwy? Does neb a ŵyr bellach.

Gwyddbwyll, Ffidchell, Tawlbwrdd, Hnefatafl, Latrunculi, Alqurque, Ieir a'r Cenddi . . .

Eu henwau'n perarogli sydd. Ond ble mae'r dewin a all ddweud wrthym sut i chwarae'r hen gemau?

Mae tair o'r gemau uchod yn perthyn i ni'r Cymry – sef Gwyddbwyll, Tawlbwrdd a Ieir a'r Cenddi (er mai fersiwn Gymraeg o *Fox and Geese* yw'r olaf). Mae'n debyg mai mabwysiadau Tawlbwrdd a wnaethon ni hefyd. Roedd yna hen gêm a chwaraeid yng Ngwlad yr Iâ, a elwir yn *Talbut*, a barhaodd hyd at ddechrau'r ganrif hon. Fe ellid dweud i sicrwydd bron fod y tair gêm – Hnefatafl, Talbut a Tawlbwrdd yn rhai tebyg iawn i'w gilydd a'u bod wedi dod i Brydain gyda Gwŷr Llychlyn gynt.

Y mae gennym yng Nghymru un arbenigwr ar chwarae Tawlbwrdd – a'r actor Guto Roberts yw hwnnw. Talbwrdd yw'r enw a rydd ef ar y gêm, ac mae'r ffordd y darganfu ef sut i chwarae'r gêm yn ddiddorol dros ben. Rai blynyddoedd yn ôl cefais y fraint o'i groesawu i'n tŷ ni, pryd y dangosodd i mi holl ddirgelion yr hen gêm. Mae'n gêm sy'n gofyn am feddwl cyflym, miniog, ac mae mor gymhleth llawn â drafffts a *chess*, ddwedwn i, a byddai'n dda pe gellid ei hatgyfodi a'i chael ar werth mewn siopau unwaith eto.

Gŵyl Mabsant

Ymysg hen arferion rhyfedd ein cyndeidiau, mae'n siŵr gen i mai'r Ŵyl Mabsant oedd un o'r mwyaf anesboniadwy o'r cyfan i gyd.

Meddai Hugh Evans yn *Cwm Eithin* (tud. 145): 'Un o wyliau hynaf Cymru oedd yr Ŵyl Fabsant.' Mae'n syn mor anodd yw cael ei tharddiad a'i hanes, a'r dull y dethlid hi. Ceir digon o gyfeiriadau condemniol ati ddechrau y ganrif ddiwethaf a diwedd y ganrif o'r blaen, ond beth bynnag oedd hi, diddorol iawn i lawer fuasai darluniad gweddol fanwl ohoni.

Nid yw'r sefyllfa (hyd y gwn i), wedi newid fawr ddim ers i Hugh Evans sgrifennu'r geiriau yna ymhell dros dri ugain mlynedd yn ôl. Ac eto fe fu i'r Ŵyl Mabsant le mwy canolog a phwysig ym mywyd pobol ar hyd y canrifoedd na'r un ddefod arall bron. Felly, wedi hir betruso, dyma fi'n mentro cynnig rhai sylwadau ar y pwnc dyrys yma.

Yn gyntaf ynglŷn â'r enw – gŵyl mabsant. Rwy'n teimlo'n weddol siŵr mai gŵyl mabwys-sant ydoedd yn wreiddiol – sef gŵyl sant mabwysiedig eglwys arbennig – 'patronal feast' yn Saesneg. Credaf mai 'adopted' yw ystyr mabwys yma, ac mae Geiriadur Bodfan yn rhoi hen ystyr 'adoption' i'r gair mabwys. Talfyriad, felly yw gwylmabsant ac fe'i talfyrrwyd ymhellach gydag amser i 'glabsant', 'glasbant' ac yn y blaen. Galwodd rhywun hi yn 'wylmabsatan' oherwydd y drygioni a'r rhialtwch a oedd ynglŷn â hi yn aml. Ond yn fy marn i, roedd bathwr yr enw yna yn tybio'n gyfeiliornus mai 'mab' – 'son' oedd yr elfen flaenaf yn yr enw. Efallai fod hyn yn wir hefyd am Hugh Evans a ddefnyddiodd y ffurf 'gwylfabsant'

Dyna ddigon am yr enw, am y tro beth bynnag. Yn awr at yr ŵyl ei hun a'i nodweddion. Yr hyn sy'n anodd iawn ei egluro yw'r ddeuoliaeth ryfedd a berthynai iddi. Dechreuai'n aml gyda gwylnos yn yr eglwys yng ngolau canhwyllau – pan geid gwasanaeth a gweddïau – weithiau trwy gydol y nos. Yn dilyn wedyn fe fyddai tridiau, mwy neu lai, yn cael eu rhoi i chwaraeon, dawnsio a phob math o oferedd. Roedd hi'n union fel petai mynychu'r eglwys yn gyntaf yn rhoi hawl i bobl wedyn i gymryd rhan yn yr holl rialtwch paganaidd a ddilynai. Fe ddywed awdur *Cwm Eithin* hyn amdani: 'Gallai mai gŵyl baganaidd oedd ar y cyntaf'. Rwyf fi'n cytuno â hyn.

Roedd yr ŵyl mabsant yn flynyddol yn denu tyrfaoedd o bell ac agos. Deuai perthnasau'r plwyfolion ar ymweliad yn ystod yr ŵyl a byddai rhaid eu lletya a'u bwydo yn ystod cyfnod eu harhosiad. Achosai hyn gryn drafferth a chost i'r plwyfolion, a darllenais yn rhywle y byddai rhai ohonynt yn gwario mwy o'u harian prin yn ystod yr ŵyl mabsant nag a warient trwy weddill y flwyddyn.

Gan fod yr hen ffermdai a'r tyddynnod mor gyfyng byddai lletya'r holl ymwelwyr yn broblem. Mae Hugh Evans ac eraill yn sôn am wely arbennig – gwely gwylmabsant – a fyddai'n cael ei ddarparu ar gyfer yr ymwelwyr â'r ŵyl. Nid oedd yn ddim ond matres wedi ei gosod ar y llawr fel gwely-dros-dro. Meddai Hugh Evans:

> Clywais fy nain yn dywedyd wrth i rai ei holi beth oedd ystyr gwely gwylmabsant, y defnyddid llofft yr ŷd, llofft yr ystabal, llawr yr ysgubor, a'r cywlas os byddai'n wag, i wneud gwelâu pan oedd yr hen ŵyl yn ei gogoniant . . . Gwely ardderchog oedd gwely gwylmabsant, dim perygl i neb frifo wrth syrthio dros yr erchwyn pan fyddai'n orlawn.

Mae'n anodd i ni heddiw ddychmygu effaith y mewnlifiad blynyddol yma ar y pentrefi bach a mawr a oedd wedi tyfu o gwmpas yr eglwysi. Am rai dyddiau – wythnos gyfan weithiau – byddai pob gwaith ond yr hanfodol megis godro a choginio yn cael ei roi heibio. Dyma ddisgrifiad Robert Jones, Rhoslan o'r hyn a ddigwyddai yn ystod yr ŵyl:

> Yr oedd mewn llawer o ardaloedd un Sul pennodol yn y flwyddyn a elwid gwylmabsant, ac yr oedd hwnnw yn un o brif wyliau y diafol; casglai ynghyd at eu cyfeillion luaws o ieuengtyd gwammal o bell ac agos, i wledda, meddwi, canu, dawnsio, a phob gloddest. Parhai y cyfarfod hwn yn gyffredin o brynhawn Sadwrn hyd nos Fawrth.

Yn y gyfrol *Hen Gof* (Gwasg Carreg Gwalch, tud. 48), rwy'n tynnu sylw at ŵyl debyg iawn i'r wylmabsant, y sonnir amdani yn *The Folklore of Orkney and Shetland* gan Marwick. Geilw'r awdur yr ŵyl honno yn 'Kirkwall Lammas Market' – a dyma ddywed amdani:

> *Kirkwall Lammas Market used to attract people from every corner of the islands. The floors of empty houses were strewn with straw – free lodgings for those who did not mind sleeping with a crowd of*

*strangers. Couples would agree to be sweethearts for the period of
the fair, during which they behaved as married couples. They were
known as Lammas brothers and sisters.*

Yn awr, er mai sôn am ŵyl, neu ffair, yn gysylltiedig â Chalan Awst y mae
Marwick, nid oes amheuaeth yn fy meddwl i nad yw'n ddisgrifiad cywir o'r
hyn oedd yn digwydd yn yr wylmabsant gyntefig hefyd. A dyma ddyfyniad o
Irish Folk Ways, Estyn Evans:

> *During the week beginning on the 26th August, is held the notorious
> Donnybrook Fair, professedly for the sale of horses and black cattle,
> but really for vulgar dissipation and formerly for criminal outrage
> and the most revolting debauchery.*

Cododd Estyn Evans y geiriau yna o'r *Parliamentary Gazetteer*, am 1845,
ac mae ef ei hun yn ychwanegu'r geiriau hyn.

> *The absence of moral restraint which led to extremes of lawlessness
> . . . was a normal characteristic accompaniment of these periodic
> folk gatherings. Their purpose appears to be cathartic, but that there
> is a lingering fertility magic underlying the excitement . . .*

Fe aeth llawer o'r hen wyliau mabsant yn ffeiriau go iawn gydag amser
ac y mae nifer ohonynt yn parhau i gael eu cynnal yn flynyddol. Yn wir, mae
lle i gredu mai gŵyl mabsant oedd y Kirkwall Lammas Market yn y lle cyntaf.
Mae'r enw, Kirkwall, yn arwyddocaol yma, gan mai o gwmpas muriau'r
eglwys ac yn y mynwentydd y cynhelid yr hen ŵyl mabsant. Efallai, yn wir,
mai ffair oedd yr hen ŵyl mewn cyfnod cyn-gristnogol. Fel y gwyddom mae'r
ffair yn hen iawn yn niwylliant y Celtiaid – yn hŷn na Christnogaeth o dipyn.

Pan ddaeth Sant Awstin i Brydain yn 587 OC, roedd wedi derbyn
cynghorion cynhwysfawr ar sut i ymddwyn ar ôl cyrraedd gan y Pab Gregory,
y gŵr a'i danfonodd. Mae'r cynghorion hyn ar glawr. Ni ddylid, meddai'r Pab,
dynnu i lawr y temlau paganaidd yn y wlad. Byddai'n ddigon i ddinistrio'r
delwau oedd ynddynt:

> *Therefore let these places of heathen worship be sprinkled with holy*

water: let altars be built and relics placed under them: for if these
temples are well-built, it is fit the property of them should be altered:
that the worship of devils be abolished, and the solemnity changed to
the service of the true God . . .

Trwy wneud hyn, meddai'r Pab, fe fyddai'r brodorion yn fwy tebyg o
barhau i'w fynychu. Yna mae Gregory yn cynghori ymhellach, fel hyn – a
dyma ni'n dod at darddiad yr ŵyl mabsant, yn fy marn i:

Upon the anniversary of the saints, whose relics are lodged there, or
upon the return of the day the church was consecrated, the people
shall make them booths about those churches lately rescued from
idolatry, provide an entertainment and keep a Christian holy-day;
not sacrificing their cattle to the devil, but killing them for their own
refreshment and praising God for the blessing; that thus, by allowing
them some satisfactions of sense, they may relish Christianity the
better . . .

Onid yw'r geiriau uchod, o eiddo'r Pab Gregory, yn dangos i ni darddiad
yr ŵyl mabsant?

Mae'n debygol felly, mai clymu gŵyl y mabwys-sant wrth ŵyl a oedd wedi
bod yn gysylltiedig â theml baganaidd a wnâi'r Cristnogion, fel y gwnaethant
gyda llawer o hen wyliau eraill. Mae'n siŵr mai'r gobaith oedd y byddai'r ŵyl
yn cael gwared â'r elfennau paganaidd a berthynai iddi – gydag amser. Ond
fe aeth canrifoedd heibio cyn i hynny ddigwydd! Yr oedd y trefniant a fodolai
wrth fodd y werin, wrth gwrs. Roedd y bobl gyffredin yn barod iawn i dalu
gwrogaeth i'r grefydd newydd tra bod rhyddid iddynt barhau â'r hen wyliau
a'r dathliadau paganaidd.

Roedd yna gyfaddawd hwylus – tyrrai'r bobl i'r eglwys i gynnal gwylnos
a gwasanaethau crefyddol hyd doriad gwawr. Trannoeth roedd yr un bobl yn
troi'n ôl at 'grefydd y gwydd a'r gog', chwedl Dafydd ap Gwilym. Gwelir yr
un cyfaddawdu diddorol rhwng Cristnogaeth a phaganiaeth mewn sawl rhan
o'r byd hyd heddiw, megis Pabyddiaeth a voodoo yn cyd-fyw yn hapus yn Haiti.

Yn y cyfnod cyn-gristnogol arferai'r hen Geltiaid, ein cyndeidiau ni,
gynnal eu gwyliau a'u ffeiriau gerllaw llynnoedd a ffynhonnau. Yr oedd y
mannau hyn yn gysegredig ac yno y byddent yn addoli eu duwiau a'u

duwiesau ac yn aberthu iddynt. A dyma'r union fannau a ddewisodd cenhadon y grefydd newydd i sefydlu eu heglwysi, wrth gwrs! Ac yn amlach na pheidio byddai'r ffynhonnau'n cael eu henwi o'r newydd ag enwau'r mabwys-seintiau neu rywrai eraill o gymeriadau amlwg y ffydd Gristnogol, yn enwedig os oedd sôn fod dŵr y ffynhonnau hynny yn llesol i iechyd.

Fe fyddai'r mabwys-sant yn dod gyda'i greiriau, a'i 'fuchedd' – sef hanes ei fywyd a'i waith, a fyddai'n cynnwys nifer helaeth o 'wyrthiau' fel arfer. Mae 'buchedd' Dewi Sant yn sôn am y ddaear yn codi o dan ei draed yn Llanddewi Brefi, a buchedd yr enwog Sant Columba yn sôn amdano'n cyflawni gwyrth trwy ymladd ag ysbryd, neu dduw'r ffynnon ac yn ei drechu. Roedd hi'n oes y gwyrthiau! Medrai'r hen dduwiau pagan eu cyflawni, ac nid gwiw i seintiau'r grefydd newydd fod ar ei hôl hi!

Bu'r seintiau a'r cenhadon cynnar yn llwyddiannus iawn. Bu rhaid i'r hen 'grefydd' gilio. Ond nid enillwyd y maes yn llwyr chwaith – hyd y dydd heddiw.

*　*　*

I lawn ddeall arwyddocâd yr Ŵyl Mabsant, rhaid edrych yn fwy manwl ar rai o'r arferion oedd ynghlwm wrthi. Un elfen gyffredin oedd y *gloddesta* afreolus a ddilynai'r noswyl yn yr eglwys. Yn awr, y gair Saesneg am loddest yw 'orgy', ac fe geir llawer o sôn am y ddefod ddemonig yma mewn llyfrau ar fytholeg a llên gwerin. Cytuna'r arbenigwyr mai defod baganaidd yw hi a'i bod hi'n bennaf yn gysylltiedig â chymunedau amaethyddol 'slawer dydd. Mae rhyw ddirgelwch mawr yn perthyn i'r 'orgy' ac mae'r syniadau paganaidd tu ôl iddi wedi goroesi bron hyd at ein dyddiau ni. Dyma a ddywed Mircea Elaide (*Patterns in Comparative Religion*, tud. 420):

> *At the most elementary level of religious life there is the orgy, for it symbolizes a return to the amorphous and the indistinct, to a state in which all attributes disappear and contraries are merged.*

Ac eto ar dudalennau 357-8 mae'n dweud hyn:

> *The orgy sets flowing the sacred energy of life. Until quite recently the Holi (India) preserved all the marks of the collective orgy, let*

loose to excite and bring to boiling point the forces of creation and reproduction throughout nature. All decency was forgotten, for the matter was far more serious than mere respect for norms and customs, it was a question of ensuring that life should go on.

Eto:

The Hos of north eastern India practised tremendous orgies during harvest, which they justified by the idea that vicious tendencies were aroused in both men and women and must be satisfied if the equilibrium of the community were to be established. The debauchery common during harvest in central and southern Europe was condemned by a great many councils, noteably the Council of Auxerre in 590.

'Orgy' neu loddest oedd y Satwrnalia – yr hen ŵyl Rufeinig a gychwynnai ar y 19eg o Ragfyr ac a barhâi am wythnos. Yn ystod yr ŵyl yma byddai cyfraith a threfn yn cael eu hanwybyddu'n llwyr, a byddai anrhefn yn rheoli. Bryd hynny ai'r meistr yn was a'r gwas yn feistr, a'r wraig rinweddol yn butain. Gŵyl y duw Sadwrn oedd hi – sef duw'r hau a'r medi.

Mae'n anodd dweud sut y daeth y gwyliau mabsant yn gysylltiedig â'r math uchod o ymddwyn, ond mae'n ffaith ddi-droi'n-ôl eu bod nhw ar hyd y canrifoedd wedi bod yn rhannol yn wyliau crefyddol, eglwysig ac yn rhannol yn loddestau paganaidd.

I ddangos mor ddifrifol oedd yr anfoesoldeb yn yr hen wyliau mabsant cynnar – y 'wakes' – fe garwn dynnu sylw at ddyfyniad o'r *Dictionary of Faiths and Folklore* (Hazlitt, tud. 616).

In the 'Ancren Riwle' (13th century), there is a curious allusion to the case of a lady who was narly dying unshriven, because she refused to confess till the last moment, that she had once lent a garment to another woman to go to a wake.

Ond gyda'r blynyddoedd fe ddaeth yr hen wyliau hyn yn fwy gwareiddiedig, wrth gwrs. Fe ddaeth Piwritaniaeth i erlid yr elfennau mwyaf anllad a berthynai iddyn nhw. Aeth y dawnsfeydd yn fwy gweddus a'r chwaraeon yn fwy trefnus a chystadleuol. Ond fe arhosodd cysgodion yr hen farbareiddiwch bron hyd at ein dyddiau ni.

Dywed M.A. Courtney *(Folklore and Legends of Cornwall)* fod math o ŵyl mabsant yn cael ei chynnal yn Crowan, Gorllewin Cernyw, tua 1890, ac mai'r enw arni oedd 'Taking Day'. Dyfynnaf o'r gyfrol:

> Taking Day . . . *is still duly observed at Crowan . . . Annually on the Sunday evening previous to Praze-an-beeble fair, large numbers of the young folk repair to the parish church, and at the conclusion of the service they hasten to Clowance Park, where large crowds assemble, collected chiefly from the neighbouring villages of Leeds-town, Carnell-green, Nancegollan, Blackrock and Praze. Here the sterner sex select their partners for the forthcoming fair . . . Many a happy wedding has resulted from the opportunity afforded for selection on 'Taking Day' in Clowance Park.*

Mae'n ddiddorol sylwi fod yr awdur uchod yn cytuno â Hugh Evans pan ddywed am 'Taking Day' '. . . *An old custom about which history tells us nothing.'*

Rhaid tynnu sylw cyn terfynu, at un arferiad pwysig arall a oedd yn rhan o'r ŵyl mabsant. Rwy'n cyfeirio at yr arfer o ddwyn llwythi o frwyn i'r eglwys ar y prynhawn Sadwrn cyn cychwyn swyddogol yr ŵyl y diwrnod canlynol – sef dydd Sul. Mae Christian Hole *(A Dictionary of British Folk Customs)* yn dweud wrthym y byddai lloriau'r hen eglwysi'n cael eu gorchuddio â brwyn, er mwyn glendid ac er mwyn cynhesrwydd. A phan ddeuai'r ŵyl mabsant flynyddol, byddent yn cael gwared o'r hen frwyn ac yn gwasgaru brwyn newydd, glân a phersawrus ar y lloriau i gyd, ac weithiau ar y beddau yn y fynwent hefyd.

Fe fyddai yna lawer o rwysg a seremoni ynghlwm wrth y cywain brwyn yma. 'Rushbearing' yw'r enw Saesneg arno, a dyma ddisgrifiad Christina Hole o'r hyn a ddigwyddai:

> *Every part of the parish contributed its quota of sweet-smelling rushes, sometimes carried in bundles by young women in white, but more often piled high in decorated harvest-wains, and held in place by flower-covered ropes . . . The best horses in the village were chosen*

to draw the carts; Morris usually preceded them, and children and young people walked beside them carrying garlands which were hung in the church after the new rushes had been laid down.

Diwrnod tebyg i ddiwrnod carnifal yn ein dyddiau ni oedd achlysur cludo'r brwyn. Roedd e'n ddiwrnod arbennig i'r plant hefyd. Byddent yn cael gwisgo'u dillad gorau, a'r rheini'n ddillad newydd yn aml, a byddai'r merched yn eu ffrogiau lliwgar – yn ôl un hen adroddiad – yn shew werth ei gweld.

Ar ôl gorffen addurno'r eglwys a rhoi'r brwyn ar y lloriau, byddai gweddill y prynhawn yn eiddo i'r plant a'r bobl ifainc yn bennaf a chaent hwyl wrth gymryd rhan mewn chwaraeon a mabolgampau.

Yn awr, wrth derfynu, fe garwn allu cytuno â Christina Hole mai unig bwrpas y cludo brwyn i'r eglwys oedd er mwyn glendid a gwresogrwydd. Ond mae'n rhaid i mi gyfaddef mod i'n amau hynny'n fawr. Yr oedd i'r brwyn (bythwyrdd) eu harwyddocâd paganaidd. Roedd eu gwyrddlesni'n symbol o fywyd tragwyddol – fel roedd yr ywen yn y fynwent hefyd. Dyna pam y byddent yn rhoi brwyn ar y beddau, yn ogystal ag ar loriau'r eglwys.

Fel rhan o seremoni 'cludo'r brwyn' byddai'r merched yn gwneud addurniadau o frwyn a blodau (ar ffurf croesau yn bennaf), a'r rheini'n cael eu gosod tu fewn i'r eglwys i'w harddu ar gyfer trannoeth. Mae yna ddigon o sôn mewn llên gwerin am wneud pethau o frwyn a gwellt a fyddai'n cael eu gwisgo neu eu cadw – i ddod â lwc i'r perchen. Rwy'n cofio ni'n blant yn plethu 'cwlwm cariad' o frwyn 'slawer dydd, ac mae sôn am wŷr ifainc yn rhoi modrwyau brwyn i'w cariadon a hynny'n arwydd eu bod yn briod i bob pwrpas. Mae Estyn Evans *(Irish Folk Ways)* yn sôn am 'Groesau Sant Ffraid', sef y Santes Gristnogol a oedd yn wreiddiol yn dduwies baganaidd. Ei dydd gŵyl hi yw'r cyntaf o Chwefror, ac ar noswyl y dydd hwnnw – sef y dydd olaf o Ionawr:

On that day rushes are fashioned into protective charms known as Bridget's Crosses . . . Bridget's Crosses are believed to protect the house and the livestock from harm and fire. No evil spirit could pass the charm, which was therefore hung above the door of the house or byre.

Byddai merched gynt yn gwneud croesau brwyn ac yn eu taflu ar wyneb llyfn ffynnon neu lyn. Os byddai'n aros ar wyneb y dŵr yr oedd yn arwydd o gariad a hapusrwydd. Os suddent yr oedd yn arwydd o farw'n ifanc.

Ond rwy'n crwydro. Tynnais sylw at yr arferion uchod er mwyn ceisio profi nad gweithred syml – er mwyn glendid a gwresogrwydd – oedd y ddefod flynyddol o gywain, neu gludo, brwyn i'r eglwys, na'r arfer o addurno ei thu mewn â chroesau brwyn a blodau. Defod o natur baganaidd oedd hi, er ei bod hi ynghlwm wrth ŵyl Gristnogol – fel yr oedd Croesau Sant Ffraid ynghlwm wrth ddydd gŵyl y Santes Gristnogol a oedd wedi bod cyn hynny yn dduwies baganaidd.

Yn awr rwyf am gynnig eglurhad posibl ar yr arferiad o gywain brwyn ac o addurno'r eglwys â brwyn a blodau. Rwyf am awgrymu, yn ddigon petrusgar, fod yna ddolen gyswllt rhwng yr arfer yma a'r hen ddefod gyntefig o addurno ffynhonnau. Y mae Hazlitt *(Dictionary of Faiths and Folklore)* yn lled-awgrymu fod yna gysylltiad rhwng y 'wake' (gŵyl mabsant) a'r hyn a elwir yn *'Waking the Well'*. O gofio gorchymyn y Pab Gregory (OC 601) ynglŷn â throi'r hen demlau paganaidd yn eglwysi Cristnogol yn hytrach na'u tynnu i lawr, ac o gofio fod y rheini fynychaf yn ymyl ffynhonnau a oedd yn gysegredig i dduwiau neu dduwiesau Celtaidd, onid yw'n rhesymol i ni gredu fod rhan o hen ŵyl baganaidd, a oedd yn cynnwys addurno'r ffynnon wedi cael eu mabwysiadu gan yr ŵyl Gristnogol a oedd yn dathlu pen-blwydd y nawddsant neu ben-blwydd cysegru'r eglwys?

Fe brofodd yr hen grefydd baganaidd yn ymwneud â dŵr a ffynhonnau – *'the cult of water'* fel y geilw Elaide hi, yn faen tramgwydd i'r grefydd newydd o'r dechrau, fel y dengys y dyfyniad isod o'r gyfrol *Patterns in Comparative Religion* (tud. 200):

> *The cult of water . . . displays a remarkable continuity. No religious revolution has ever put a stop to it; fed by popular devotion, the cult . . . came to be tolerated even by Christianity after the fruitless persecution of it in the Middle Ages . . . Ecclesiastical prohibitions were made over and over again, from the second Council of Arles 443 or 452 – until the Council of Treves in 1227.*

Cyn gadael y gyfrol uchod, rhaid dyfynnu hanesyn a geir ynddi – sydd yn tueddu i brofi fod fy namcaniaeth – mai symud o'r ffynnon i'r eglwys a wnaeth hen ddefod y *'Rushbearing'*. Dyma'r hanesyn yng ngeiriau'r awdur ei hun.

*And finally I think I should recall the ritual that took place at the lake
of Saint Andeol (in the Aubrac Mountains) described by Saint
Gregory of Tours (AD 544-95).*

*The men came in their carts and feasted for three days by the
lakeside, bringing as offerings linen, fragments of clothing, woollen
thread, cheese, cakes and so on. On the fourth day there was a ritual
storm with rain (clearly it was a primitive rite to induce rain). A
priest, Parthenius, having in vain tried to convince the peasants to
give up this pagan ceremonial, built a church to which the men
eventually brought the offerings intended for the lake.*

Dyma sut y bu hi, felly. Fe aeth y Cristnogion ati (gyda chefnogaeth
penaethiaid y bobl) – i fabwysiadu'r hen demlau paganaidd a'u troi'n
eglwysi'r Ffydd Newydd. Yna cafodd pob eglwys ei mabwys-sant i fod yn
nawdd ac yn ysbrydoliaeth i'r gynulleidfa. Yna fe fabwysiadwyd y ffynhonnau
lle bu'r cynulliadau paganaidd, gan eu cysegru i seintiau, neu santesau
Cristnogol: Ffynnon Bedr, Ffynnon Fair, Ffynnon Dewi ac yn y blaen. Yn aml
iawn, mae'n siŵr, mabwys-sant yr eglwys newydd a fyddai'n rhoi ei enw (neu
ei henw) i'r ffynnon gyfagos hefyd. Nid gwaith anodd, felly, fyddai
trosglwyddo'r hen ddefod o addurno'r ffynnon – a oedd yn ddefod baganaidd
– a'i gwneud yn ddefod o 'wisgo'r' eglwys â brwyn, a thrwy hynny ei gwneud
yn weithred Gristnogol. Wrth gwrs, nid yw'n debygol y byddai hynna'n
digwydd yn rheolaidd. Mewn lleiafrif o eglwysi y mae yna sôn am y seremoni
o gludo brwyn, ac mae'r hyn a ddywedais ar y dechrau – am yr ŵyl mabsant
yn cychwyn gyda gwylnos yn yr eglwys – yn wir am y rhan fwyaf. Mae'n werth
sylwi hefyd fod yr hen seremoni o addurno ffynhonnau yn parhau o hyd
mewn mannau.

Wrth gau pen y mwdwl, fe garwn gyfeirio unwaith eto at y tyrru o bob man
i'r ŵyl mabsant. Dywed mwy nag un ffynhonnell wrthym mai perthnasau'r
plwyfolion yn dod ynghyd oedd llawer o'r rhain, a gallwn ddychmygu hen
gyfnod pell yn ôl, pan oedd pobol yn byw yn llwythau paganaidd – a'r rheini'n
ymgasglu i ddathlu un ŵyl fawr, flynyddol gyda'i gilydd yn ymyl llyn neu
ffynnon gysegredig. Byddent yn dod â'u gwartheg a'u ceffylau gyda hwy, a
nwyddau i'w gwerthu a'u cyfnewid. Byddai yno fabolgampau ac ymrysonau
– a rasus ceffylau. Ac am fod yna brynu a gwerthu a chyfnewid yn mynd
ymlaen, fe aeth safle'r ŵyl, gydag amser, yn ffair. Am ei bod yn ŵyl baganaidd,

fe ai llawer o rialtwch a gloddesta ymlaen yn y gwyliau hyn.

Yna fe ddaeth y cenhadon Cristnogol i hawlio'r ffynnon neu'r llyn yn ogystal â'r tir o'u cwmpas. Codwyd eglwysi ar safleoedd yr hen wyliau paganaidd, neu fe drowyd yr hen demlau'n eglwysi. Yna cyhoeddwyd gŵyl Gristnogol yn y gobaith y byddai hynny, gydag amser, yn diddymu'r un baganaidd. Ond nid felly y bu yn hanes yr ŵyl mabsant. Cymysgedd rhyfedd o'r paganaidd a'r Cristnogol fu hi ar hyd y canrifoedd.

Maen Magl, Glain Nadredd, Wy Derwydd, Glain Colyn y Neidr

Mae'r uchod i gyd yn enwau ar yr un peth – a'r 'peth' hwnnw yn dipyn o ryfeddod. Yr oedd Pliny'n gwybod amdano yn y ganrif gyntaf OC, ac fe roddodd ar gof a chadw ddisgrifiad o'r 'maen' neu'r 'glain', ynghyd â disgrifiad hefyd o'r modd syfrdanol y deuai i fodolaeth.

Yn ôl bron pob tystiolaeth sydd gennym, fe gâi'r maen magl neu'r glain nadredd ei lunio pan fyddai nadredd yn crynhoi i'r un man ar adeg arbennig o'r flwyddyn, ac yn mynd yn un pentwr gwinglyd, gan weu trwy'i gilydd a gwneud sŵn rhyfedd. Wrth gordeddu felly fe fydden nhw'n cynhyrchu rhyw boer neu lysnafedd, ac o gasglu hwnnw at ei gilydd a chwythu arno fe fyddai'r maen, neu'r glain, yn cael ei ffurfio. A gwyn ei fyd y sawl a fyddai'n ddigon lwcus i ddod o hyd i un o'r 'meini' hyn: fe fyddai'n ei gadw rhag drwg ac yn ei alluogi i wella llawer math o afiechyd.

Yn ffodus iawn, nid oes angen i ni Gymry Cymraeg ddibynnu ar Pliny na neb arall o'r hen amser am wybodaeth am y 'maen' neu'r 'glain'. Y mae gennym gofnod amhrisiadwy o ddwy ddynes yn sôn am ddau deulu yn ne Cymru a oedd yn berchenogion ar y rhyfeddodau hyn.

Yr un gyntaf yw Mrs Rees, o ardal Llansamlet mae'n debyg, a recordiwyd gan y diweddar Athro T. J. Morgan yn 1939, a'r ail yw'r Dr Ceinwen Thomas o Nantgarw, wedi ei recordio'n llawer mwy diweddar yn y gyfres 'O Ben i Ben' gan John Owen Huws.

Mrs Rees sy'n siarad gyntaf, a dyma sydd ganddi i'w ddweud – heb ddilyn y tâp air am air. Mewn atebiad i gwestiwn agoriadol TJM mae Mrs Rees yn dweud iddi ei gael e gan ei mam ac i honno ei gael e gan ei mam hithe, ac felly'n ôl am genedlaethau. Yna mae'n dweud am yr hen, hen, hen fam-gu a gafodd y maen yn y lle cynta. Roedd honno'n gweithio yn y gegin ar fferm y teulu (lle o'r enw Felinfran yn Llansamlet) pan glywodd hi sŵn mawr, neu 'fwster ofnadwy', allan yn y cae. Mae'n gadael ei gwaith ac yn mynd allan i weld beth oedd achos y twrw. A dyma hi'n gweld neidr fawr, ac yna un arall ac yna ddwsinau ohonyn nhw. Fe gafodd hi'r fath ddychryn nes gwneud iddi redeg nôl i'r tŷ â'i gwynt yn ei dwrn. Roedd hi wedi clywed bod nadredd yn cwrdd â'i gilydd i wneud 'maen macal' ac roedd hi'n meddwl mor dda fyddai hi pe bai hi'n gallu cael un.

Fe aeth aelod arall o'r teulu, a oedd yn fwy mentrus na hi, allan i weld beth oedd yn mynd ymlaen yn y cae, a dyma fe'n gweld pentwr mawr o nadredd yn 'fishi' yn gwneud y maen macal 'ma o'u poeri.

Fore trannoeth fe aeth yr hen nain allan yn y bore bach i edrych yn fanwl am y maen macal, a phan gododd yr haul fe'i gwelodd e'n disgleirio yn y borfa, oherwydd o ran ei wneuthuriad roedd y maen yn debyg i wydr 'trwbwl', meddai Mrs Rees: gwydr niwlog i ni efallai. Tu mewn i'r 'gwydr' roedd smotiau bach melyn ac fe fyddai mam Mrs Rees yn dweud wrth ei merch mai llun y neidr oedden nhw.

Ar ôl i'r maen magl ddod i feddiant teulu Felinfran, roedd pobol yn tyrru yno o bell ac agos i wella'u llygaid 'toston'. Mae'n debyg fod y maen yn gallu gwella unrhyw anhwylder ar y llygaid, hyd yn oed peth mor syml â llyfelyn. Mae Mrs Rees yn sôn fel y byddai ei hen fam-gu yn ei 'iro' fe yn llygaid y claf ar ôl i ddodi fe gynta mewn dŵr 'clâf' (claear).

Ond fe fyddai ei mam yn fwy esgeulus. Fe fyddai hi'n rhoi'r maen macal yn fenthyg i bobl oedd yn galw i gael triniaeth. Ond ar ôl ei roi'n fenthyg i rywun, fe ddaeth y maen yn ôl lawer iawn yn llai, am fod hwnnw, mae'n debyg, wedi ei roi mewn dŵr berwedig yn lle dŵr claear – oherwydd bod y defnydd a oedd yn y maen yn dueddol i doddi fel cŵyr mewn dŵr rhy boeth.

Wedyn fe gafodd teulu o Gaerdydd ei fenthyg e, a doedd dim shwd beth â'i gael e 'nôl oddi wrth y rheini. Ond roedd mam Mrs Rees yn hiraethu am y maen magl ac fe fu raid i Mrs Rees fynd yn groten fach i lawr i Gaerdydd i geisio'i gael e 'nôl. Ar ôl cyrraedd y tŷ, doedd neb eisiau siarad am y maen magl. Ond o'r diwedd fe fynnodd Mrs Rees gael y maen yn ôl. Ond roedd hi'n siom ofnadwy iddi hi a'i mam ei fod wedi mynd yn llai fyth tra buodd e ar goll.

Geiriau olaf Mrs Rees ar y tâp yw'r rhain.

'Mae ei gyda fi nawr ond 'dwy i ddim yn gwella neb ag e.'

Adrodd stori a glywodd hi gan ei mam y mae Dr Ceinwen Thomas. Mae hi'n galw'r 'glain' neu'r 'maen magl' yn 'Glain Colyn y Neidr' – sy'n enw llai cyfarwydd ar y gwrthrych dan sylw.

Yn ôl yr hanes fe gafodd ei mam ei magu gan ei modryb a'i hewyrth mewn fferm o'r enw Rhifêr. Un diwrnod fe ddywedodd ei hewyrth ei fod yn bwriadu mynd y bore hwnnw draw i gyfeiriad Castell Coch i edrych am ryw ddefaid oedd wedi crwydro. A dyma fe'n mynd. Ac i ffwrdd buodd e trwy gydol y dydd, heb ddod adre i gael ei ginio na'i de. Yna pan oedd hi'n dechrau brigo nos, a'i wraig yn dechrau gofidio o ddifri amdano fe – dyma fe i'r tŷ. Fe sylwodd y merched – sef mam Ceinwen Thomas a'r forwyn – ei fod e'n dal rhywbeth mewn neisied poced yn ei law.

'Welsoch chi lain-colyn-y-neidr erioed, ferched?' medde fe.

'Naddo ni,' atebodd y merched.

'Wel, dyma fe i chi,' medde fe, gan dynnu rhyw gylch bach tua modfedd o led a thua'r un faint o hyd, o'r neisied. Roedd e'n disgleirio tipyn bach, yn debyg i asgwrn neu ifori.

'Sut daethoch chi o hyd iddo?' holai'r merched.

A dyma'r hanes.

Wedi cerdded ymhell a methu dod o hyd i'r un ddafad golledig, fe ddaeth yr ewyrth i fan lle'r oedd coed yn tyfu; ac ynghanol y coed, roedd yna lecyn glas, clir. Yn sydyn dyma fe'n gweld neidr yn y borfa, ac yna un arall ac un arall wedyn. A chyn bo hir, er mawr syndod iddo, roedd y coed yn llawn nadredd yn symud yn gyflym tua'r fan lle'r oedd ef yn sefyll. Gan eu bod nhw'n dod o bob cyfeiriad doedd dim modd dianc. Felly, beth wnaeth e ond dringo i ben coeden wrth ymyl y llecyn glas.

Pan ddaeth y nadredd at ei gilydd, dyma nhw'n dechre cordeddu trwy'i gilydd yn un pentwr ar y llawr. Allai'r ewyrth wneud dim ond edrych i lawr ar yr hyn oedd yn mynd ymlaen, oherwydd roedd y nadredd yn rhy agos at y goeden iddo fentro dod lawr a cheisio dianc. Fanny buodd e am oriau yn edrych ar y nadredd yn gwingo trwy'i gilydd yn ddi-stop.

Yna pan oedd yr haul yn suddo tu ôl i fynydd y Garth yn y pellter, dyma'r nadredd yn llithro i ffwrdd, fel pe bydden nhw wedi cael arwydd o rywle i ymadael â'r llecyn glas yn y coed. Cyn bo hir roedden nhw wedi mynd bob un – ond un. Roedd honno'n gorwedd yn gelain ar y borfa â rhywbeth am 'i chanol.

Fe ddaeth y ffermwr i lawr o ben y goeden wedyn a mynd at y neidr farw. Fe dynnodd y peth oedd am ei chanol i lawr dros ei chynffon hi. Fe wydde fe'n iawn mai glain-colyn-y-neidr oedd e.

Fe aeth sôn trwy'r ardal i gyd fod 'glain' wedi dod yn eiddo i deulu Rhifêr ac ymhen tipyn fe ddaeth gwraig i ofyn am ei fenthyg i wella wen fawr a oedd yn tyfu ar ei gwddf. Fe gafodd fenthyg y glain ac fe roddodd ruban trwyddo fe a'i hongian e ar y wen. Gydag amser fe aeth y wen yn llai ac yn llai, hyd nes, yn y diwedd, roedd ei gwddf fel gwddf unrhyw un arall. Ond wrth gael gwared â'r wen, roedd y glain wedi mynd lawer yn llai hefyd.

Ymhen amser wedyn, fe ddaeth gwraig arall â wen ar ei hwyneb i ofyn am fenthyg y glain. Fe'i cafodd, a chafodd hithau wellhad llwyr hefyd, ond y tro hwn roedd y glain wedi treulio cymaint fel yr aeth yn llwch, neu'n lludw mân.

Dyna i ni dystiolaeth y ddwy wraig gyfrifol o dde Cymru. Nid yw'r hyn sydd ganddynt i'w ddweud yn wahanol iawn i'r hyn a gofnodwyd gan Pliny bron i ddwy fil o flynyddoedd yn ôl.

Ond yn awr rhaid gadael y ddwy wraig a throi at yr hyn sydd gan eraill i'w ddweud am y maen magl neu'r glain nadredd.

Mae *Geiriadur Prifysgol Cymru* yn rhoi 'adder-bead' fel un enw ar y peth yn Saesneg, ac fe geir yr un enw yn *Dictionary of Faiths and Folklore* (Hazlitt), lle rhoddir cryn sylw i'r 'rhyfeddod'. Mae'r gyfrol yma'n rhoi i ni bennill gan fardd Saesneg sy'n disgrifio'r broses o wneud y maen neu'r glain. Nid anfuddiol fyddai dyfynnu rhai llinellau:

The potent adder stone
Gender'd 'fore the autumnal moon:
When in undulating twine
The foaming snakes prolific join;
When they hiss, and when they bear
Their wondrous egg aloof in air: . . .

Dyna gyfeiriad arall at yr adder neu'r *viper* (gwiber), ac mae nifer o rai eraill – sy'n awgrymu mai'r math yma o nadredd gwenwynig fyddai'n dod ynghyd cyn yr *autumnal moon* (lleuad Fedi)? – i lunio'r 'glain'. Mae'n werth sylwi mai'r enw ar y gwrthrych mewn rhannau o Gernyw, yn ôl Edward Lhuyd, oedd Milprey *(a thousand worms)*.

Rhaid dweud un peth arall cyn terfynu. Mae'n dod yn bur amlwg ar ôl ymchwilio tipyn, ein bod yn trafod mwy nag un math o faen neu lain. Mae un math yn sicr ar ffurf glain neu 'bead' – â thwll yn ei ganol. Mae'r llall yn grwn neu'n hirgrwn fel wy. Dyna sut y rhoddwyd arno'r enw 'Wy Derwydd'. Ac, yn wir, y mae 'wy' felly yn rhan o regalia'r Archdderwydd yn ein Gorsedd y Beirdd ni. Dangoswyd 'wy' o'r math yma ar y rhaglen 'Antique Road Show' rwy'n meddwl. Yr oedd hwnnw wedi ei euro drosto, ond hawliau'r un a oedd yn ei arddangos mai 'carreg' *(gall-stone)* wedi'i gwaredu gan ddafad neu fuwch ydoedd!

Rwy'n meddwl, efallai, fod Mrs Rees uchod yn siarad am faen ar ffurf wy, tra mae Dr Thomas yn sicr, yn sôn am fath o *bead* neu garreg â thwll ynddi – rhywbeth ar ffurf modrwy mae'n debyg, gan ei bod wedi'i gwneud yn gylch am gorff y neidr fawr, yn ôl y stori. Ac mae hynna'n dwyn ar gof i mi hen feddyginiaeth fy mam at wella llyfelyn ar fy llygad. Byddai hi'n diosg ei modrwy aur, briodasol, ac yn ei rhoi i mi i'w rhwbio yn y llyfelyn; a gallaf dystio i'r driniaeth lwyddo bob tro yn ddi-ffael.

Nid oes neb heddiw, hyd y gwn i, yn credu bod y gleiniau a'r meini uchod yn gallu gwella afiechydon. Fel y dywedodd Mrs Rees a oedd yn berchen 'maen macal': '. . . dwy i ddim yn gwella neb ag e.' Nid oes neb chwaith, mae'n siŵr gen i, yn barod i gredu'r storïau am y ffordd y cânt eu llunio.

O, chwi o ychydig ffydd!

Yr ych a'r ceffyl

Mae ambell dwmpath morgrug
Ac ambell bridd y wadd,
Ac ambell gudyn garw
Sy'n anodd iawn ei ladd.
Rhaid
Cael bloneg moch Cydweli,
A swnd o Landyfân,
A hogi'n amal amal
I ladd y gwair yn lân.

Fe genid y gân fach uchod gan bladurwyr sir Gaerfyrddin wrth ladd gwair
slawer dydd; ac fe ddaeth i'm meddiant i drwy law'r diweddar Ganon W.
Parry Jones, awdur *Welsh Country Upbringing, Welsh Country Customs
etc.* Yr oedd ef a minnau'n dipyn o ffrindiau – wedi ein geni a'n magu yn yr
un rhan o Shir Gâr ac wedi mynychu'r un ysgol gynradd, sef Ysgol Capel Mair,
sy' bellach wedi'i chau ers blynyddoedd lawer. Pan alwai'r Canon i'm gweld
byddai'n aml yn fy atgoffa (gyda pheth balchder) ei bod yn dipyn o ryfeddod
fod dau awdur – un yn Saesneg a'r llall yn Gymraeg – wedi eu codi mewn
ysgol fach, wledig, ddi-nod fel Capel Mair!

Ond gyda llaw yw'r cyfan yna. Rwy i wedi gyrru'r pennill uchod i *Llafar
Gwlad* er mwyn ei ddiogelu, rhag ofn iddo fynd yn ango', oherwydd, hyd y
gallaf fi gofio, 'does yna ddim mwy na mwy o benillion 'gwaith' ar gof a chadw
yn y Gymraeg erbyn hyn.

Nid yr un math o beth yw 'Cân yr Ychen', e.e.

Ymlaen y duon ewch
Dos dithau'r llwyd ar ras,
Neu fe ddaw'r haf a ninnau
Heb dorri'r gwndwn glas.

Arddwr yn canu i'w ddiddanu ei hun a'i anifeiliaid sydd yma. Gweithwyr yn
cydganu, i rithm y pladurio, geir yn y llall.

Y rhai olaf yma sy'n brin dybiwn i. Fe ddywed Tegwyn Jones wrthym yn
ei gyfrol *Tribannau Morgannwg*, 'Cofnodwyd llu o geinciau cathreinwyr

(gyrwyr ychen), i'w canu wrth yrru ychen . . . ' Dyma ddau bennill triban a genid, hwyrach, gyda'r ceinciau hynny:

> Mi halas lawer blwyddyn
> I ganu gita'r ychin,
> Bara haidd a chosyn cnap –
> Dim tishan lap na phwdin.

A hwn:

> O dewch yr ychen gwirion
> Hir gyrnau, garnau duon,
> Yn ddarnau chwelwch chi y tir
> Ac ni gawn lafur ddigon.

Er mai ystyr 'cathrain' neu 'cethrain' yw defnyddio'r swmbwl, neu'r 'goad' i frathu pen ôl yr eidion â'i blaen miniog, i 'godi cered' arno – a hynny'n ymddangos yn greulon i ni heddiw, mae'r hen benillion yn dangos fod yr arddwyr gynt yn cymryd balchder mawr yn eu hychen. Caent eu moli'n gyson yn yr hen benillion.

Ond pan ddaeth y ceffylau gwedd trymion – fel y 'Clydesdales' i gymryd eu lle, prin fod yna lawer o hiraethu ar eu hôl – gan eu bod mor ara' a phwyllog yn eu gwaith. Yn ôl hanes yr oedden nhw'n gallu bod yn styfnig iawn hefyd.

Mae yna hanesyn diddorol ynglŷn â'r ych a'r ceffyl y mae'n rhaid i mi gael tynnu sylw ato yn y fan yma.

Mae'r hanes yn dod o *Arswyd yr Unigeddau*, cyfieithiad Mrs Phebe Puw o'r gyfrol Saesneg gan Aled Vaughan o *Beyond the Old Bone Trail* – sy'n adrodd am helyntion Evan Davies o Gastellnewydd Emlyn a ymfudodd i Saskatchewan, Canada yn 1905. Ar y pryd hwnnw yr oedd rhannau helaeth o'r paith yn y dalaith honno'n wylltir garw ac roedd y llywodraeth yn cynnig darnau o'r gwylltir hwnnw yn rhad ac am ddim i unrhyw un a oedd yn barod i wynebu'r dasg o drin daear y paith a'i wneud yn ffrwythlon. Derbyniodd Evan Davies y sialens ac mae hanes y caledi a wynebodd yn wirioneddol gyffrous i'w ddarllen.

Yr oedd ef a chyfaill iddo wedi prynu dau ych (gan un o'r darpar-ffermwyr a oedd wedi methu â throi ei ddarn o'r paith yn 'weirglodd ffrwythlon ir'), gyda'r bwriad o'u defnyddio i'w cludo hwy a'u hoffer a phopeth mewn wagen ar draws y paith hyd at y darn tir oedd yn eiddo iddynt hwy. Ond roedd y ffordd yn bell a'r ychen yn ara' iawn. Nid oedd Evan Davies na'i gyfaill wedi gyrru ychen o'r blaen a phan ddarganfuwyd ar ddiwrnod cynta'r daith, mai 12 milltir yn unig oedd rhyngddyn nhw a'r man cychwyn, fe wylltiodd y ddau a mynd ati i 'yrru tipyn ar yr anifeiliaid drwy eu pigo yn eu penolau â ffon bigfain'. Ond nid mynd ynghynt wnaethon nhw ond aros. A dyma wnaeth un o'r ychen wedyn.

'Plygodd ei goesau blaen nes oedd ar ei liniau ac yn araf tynnodd ei goesau ôl i mewn oddi tano a ninnau'n ei wylio'n syfrdan. Gwnaeth ei hunan yn eitha cyfforddus ar y ddaear . . . ' Yna gorweddodd y llall yn ei ymyl.

Ofer fu pob cais i'w cael i godi'r noson honno; ac yn yr un man yr oedden nhw fore trannoeth wedyn!

Fe ddaeth rhyw ffermwr a oedd wedi hen ymsefydlu ar y paith – atyn nhw, a chynnig dau fronco iddyn nhw yn lle'r ddau ych. Fe dderbyniodd Evan Davies a'i gyfaill y fargen.

Yn nes ymlaen ar eu taith, fe aeth y wagen i mewn i ddarn o dir corslyd yn ddamweiniol ac fe suddodd yr olwynion yn ddwfn i'r llaid. Ar waethaf ymdrechion y ceffylau a'r ddau gyfaill, nid oedd modd ei chael allan.

Ond daeth dyn heibio a chanddo ddau ych – ar ei ffordd i Saskatchewan. Wedi gweld sefyllfa druenus y ddau gyfaill, fe glymodd y dyn ei ddau ych wrth y wagen. Fel hyn y mae Evan Davies yn disgrifio'r hyn ddigwyddodd wedyn, ' . . . yn null araf, cadarn ychen, cawsant y wagen yn rhydd o'r llaid. Gwyliem hwynt mewn syndod gan ddifaru inni werthu ein hychen ni. I ni, yn ein trybini, tystiem fod rhyw gyfaredd yn perthyn i'r ddau anifail, a'n bod ni wedi gwerthu, dau debyg a allai ddwyn ffortiwn i ni.'

Mae'r dyfyniadau uchod o *Arswyd yr Unigeddau* yn dangos i ni mai'r ych ac nid y ceffyl oedd hoff anifail arloeswyr y paith gwyllt yng Nghanada gan mlynedd yn ôl. Roedd hyn yn wir hefyd yn hanes y mudiadau cynnar yn yr Unol Daleithiau ac yn Affrica. Ni fyddai *'Great Trek'* y Boeriaid wedi bod yn bosibl heb yr ychen.

Ond y peiriant sy'n trin daear Cymru bellach ac fe gollwyd y math o 'bartneriaeth' glòs a oedd yn bosibl rhwng yr arddwr a'i ychen neu ei geffylau gwedd. Roedd canu i'r ychen wrth aredig yn rhan o'r peth – fel yr oedd canu'r merched i'r gwartheg wrth odro. Mae'r 'bartneriaeth' yn amlwg hefyd yn soned Alun Cilie, 'Fy Ngwedd Geffylau Olaf'.

> Hyfryted gwefr y cryndod pan fai'r pâr
> Yn esmwyth orwedd ar y tresi tyn,
> A gorfoleddus ddilyn drwy yr âr
> Yn groes i lydain rynnau'r perci hyn.
> Naw wfft i gêr ddi-gwmni'r tractor gwych . . .

Mae'r gair ddi-gwmni'n dweud y cyfan.

Tywarchen ar ei bol!

Pan oedd y bardd a'r cyn Brif Arolygwr gyda'r Heddlu, Roy Davies (Pembre), yn ymchwilio i hanes hen lofruddiaeth yn y Borth, Ceredigion (1894), ar gyfer ei gyfres raglenni ddiddorol ar S4C (digidol); fe ddaeth ar draws darn o dystiolaeth a achosodd gryn benbleth iddo.

Gadewch imi egluro.

Mary Davies, gwraig i forwr, oedd y ddynes a lofruddiwyd, a hynny yn ystod nos yr 20fed o Fedi, 1894. Bu ei chorff yn gorwedd yn ei chartref am ddeuddydd cyn i neb ddod o hyd iddo.

Heb fanylu dim rhagor ynglŷn â'r achos ei hun – (er ei fod yn un rhyfedd a chyffrous) – rwy i am ddod at yr hyn a achosodd benbleth i'r cyfaill o Bembre.

Yn un o hen bapurau'r cyfnod, fe ddarllenodd fod y Doctor Abraham Thomas, Aberystwyth, wedi ei alw i'r Borth i archwilio'r corff. Pan gyrhaeddodd y tŷ lle gorweddai Mary Davies, darganfu fod y corff wedi ei 'droi heibio', ac mewn amwisg. Nid yn unig hynny, ond fe ddywedodd yn ei adroddiad iddo ddarganfod, *'a clod of earth on her stomach'*.

Dyna'r dirgelwch a boenai Roy Davies.

Pwy oedd wedi rhoi tywarchen ar stumog, neu ar fol, y ddynes yma? A pham? Nid oedd y Doctor Thomas yn cynnig unrhyw eglurhad yn ei adroddiad.

Ond fe ŵyr y rhai sydd wedi astudio hen arferion yn ymwneud â marw a chladdu, fod yr arfer o roi tywarchen ar gorff wrth ei 'droi heibio', yn gyffredin iawn slawer dydd, yn enwedig os na ellid, am ryw reswm, ei gladdu o fewn dau neu dri diwrnod.

Meddai Trefor M. Owen yn *Welsh Folk Customs* (tud. 173):

> . . . *certain steps were taken which were thought to preserve it (y corff) against decay and possibly against evil influence . . . a piece of turf wrapped in paper was used in Shropshire and a green sod in the Betws-y-coed district of Denbighshire and Caernarfonshire.*

Yn ogystal â rhoi pridd neu dywarchen i mewn gyda'r corff, yr oedd hi'n arfer mewn mannau i roi halen ar blât ar fynwes yr ymadawedig. Mewn rhannau o'r Alban slawer dydd arferent roi ychydig o'r ddau.

Yn y *Dictionary of Faiths & Folklore* (W.C. Hazlitt, tud. 253), dywedir wrth sôn am hen arferion claddu yn yr Alban, y byddai cyfeillion yr ymadawedig yn gosod ar ei fynwes blât pren ac arno ychydig halen a phridd, heb eu cymysgu – y pridd yn arwydd o lygredigaeth y cnawd a'r halen o'r ysbryd anfarwol! (Rhaid i ni gymryd y geiriau olaf yna gyda phinsiad o halen!) Ac meddai T. Gwynn Jones yn ei *Welsh Folklore and Folk Custom*, 'Cyn cau'r arch rhoddid halen i mewn gyda'r corff, fel arwydd o anllygredigaeth ac am fod halen yn gasbeth gan y Diafol'. (Pinsiad arall fanna!)

Ar hyd y blynyddoedd, mae llawer o ddamcaniaethu wedi bod ynglŷn â'r gwir reswm neu resymau, dros roi halen a thyweirch ar gyrff meirw. Yr un mwyaf cymedrol, ac efallai'r agosaf at y gwir, yw'r un a ddyfynnir uchod o *Welsh Folk Customs*.

I gymhlethu pethau'n waeth, pan drown ni at arferion claddu yn Iwerddon – fe gawn ei bod yn hen arfer yno i roi tybaco ar gorff y marw yn ei arch!

Pridd, halen, tybaco? Ai am yr un rheswm y defnyddid y tri? Rwy i am fentro hawlio mai un rheswm oedd, yn y bôn – sef i geisio rhwystro'r corff rhag dirywio cyn yr angladd. Mor syml â hynna! Mae'n amlwg mai dyna'r rheswm yn yr achos yn y Borth. Roedd y corff wedi bod heb ei ddarganfod am ddeuddydd, a wyddon ni ddim sawl diwrnod yn ddiweddarach y gwnaeth y meddyg ei archwiliad. Roedd hi'n fis Medi ac efallai'n dywydd cynnes. Ac roedd y wraig a fu'n troi'r corff heibio wedi gofalu rhoi tywarchen ar stumog y wraig a lofruddiwyd.

Yn y fan yma mae'n rhaid dweud hefyd fod y dystiolaeth newydd yma o'r Borth a ddatgelwyd gan Roy Davies yn ystod ei ymchwiliadau, yn dra phwysig. Mae'n bwysig am fod adroddiad y doctor yn dweud yn ddi-os mai ar *stumog* yr ymadawedig yr oedd y dywarchen. Mewn adroddiadau eraill o'r gorffennol dywedir mai ar fynwes y marw y gosodid y pridd, halen neu beth bynnag. Mewn rhai eraill, fel un T. Gwynn Jones uchod, sonnir yn amhendant am roi halen neu bridd i mewn gyda'r corff.

Ond o gofio mai cynnwys y stumog sy'n dirywio gyntaf ar ôl marwolaeth, onid dyna'r lle mwyaf naturiol i osod y dywarchen? Ac onid yw'n debygol mai ar y stumog oedd yn iawn gynt pan fyddai'r hen adroddiadau'n sôn am y 'fynwes'? Mae'r dyfyniad isod o'r *Dictionary of Faiths and Folklore*, tud. 533, yn tueddu i gadarnhau hyn.

The pewter plate and salt is laid on the corpse . . . to hinder air from
getting into the bowels and swelling up the belly (causing) a difficulty
in closing the coffin.

Wn i ddim am gywirdeb gwyddonol y geiriau yna, ond cofiaf imi glywed
pan yn grwt am yr anhawster uchod o fethu cau clawr arch yn codi droeon.

Mewn sgwrs â'r cyfaill, y Prifardd Dic Jones (a oedd wedi cael hanes
ymchwil Roy Davies i'r llofruddiaeth yn y Borth, o fy mlaen i) – awgrymodd
efallai mai tywarchen o Gors Fochno (yn ymyl y Borth) oedd yr un ar fol y
wraig – gan gofio, wrth gwrs, am y cyrff sydd wedi eu darganfod mewn
corsydd, mewn cyflwr ardderchog er eu bod wedi marw ers canrifoedd.

Ysgwyd fy mhen wnes i. Ond wedyn fe edrychais eto yng nghyfrol
E. Estyn Evans, *Irish Folk Ways*, a rhyfeddu gweld y geiriau hyn:

A plate containing tobacco or salt was placed on the corpse, and
sometimes a turf which was believed to prevent decomposition, a
transference from the observed preservative qualities of the bogs.

Tybed nad oedd y Prifardd yn llygad ei le wedi'r cyfan?

Stori'r Hen Gapten

Flynyddoedd lawer yn ôl yr oedd gen i ffrind, Barry Ifans, oedd yn cymryd diddordeb mawr iawn mewn ysbrydion, bwcïod, ladi wen a rhyw bethau goruwchnaturiol felly.

Athro oedd e wrth 'i alwedigaeth, fel finne, ond yn ei amser hamdden, roedd e'n hoff iawn o fynd o gwmpas gyda'i beiriant i recordio storïau a oedd ar gof a chadw gan hen gymeriadau gwlad, yn enwedig os oedden nhw'n storïau'n ymwneud ag ysbrydion. Dyna oedd ei hobi, a chofiaf iddo ddweud wrthyf unwaith fod ganddo ugeiniau o dapiau o'r hen straeon 'ysbryd' yma wedi'u storio'n drefnus yn ei gartref.

Awgrymodd fwy nag unwaith fy mod i'n galw i wrando ar rai o'r tapiau; ond gwrthod wnes i, gan nad oeddwn i bryd hynny'n credu dim mewn ysbrydion a phethau o'r fath. Yn wir, yn dawel fach, rown i'n synnu fod dyn call a synhwyrol fel Barry'n poeni'i ben gyda'r fath ffwlbri.

Wedyn fe dderbyniodd Barry swydd yn un o ysgolion Cymraeg Caerdydd ac fe gollais i bob cysylltiad ag e a'i wraig, a oedd yn ferch o Geinewydd, Ceredigion.

Ond ymhen rhyw chwe mis, fe ddaeth parsel bach gyda'r post oddi wrth Barry yn cynnwys llythyr a thâp plastig newydd yr olwg.

Yn y llythyr roedd e'n dweud fod y wraig ac yntau'n hapus iawn yn eu cartre newydd, a'i fod yntau'n fodlon iawn ar ei swydd yn yr ysgol Gymraeg.

Yna darllenais y geiriau hyn:

Tomos yr anghredadun, rwy' i am iti wrando ar y tâp yma! Cafodd y recordiad ei wneud yn un o dafarnau'r Cei yn ystod gwyliau'r Nadolig. Cofia wrando, mae'r hanes ar y tâp yn dra diddorol!

Cydiais yn y tâp a darllen y geiriau arno, 'Stori'r hen gapten', gan Capt. William Davies, Morwel, Ceinewydd.

Gan fod y post newydd fynd a'r papur dyddiol heb gyrraedd, fe es â'r tâp yn syth i'r stydi a'i roi yn y peiriant oedd gen i yno. Yna eisteddais i lawr i wrando.

Bron ar unwaith clywais lais crynedig – llais hen ŵr yn siarad. Ac yn wir, roedd ganddo stori ryfedd i'w hadrodd. Dyma hi'r stori – o enau'r hen gapten ei hunan, wedi ei chopïo oddi ar dâp bron air am air gennyf fi.

Yn ystod y cyfnod rwy'n mynd i sôn amdano fe nawr, rown i'n fêt ar yr hen long gargo *Fair Isle*, ac roedden ni wedi glanio ym mhorthladd Bryste ar y diwrnod cyn y Nadolig, ar ôl bod i ffwrdd am yn agos i ddeunaw mis.

Roedd y capten, Mr Nicholson, yn byw ym Mryste, a chan ei fod e'n hen foi iawn ac yn gwbod yn burion ble caren i fod ar ddydd Nadolig – fe gynigiodd fenthyg ei gar i mi fynd adre i'r Cei. Fe dderbynies y cynnig yn awchus, ac ar ôl cael ein talu, ac ar ôl rhoi saith galwyn o betrol ym mola'r car, fe gychwynnes am chwech o'r gloch y nos, yn y gobaith y byddwn i gartre yng Ngheinewy' chwap gyda hanner nos.

Roedd y car dipyn yn hen, ond roedd yr injin yn swnio'n eitha iach i fi. Roedd hi'n noson oer, gymylog ac roedd dyn y radio wedi sôn am eira.

Rown i yn rhywle yng nghyffffinie sir Fynwy pan ddechreuodd rhywbeth fynd o'i le ar y gole. Aeth e ddim mas yn gyfangwbwl ond fe aeth bron yn rhy wan imi weld y ffordd o 'mlaen.

Hynny fuodd yn gyfrifol, mae'n debyg, i fi golli'r ffordd. Wyddwn i ddim 'mod i wedi'i cholli hi, nes gweles i'r ffordd yn culhau o mla'n i, a'r cloddie'n dod yn nes ata' i.

Fe edryches mas am dŷ i fi gael holi'r ffordd, ond roedd hi mor dywyll – allwn i ddim gweld llun o dŷ yn un man. Yna'n sydyn fe aeth gole'r car mas yn llwyr, ac fe aeth y car i'r clawdd. Trwy lwc, rown i'n mynd gan bwyll bach ar y pryd, felly ches i na'r car ddim niwed. Fe ddes i mas o'r car wedyn a cheisio edrych o gwmpas. Roedd pobman fel y bedd – dim ond bod sŵn y gwynt yn y coed yr ochr arall i'r clawdd.

Yna fe welais olau gwan drwy'r coed, ac ar ôl i'n llyged gyfarwyddo â'r tywyllwch, fe allwn i weld cysgod tŵr – tŵr eglwys. Fe gerddais rhyw ugain llath i lawr y ffordd a dod at lôn fach a oedd yn arwain i fyny at yr eglwys. Doedd dim i'w wneud ond gadael y car man lle'r oedd e. Ac i fyny â fi ar hyd y lôn, a chyn pen dim fe ddes i at dŷ mawr yn ymyl yr eglwys. Y ficerdy heb un dowt. Ac o ffenest hwnnw roedd y golau'n dod.

Fe es yn syth at y drws, ac fe ges i beth syndod i weld ei fod e'n gil-agored ac yn siglo nôl a blaen ychydig yn y gwynt. Doedd hi ddim yn noson i adael drysau ar agor!

Fe gnociais ddwy waith. Chlywais i ddim sŵn symud na sŵn traed yn dod at y drws, ond yn sydyn dyma fe'n agor led y pen.

Roedd dyn tal, tenau yn sefyll o 'mlaen i yn edrych allan i'r tywyllwch.

'Jenny!' medde fe'n eiddgar gan estyn 'i ddwy law ata' i.

'Nage, syr,' mynte fi, 'William Davies o Geinewydd sir Aberteifi – rwy'i wedi colli'r ffordd . . . ac mae gole'r car . . . '

'O,' medde fe, ac roedd môr o siom yn 'i lais e, 'y . . . gwell i chi ddod mewn . . . ddigwyddoch chi ddim gweld neb. . . ?'

'Naddo, syr, welais i ddim un enaid byw.'

Fe es i mewn ar 'i ôl i stafell fowr, eang, ac fe weles i olygfa ryfedd iawn.

Roedd cyfers dros y cadeiriau esmwyth a'r soffa a llwch gwyn wedi setlo ar y celfi a'r llawr ymhob man. Ac er ei bod hi'n nos fileinig o oer, fel y dwedes i – doedd dim llygedyn o dân yn y grât – er fod tanwydd wedi'i osod ynddo fe. Roedd papur ar y gwaelod, wedyn coed ac yna glo ar y top.

'Y Parchedig John Parker ydw i,' meddai'r dyn main mewn llais bron rhyw wan i mi ei glywed, 'Mae'n ddrwg gen i . . . '

'Peidiwch ymddiheuro, syr,' mynte fi, 'mae'n dda gen i gael unrhyw fath o gysgod dan yr amgylchiadau.'

'Croeso i chi. Pe bai Jenny yma . . . dewch, eisteddwch ar y soffa fanna.'

Fe wnes fel roedd e'n dweud.

Fe eisteddodd y ficer ar gadair gyferbyn â fi. Dyn cymharol ifanc a digon golygus oedd e, ond ei fod e mor llwyd â chorff. Roedd e'n edrych yn syn i'r lle tân gan ddal ei ben ar dro fel tae e'n gwrando am rywbeth. Fe allwn i feddwl ei fod e wedi anghofio 'mod i yno.

Yna cododd ei ben i edrych ar y cloc. 'O, hanner awr wedi wyth, falle daw hi 'to,' mynte fe. Fe edryches yn slei bach ar fy wats. Roedd hi'n ddeng munud i un ar ddeg. Doedd y cloc ddim yn cerdded! Ond doedd gen i mo'r galon i ddweud wrtho.

'Ga' i ofyn, syr,' mynte fi, 'pwy yw Jenny?'

'M? Jenny? O, 'y ngwraig i,' atebodd.

Oedodd am funud, yna dywedodd:

'Y . . . ych chi'n gweld, mae wedi addo dod nôl heno i ni gael treulio'r Ŵyl gyda'n gilydd. Mae wedi bod o 'ma'n rhy hir . . . a wyddech chi – hen ffrae fach ddigon diniwed oedd dechre'r cwbwl . . . a'r hen le 'ma, wrth gwrs . . . mae e mor unig. Rwy i wedi addo y bydda' i'n edrych am eglwys yn nes i Lunden. Beth bynnag, mae'r gynulleidfa wedi mynd yn dene iawn 'ma. Dwy i ddim yn meddwl y daw neb 'ma ar fy ôl i. Fe fydd Jenny'n siŵr o ddod heno – mae wedi rhoi ei gair.'

'Wel, syr,' mynte fi (a nannedd i'n clatsian gan oerfel), 'gan eich bod chi mor siŵr, dych chi ddim yn meddwl y dylech chi ofalu fod tipyn o dân yn y grât yn ei disgwl hi adre?'

'O?' mynte fe, 'ych chi'n teimlo'n oer?'

'Dych chi ddim syr?' ebe fi'n syn.

Roedd y stafell fel eisberg.

'Y-y-y-does gen i ddim matsis – efalle y carech chi . . . '

Roedd bocs o fatsis yn fy llaw i fel fflach.

Roedd y papur a'r coed yn damp, ond o'r diwedd fe lwyddais i gael fflam (a digon o fwg) yn y grât.

Wrth godi oddi wrth y tân, fe edryches o gwmpas y stafell ar y celfi llwydwyn, a dechreuais feddwl o ddifri – beth oedd y lle 'ma? Pam roedd y ficer yn eistedd mewn tŷ heb dân ar noson mor oer? Pam nad oedd y cloc yn cerdded? Pam roedd cyfers dros y soffa a'r cadeirie?

'Eisteddwch, Mr Davies bach,' medde'r ficer, 'pan ddaw Jenny fe ewch chi bryd o fwyd a gwely – fe fydd popeth yn iawn.'

Roedd 'i lais e mor fwyn nes gwneud i fi deimlo'n fwy esmwyth 'y meddwl, wrth eistedd unwaith 'to ar y soffa. Roedd y tân yn cynnau'n braf erbyn hyn a'r stafell yn dechre' cynhesu.

'Gorweddwch ar y soffa – Mr Davies. Rych chi'n edrych yn flinedig iawn,' medde'r ficer wedyn.

Rown i'n falch cael gwneud, waeth erbyn hyn rown i yn teimlo'n flinedig iawn.

Roedd hi'n soffa esmwyth ac wedi rhoi cwshin dan 'y mhen, rown i'n teimlo'n reit gyfforddus. Fe ddechreues i feddwl am Geinewydd. Tua'r amser 'ma ar nos cyn 'Dolig fe fydde'r bobol ifanc yn mynd o gwmpas i ganu carole, a fydde neb yn mynd i'r gwely cyn hanner nos. 'Does neb yn dod i ganu carole ffor hyn Mr Parker?' mynte fi.

'Na,' medde fe, gan edrych eto ar y cloc, a oedd yn dal i ddangos hanner awr wedi wyth. Roedden nhw'n arfer dod pan oedd Jenny 'ma. Ond does neb wedi bod nawr ers pum mlynedd.

Roedd y tân yn cynnau'n bert erbyn hyn a fe ddechreues i deimlo'n gysglyd. Roeddwn i wedi cael diwrnod hir. Edryches ar fy wats. Roedd hi'n ddeng munud i ddeuddeg. Rhaid mod i wedi cysgu wedyn. Pan ddihunes i roedd gwawr lwyd wedi torri – roedd hi'n fore Nadolig. Roedd y tân wedi diffodd ac rown i'n teimlo'n oer. Doedd dim sôn am y ficer yn un man.

Fe waeddes, 'Mr Parker! Mr Parker!'

Clywais fy llais yn eco drwy'r tŷ, ond ddaeth dim ateb.

Fe gerddes at y drws. Reodd e'n gil-agored fel y gweles i e gynta'.

'Falle bod y ficer wedi mynd i'r eglwys – mae cyrdde cynnar iawn gan yr eglwyswyr ar ddydd Nadolig,' medde fi wrth fy hunan. Fe es mas drwy'r drws. Roedd yr hen eglwys yn ymyl – a'r fynwent – a gât fach haearn rydlyd yn arwain o glòs y ficerdy i mewn iddi.

Fe es mewn drwy'r gât i'r fynwent a cherdded ar hyd y llwybr at yr eglwys. Rown i am ddiolch i'r ficer am roi llety dros nos i fi.

Doedd dim sŵn canu na dim yn dod o'r eglwys. Roedd y fynwent yn wyn gan lwydrew, ac wrth gerdded at ddrws yr eglwys, fe ddechreues i ddarllen rhai o'r cerrig bedde (nes bydde'r ficer yn dod mas o'r eglwys, own i'n feddwl).

Ar bwys drws yr eglwys, dyma fi'n sefyll yn stond! Fan'ny roedd carreg fedd go fawr, ac arni roedd y geirie.

SACRED
To the memory
of the Reverend John Parker BA
who died by his own hand 24th
December 1936

Also
To the Memory of Jennifer, his wife,
who died in the great Train Accident
at Chessingham on Christmas Eve
1936

Fe ddechreues i redeg wedyn, mas o'r fynwent a lawr y lôn cynted ag y gallwn i. Roedd yr hen gar yn y man lle rown i wedi'i adel e, ac ar ôl tipyn o ffwdan fe lwyddes i starto fe – ac rown i'n byta 'nghinio Nadolig yn y Cei.

Mae blynydde wedi mynd heibio er pan ddigwyddodd yr hyn a adroddes i wrthoch chi nawr. Fues i erioed nôl yn gweld y lle. Ody'r hen ficerdy 'na o hyd? Wn i ddim. Ond os yw e – fe greda i fod John Parker wedi bod nôl 'na leni ar nos cyn 'Dolig yn disgwyl yn ofer am Jenny.

* * *

Dyna'r cyfan. Dirwynodd y tâp ymlaen am dipyn ond ddaeth dim rhagor o eirie ohono. Roedd stori'r hen gapten wedi ei hadrodd. Pwysais ar y botwm i stopio'r recorder, ac eisteddais yno yn fy stydi am amser hir - yn myfyrio.

Celwydd gole

Pan own i'n grwt, roedd storïau *celwydd gole* yn boblogaidd iawn, ac fe glywais i rai o'r hen gymeriadau yn eu hadrodd nhw gydag arddeliad ar ein haelwyd ni gartre. Gwaetha'r modd mae'r rhan fwya ohonyn nhw wedi mynd yn ango ers blynyddoedd. Mae'n debyg gen i fod adrodd stori *celwydd gole*, yn gelfyddyd a oedd yn perthyn i faes yr hen *gyfarwydd* slawer dydd – rheini fydde'n adrodd chwedlau fel Pedair Cainc y Mabinogi yn llysoedd penaethiaid yr hen Gymry. Rhyw ddirywiad o ddawn y Cyfarwydd oedd dawn bechgyn y *storïe celwydd gole* neu falle'n wir, rhyw fath o *baradïo*'r hen gelfyddyd. Beth bynnag, yr oedd hen fechgyn y storïau celwydd gole yma yn boblogaidd iawn, a fynycha roedd 'na rhyw un neu ddau ym mhob ardal. Maen nhw wedi mynd bron i gyd nawr, rwy'n meddwl – ffordd hyn beth bynnag. Does 'na ddim, hyd y gwn, yr un Wil Canaan na'r un Shemi Wad yn Shir Benfro erbyn hyn. Roedd llawer yn dweud mai storïau Wil Canaan oedd y mwya' anhygoel o'r holl storïau celwydd gole. Cobler oedd e wrth ei alwedigaeth, neu dipyn o grydd ac roedd Waldo'n sôn ei fod e'n gymaint o gelwyddgi fel nad oedd 'i glocs e ddim yn dala dŵr chwaith!

Un o'i rai enwog e oedd honno am y *milgi rhyfedd*. Roedd yr hen Wil wedi mynd rhyw ddiwrnod i ladd brwyn, ac roedd dau gryman gydag e, a'r rheini wedi cael eu hogi nes bod nhw fel raseri. Yna dyma fe'n hongian un cryman ar frigyn yn y clawdd ac yn mynd ati i ladd. Nawr roedd hen filgi gan Wil Canaan oedd yn ei ddilyn e i bob man. A thra buodd Wil yn lladd brwyn roedd yr hen filgi yn hela am sgwarnogod yn y brwyn a'r eithin. A dyma fe'n codi sgwarnog a honno'n rhedeg am y clawdd. Gyda hynny dyma un arall yn codi a rhedeg i'r un cyfeiriad. Fe aeth y ddwy sgwarnog dros ben y clawdd gyda'i gilydd, a'r milgi'n dynn wrth eu sodlau nhw. Ond fel digwyddodd hi fe aeth y ci dros y clawdd yn yr union fan lle'r oedd y cryman awchus yn hongian ac roedd min y cryman yn wynebu'r ci. Fe holltodd y cryman y milgi yn ddau ddarn o flaen ei drwyn i flaen ei gynffon. Ond fe ddaliodd un hanner o'r milgi un sgwarnog ac fe ddalodd yr hanner arall y llall . . . meddai Wil Canaan.

Mae'r hen Wil Canaan wedi marw ers rhyw gan mlynedd bellach, ond fe fuodd gyda ni yn sir Aberteifi un o'r un frawdoliaeth hyd yn ddiweddar iawn – dyn a oedd wedi etifeddu dawn yr hen gyfarwydd yn helaeth iawn. John Jones Glangraig oedd ei enw fe, ac roedd gydag e storïau rhamantus dros ben.

Ffermwr oedd John Jones Glangraig, yn ymyl Llangrannog, ac mae ei storïau ef yn fyw iawn ar gof pobol yn yr ardal yma o hyd. Y stori enwoca' oedd honno am y ffermwr o Ddihewyd. Roedd y ffermwr wrthi ar ddiwrnod twym iawn – yn toi tas wair yng nghornel rhyw gae. Roedd e ar ben y das yn llewys ei grys pan ddaeth rhyw aderyn mawr o rywle. Roedd e'n dderyn anferth o fawr ond feddyliodd y ffermwr ddim byd nes disgynnodd y deryn ar ei ben e a'i godi fe yn ei grafangau a hedfan ag e drwy'r awyr lawr am Aberaeron. Roedden nhw'n uchel yn mynd dros ben Aberaeron a chyn bo hir roedden nhw mas ymhell yn y môr ac wedi pasio Iwerddon. Nawr roedden nhw uwchben yr Atlantig ac roedd yr hen dderyn yn dechrau blino, ac roedd e'n mynd yn nes lawr at y môr o hyd, ac roedd traed yr hen ffermwr yn y dŵr, a bob hyn a hyn, roedd e'n gorfod gweiddi 'Ji-yp' arno fe a hefyd – lle'r oedd y deryn yn cydio ynddo fe ar y dechre – fe nawr oedd yn gorfod cydio yng nghoese'r deryn.

Ymhen amser fe ddechreuodd dywyllu, ac roedd hi'n nos dywyll, bitsh pan gyrhaeddon nhw America. A fan'ny y gadawodd yr hen dderyn e lawr. Roedd hi'n hwyr iawn erbyn hyn a doedd dim golau'n unman. Ond fe welodd y ffermwr o Ddihewyd dwll go fawr fan'ny, a mewn ag e i'r twll 'ma i gysgodi dros nos. Ac roedd e wedi blino cymaint – fe gysgodd.

Nawr beth oedd y twll 'ma oedd e wedi mynd mewn iddo fe yn y tywyllwch – oedd baril canon mawr – canon y byddai dynion America yn arfer ei danio bob bore i ddihuno'r bobol. Ac fe daniwyd y canon y bore 'ma fel arfer, ac fe gafodd y ffermwr ei chwythu lan i'r awyr a mas ar draws yr Atlantig . . . ac fe ddisgynnodd ar ben y das wair lle'r oedd e wedi bod yn toi'r diwrnod cyn hynny. Wedyn fe ddaeth lawr o ben y das a chydio yn ei got a mynd adre i gael brecwast.

Wrth gwrs, nid yw hynna yn ddim ond esgyrn sychion y stori. Fe fyddai'r cyfarwydd John Jones yn rhoi'i liw a'i sglein arbennig ei hunan ar bethau. Mae 'na ugeiniau o storïaucelwydd gole mewn gwahanol ardaloedd ac fe fyddai'n dda pe baen nhw'n cael eu recordio a'u cofnodi cyn iddyn fynd yn ango. Rwy'n digwydd gwybod fod straeon John Jones Glangraig wedi'u recordio a'u storio'n ddiogel yn Sain Ffagan – a da hynny.

Wrth gwrs, mae 'na rai storïau lle 'dych chi ddim yn siŵr amdanyn nhw – a yw'r storïwr yn dweud y gwir neu yn tynnu'ch coes chi!

Roedd Alun Cilie – (deiacon parchus yng nghapel y Wig, a dyn geirwir) yn arfer adrodd – yn enwedig os byddai rhyw 'grytied' ifainc yn gwrando – 'Wyddech chi,' medde fe, 'pan own i'n grwt ifanc yn cysgu ar y storws wrth ben y ceffylau yn y Cilie, own i byth yn gorfod torri ewinedd bysedd fy nhra'd – fe fydde'r llygod mawr yn eu cnoi nhw pan fyddwn i'n cysgu.'

Gwir neu gelwydd?

A dyne storïau môr y Capten Jac Alun wedyn . . . yn enwedig honno am y *Pelican*. Fe fydde fe'n hollol ddifrifol yn ei hadrodd hi, ac roedd tinc argyhoeddiad yn ei lais e bob amser. Dyma hi – fe gewch chi farnu.

Roedd y Capten a'i long ar arfordir Florida yn ymyl yr Everglades – y tir corslyd enwog – yn disgwyl mynd mewn i borthladd i ddadlwytho. Roedd hi'n brynhawn, neu gyda'r nos braf o haf a'r môr yn dawel fel llyn, ac roedd Jac Alun, medde fe, ar y dec yn gwylio'r *Pelicanod* yn deifio i'r môr ac yn dod lan â llyswennod yn eu pig anferth. Does dim eisie atgoffa neb mai aderyn â rhyw bowtsh mawr o dan ei big yw'r *Pelican*, fel mae'r pennill Saesneg yn dweud *'A wonderful bird is the Pelican, His beak holds more than his belly can!'* Ond yn ôl Jac Alun does dim bola gan y *Pelican* – mae e'n treulio'i fwyd yn y powtsh.

Ond i fynd mla'n â'r stori. Roedd y Capten yn cadw llygad ar un hen belican mawr yn deifio, medde fe, ac fe'i gwelodd e'n dod lan o'r dŵr â llyswen fawr yn ei big ac wrth godi i'r awyr roedd e'n trio cael y llyswen mewn i'r powtsh. Ond y tro 'ma fe aeth pethau go chwith – yn lle mynd mewn i'r powtsh fe aeth y llyswen lawr corn gwddwg y pelican a thrwy'i gorff e a mas y pen arall yn fyw – a disgyn lawr i'r môr. Ond, medde Jac Alun, a fan yma ma' dyn yn dechrau amau . . . fe drodd yr hen belican a deifo lawr ar 'i hôl hi a'i dal hi wedyn cyn iddi gyrraedd y dŵr.'

Fe awgrymais i ar y dechre mai Wil Canaan oedd y celwyddgi penna' o'r hen fechgyn *'celwydd golau'*. Ond yr oedd *'Gof Gorrig'* na allaf fi gofio'i enw bellach, ar un cyfnod, yn cael ei gydnabod fel y celwyddgi pennaf yn sir Aberteifi, ac roedd hynny'n ddweud mawr, oherwydd fod yna lawer yn y sir yr un pryd a allai hawlio'r teitl hwnnw! Dyma stori amdano, a glywais gan Kate Davies *(Hafau fy Mhlentyndod)*.

Yr oedd llygaid y gof wedi mynd yn ddrwg, gan fod cen (cataract) wedi tyfu drostynt, ac roedd hynny'n amharu ar ei waith yn yr efail. Ond yr oedd triniaeth yn bosibl yn ysbyty Abertawe, ac yno yr aeth. Yn ystod y dyddiau y bu i ffwrdd bu pentrefwyr Gorrig yn ceisio dyfalu pa storïau fyddai ganddo i'w hadrodd pan ddoi adre. Pan ddaeth e, roedd yr efail yn llawn.

'Sut buodd arnoch chi, gof?' gofynnodd rhywun.

'O,' medde fe, 'dyna'r profiad rhyfedda ges i erioed. (Pawb yn geg-agored.) 'Pan es i draw 'na fe fuodd rhaid i fi fatryd a mynd i'r gwely. Daeth doctor ata i, a ges i bigiad i'r bola i gysgu. Pan ddihunes i bore trannoeth ych chi'n gwbod beth weles i? (Distawrwydd.)

'Wel,' medde fe, 'beth weles i oedd 'y nau lygad i mewn soser ar ford ar bwys y gwely.'

Wil Canaan, Gof Gorrig. Dau o'r hen feistri.

Dyna nhw – rhai o'r hen storïau a fydde'n diddanu'r cwmni yn y cartre, neu yng nghegin y dafarn leol cyn i'r jiwc bocs a'r set deledu roi taw ar yr hen gyfarwyddiaid am byth.

Steddfota

Fel popeth arall, mae pethau wedi newid yn arw yn y byd eisteddfodol hefyd. Mae'r eisteddfodau wedi mynd yn bethau braidd yn ddof rwy'n ofni. Ambell waith iawn, y dyddiau hyn y clywir am neb yn cael *cam*. Ac eto unwaith roedd darllen am feirdd a chantorion yn cael cam yn y papurau lleol yn creu hwyl fawr ymysg darllenwyr slawer dydd. Dyna'r bardd a oedd wedi danfon penillion i ryw steddfod o dan y ffugenw 'Bardd y Clwydi'. Enillodd e ddim a phan ddaeth ei benillion yn ôl iddo cafodd fod un darn ar goll. Sgrifennodd yn ebrwydd i'r wasg i gwyno am hyn. Ap Ionawr oedd y beirniad a dyma hwnnw'n brysio i'w ateb yn y wasg yr wythnos ganlynol.

> Nid myfi, Fardd y Clwydi, sy'n gyfrifol fod rhai o'ch penillion chi ar goll. Ond petaent ar goll i gyd, ni fyddai barddoniaeth Cymru fawr tlotach. Ni wn beth yw eich gwaith, ond os mai gwneuthurwr clwydi ydych, daliwch at y gwaith hwnnw, bydd yn siŵr o dalu'n well i chi na cheisio barddoni.

Fel yna y bydden nhw'n ymgecru a minnau'n edrych ymlaen yn eiddgar i weld sut byddai'r ymosod a'r gwrthymosod yn parhau a datblygu.

Yr oedd cystadlu brwd iawn yn rhai o'n steddfodau bach a'r 'Penny Readings'. Enw rhyfedd yw'r olaf ar fath o eisteddfod fach, dan nawdd yr eglwys neu'r capel, fynychaf. Cynhelid nifer o'r cyrddau hyn yn ystod misoedd y gaeaf mewn ysgolion, festrïoedd capel a byddai'r adeiladau hyn yn orlawn a muriau'r adeilad a'r ffenestri yn diferu o leithder ac aroglau chwys yn gryf drwy'r lle i gyd. Byddai tipyn o ddireidi'n mynd ymlaen yn aml rhwng y rhai ar y llwyfan a'r bechgyn swnllyd, anodd eu trin yn y cefn (heb le i eistedd yn aml iawn). Dyna Cynfelin Benjamin (y beirniad a wobrwyodd 'i hunan un tro, yn ôl yr hanes), yn beirniadu mewn eisteddfod arall ac yn codi i roi beirniadaeth ar yr englyn. Y testun oedd 'Yr asyn'. 'Sdim un o'r rhain 'ma heno,' medde fe. Llais o'r cefn. 'Oes, ma' yma un!' Chwerthin mawr gan wybod mai ato ef, Cynfelin ei hun y cyfeiriai. Ond yr oedd yr hen feirniad a'r arweinydd profiadol yn llwyddo i droi'r cyfan ar ei ben mewn chwinciad. 'O,' meddai, 'wyddwn i ddim dy fod ti wedi cyrraedd.'

Yr offeiriad Dafis, Llanfair Orllwyn wedyn, a oedd yn un o'r pencampwyr arwain steddfod yn ystod fy ieuenctid i, a dywedid fod yna un eisteddfod yng

Nghrymych, Sir Benfro a fyddai'n cael ei gohirio neu ei chanslo os na fyddai Llanfair Orllwyn yn arwain. Dim ond fe oedd yn ddigon amryddawn i gadw'r steddfodwyr anwaraidd mewn trefn. Mae llu o storïau doniol amdano yn fyw o hyd. Dyma'r tro hwnnw yn eisteddfod *'semi-national'* Aberaeron un waith. Roedden nhw'n disgwyl y beirniad canu o'r rhagbrawf (dyn du o'r enw Coleridge Taylor) ac yn y pafiliwn roedd hi wedi mynd yn go aflonydd a stwrllyd a meddyliodd Llanfair Orllwyn fod eisiau adfer tipyn o drefn. Un o'i driciau oedd gweiddi nerth ei geg gan bwyntio'i fys at rywun yn y gynulleidfa. Efallai na fyddai hwnnw wedi gwneud dim o'i le, ond byddai'r gynulleidfa yn stopio siarad ac yn troi 'u pennau i weld beth fyddai'n digwydd nesa'. Roedd hi'n ffordd effeithiol iawn i gael distawrwydd a sylw. Daliai Llanfair Orllwyn i sefyll ar ganol y llwyfan â'i wallt gwyn hir yn cyrlio tipyn ar y gwaelod, ac meddai wrth y dyn y pwyntiai ato, 'Pam wyt ti'n edrych arna i? Wyt ti ddim wedi ngweld i o'r bla'n?' (Hen gwestiwn arall o'i eiddo a arferai arwain at ryw holi ac ateb difyr a gadwai'r gynulleidfa'n hapus.) Ond y tro hwn roedd e wedi pigo ar gystal gŵr ag yntau. Roedd e wedi pwyntio at ŵr o'r enw Moc Jenkins o Aberaeron, hen bysgotwr ond gyrrwr tacsi yn y cyfnod y deuthum i i'w nabod. Unwaith cefais fy nghludo adref ganddo ar ôl bod yn beirniadu yn eisteddfod yr ysgol uwchradd. Bryd hynny yr adroddodd yr holl hanes wrthyf.

Pan ddaeth y cwestiwn, 'Wyt ti ddim wedi ngweld i o'r bla'n?' Atebodd Moc mewn llais uchel. 'DO!' 'Yn ble?' gofynnodd Dafis. A'r ateb ffrwydrol a gafodd oedd, 'Ar focs Quaker Oats!'

Yr oedd ei wallt yn syrthio ar ei ysgwyddau yn union fel y llun ar y bocs, a thorrodd y dorf allan i chwerthin yn ddilywodraeth. Y funud honno daeth y dyn du, Coleridge Taylor, yn ôl o'r rhagbrawf i'r llwyfan a meddyliodd mae'n debyg mai lliw ei groen oedd achos yr holl firi ac fe gwynodd wrth Llanfair Orllwyn.

'O no, no,' meddai hwnnw, *'it's that man there who said I looked like the man on a box of Quaker Oats.'* Yn ôl Moc fe ddechreuodd y beirniad chwerthin hefyd!

Yr oedd un gystadleuaeth yn yr hen steddfodau bach oedd yn siŵr o ddenu llawer o gystadleuwyr am ryw reswm. Honno oedd y gân i rai heb ennill o'r blaen. Ein henw ni arni oedd 'Solo Twps'. Mae'n syndod i mi hyd heddiw wrth feddwl am y nifer ryfeddol oedd yn mynd i'r llwyfan i ganu yn y gystadleuaeth – weithiau cymaint â deg ar hugain a mwy. Rhyw hen solos fel 'Hen Ffon fy Nain', 'Hen Fwthyn Bach Melyn fy Nhad', a 'Merch y Cadben', ac ati oedd yn cael eu canu fynychaf. Roedd y nifer fawr o gystadleuwyr yn achosi problem amser. Roedd hi'n mynd ymlaen ac ymlaen nes bod pawb – y dorf a'r beirniad – wedi alaru'n llwyr. Ac fe ddyfeisiodd y rhan fwyaf o'r beirniaid ffordd effeithiol i gwtogi'r holl beth. Byddai'n gwrando am ychydig ar y canwr neu'r gantores. Os na fyddai'r hyn a glywai wrth ei fodd byddai'n rhoi 'tap tap' â'i bensil i ddwyn y perfformans i ben. Byddai hyn y digio'r cystadleuwyr ond yn fater o chwerthin a churo dwylo i'r gynulleidfa. Daw i gof un llanc yn mynd i'r llwyfan i ganu 'Merch y Cadben'. Yn y solo honno mae'r geiriau dramatig 'Mae'n boddi! Mae'n boddi!' Ar y rhan honno o'r solo disgynnodd pensil y beirniad i ddwyn y canu i ben. Wrth ddod yn ddig o'r llwyfan clywyd y canwr yn dweud yn uchel, 'Bodded i ddiawl â hi te!' Rhywun yn mynd i'r llwyfan i ganu 'Hen Fwthyn Bach Melyn fy Nhad'. Roedd e wedi canu'r un solo mewn peth wmbredd o steddfodau cyn hynny. Cyn gynted ag yr agorodd ei geg y tro hwnnw, ar ôl deall mai'r 'Bwthyn Bach Melyn' oedd ganddo eto dyma waedd o'r cefn, 'Wyngalcha fe, boi!' Llanfair Orllwyn yn arwain yn rhywle pan dorrodd sŵn difrifol allan ymysg yr adar yn y cefn. Wedi gweld pwy oedd yn gwneud y sŵn gofynnodd, 'Beth sy'n mater arnat ti?' 'Rwy i wedi colli nghap!' meddai llanc yn herfeiddiol. 'Bachgen, bachgen,' meddai Llanfair Orllwyn, 'dyna i gyd sy'n dy flino di? Mae gŵr bonheddig fan hyn wedi colli'i wallt a dyw e ddim yn cadw dim sŵn o gwbwl!'

Rwyf fi'n llawn edmygedd hyd heddiw o'r hen arweinyddion eisteddfodol. Eu henwau'n perarogli sydd – Llwyd o'r Bryn, Pat O'Brian, Dai Williams, Tregaron. Tuedd yr olaf oedd parablu gormod ac arafu tempo'r steddfod. Fe fyddai nifer o bentrefi yn cynnal eisteddfodau mawr blynyddol slawer dydd. Câi'r rhain eu galw yn *'semi-nationals'* ac roedd cantorion, adroddwyr a beirniaid enwog i'w gweld a'u clywed ar lwyfannau'r gwyliau hyn. Yr oedd eisteddfodau taleithiol mawr hefyd, fel Eisteddfod Powys, Meirion, Môn a Gwent. Cystadleuais ac ennill cadeiriau mewn tair o'r uchod. Yn wir, Cadair Talaith Gwent oedd y gyntaf i mi ei hennill – a chefais i fyth mo'r gadair!

Mae'n hanesyn gwerth ei adrodd. Roedd yr hen steddfod enwog wedi mynd i lawr ers sawl blwyddyn a neb yn fodlon mynd i'r gost a'r drafferth o'i hail godi. Yna fe ddangosodd pentre diwydiannol Pontllanfraith ddiddordeb yn y peth, er nad oedd fawr iawn o draddodiad eisteddfodol yn perthyn i'r lle o gwbwl. Ond ffurfiwyd pwyllgorau a daeth y rhaglen allan. Gyrrais gân i mewn am y Gadair a chael llythyr ymhen peth amser i ddweud mai fi oedd y buddugol dan feirniadaeth Crwys. Pan gyrhaeddais faes yr eisteddfod gwelais Crwys yn eistedd yn yr haul ar fainc, ac euthum ato i ddwedud pwy own i ac i ddiolch am roi'r Gadair i mi. Gofynnodd i mi eistedd yn ei ymyl. 'Dyma'r steddfod ryfedda' rwy'i wedi bod ynddi,' meddai, 'rwy i wedi bod gyda'r Pwyllgor am awr y bore a yn trio trefnu seremoni cadeirio, go iawn i chi. Doedd neb yn gwbod dim beth i neud, "Oes cân y cadeirio'n barod gyda chi?" medde fi. "Cân y cadeirio." Neb wedi meddwl dim am y fath beth! Ond os oedd e'n arferiad, roedden nhw am gân. Roedd un aelod o'r pwyllgor dros gael *"For he's a jolly good fellow!"* Ond yr oedd Sgotyn ar y Pwyllgor a oedd yn swyddog pwysig yn y pwll glo. Roedd ef yn daer iawn dros ganu, *"Scots was . . . where Wallace bled"*. Ac ymlaen felna,' meddai Crwys.

Pan ddaeth y cadeirio cafwyd nad oedd yna ddim ond cefn cerfiedig y Gadair – roedd y gweddill ohoni'n eisiau oherwydd, yn ôl a ddywedwyd, fod Mr Rawlings, y crefftwr enwog o Gastell-nedd yn sâl. Clywais wedyn mai heb gael archeb mewn pryd yr oedd Rawlings a'i fod yn ormod o grefftwr i wneud rhywbeth ar frys. Clywais sôn yn ddiweddar eu bod yn mynd i ailgychwyn Eisteddfod Talaith Gwent. Rwy'n cadw'n dawel oherwydd mae arnyn nhw gadair i mi o hyd!

Yn yr eisteddfodau mawr byddai'r unawdwyr (yn enwedig y rhai ar y 'champion solo') yn cael llawer mwy o barch a sylw gan y pwyllgorau, y beirniaid a phawb. Yn eisteddfod fawr y Pasg yn Nhrefach Felindre fe geid ar y rhaglen y geiriau hyn, 'Bydd cerbydau yn cwrdd â'r trên yng ngorsaf Henllan i gludo'r unawdwyr i'r eisteddfod ac yn ôl (ychydig dros filltir).' Dim sôn am y prif adroddwyr. Roedd rheini'n gorfod ffeindio'u ffordd eu hunain! A'r fath unawdwyr oedd gyda ni yn y dyddiau hynny – Tod Jones, Brangell, Alice Trelech a'r lleill, ond Tod oedd fy arwr i. Ganddo ef y clywais i'r tenor mwyaf clir a hyfryd o felodaidd i'r glust; o bob canwr a glywais erioed, ac mai hynny'n cynnwys Gigli y tenor Almaenig byd enwog. Ond yn ei ganol oed cynnar aeth Tod Jones yn ddyn ofer ac fe âi i'r llwyfan weithiau yn feddw. Ac eto, hyd yn oed yn ei feddwdod, enillai y gwobrau â'i ddawn fawr. Naill ai roedd e'n ei medru ar waetha'r ddiod neu roedd y beirniad yn ofni rhoi'r wobr i neb arall pan fyddai ef yn cystadlu. Roedd hynny'n digwydd yn aml – y beirniaid yn dewis y ffordd saff allan ohoni.

Roedd yna adroddwraig enwog o'r enw llwyfan Llaethferch (o sir Gaerfyrddin, os wy'n cofio'n iawn). Am amser hir bu Llaethferch yn ennill gwobrau cyntaf mewn llu i eisteddfodau. Rwy'n credu'n siŵr, fel y dywedais uchod, fod llawer o'r beirniaid yn penderfynu ei gwobrwyo cyn gynted ag y deuai i'r llwyfan. Hefyd roedd cystadleuwyr eraill yn gwangalonni ac yn cadw draw. Dywedodd y bardd Wil Ifan wrthyf fi ei fod wedi gweld poster eisteddfod ac arno mewn llythrennau bras yn ymyl cystadleuaeth y prif adroddiad y geiriau: 'Ni fydd Llaethferch yn cystadlu.' Dychmygaf glywed ochenaid o ryddhad gan y cystadleuwyr, y beirniaid ac aelodau'r pwyllgor. Roedd Llaethferch wedi mynd yn fwrn ar bawb.

Roedd rhai o'r beirniaid yn ofnadwy o wael, mae'n rhaid dweud. Fe fyddai Llanfair Orllwyn (Evan Davies) yn beirniadu'r llên a'r adrodd yn aml (i arbed cost i'r steddfod) a byddai'n beirniadu englynion heb wybod dim oll am gynghanedd! Dywedodd Alun Cilie wrthyf iddo feirniadu englyn Siors (brawd Alun) yn eisteddfod Pontgarreg, a dweud amdano ei fod 'fel y byd cyn y creu, yn afluniaidd a gwag', ac yna'n mynd ymlaen i wobrwyo englyn heb linell o gynghanedd gywir. Byddai'r beirniaid hyn yn cael eu galw i feirniadu am eu bod yn athrawon, yn guradiaid neu unrhyw beth uwch na'r cyffredin. Yn wir, gallai bron unrhyw un gael y swydd o feirniadu adrodd a llên! Roedd y swydd mor ddibwys â hynna!

Clywais am ŵr a oedd unwaith yn arwain eisteddfod fechan. Roedd yr Her Adroddiad ymlaen a bachgen wedi dod i'r llwyfan. 'Beth ych chi'n mynd i adrodd?' meddai'r arweinydd (a'r beirniad). 'Magdalen,' meddai'r adroddwr. 'O'r gore,' medde'r arweinydd, gan droi i wynebu'r dyrfa. 'Mae e'n mynd i adrodd "Magdalen". Rhowch bob whare teg iddo os gwelwch yn dda.' A dyna'r adroddwr yn cychwyn.

'Magdalen! Fechgyn, peidiwch â chwerthin!' A dyma'r arweinydd ar ei draed, 'Arhoswch! Fechgyn, rwy'i wedi gofyn am chware teg i'r adroddwr. Beth yw'r wherthin sy arnoch chi?' Wrth gwrs, wydde fe ddim sut oedd darn J.J. Williams yn mynd yn 'i flaen. 'Fechgyn pidwch a wherthin, Cwnnwch chi ar 'i thraed. Cofiwch i bwy mae'n perthyn, Sychwch y dafne gwa'd.'

Rwy'i am orffen hyn o hanes gyda'r anfarwol Tod Jones. Roedd e'n byw yn ystod y cyfnod ym Mhencader gyda'i deulu lluosog ac roedd hi'n galed arno, a'i iechyd yn dechreu dirywio, ac roedd cyngerdd wedi ei drefnu iddo yn neuadd ysgol Brynsaron, lle rown i'n ddisgybl. Roeddwn i yna ac yn mwynhau pob eitem ond yn gogoneddu pan fyddai Tod ei hun yn canu. Dyna'r tro olaf. Cofiaf glywed am ei farwolaeth yn fuan wedyn, a'r tristwch ymysg y rhai oedd yn gwybod am ei ddawn. Mae tinc ei lais tenor arian wedi bod gyda mi ar hyd fy oes. Lluniais y llinell hon i rywun arall ond byddai'n gymwys iddo ef:

Ni ddaw i'n mysg ddewin mwy.

Yr Esgob o Langrannog

Mae'r llith o'r *Ford Gron* 1933 yn eich cyfres 'Iaith Potio', o ddiddordeb mawr i mi. Ceir ynddi sôn am yr Esgob Price o Fro Morgannwg a fu'n Esgob Cashell yn Iwerddon ac a fu'n gyfrifol ar ddiwedd ei oes am ddiogelu'r rysêt gwneud 'Guinness' i'r oesoedd!

Fe wyddwn i dipyn o hanes y Price uchod oherwydd ei fod yn llinach Preisiaid Plas Rhydcolomennod, ger Llangrannog. Fel mae'n digwydd mae gen i lyfr (llyfryn yn wir) prin yn fy meddiant sy'n dwyn y teitl *Llangrannog and the Pigeonsford Family* gan Evelyn Hope. Cyhoeddwyd argraffiad cyfyngedig o'r llyfryn yn 1931 yn Aberteifi. Mae'r llyfryn yn dangos fod nifer helaeth o feibion Rhydcolomennod wedi mynd yn offeiriaid dros gyfnod o flynyddoedd. Aeth rhai ohonynt i Rydychen a Chaergrawnt, ond aeth nifer fwy i Brifysgol Dulyn i ennill graddau a chael swyddi wedyn yn Iwerddon. Gyda llaw, mae Plas Rhydcolomennod ar y farchnad ar hyn o bryd os oes rhywrai o'ch darllenwyr am ei brynu. Y pris gofyn yw £2,250,000.

Fel hyn y mae Miss Hope (a fu'n byw yn y plas ar ôl dydd y Preisiaid), yn dweud am y cysylltiadau ag Iwerddon:

> *During the 17th & 18th centuries there was frequent communication between Cardiganshire and Ireland. It was much easier to embark at Newquay or Cardigan and sail across to Dublin than to brave the long land journey with its dangers and expense.*

Doedd hi ddim yn gwybod efallai ei bod hi hefyd lawer yn haws i Brotestaniaid gael swyddi breision yn Iwerddon (Catholig) yn y cyfnod hwnnw gan fod Iwerddon yn wlad wedi ei threchu a'i darostwng mor aml yn ystod ei hanes trist. Yn awr, mae awdur y llith ddienw yn *Llafar Gwlad*, ac sydd wedi ei chodi yn ei chrynswth o'r hen gylchgrawn *Y Ford Gron* 1933, yn honni fod yr Archesgob Price wedi ennill amarch am ei fod wedi troi oddi wrth Gatholigiaeth at Brotestaniaeth. Nid dyna a ddigwyddodd o gwbwl. Yr oedd yr Archesgob Price yn Brotestant o'r cychwyn – yr hyn a ddigwyddodd a dweud y gwir, i ennill anghymeradwyaeth y bobl oedd rhywbeth hollol wahanol. Dyma a ddywed Miss Hope.

> *His memory is not held in esteem at Cashell from the circumstance*

Diod Arthur yn y bar ar ben y tŵr uchaf ym Mragdy Guinness, Dulyn

of his causing the ancient cathedral on the rock, the chances of which was then being used for Divine Service, to be unroofed and dismantled.

Yn awr nid wyf fi'n hyddysg yn hen hanes Iwerddon ond deallaf fod y *'cathedral on the rock'* yn lle sanctaidd iawn ers canrifoedd; ers dyddiau Sant Padrig. A chyn dyfod Cristnogaeth roedd e wedi bod yn fan coroni hen frenhinoedd y rhan honno o'r wlad. I'r Gwyddelod felly roedd e'n gysegr ac yn symbol pwysig iawn. Ond i'r Archesgob roedd y lle wedi mynd yn ddraen yn ei groen, yn enwedig os oedd Catholigion yn dal i ymgynnull yno. Felly fe ddinoethodd y to a gadael i'r lle ddadfeilio. A thrwy hynny fe enillodd enw drwg iawn yn Iwerddon am byth wedyn. Dywed Miss Hope fod y cyfarfodydd crefyddol yn cael eu cynnal *'in the chancel'*. Rhaid mai Catholig oedd rhain a rhaid eu bod yn cael eu dioddef oherwydd y berthynas hir rhwng y Gwyddelod a'r lle. Enw arall arno oedd *'St Patrick's Cathedral'*.

Ond ymhell cyn iddo gael ei ddyrchafu'n esgob nac archesgob (yn wir, pan nad oedd ond rheithor), roedd Price wedi cyflogi gwas, Richard Guinness, Protestant cyffredin, wedi ei eni yn, neu tua, 1690, yn agos i le o'r enw Cellbridge. Fe oedd 'Stewart & land agent to . . . the *rector* Rev. Arthur Price . . . '

Rhaid bod y gwas yn uchel ei barch yn nheulu'r Parch. Arthur Price, oherwydd pan aned mab iddo, cafodd ei enwi yn Arthur ar ôl yr offeiriad o Gymru ac fe gytunodd Price i fod yn dad bedydd i'r newydd ddyfodiad. Yn y cyfnod hwn hefyd roedd Price wedi dod yn enwog *'for the quality of the "black beer" with which he was wont to regale his guests . . . '* (oddi ar y we). Gwyddom mai'r Richard Guinness uchod oedd yn trefnu'r bragu tymhorol ym mhlas yr Archesgob, a dywedid amdano ei fod yn gallu darllaw *'a brew of a very palateable nature'*. Mae hyn siŵr o fod, yn profi fod y rysêt i wneud y 'cwrw du' wedi cyrraedd plas yr Archesgob gyda'r gwas yma, neu ei fod yn eiddo i'r offeiriad ers amser, ond bod Guinness wedi dod o hyd i ffordd mwy effeithiol o fragu. Ond daeth y ddiod ddu i amlygrwydd mawr pan dyfodd y bachgen, Arthur Guinness yn ddyn a chymryd drosodd y bragu oddi wrth ei dad. Fe ddaeth galw mawr am ei wasanaeth ymysg ffrindiau pwerus yr Archesgob, a thyrrai pobl bwysig i'r Plas i flasu'r ddiod.

Ganed Arthur Guinness yn 1725. Yn 1756 agorodd ei fragdy cyntaf gyda chymorth rhodd o £100 gan Arthur Price. Bu'r fenter yn llwyddiant ysgubol ac yn 1759 agorodd fragdy arall mwy o faint yn St James's Gate, Dulyn. A dyna gychwyn y busnes anferth sydd mor llewyrchus heddiw ag erioed. Ymgyfoethogodd teulu Guinness a dod yn berchnogion stadau a phlasau mewn llawer gwlad. Tybed, o glywed yr hanesion hyn, na fydd diddordeb ganddynt yn hen blas Rhydcolomennod oherwydd y cysylltiadau a fu?

Dyma rai dyfyniadau o lyfr Miss Hope:

> Samuel, a younger son of David Price, vicar of Llanarth, became vicar of Shaffan in the Diocese of Dublin, and Pretenders of Kildare. His name figures in a deed, dated 1675 in which he is described as ex-schoolmaster and now minister of the Gospel at Kildraught, Co. Kildare. In this deed he mentions a brother David Price. Clerk, late student of Trinity College, Dublin, and now of Rhandir in the county of Cardigan.

Dyma un o'r Preisiaid a ddewisodd ddychwelyd i Gymru, i ffermio fferm fechan y Rhandir. Mae'r lle hwn yn bod o hyd a phobl yn byw yno.

Samuel Price has a son, Arthur, who went through all stations in the church, reader, to Archbishop.

He died in Cellbridge near Dublin in 1752. In his will the Archbishop left £100 'to my poor relations in Cardiganshire' to be divided among them as my cousin David Price, Chancellor of Cashell shall advice.

Ie, £100 i'r perthnasau tlawd. Doedd ef erioed wedi bod yng Nghymru, wedi ei eni a'i fagu a marw yn Iwerddon. Roedd e wedi dringo mor uchel ac wedi dod mor gyfoethog fel roedd ei berthnasau parchus yn Rhydcolomennod wedi mynd iddo yn *'poor relations'*.

Rhyfeddod Prin

Un waith, flynyddoedd maith yn ôl fe gefais i brofiad rhyfedd, ac mae'r profiad hwnnw wedi aros yn fyw iawn yn fy nghof i hyd y dydd heddiw. Beth oedd y profiad? Wel – un waith yn fy mywyd – un waith yn unig, fe glywais i 'Gytgan y Wawr', neu 'Gôr y Wawr', yn ei holl ogoniant. Prin fod eisiau egluro mai cytgan yr adar ar doriad y dydd ym mis Mai (yn ddieithriad hyd y gwn i), yw'r rhyfeddod uchod.

Mae'r dyddiadurwr enwog, Francis Kilvert, yn sôn am y peth, – nid yn y gyfrol *Kilvert's Diary*, wedi ei olygu gan William Plomer, ond mewn cyhoeddiad arall; ac fe gawn ar ddeall ei fod ef yn disgrifio'r *'Dawn Chorus'* fel un yn ei glywed am y tro cyntaf yn ei fywyd.

Dyma fel y mae ef yn disgrifio'r profiad.

Mai 7fed 1870

Am 3.15 (y bore) deffrodd yr adar a dechrau canu a hwnnw'n mynd yn gorws llawn bron ar unwaith. Chlywais i erioed adar yn canu fel'na o'r blaen. Wyddwn i ddim eu bod nhw'n medru canu fel'na. Ni all unrhyw un nad yw wedi clywed y ffrwydriad boreol yma o beroriaeth, pan fo'r adar yn dechrau canu ar fore braf cynnes ym mis Mai, gael unrhyw syniad o beth y mae'n debyg na sut y mae adar yn gallu canu.

Yr oedd yn hudolus, yn wyrthiol y tu hwnt i ddim y gallwn fod wedi ei ddychmygu . . . roedd yr awyr i gyd yn un côr anferth o gân, a'r ffurfafen yn llwythog o felodedd a pherlewyg . . . o bob pren a llwyn llifai miwsig a hwnnw'n chwyddo, a phob aderyn yn canu ar ei eithaf yn y nodau mwyaf melys. Roedd awyr y bore'n orlawn o ganu . . . a'r moliant yn dringo fel cwmwl persain o arogldarth . . . '

Gan i mi, fel y dywedais, gael yr un profiad un waith yn fy mywyd, gallaf ategu'r cyfan a dddywed Kilvert. Mae'n ddisgrifiad cwbl onest o 'Gytgan y Wawr' ac nid yw'n ymestyn na gorliwio'r un gronyn.

Aeth dros ddeng mlynedd ar hugain heibio er i mi gael y fraint o wrando ar y Cytgan. Yn gorwedd mewn gwely yr oeddwn i, rywle yn sir Forgannwg tua'r un amser o'r dydd, a'r un mis o'r flwyddyn â Kilvert, pan lifodd môr y miwsig boreol dros fy mhen. Roedd ffenest fy ystafell wely'n gilagored a minnau'n gwbl effro, wedi cael fy syfrdanu'n llwyr. Er mod i'n gyfarwydd iawn â chanu boreol adar yn y gwanwyn – wedi byw yn y wlad am y rhan fwyaf o'm hoes – roedd y canu yma'n gwbwl, gwbwl wahanol. Roedd y peth yn anhygoel – fel petai pob aderyn bach – fel y robin, y titw a'r aderyn y to, am unwaith wedi cael lleisiau nefolaidd i uno yng 'Nghytgan y Wawr'.

Bûm yn holi cyfaill o ffermwr sydd wedi byw yn y wlad trwy gydol ei oes, ond nid oedd wedi clywed 'Cytgan y Wawr' yn ei holl ogoniant erioed.

Faint o ddarllenwyr *Llafar Gwlad* sy' wedi cael y fraint o wrando ar y 'rhyfeddod prin'. Mae'n siŵr fod rhywrai wedi dod i ben â'i recordio. A oes modd prynu disg neu dâp o'r peth? Carwn wybod. Un peth arall, a yw hi'n bosibl i ni mwyach glywed y 'Corws' o ystyried y gostyngiad sylweddol yn nifer ein hadar gwylltion?

Cadeirio T. Llew Jones

Pan enillodd T. Llew Jones y gadair yn Eisteddfod Genedlaethol Glyn Ebwy, 1958, roedd pobl yn dod ato ar y Maes ar y dydd Mercher yn ysgwyd ei law a'i longyfarch ar gipio'r anrhydedd drannoeth. *'Unlucky Lion leakage'* meddai un englynwr digri. Pan gafodd T. Llew wybod ei fod wedi ennill y gadair am yr ail flwyddyn yn olynol – a hynny yn Eisteddfod Genedlaethol Caernarfon – gwnaeth ddau beth. Yn gyntaf, penderfynodd na fyddai'r gath yn dod o'r cwd ac yn ail, archebodd le iddo'i hun a'r teulu a'i gyfaill Alun Cilie yn y Roial.

'Fe benderfynais i mai dim ond fy ngwraig oedd yn mynd i gael gwybod y gyfrinach. Doedd ein plant – Emyr a Iolo ddim i gael gwybod! Fe lwyddwyd i gadw'r gyfrinach yn ddiogel yng Nghaernarfon hefyd (rhywbeth go eithriadol yn y cyfnod pan oedd papurau Cymraeg, y *Daily Post* a'r *Western Mail* yn daer iawn am rag-wybodaeth).

Teithiais i fyny i Gaernarfon gyda 'mrawd Edwin a'r bardd Alun Cilie oedd yn ewyrth i'm gwraig ac yn gyfaill mynwesol i mi. Yn y car ar y ffordd i fyny byddai Alun yn ceisio dyfalu pwy fyddai'n cael y Gadair y flwyddyn honno, ac fe fyddai'n enwi'r beirdd tebygol fel Mathonwy Huws ac eraill. Minnau tu ôl i olwyn y car yn dweud dim er fod y wybodaeth gennyf mewn llythyr swyddogol yn fy mhoced y funud honno. Roedd hi'n galed iawn arna i – fy mrawd a 'nghyfaill gorau yn dyfalu'n daer a minnau'n gorfod bod yn fud!

Ar ôl cyrraedd yn ddiogel, bwcio lodjins yn y Royal y gwesty mwya' moethus yn y dre bryd hynny. Cerdded y Maes trannoeth a'r gyfrinach yn ddiogel. Cwrdd â'r Prifardd Brinli ar y Maes ddydd Mercher. Ef yn fy atgoffa fy mod i ac yntau i gyfarch y bardd ar y llwyfan trannoeth ar ôl y cadeirio. (Roedd hi'n ffasiwn bryd hynny, ac mae'n dal felly o hyd, rwy'n meddwl, i'r bardd cadeiriol un flwyddyn i gyfarch bardd y flwyddyn ganlynol). Fe welwch yr anhawster ar unwaith. Fi oedd bardd y gadair ddwy flynedd yn olynol. Felly rown i gyfarch fy hun!

Gan fod profiadau '58 wedi 'ngwneud i'n gyfrwys ac yn bengaled, fe fentrais edrych i lygaid Brinli a gofyn iddo, 'Wel pwy yw'r bardd?' 'Does gen i ddim syniad,' meddai. 'O! maen nhw'n cadw gafael ar y cyfrinachau 'leni. Rwy'n arfer cael gwybod ymlaen llaw bob blwyddyn.' (Ef oedd cyfreithiwr swyddogol yr Orsedd ac yn Archdderwydd yn nes ymlaen.)

'Gwranda,' meddai Brinli ymhellach, 'Rwy'n gwybod ble i fynd heno i gael enw'r bardd buddugol. Fydda' i ar y Maes bore fory ac fe fydd yr enw gyda fi i ti.' Trannoeth ar y Maes gweld Brinli o draw ac yn ceisio dyfalu pa mor llwyddiannus yr oedd ei ymchwiliadau'r noson cynt wedi bod. Pan ddaethom at ein gilydd dywedodd 'Rwy i wedi methu cael enw'r bardd ond mae ei ffugenw fe gyda fi.' Ac fe ddwedodd 'Heulyn fab Gwyn' – sef fy ffugenw i yng nghystadleuaeth y Gadair. 'Dyw'r ffugenw ddim yn ddigon,' meddwn i, 'Beth wna i nawr?'

'O,' medda fe, 'gwna di englyn â'r ffugenw 'na ynddo fe, a fyddi di'n iawn. Wela i di ar y llwyfan, a bant ag e.'

Ar ôl cyhoeddi fy ffugenw ac ar ôl i mi sefyll ar fy nhraed a gwisgo'r porffor cefais gyfle i daflu golwg o gwmpas. Yr oedd y Pafiliwn yn orlawn a draw ymhell ar y llwyfan gallwn weld yr hen gyfaill Brinli yn ei wisg wen yn disgwyl yn eiddgar amdanaf! Roeddwn i wedi addo bod yno gydag ef i gyfarch y bardd! Ar ôl i mi gyrraedd y llwyfan (o'r diwedd) yr oedd yn rhaid i mi gerdded heibio i Brinli i fynd at y Gadair. Plygodd ei ben ychydig tuag ataf a sibrydodd, 'Wel, y cythral bach â ti!' Ond roedd gwên ar ei wyneb. Dim ond un cyfarch y bardd o'r llwyfan fu yng Nghaernarfon '59 os da y cofiaf. Wn i ddim gafodd unrhyw fardd buddugol arall ei alw'n 'gythraul bach' ar ôl cyrraedd y llwyfan i'w gadeirio mewn "HEDDWCH!" '

T. Llew Jones, Rhaglen Eisteddfod
Genedlaethol Cymru Eryri, 2005

Wrth deithio adref yn y car, trodd Alun Cilie ataf a dweud 'Dyna ddiwedd nawr, Llew. Chewch chi ddim ennill Cadair arall.' Fy ateb innau oedd 'Fedrwn i ddim ffordio ennill un arall'!) (hyn gan gofio'r tridiau costus yn y 'Royal' a'r nifer anhygoel o hen gyfeillion sychedig oedd yn awyddus i yfed 'iechyd da' i'r bardd). Nid oedd y £30 pitw a gynigid gyda'r Gadair yn agos digon i ddileu'r costau. Ond mae atgofion melys (amhrisiadwy) am eisteddfod '59 yn aros yn y cof.

Cyfres Llyfrau Llafar Gwlad – rhai teitlau

42. AR HYD BEN 'RALLT
    Enwau Glannau Môr Penrhyn Llŷn
    Elfed Gruffydd; £4.75
43. FFYNHONNAU CYMRU
    Cyfrol 2 - Eirlys a Ken Lloyd Gruffydd; £4.95
44. WIL MOG A CHREFFT Y BARDD GWLAD
    Arthur Thomas; £3.50
45. 'DOETH A WRENDY . . . '
    Detholiad o ddiarhebion - Iwan Edgar; £4.25
46. 'FYL'NA WEDEN I'
    Blas ar dafodiaith canol Ceredigion
    Huw Evans a Marian Davies; £4.25
47. 'GYM'RWCH CHI BANED?'
    Traddodiad y Te Cymreig - E.G. Millward; £3.50
48. HYNODION GWLAD Y BRYNIAU
    Steffan ab Owain; £4.25
49. O GRAIG YR EIFL I AMERICA
    Ioan Mai; £3.50
50. Y CYMRY AC AUR COLORADO
    Eirug Davies; £3.50
51. SEINTIAU CYNNAR CYMRU
    Daniel J. Mullins; £4.25
52. DILYN AFON DWYFOR
    Tom Jones; £4.50
53. SIONI WINWNS
    Gwyn Griffiths; £4.75
54. LLESTRI LLANELLI
    Donald M. Treharne; £4.95
55. GWLADYCHU'R CYMRY YN YR AMERICAN WEST
    Eirug Davies; £4.50
56. BRENHINES POWYS
    Gwenan Mair Gibbard; £4.50

57. Y DIWYDIANT GWLÂN YN NYFFRYN TEIFI
   D. G. Lloyd Hughes; £5.50
58. CACWN YN Y FFA
   Ysgrifau Wil Jones y Naturiaethwr; £5
59. TYDDYNNOD Y CHWARELWYR
   Dewi Tomos; £4.95
60. CHWYN JOE PYE A PHINCAS ROBIN – ysgrifau natur
   Bethan Wyn Jones; £5.50
61. LLYFR LLOFFION YR YSGWRN, Cartref Hedd Wyn
   Gol. Myrddin ap Dafydd; £5.50
62. FFRWYDRIAD Y POWDWR OIL
   T. Meirion Hughes; £5.50
63. WEDI'R LLANW, Ysgrifau ar Ben Llŷn
   Gwilym Jones; £5.50
64. CREIRIAU'R CARTREF
   Mary Wiliam; £5.50
65. POBOL A PHETHE DIMBECH
   R. M. (Bobi) Owen; £5.50
66. RHAGOR O ENWAU ADAR
   Dewi E. Lewis; £4.95
67. CHWARELI DYFFRYN NANTLLE
   Dewi Tomos; £7.50
68. BUGAIL OLAF Y CWM
   Huw Jones/Lyn Ebenezer; £5.75
69. O FÔN I FAN DIEMEN'S LAND
   J. Richard Williams; £6.75
70. CASGLU STRAEON GWERIN YN ERYRI
   John Owen Huws; £5.50
71. BUCHEDD GARMON SANT
   Howard Huws; £5.50
72. LLYFR LLOFFION CAE'R GORS
   Dewi Tomos; £6.50
73. MELINAU MÔN
   J. Richard Williams; £6.50
74. CREIRIAU'R CARTREF 2
   Mary Wiliam; £6.50

Cyfrol o ddiddordeb yn yr un gyfres

70

LLYFRAU LLAFAR GWLAD

Casglu Straeon Gwerin yn Eryri

JOHN OWEN HUWS

**Cyflwyniad i gasglu llên gwerin gan gyfaill mawr
i T.Llew Jones a chyn-olygydd *Llafar Gwlad***